［苏联］尤利安·谢苗诺夫 著

冯玉芝 译

春天的十七个瞬间

Юлиан Семёнов

Семнадцать мгновений весны

上海译文出版社

Reichssicherheitshauptamt

I A 1 d (1) B.Nr. 15 379/44

Von Stierlitz Max Otto ist am 12. Januar 1901 in der Stadt Changhai in
der Familie eines Missionärs geboren.
Absolviert physisch-mathematische und philologische Fakultät der Berner
Universität. Er hat seinen Weg zur Bewegung 1927 gefunden, als er in der
Deutschen Botschaft tätig war. Er spricht perfekt Englisch, Französisch,
Spanisch und Japanisch.
Echter Arier. Charakter ist nordisch, beherrscht. Im Umgang mit seinen
Arbeitskameraden zeigt er ein gutes Verhalten. Er erfüllt seine Amts-
pflichten tadellos. Unerbittlich gegen Feinde des Reichs. Ausgezeichneter
Sportler, Meister Berlins in Tennis. Ledig. Sein ausserdienstliches
Verhalten unterliegt nicht dem geringsten Tadel. Mit Auszeichnungen vom
Führer und Dankbarkeiten vom Reichsführer SS verliehen.
Hat sich im Spanischen Feldzug ausgezeichnet. An der Ostfront gekämpft.

Im Auftrage: H. Ta... gebilligt:
gez.---- J. Heng.. ..uroangestellte.

Reichssicherheitshauptamt

I A 1 d (1) B.Nr. 15 379/44

Schellenberg Walter ist am 16. Januar 1910 geboren. Mitglied der NSDAP
seit 1933. Seit 1934 aktiver Mitarbeiter im Sicherheitsdienst. Im Jahre
1937 zur Arbeit in der Geheimen Staatspolizei Berlins übernommen.
Echter Arier. Charakter ist nordisch, tapfer, hart. Im Umgang mit seinen
Freunden und Arbeitskameraden ist er offen, kameradschaftlich. Unerbittlich
gegen Feinde des Reichs. Ausgezeichneter Familienvater. Die Kandidatur
seiner Frau wurde vom Reichsführer gebilligt. Sein ausserdienstliches
Verhalten unterliegt nicht dem geringsten Tadel. In der Arbeit zeigte
sich als hervorragender Organisator.
Vom Führer und Reichskanzler sowie vom Reichsführer SS und Chef der
Deutschen Polizei Orden und Auszeichnungen erhalten.

Im Auftrage: R. ... gebilligt:
gez.---- H. ... ..n Büroangestellte.

Reichssicherheitshauptamt

I A 1 d (1) B.Nr. 15 379/44

Müller Heinrich ist am 28. April 1900 in München geboren.
Mitglied der NSDAP, gehört der SS seit 1934 an und trägt die Nummer
107043.
Seit 1934 bekleidet er leitende Ämter in der Geheimen Staatspolizei.
Er ist Gruppenführer SS und Generalleutnant der Polizei, Leiter des
Amtes IV (Gestapo) des RSHA.
Müller ist überzeugter Nationalsozialist und bietet unbedingt die Gewähr
dafür, dass er sich stets rückhaltlos für den neuen Staat einsetzt und
die genügende Härte walten lässt bei der Bekämpfung von Staatsfeinden.
Das Gutachten der Reichsstelle für Sippenforschung weist nach, dass er
arischer Abstammung ist. Charakter nahe dem nordischen, standhaft.
Müller erfüllt seine Amtspflichten gewissenhaft getreu seinem Dienst-
eide und rechtfertigt das in ihn gesetzte Vertrauen. Er ist des beson-
deren Schutzes des Führers und Reichskanzlers sicher.

Im Auftrage: Beglaubigt:
gez.   Büroangestellte.

谨以此书纪念我的父亲

译序

　　尤利安·谢苗诺维奇·谢苗诺夫（Юлиан Семёнов, 1931 —
1993），真名尤利安·谢苗诺维奇·良德列斯（Юлиан Семёнович
Ляндрес，是非凡的"当代间谍史诗"文类的开创者。他被称为
"小说家中的思想家"，"作家中的情报专家"。他的"间谍史诗"
散发着无尽的诗意，他对隐蔽战线上的各种局势的分析不只停留
在语言上，而是让每一个读者都能听到主人公心脏跳动的声音。
诗人奥尔扎斯·苏莱曼诺夫（Олжас Сулейменов）认为，谢苗诺夫
是一位睿智的作家，他知道善恶居于何处。他在生前创立了国际
侦探政治小说协会（МАДПР —— Международную ассоциацию
детективного и политического романа），并担任主席；创刊《侦探与
政治》《绝密》杂志，并担任主编。从 20 世纪的 60 年代至 90 年
代，他一直是一位"畅销"作家，其作品在全世界的发行量高达
3 500 万册之多。其作品在生前就被大量改编为电影、电视剧等各
种艺术性形式，以"伊萨耶夫"这个人物为中心主人公的间谍小
说使谢苗诺夫闻名遐迩，成为一代"间谍史诗"写作的王者，世
界范围内的"间谍小说"写作者无不步其后尘。

一

　　谢苗诺夫于 1931 年 10 月 8 日出生于莫斯科。他的笔名来源

于其父亲的名字：谢苗·亚历山大罗维奇·良德列斯。其父是一位颇有资历的新闻工作者、报纸的主编和文艺学家。与苏联早期党和国家的领导人、当时的《消息报》主编布哈林过从甚密，一度担任布哈林的助手。自 1937 年布哈林被逮捕之后，就一直过着惴惴不安的日子，虽未被立即逮捕，但被解除了原有的职务，被发配到汽车队；他的弟弟是当时警界高官，被立即逮捕，解除了职务，被流放至马加丹，1940 年才恢复名誉。1952 年，谢苗终于也遭到逮捕。当时谢苗诺夫是一名大学生，他 1949 年开始就读于莫斯科东方学院。在成了"人民的敌人的儿子"的时刻，他被要求与父亲划清界限，否则就可能被开除学籍和共青团籍；谢苗诺夫断然拒绝了院方的要求，但不断受到各种刁难。对孤独无助的他，只有同学叶·马·普里马科夫施予同情和支持。1953 年，斯大林去世，父子俩都获得了解脱。父亲出狱回家，在《外国文学》杂志工作，儿子继续在学院读书。然而，这一事件对年轻的谢苗诺夫的执拗而善于冒险的性格产生了巨大的影响。1953 年，他从东方学院毕业，进入莫斯科大学从事学术研究工作，并在那里讲授普什图语和达利语，他还懂其他几种欧洲语言。在教学之余，谢苗诺夫一直在莫斯科大学的历史系进修。从 1955 年开始，尝试为《星火》《真理报》和《文学报》等报刊写稿。但是，创作之初，谢苗诺夫并不是从写惊险小说开始的，而是从创作细腻的心理短篇小说起步的。比如《水管子上的雨》《与可爱的女性告别》和《我的心在山谷》等均为文笔缜密、意在强调人物内心世界塑造的小说，作品中的人物直接剖露自己的心理意识和对环境的感受，对历史和现实社会生活的评价，都是通过主人公情感的多方面抒发来描写的。

谢苗诺夫的第一部中篇小说是写于1958年的《外交代表》。他本人对这部小说的评价是："基本上与其他小说一样，以历史事实为根据，并且引人入胜。"故事来源于1821年设在维拉的沙皇帝国法庭对地下组织"黑兄弟会"的参加者由死刑改判为终生服兵役。其中年龄最大的参与者17岁，最小的伊万·维特凯维奇才14岁，这孩子出生就是一个天才。被流放之后，他自学了8种语言，编撰了波斯语、阿富汗语、吉尔吉斯语和哈萨克语词典。他的"被发现"完全出于一位伟大的学者亚历山大·冯·贡姆巴德的偶遇。他把伊万·维特凯维奇介绍给当时的奥伦堡省长瓦西里·彼得罗夫斯基。于是，命运使这位流放者成了驻喀布尔的第一任大使。谢苗诺夫出国担任代表团的翻译，在阿富汗期间，他一点一点地收集有关伊万·维特凯维奇的信息，他觉得，在阿富汗度过的几个月对他来说是浪漫和神秘的，犹如节日一般。因此，作家德米特里·利哈诺夫（Дмитрий Лиханов）认为，谢苗诺夫身上的才华要比一般作家发达。即使是他本人的作家朋友们，也很少有人能说清楚他小说中大部分的情节和情节突转，但是很多人都清晰地记得他们和谢苗诺夫相处的那些岁月。因为他对材料、素材的整理和运用完全是不着痕迹却炉火纯青。这部小说成为谢苗诺夫政治侦探小说的开山之作，由此一发而不可收拾，从1959年至1967年，创作并发表了《四十九小时二十五分钟》(1960)、《为了回来而离去》(1961)、小说集《履行职责的时候》(1962)、《彼得罗夫卡38号》(1963)、《无需密码》(1965)、《小冬妮娅和尼基塔》(1966)、《维赫里少校》(1967)；1968年，小说《春天的十七个瞬间》写作完成，第二年，同名剧本由作家本人完成，由此开始，以"施季里茨"为中心主人公的系列小说创作计有 13 部之多，包括：《投向主席的炸弹》(1970)、《第三张扑克牌》(1973)、《西班牙方案》(1973)、《伊萨耶夫的战争》(1974)、《无产阶级专政的宝石》(1974)、《柔情》(1975)、《只有一种选择》(四卷本特写集，1975)、《只有一种选择》(1975)、《抉择》(1978)、《塔斯社授权声明》(1979)、《奉命活下去》(1982)、《扩张 I》《扩张 II》《扩张 III》(1984)、《绝望》(1989)……同时还创作侦探系列小说，《彼得罗夫卡 38 号》(1963)、《对立》(1980)、《通讯员》(1987)、《库图佐夫大街的秘密》(1990)。其他体裁还有：《彼得之死》(中篇小说)、《我的向导》(短篇小说)以及描写克格勃的前身全俄肃反委员会(契卡)的创始人捷尔任斯基的小说《燃烧》(1977)等。以"施季里茨"为主人公的小说全部改编为电影和电视剧，在世界范围内风靡一时。小说《春天的十七个瞬间》的同名剧本获得了 1976 年俄罗斯国家奖金。

对于政治侦探小说的"受宠"，谢苗诺夫说："文学可以是任何样式的，文学无权成为枯燥的种类。在我们这个世纪，信息多元的感觉会变成知识的工具，会成为某种戏剧性的历史冲突的导游。我在构思第一本以施季里茨为主人公的系列政治纪事的时候，更多考虑的是如何组织历史材料。我认为，只要通过主人公来筛选事件，使其融合在有意思的政治分析范畴、历史结构和主人公的命运之中，让他这个形象将我们这五十年来旋转其中的重大事件鲜明地体现出来，是可以做到的。我们国家的历史就是这样的：一个出生于 20 世纪的人，会经历革命、国内战争、西班牙悲剧、伟大的卫国战争。从复古透视法的观点来看，它是转瞬即逝的那么一瞬间，但是它充满了令人震惊不已的大事件。过去的任何一个世纪都无法容纳于不久前的一个月里发生的事件。历史事实的'砖块'会因为情节的烧制更坚固，这些情节不仅是主人公的性格的发展，而且一定是渗透全部叙事之中的个性之中的最有趣之处。马克西姆·伊萨耶夫体现出了这种个性，它也是符谢沃洛德·符拉基米罗夫的个性，也是马克斯·施季里茨的个性。"

谢苗诺夫作为作家的命运可以说是因《春天的十七个瞬间》而开挂。后半生顺遂而富足。世界各地的出版社都争相引进和翻译他的小说。英国出版家让·卡德尔说："你永远也不知道，出版哪一本小说会让你成功，无论出版哪一本，都是一种冒险。我刚刚知道了谢苗诺夫的小说，就决定出版。……在他的间谍小说里，最令我震惊的是对国际政治中双边关系的知识和对他的国家对'政治敌人的具体态度'的真知灼见。这种细腻和分寸感就在我出版的小说《塔斯社授权声明》中有出色的描写。英国人都喜欢读间谍小说，谢苗诺夫的这本书非常受欢迎，销量很好。"

然而，事情总有两面。谢苗诺夫对隐蔽战线上的"政治秘密"的不倦"揭秘"招致了很多的怀疑。八十年代就有人散布公开的诽谤——作家安纳托利·格拉季林就散布谣言，说谢苗诺夫是克格勃的上校，他不断出国不是为了收集写作政治侦探小说材料，而是在执行秘密任务，不然他如何对秘密机构的运转了如指掌。这些传言即使在作者去世后仍然不绝如缕。

谢苗诺夫的生活转折点出现在 20 世纪 90 年代初期。1990年，在去见一位澳大利亚富商商讨为自己的《绝密》杂志投资事宜的路上，谢苗诺夫在行驶的汽车里中风发作，被紧急送往医院，其后没有任何人提及那位富商的名字；手术之后，谢苗诺夫的健康状况急转直下，于 1993 年 9 月 5 日去世。关于他的死亡，有各种各样的传闻。他的女儿在有关自己父亲的传记影片中，认为父亲"被清除"的说法是有可能的。只有很少的人了解，谢苗诺夫除了从事写作和新闻编辑工作之外，一直致力于世界范围的"揭秘"工作，比如说，他很长一段时间都在寻找二战期间诡秘失踪的"琥珀屋"的线索，当然，当时毫无头绪，但后来尽人皆知。有人推测说，这也是谢苗诺夫被清除的原因之一。在他发病之前，他的同事和助手中有两人莫名死去（后来还有一人在和他出差巴黎的时候死去，这个助手虽然没有参与到寻找"琥珀屋"的线索中去，但是一直在追踪党产金条下落的线索），因此，谢苗诺夫死因引起了巨大的争议。

但是，这些猜测均无法得到证实。他的个人命运也和他的书一样，一直饱含秘密。

二

《春天的十七个瞬间》及其系列作品的题材具有精心收集、慎重取舍和特殊提炼的特点。进入作品的政治事件、历史过程和生活原色使素材活色生香。人物情节是整个作品的核心要素。施季里茨这个形象集中了二十年代至八十年代即整个苏联时期隐蔽战线上惊心动魄的斗争，涵盖了苏联七十年来的政治历史和对外政策主要内容，最重要的是作者对围绕中心主人公形象的素材的主观性剪裁。它包含了革命、战争和冷战铁幕后的种种社会学认知，用一种浓墨重彩"写忠诚"的路径，将普通的间谍体裁托举为"间谍史诗"，其小说全景式的外在（世界性）规模，起伏跌宕的斗争过程，人物身份的"绝密"性质，孤军作战的悲剧性质，我方必胜的豪迈与思乡的离愁别绪组成了悲壮雄浑的史诗。小说中的施季里茨形象实际上是三代布尔什维克的缩影。"纪念（память）"这个词不断出现在系列小说的高潮之处，完全不是偶然的。"他（施季里茨）第一次痛哭，是在他作为肃反工作人员到捷克出差执行任务回来后，见到了自己父亲的坟茔。他的老父亲和普列汉诺夫一起共过事，在1921年的春天被哥萨克白军绞死。当坟前只剩下了他一个人的时候，他就像一个小孩子一样嚎啕起来，痛苦地抽泣不已，他并不为此感到难为情，而是觉得这种痛苦已经化为纪念铭刻在自己的心里。他觉得，他的父亲的功勋属于人民大众，而对父亲的怀念却只属于他一个人，这是一种特别的怀念，施季里茨不愿意、也不可能让任何人去理解他的这种怀念。"谢苗诺夫的这种构思完全突破了间谍小说文类在题材选择上的"暗行"，这种内心中的光明正大，是塑造一个情报人员的忠诚的最高的维度，这个风格使间谍小说文类焕然一新。

关于作者的创作体裁的分析是非常必要的。在事实与虚构之间，《春天的十七个瞬间》提供了特别好的范例。情节的推进是以时间为线索的，17个时间节点的分布把小说的节奏分割为整理思考和行动两个不同的空间。时间节点并不是传统上的推进而是"阻滞"，这样一来，谍报工作的惊心动魄就都被还原为情报整理过程，这个过程迥然于实际发生片断，却是一切行动之前的推理与判断基础。它集中了成功的间谍工作的全部理智与情感。关于如何做一名情报工作者，《春天的十七个瞬间》从虚构人物、历史人物（三巨头）以及敌对方的势均力敌的情报人员形象等三个方面来阐述。比如女发报员凯特的成功脱逃与她所受到的培训密不可分，她少年时期的游戏、青年时期的专业训练都是精密的隐蔽战线斗争方式的仿拟，这是虚构；而美国战略情报局驻伯尔尼首脑杜勒斯则是一个历史人物，颇能代表那一时期登峰造极的情报斗争的人才形态。小说中设置了杜勒斯的案头必读书是中国的《孙子兵法》，以此表明，当时的盟国对情报工作的依赖。而施季里茨情报斗争的专业性则建立"忠诚"的基础，演绎出：1. 他对国际形势的清醒而专业的认知；2. 对我方政策与斗争需要的坚定信奉；3. 个人的素质和业务（应对）水平不断提高。因此，在英美西方国家、苏联和法西斯德国这三方激烈的对战争结果走向的博弈中，小说的结构没有倾斜，三方是如此势均力敌，绝无任何侥幸的可能，节奏依此进展，一个小细节就可能翻盘，因此，小说中最不起眼的细节构成了最紧张的扣人心弦的"悬走钢丝"——孩子的哭声与井盖之上（头顶上）的党卫队密探，凯特打电话与写字台的玻璃下压着的通缉她的照片，施季里茨在街上被喝醉的前同事认出……凡此种种，都说明了谢苗诺夫创作中精心构思的主因素不是区分历史事件的虚实，而是竭力使侦探小说更趋于写实，这也是谢苗诺夫坚信政治侦探小说是严肃文学种类的一种洞见。

小说《春天的十七个瞬间》的建构是以中心人物为线索展开的，这是主题生发的主要来源。由于系列小说的主人公都是"伊萨耶夫"，显然，这个人物形象贯注了作者对历史的精心剪裁与认知。尽管谢苗诺夫的父辈经受了不公正的政治遭遇，但是，他并没有成为"持不同政见者"，倒是成了享誉世界的"政治作家"。在小说中，"伊萨耶夫"一直是与苏联的外部敌人周旋的冷静的情报人员。他的形象、思想和行为方式无不带有果敢、坚毅的布尔什维克的影子。第二次世界大战在人类的历史上更新了战争的基本形态，对战争的文学化抒情已经从全景战争形态转为悲剧性的揭露战争本质的控诉性书写。这样一来，微观化地反映人类世界观和道德观，形象化解释战争中人的意义之战争文学登上文学史的舞台。尽管历史人物的身影浮动在小说中思考和行动的每一个篇章和细节中，尽管谢苗诺夫使用了侦探小说的基本模式，尽管谢苗诺夫仍把施季里茨的故事塑造成传奇式的人物，但是，正义必胜和人民必胜的思想成为小说的重大主题。当施季里茨和儿子（两代情报人员）为了共同的事业相见于战火纷飞的前线时，读者会发现，谢苗诺夫在侦探故事这个"旧瓶里装进了他那个时代的新酒"——战争的内在和外在写作规模既超越了史诗，也大大超出了小说。"史"的态度和"诗"的形态都发生了整体的移位：1. 以往的史诗中历史画面与个人命运的关系在于成为背景或巧合的机遇而缺乏内部的联系，谢苗诺夫把二者融为一个整体的历史全景图；2. 动态的心理描写原则，思想推理和行动原则的结合完成了从侦探小说到间谍史诗的华丽转身，也把战争叙事统摄为人与历史关系研究的大课题。这是谢苗诺夫"伊萨耶夫系列小说""畅销不衰"的重要原因。

三

谢苗诺夫为了"写实"，足迹遍布整个世界。不仅到过欧洲各大城市，而且在各国都召开过座谈会。采访过从盖世太保机关脱逃出来的波兰将军，聆听过参加纽伦堡审判的工作人员（作家列夫·舍伊宁）的述说，参观过希特勒的"鹰堡"，甚至请人为党卫队的首脑们画过肖像……有不少同时代人都"怀疑"谢苗诺夫的身份并不是单纯的作家，而有可能与安全部门的上层有千丝万缕的关系。这一点至今没有得到任何的确证。但是，谢苗诺夫对于"绝密"事件的细节描写的逼真性却不容怀疑。因此，写作背后的艰辛也并不为常人所知。对作家本人来说，最难的并不是"三巨头"之间的来往书信、外交照会内容等，而是对盖世太保中"知识分子"的刻画。在查阅了大量的图书馆档案资料之后，作家决定把自己感兴趣的资料与盖世太保的档案履历结合在一起，无需订正的真实性呼之欲出，成为小说的一大特色。例如：

（摘自帝国保安局六处处长、党卫队旅队长瓦尔特·舒伦堡的个人档案："1934年加入德国国家社会主义工人党。纯雅利安人，忠于元首。性格具有北方人特点，忠诚，坚定果敢。对朋友和同事相当坦诚相待。对帝国的敌人毫不留情。对家庭忠贞不贰；婚事系帝国党卫队总司令亲自批准；社会关系清白无瑕。出色的运动员。工作表现良好，属于优秀的组织者……"）

除此而外，具有纪实性特征的插入文体还包括以情报学专业术语作为标题的"情整分析材料"，在这部分内容中作者对历史上真实人物进行了刻画，如杜勒斯、希姆莱、戈林、戈培尔等，充分包含了对历史的自然化叙述，它们没有停留在枯燥的公文水准，而是包含了这些人物在大历史中的不干瘪、不抽象的情感内容，具有惊人的意义容量。开辟了极为广阔的阅读的想象空间，掀开了纳粹复杂政治思想的神秘历史来源。

无独有偶，同样出生于1931年的英国作家约翰·勒卡雷，以《柏林谍影》《伦敦间谍战》《锅匠裁缝士兵间谍》《电话疑云》以及《鸽子隧道》等作品闻名。比较之下，勒卡雷是正牌的英国军情五处和六处间谍，属于情报暗战的"亲历者"。他的间谍小说没有正邪对立的敌我较量，而是把从事间谍职业的人所目睹的一切"暗行"和盘托出，他笔下的间谍身处一个不为人知的灰色地带，困惑地拖着不属于自己的生命，"对时代、对他们的所作所为、对组织，甚至是对自己"抱着深深的怀疑而无所适从。由于勒卡雷的真实身份，小说获得了狂热的追捧，读者宁愿相信他的笔下都是真实的案例。正如他的人物史迈利永远在图书馆里读一本晦涩的书，而施季里茨则用蒙田的书藏匿密码一样，他们想解释的都是属于人性的密码，而艺术路径截然不同，在勒卡雷的笔下没有与人物心理紧密结合的社会历史分析。间谍，无非是无可奈何的人生职业之一。

中国的最为出色的当代谍战小说家当属麦家（1964—　），他的系列小说《解密》《暗算》和《风声》聚焦于国家安全领域的传奇人物，将从事破解密码的特殊职业者的奇诡命运和悲剧人生尽数"解密"。小说结构建立在"不正常"的范畴中，所有主人公都在智力上异于常人，所有时代都是非常时期，所有家族都有一部秘史，所有人物都有荒诞莫测的命运。因此，对麦家小说的界定非常多样，比如，新智力小说，密室小说，特情小说，谍战小说，解密小说，等等。

谍战小说作为类型文学并非只有"流行款式"，谢苗诺夫认为，创作谍战小说需要的是紧迫的社会责任感。"契诃夫能放下小说创作像记者一样去萨哈林采访，萨尔蒂科夫-谢德林能放下省长的职位去创作特写，阿·托尔斯泰会从前线发回报道，肖洛霍夫会从写军事评论开始积累《一个人的遭遇》的素材……他们是因为忠于生活这所谓伟大的学校，否则不会有真正的文学。"这段话也适用于谢苗诺夫本人，因为他从不因自己生活的挫折而漠视时代的要求和一个作家的使命。《春天的十七个瞬间》继承了俄罗斯文学的优秀传统，从超越了军事学术的角度来观察德国上层内部希特勒军事集团覆灭的原因与教训，全景式的视角决定了隐蔽战线历史经验总结的形象性和直观性。写作者多文体并用的叙事方式拓展了人类灵魂的深度与广度，使小说创作体现出一种超出战争的视阈，回应了当代文学精神建构的需求，这是新体裁与当代言说紧密结合的结果，把战争文学对于人类道德的期冀提到了创作自觉的高度。

冯玉芝

2021 年 12 月 2 日南京河西

目录

"君乃何方神圣？"

二月里的一个夜晚，一阵婉转曼妙的夜莺啼鸣从花园里悠然传来，当时的空气中还透着清洌的寒意，尽管已经是一片早春的气息，但大地复苏还早呢，白雪还很厚实，并没有出现即将融化之前的那种春冰浮玉的色泽。因此，夜莺的鸟声鸣珂使施季里茨惊奇不已，他几乎不相信自己的耳朵。

夜莺的鸣唱来自一片榛树林，那些榛树临近河岸，旁边还有不高的橡树丛。这些榛树的老树干的颜色是黢黑的；公园里散发着一股冰鲜鱼似的微腥味道。现在还闻不到桦树和橡树去年随着早春而散发出来的那股强烈的气味，而夜莺倒是全情投入，引吭高歌，在这片宁静、幽暗的公园里，它在婉转地鸣叫，千回百转，清脆欢快，发出一阵阵毫不设防的清丽之音。

施季里茨一下子就想到了自己的爷爷：他老人家可是很会和鸟类交流的。他常常一坐到树下，就向一只小山雀使眼色，引逗它，长时间地和小鸟眉来眼去，山雀的眼睛变得十分灵活，黑色的小眼珠不停地转动，一点儿也不怕老人家。

"啾——啾——塔啦嘀！"老人吹起了口哨。

于是，一群山雀都用叫声来回应老人，那是相当的信任和快活。

太阳早已经落山了，黢黑的树干在白雪的映衬下像是一幅幅暗淡的剪影。

"这可怜的夜莺，会冻僵的，"施季里茨一边思忖着，一边裹紧了大衣，回到了房子里，"这真是一点忙也帮不上的：只有一种鸟是根本不相信人的，这就是夜莺。"

施季里茨看了一下表。

"克劳斯马上就来了，"施季里茨想道，"他总是很准时的。是我亲自叮嘱他从车站下车后穿过林子再过来的，这样不会遇到任何人的。没关系，我再等他一会好了。刚才看到的景致还真美呢……"

施季里茨总是在这个地方和这名特工见面，这是一所位于湖畔的独栋房子，是他自己最为隐蔽的住宅。他花了三个月的时间，来说服党卫队总队长保罗给他拨款，将其用于从在大轰炸中丧生的"歌剧院"演员的子女手中购买这幢小别墅，那些子女们要价很高，负责党卫队和德国安全勤务处总务的保罗斩钉截铁地拒绝了施季里茨。"您失去理智了吗？"他说，"还是租一所便宜点的房子吧。这种总要奢侈豪华的想法都是哪来的？我们不能够四处挥霍钱财啊！对于还处于战争重负下的国家来说，这可是不光彩的。"

施季里茨不得不搬出救兵，请自己的上司，帝国保安局政治情报处主任出山。34岁的党卫队旅队长瓦尔特·舒伦堡一看位置，立刻就明白了，这是一个与重要特工见面谈话的绝佳地点，再合适不过了。于是就同意了，通过假冒的居间经纪人签订了不动产买卖合同，这样，化身为"罗伯特·列伊大众化学企业"总工程师的某位博尔泽先生，就取得了这幢别墅的使用权。他以优厚的薪水和口粮配给雇佣了一名门卫。这位博尔泽先生就是党卫队的旗队长①冯·施季里茨。

……施季里茨在桌子上摆放好了茶具之后，拧开了收音机。英国的广播电台正在播放轻快的音乐节目。美国人格兰·缪勒②正在指挥乐团演奏电影《太阳谷》的插曲。希姆莱很喜欢这部电影，所以在瑞典买了一部拷贝。从那时候开始，在艾尔布莱希特亲王大街府邸的地下室里就相当频繁地放映这部影片，特别是在夜间有敌机轰炸、也无法审讯犯人的时候。

施季里茨打电话叫门卫过来，门卫一来，他就对门卫说：

"朋友，您今天可以进城，去看看孩子们吧。明天六点前回来就行，到时候，我要是还没出门，您就给我冲一杯浓咖啡，特浓的，要多浓有多浓就行啦……"

1945 年 2 月 12 日（6 点 38 分）

"神父，您怎么看，在人的身上，是人性多点还是兽性更多呢？"

"我认为，在人身上，人性和兽性一样多。"

"这是不可能的。"

"可能，而且只能是这样的。"

"不是的。"

"不然的话，其中某一方早就取胜了。"

---

① 旗队长：德国党卫队"上校"军衔，领章上只有一片橡树叶，相当于标准的野战部队正团级军官。——本书注释均为译者注。

② 格兰·缪勒：上个世纪三四十年代最红的音乐家、乐队指挥。他演奏的曲目有着 23 次排名第一，72 次进入十大金曲排行榜的记录。他在战争期间，组建了航空乐队，在慰问演出途中于英吉利海峡失事，下落不明。

"您在责备我们，认为我们将精神置于次要的地位，就是热衷于鄙俗。精神确实是次要的。精神的成长只是犹如雨后之蘑菇，需要依赖合适的培养基。"

"那么，什么是合适的培养基呢？"

"功名利禄。就是你们所谓的淫欲，我称之为一种健康的愿望，就是想与一个女性睡觉并爱她的愿望。这是一种想掌控个人事物的健康的愿望。没有这些欲望和野心，人类的一切发展都将止步不前。教会不是花费了很大的气力去阻止人类的发展嘛。您很清楚，我在讲教会的哪一个历史阶段吧？"

"是的，是的，我当然知道这一阶段的历史。我不仅清楚地了解这一阶段的历史，我还知道其他阶段的所有历史。我是看不出来，在你们的人学知识和元首的宣传之间有什么差别。"

"是吗？"

"是的。他把人看作是功名利禄之徒。把人看成是身强力壮、精力充沛，渴望为自己夺取生存空间的野心家。"

"您还没有意识到吧，您说的根本不对。因为元首不仅把每个德国人看成是一个有抱负的家伙，而且，这还是一群浅色头发的高等人类。"

"而您把每一个人都看成是抽象的野心家。"

"我是在每个人身上看到了他的起源。人是由猴子变来的。而猴子本身不就是动物嘛。"

"在这一点上，我和您的看法是有分歧的。您相信，人的起源是从猴子变来的；可是您并没有见过那只变成了人的猴子，这只猴子也从没有在您的耳边就这个论题和您讨论过什么。您没有对这个问题深入地研究过，您也不可能去探索这样一个问题。您对此深信不疑，只是因为这种信仰与您的精神世界保持一致罢了。"

"难道上帝就曾经在您的耳边告知您，说是他创造了人吗？"

"当然，谁也没有这样对我说过这种事，而且，我也无法证明上帝的存在，这是无法证明的，对此种事物，只能去相信。您相信猴子，而我，相信上帝。您相信猴子，因为这种信仰与您的精神世界相吻合；我信仰上帝，因为这种信仰与我的精神世界相吻合。"

"您在极力歪曲事实。我不是相信猴子，我是相信人。"

"您相信从猴子变来的人。您是相信人身上的猴子。而我，相信人身上的上帝。"

"怎么，难道每个人身上都有上帝吗？"

"那是当然。"

"在元首身上有吗？在戈林身上有吗？在希姆莱身上也有？"

"您提的问题实在难以回答。我和您谈论的只是人的天性。当然啦，在每一个这类的坏蛋身上都可以发现堕落天使的痕迹。但是，遗憾的是，他们的天性已经受到残酷、专横、谎言、下流、强权的法则所支配，实际上，在他们的天性中，人性的东西已经荡然无存。然而，原则上，我从不相信，人诞生到这个世界上，就必须承受起他源于猴子的这个诅咒。"

"为什么起源于猴子是一种'诅咒'？"

"我是用自己的语言来表述。"

"也就是说，有必要接受上帝的律法来消灭猴子喽？"

"为什么呢？没这个必要吧……"

"您一直在道义上回避对我的问题给出答案，这些问题使我深受折磨。您不给出'是'与'否'的回答，每一个寻求信仰的人，都是喜欢听到具体性的答案的，这样的人喜欢的是一个'是'或者'否'的回答。而从您的口中得到的总是'不是吧'，'不是吗'，'可能不是吧'和其它一些似是而非、模棱两可、莫衷一是的字眼。如果这是您的意愿，那么我不仅会深深地讨厌您的回答问题的方式，更厌恶您的这一套说辞。"

"您对我的所作所为怀有敌意。这毫无疑问……您却还是从集中营跑到我跟前来聊个不停。这您又怎么能自圆其说呢？"

"这只是再一次证明了，正如您所说的，在人的身上既有上帝的神性，也有猴子的兽性。如果我的身上只有上帝的神性，我也就不会来求教于您。我也就不会逃避，而是会坦然地死在党卫队刽子手的枪口之下，将我的另一面脸颊转向他们，以唤醒他们中的哪怕一个人。现在，要是您不得不落到他们的手里，我想知道的是，您是否会转过自己的另一面脸颊或者是不是极力避免被扇上一巴掌呢？"

"什么意思——这只是转过另一面脸颊的问题吗？您又把象征性的寓言投射在真实的纳粹国家机器上了。把转过另一面脸颊变成寓言是一回事。我已经跟您说过了，这是有关人类良知的寓言。而落入到并不征求您的意见、就要打另一面脸颊的机构中，则是另一回事。落入到原则上和思想上都丧失了任何良知的国家机器中……当然，这与在路上和车辆或者是石头相撞，或者是撞上了墙壁一样，和这样的顽固的东西是没什么可交流的，这和与其他物种交流一样是不可能的。"

"神父，我很抱歉，——也许，我触碰到了您的秘密，但……您是不是也进过盖世太保的监狱呢？"

"好吧，我能告诉你什么呢？我是进过那里……"

"我懂了。您不想提及这段历史，因为这对您来说，是一个非常痛苦的问题。神父，您是否想过，战争结束之后，您教区的教民有可能不再相信您？"

"进过盖世太保监狱的人不在少数。"

"要是有人暗中告诉教民们，说神父您是告密奸细，和您同一个监牢的其他人都没有幸免，没有活着出来；而像您这样，能活着回来的人不过万分之几……教民们都不太相信您了……到那时候，您还向谁传教布道呢？"

"当然，如果用类似的方法去整人，完全能够置人于死地。我无论如何也不可能在这种情况下改变自己的处境。"

"到那个时候可怎么办呢？"

"到那个时候？这种说法就会被驳斥。我会尽我所能驳斥这种鬼话，直到他们愿意听我辟谣。要是他们不听我辟谣——我就是内心死亡了。"

"心死。就是说，您将会变成一具行尸走肉的躯壳？"

"听凭上帝的审判。躯壳就躯壳吧。"

"您的宗教反对自杀吧？"

"正因为如此，我才不会自杀了却此生。"

"没有了传教布道的可能，您会做什么呢？"

"我会不传教而信教。"

"难道您就看不到自己还有其他的出路吗？——譬如和大家一起劳作。"

"您所谓的'劳作'指什么？"

"至少——搬运石头来建造科学的殿堂。"

"如果社会需要一个神学院毕业的人来搬运石头，那么我和您也就真的无话可说。这样一来，对我来说，实际上最好是现在就回到集中营里，在那里的焚尸炉里被烧掉……"

"我只是提出一个问题：如果发生呢？我很想听听您的推测性的意见——这么说吧，这可以调整您的思路。"

"您认为，一个向自己的教民传教布道的人会是游手好闲、招摇撞骗的家伙吗？您不认为传教布道这是一种工作吗？您认为，搬运石头是一种工作，而我则认为，精神劳动和任何一种其他劳动都是平等的——精神工作尤其重要。"

"我本人是一名专业记者，我的通讯报道既遭到了纳粹的排斥，又被东正教教会所反对。"

"东正教教会方面的斥责原因很简单，那就是您对人本身的看法是不正确的。"

"我并不研究抽象的人。我只不过报道了不来梅和汉堡那些贫民窟中小偷和娼妓的世界而已。希特勒的国家就斥责这种报道是对上等种族的卑鄙诽谤，而教会则称这种报道是对人的污蔑。"

"我们是不惧怕揭示生活中的真相的。"

"你们当然害怕！我只是展示了这些人只是想去教堂，而教堂极力将他们拒之门外；正是那些教民回避他们，于是神父也不敢去反对自己的教民。"

"当然不能那么做。我不会反对您报道真相。我不是因您将这一切报道出来而指责您。我和您的主要分歧在于对人的未来的预测。"

"您不觉得您对这类问题的回答更像是政治家，而不像是一名神父吗？"

"您这样认为是因为您在我的身上只看到了适合您的那些东西，您身上也有的东西。您只看到了一个政治的轮廓，它仅仅是一个方面而已。就像是在一个对数计算尺上能看出钉钉子的痕迹一样。对数计算尺确实可以用来钉钉子，它既有一定的长度，又有那么一点重量。但是，这样的观察方式你只能看到事物的第十种、第二十种功能，而实际上，借助于对数计算尺要做的事是计算，而不仅仅是钉钉子。"

"神父，我提了一个问题，而您没有回答，就把钉子钉在了我身上。您倒是非常巧妙地把我从一个提问者变成了回答问题的人。您轻巧地把我从一个探索者变成了异端人士。当您说您也在信仰追寻者之列的时候，为什么您能超脱于对这种信仰的纠结？"

"的确是这样的：我也在搏杀之中，我确实处于战争中，但我是在和战争本身作战。"

"您的论辩具有唯物论的特点。"

"我是在和一个唯物论主义者争辩。"

"就是说，您是在用我的武器和我论战？"

"我这么做是被迫的。"

"您听好了……为了神父您的教民安好——我需要您与我的朋友们取得联系。地址嘛我会给您。我信任您才给您我的同志们的地址……神父，我相信您不会出卖无辜的同志们……"

施季里茨听完这段磁带录音，立即起身走到窗前，他不想与来客的目光对视，他就是昨天求助于神父的那个人，现在这个人正喝着白兰地，贪婪地吸着烟，咧着嘴得意洋洋地笑着。

"神父那里没有烟可抽吧？"施季里茨头也没回地问道。

他站在占据了整个墙面的一扇巨大的落地窗前，看着乌鸦们在雪地上争抢着啄食面包屑：别墅的门卫领取的是双份口粮，又特别喜欢给鸟类投食。门卫不知道，施季里茨是党卫队保安局的人，他坚信，这所房子要么属于一群同性恋者，要么就是贸易大亨的谈事地点：因为从来没有一个女人出入这里，男人们聚集在这里的时候，总是在房子里安静地谈话，吃的食物相当美味，都是上等货，喝的东西基本上都是美国的。

"是的，我在那里可没有烟抽，受尽了折磨……那个老头子倒是很健谈，但是我因为没有烟抽烦躁得只想上吊……"

这个特工的名字叫克劳斯。他是两年前被招募的。他是本人自愿来参加征招的：这位前校对员太希望生活有点刺激了。他工作起来得心应手，特别善于用真诚和鞭辟入里的见识让交谈者无从辩解，解除了交谈者的戒备之心。只要他的工作富有成效和节奏足够快，人们就会对他无所不谈。施季里茨注视着克劳斯，那种每天和他见面时越来越沉重的恐惧感再度浮现在心头。

"也许，他这也是一种病态？"施季里茨曾经这样想过，"对背叛的渴望也是一种疾病。有意思的是：克劳斯完全不符合隆布罗佐①的理论——他比我所见过的所有罪犯都更危险和可怕，但是，他仪表堂堂，温文尔雅，和蔼可亲……"

施季里茨回到桌旁，坐到克劳斯的对面，含笑望着他。

"怎么样？"他问道，"就是说，您已经确信，这个老头子会为您建立起联系了？"

"是的，这已经是一个解决了的问题。我最喜欢和知识分子以及神父打交道啦。您知道，观察一个人一步步地走向死亡，这太

---

① 切扎列·隆布罗佐（1835—1909）：意大利都灵的犯罪心理学家，资产阶级刑法学中人类学派创始人。——作者注；本书指隆布罗佐创立了异常行为和犯罪倾向的理论以及犯罪博物馆，他的理论认为，有一种人因生理（低下）的原因，是天生的罪犯。

让人心旌神摇了。有时候我太想说一句不适当的话了：'站住！蠢蛋！知不知道你是往哪里走？！'"

"哎，这可没必要，"施季里茨说，"说这样的话未免太不理智了。"

"您这里有没有鱼罐头哇？吃不到鱼我可要馋疯了。您知道吧，鱼里含有磷。神经细胞需要磷……"

"我热几个上好的鱼罐头给您。您要吃哪种罐头呢？"

"我喜欢吃油煎的……"

"这个我知道……我问的是您想吃哪国产的罐头？国产的还是……"

"就来那种'还是'吧，"克劳斯笑着说，"就是听起来好像不怎么爱国，但我最喜欢的食品和饮料都是美国或者法国生产的……"

"好哇，我会给您热一盒真正的法国沙丁鱼罐头。是橄榄油煎的，香味扑鼻，口齿生津，富含磷脂……是这样，我昨天看了你的专案材料……"

"要是能让我本人看上一眼，付出多高昂的代价我也愿意哦……"

"这些材料并没有想象的那么有趣……当您侃侃而谈，笑声朗朗，述说您的肝部如何疼痛、不适——这些倒是令人印象深刻，如果考虑到在此之前，您已经完成了一次相当惊险的行动的话……您那专案材料中的一切就相当的枯燥和乏味了：无非就是汇报材料啦、告密材料啦这些。您写的汇报材料和告发您的材料都混在一起啦……没意思，这些都没什么意思……倒是一些别的东西还有点意思：我统计了一下您的汇报材料，由于您的告密行动一共有97人被捕……而且这些人无一例外都没有揭发您。毫无例外。他们在盖世太保的监狱里可是被整得够惨……"

"您为什么要对我说这些?"

"不知道……嗯,也许我想分析一下……当那些给您庇护的人被抓走时,您是不是也有过心痛的感觉呢?"

"您以为会如何呢?"

"我不知道。"

"只有鬼才知道……看来,我和他们一对一对谈或者对决的时候,总是感到自己是一个强者。我喜欢这种缠斗和搏杀……至于他们以后会有什么命运嘛,——我不知道……我们自己以后的命运会怎样呢? 所有人的命运以后又会怎样呢?"

"这话没错儿。"施季里茨表示同意。

"我们死后,哪怕就是洪水滔天也与我们无关①。再看一看咱们这里都是一些什么人吧: 到处都是些贪生怕死之辈、卑鄙无耻之徒、揭发告密的小人。人人莫不如此,毫无任何的例外。生在奴隶之中就当不成自由人……这话一点不错。不过,在奴隶之中选择做一个最自由的人不是更好些吗? 找本人呢,这些年就享受了充分的精神自由……"

施季里茨问他:

"我说,前天晚上有人去找过神父吗?"

"没有人呀……"

"快九点钟的时候……"

"您可能弄错了,"克劳斯说,"至少,没有您这里派过去的

---

① 据传这是法国的蓬巴杜夫人对国王路易十五说过的一句话,被享乐主义者奉为金科玉律。

人，在那里就只有我一个人。"

"也许，是本区的教民？我的人没有看清那个人的脸。"

"您在监视那栋房子？"

"当然。一直在监视呢……这么说，对这老头子会为我们工作这件事，您是坚信不疑喽？"

"他一定会为我们工作。我一向认为自己有当反对党党魁和宣传家的天赋，是个振臂一挥应者云集的领袖材料。人们总是在我的咄咄逼人的气势和严密的思维逻辑之下臣服……"

"好哇。克劳斯，干得相当不错。只是别跟别人吹牛……现在我们谈谈案件……您这几天先在我们控制的安全地点呆上几天……这之后还有一项相当重要的工作要由您来做，而且实际上，这项工作并不在我的管辖范围之内……"

施季里茨说的是实话。就在今天，盖世太保总部的同僚向他提出借用克劳斯一周的时间：两名俄罗斯的"钢琴师"在科隆被抓了。他们就是正在无线电发报机旁收发电报的时候，被当场擒获。他们拒不交代，这就需要在他们身边安插一个在这方面干起来得心应手的人。找不到比克劳斯更合适的人选啦。施季里茨允诺找到克劳斯。

"请您从灰色的文件夹里拿一张纸，"施季里茨说道，"写下以下内容：旗队长！我已经疲惫不堪，筋疲力尽。我一直兢兢业业地工作，但是，我再也受不了这么大的工作强度了。我想休息一段时间……"

"写这些话干什么呀？"

"我认为，这样写的话，您去因斯布鲁克休息一周就顺理成章了。"施季里茨一边回答他，一边将一沓钞票递给克劳斯，"那里的赌场都开门，年轻貌美的女士们正在滑雪下山。不手写这几句话，我怎么来为您开启一个星期的幸福之旅呢。"

"太感谢了！不过，我还有挺多钱呢……"

"钱越多越好嘛，是吧？难不成钱多还咬手？"

"这倒是的，钱多不咬手。"克劳斯同意道，接过钱，随手揣进裤子后面的口袋里。"据说，治淋病的话很贵，要花上一大笔钱的……"

"您再回忆一下：没有人见到过您去神父那里吗？"

"不用费力去想啦——真的没人看见……"

"我指的是有没有我们的人看见您。"

"要是您的人真的在监视那所房子，他们说不定也可能看见过我。但是呢，也未必……我反正是谁也没见到过……"

施季里茨想起了一周前他"导演"的一出"戏"，是他亲自给克劳斯穿上了囚犯的衣服，押着一队囚犯穿过了施拉格神父现在所住的村子。他回忆起了克劳斯一周前的样子，他那张脸上的表情：他的眼睛炯炯有神，一副和善而坚毅的脸庞——他当时已经进入了他所要扮演的角色之中。那时候，施季里茨和他说话是另外一副腔调，因为当时汽车里坐着的可是一位正人君子——看起来心慈面善，嗓音低沉，说出的话准确、中肯、无误。

"我们在去您的新住处的路上把这封信投到邮筒里，"施季里茨说，"为了不至于引起怀疑，再寄一封信给神父。您亲自来写这封信吧。我就不打扰您了，我去给您再煮一杯咖啡。"

当施季里茨回到桌旁的时候，克劳斯手里拿着写好的一页纸。

"诚实意味着行动，"克劳斯一边笑，一边读，"信仰基于斗争。完全无所作为地宣讲抽象的诚实是对教民和自己的背叛：一个人可以原谅自己的不诚实，而子孙后代却绝不会宽恕。所以，我不能原谅自己的无所作为。无所作为比背叛更为有害。我要走了。请您好自为之，上帝会保佑您的。"

"怎么样？还行吧？"

"太好啦。您从来没有想过写点小说什么的吗？或者试着写点诗呢？"

"没有。如果我要能写作的话，我又何必当……"克劳斯突然欲言又止，偷偷瞥了一眼施季里茨。

"继续说下去呀，您真是个怪人。我们谈什么都是开诚布公的。您是不是想说：假如您要是会写作的话，就不会为我们工作了，是吧？"

"差不多是这个意思。"

"不是差不多，"施季里茨纠正他的话，"您想说的就是这个意思。不是吗？"

"是的。"

"您对我半吞半吐的原因是什么呀？喝完这杯威士忌，咱们就动身吧。天已经黑下来了，大概美国人很快就会开始轰炸了。"

"新的住处很远吗？"

"在林子里，距离这里有十公里左右。那里相当安静，您可以一觉睡到明天……"

已经坐在汽车里了，施季里茨又问道：

"他一句也没提起过前首相布吕宁①吗？"

"我已经和您汇报过这件事了，我一谈到这个人，他马上就绝

---

① 海因里希·布吕宁（1885—1970）：魏玛共和国时期的德国政治家，首相。

口不谈了。我没敢使劲逼迫他说……"

"您做得很对……他也从没提起过瑞士吗？"

"一丝口风都没漏。"

"好吧。那我们再从别的途径寻求突破。重要的是，他已经同意帮助一名共产党员了。这个神父，可真有一套啊。"

施季里茨对着克劳斯的太阳穴开了一枪，打死了他。他们那时是站在湖岸上。虽然说，这个地方是禁区，但是，施季里茨清楚地了解，它的警卫岗哨位于两公里之外，美国人的轰炸机已经飞过来了，在轰炸机的巨大轰鸣声中，手枪的射击声是不可能被听到的。他准确测量过，克劳斯会从水泥墩倒下去，这个地方以前是钓鱼者的站位，会一下子落入水中。

克劳斯无声无息地落入了水中。施季里茨把手枪也扔到克劳斯落水的同一地点（为了让由于神经极度衰弱而自杀的说法具有真实的可信度，信件都是克劳斯本人所写并寄出去的），他摘下手套，穿过一片森林，回到自己的汽车上。这里距离神父施拉格所住的村庄还有四十公里。施季里茨计算好了，自己到达那里还需要一个小时，他提前周密地考虑好了一切，甚至包括从时间上证明他不在现场的可能性……

1945 年 2 月 12 日（19 点 56 分）

（摘自党卫队总队长克吕格尔个人档案："1930 年加入国家社会主义德国工人党。纯雅利安人，忠于元首。性格具有北方人特点，坚定果敢。善于交际，对朋友平易近人；对帝国的敌人毫不留情。对家庭忠贞负责；社会关系清白。工作表现良好，属于不可替代的内行专家……"）

1945 年 1 月，俄国人突进到克拉科夫①，这座被德国人精心布防、遍埋地雷的城市竟完好无损地落入了敌方手中，这使帝国保安局局长恩斯特·卡尔登勃鲁纳坐不住了，他命令将盖世太保东方分局局长克吕格尔叫来。

恩斯特·卡尔登勃鲁纳盯着克吕格尔将军那副阴沉的四方大脸，沉默良久，而后轻声地问道："您有没有足够客观的理由，能让元首相信您的辩解呢？"

克吕格尔外表老实忠厚，看上去笨拙、迟钝，心里可精明着呢，他早就料到局长会问这个问题。他对于如何回答早就成竹在胸了。但是，他必须把一系列的情感参数表演出来：他在党卫队里，在党内可是呆了十五年的老油条，表演功夫十分老到。他懂得，不能立即就回答问题，就像不能完全急着推脱自己的过错一样。甚至在自己的家里，他也意识到，自己已经完全变成了另外一个人。起初他和妻子还有话可说，深夜到家聊上几句，低声交换某些看法，但随着专门技术的发展使用，他比任何人都明白这类技术的用途和效果，他也就基本不再大声说话了，大部分时间都只是想事儿。哪怕是和妻子在森林中散步，他要么全程沉默不语，要么谈几句生活无关紧要的琐事，因为帝国保安局随时都有可能发明一种机器，如影随形地记录一公里以内或者更远距离发出的声音。

————————

① 克拉科夫：位于波兰南部维斯瓦河上游，为波兰第三大城市，历史上是波兰的故都。

于是，原先的克吕格尔一点点地消失不见了；代之而来的是那个仍旧生活在旧有躯壳中的人，大家都熟悉他，外表上没有任何的变化，但是，实际上确是由原来的克吕格尔创造的另一个人、谁都不熟悉的克吕格尔将军，他不仅不敢说出任何真相，不，他连让自己去思考真相都不允许。

"不，"克吕格尔忍住沉重的呼吸，紧皱着眉头，颇为体察上司的用意的样子，心情沉重地说，"我没有足够的理由……也不能有什么借口开脱自己。我是一名士兵，战争毕竟是战争，我不期待任何宽宥。"

他此番表演十分到位。他懂得，他的自我批评越严厉，恩斯特·卡尔登勃鲁纳对他的苛责就会越少。

"也没必要婆婆妈妈地伤感。"恩斯特·卡尔登勃鲁纳点燃了一颗烟，说道。于是，克吕格尔明白了，他的表演套路是对的，是准确而得体的。"应当对此次失败进行分析，以免重蹈覆辙。"

克吕格尔说："高级总队长，我明白，我的罪过是无法估量的。但是，我想请您听取一下旗队长施季里茨的汇报。他对我们的行动运作方式了如指掌，他可以确认，我们当时的一切准备工作都进行得十分缜密和恪尽职守。"

"施季里茨与那次行动有什么关系呢？"恩斯特·卡尔登勃鲁纳不解地耸了耸肩，"他是侦察部门的，他在克拉科夫是做别的工作呀。"

"我知道，他在克拉科夫参与的是追踪'法乌①'下落的工

---

① 法乌（ФАУ）：第二次世界大战期间德军使用的一种航空炸弹。这个名字是拉丁语在德语中的发音。

作，但是，我认为，我有责任将我们行动的所有方案的详细情形告知于他，期望他回国后向帝国的党卫队司令或者您汇报我们行动的进展情况。我当时一直在等您的下一步指示，但是，什么回信也没有等到。"

恩斯特·卡尔登勃鲁纳立即把秘书找来，并指示道：

"请去了解一下，查明六处的施季里茨是否被列入过参与'黑火焰'行动计划的人员名单。去查明施季里茨从克拉科夫回国之后，是否到领导的接待室请求过接见，如果有过此事，是哪一位领导接见了他。再打听一下，他在工作汇报中谈及的是哪些问题。"

克吕格尔意识到，他这样把施季里茨置于挨整的地位有点为时尚早。

"我应当承担全部的失误，"克吕格尔又开始低下头，重新用沉重的语气，含混不清地说道，"您如果要处罚施季里茨，我会非常痛心的。我非常敬佩他是一名忠诚的战士。我自己没什么好辩解的，我只能在战场上用鲜血为自己赎罪。"

"您上战场……那么谁在这里与敌人战斗呢?! 我吗?! 我一个人?! 为祖国、为元首，战死在前线! 这也未免太容易、太简单了吧? 生活在这里，整天也头顶着炸弹，并用烧红的烙铁无情地清除一切肮脏的秽物，这要复杂得多! 在这里工作需要的不仅仅是勇气，还有谋略! 大智大勇，克吕格尔!"

克吕格尔放心了：局长这么一说，就是不会发配他去前线了。

秘书悄无声息地开门进来了，在恩斯特·卡尔登勃鲁纳的办公桌上放了几个很薄的文件夹。恩斯特·卡尔登勃鲁纳翻阅了文件夹，用征询的目光看了一眼秘书。

"不，他没有拜见任何领导，"秘书说，"施季里茨从克拉科夫回国之后，立即就进入新的岗位，参加侦测一台为莫斯科服务的战略发报机的工作……"

克吕格尔决定继续自己的表演，他认为，恩斯特·卡尔登勃鲁纳像所有的残暴之人一样，都有极端喜怒无常的性格。

"高级总队长，无论如何，还是请您允许我到前线去吧。"

"坐下，"恩斯特·卡尔登勃鲁纳说，"您是一位将军，就不要婆婆妈妈啦。今天您可以休息一下，明天您要详细地将此次行动的所有详细情形写成材料报告给我。然后，我们再考虑到什么地方工作的问题……克吕格尔，我们人手少，工作却堆积如山。有大量的工作要做呢。"

等克吕格尔一走，恩斯特·卡尔登勃鲁纳立即招来秘书，并且指示他道：

"请把施季里茨最近一两年的全部档案材料整理好给我送来，但是，不要让舒伦堡知道这件事；施季里茨是一名得力的特工人员，人也很勇敢，不要给他名誉留下污点。我这样做只不过是很普通的一种同志间的例行相互审查而已……另外，准备签发一道对克吕格尔的任命：我们把他派去担任布拉格的盖世太保的二把手——因为那里形势紧张，工作可是不少啊……"

1945 年 2 月 15 日（20 点 30 分）

（摘自 [帝国保安局四处] 党卫队突击大队长霍尔托夫个人档案：1938 年加入国家社会主义德国工人党；纯雅利安人。性格具有北方人特点，坚定果敢。与同事关系良好。工作表现优异。运动员。对帝国的敌人毫不留情。单身未婚。社会关系清白。曾多次受到元首和党卫队司令的嘉奖……）

施季里茨以为，自己今天可以早一点脱身，离开艾尔布莱希特亲王府邸前往瑙恩①：那里的森林之中，在公路的岔路旁，有一座保乌利开的小酒馆，就在一年前，保乌利的儿子，瘸腿的库尔特，像五年前一样，变戏法一样弄到了猪肉，开始用正宗的白菜猪肘招待他们的老顾客了。

没有空袭的日子，战争嘛，就好像不存在一样，一切都是照旧：和从前一样，唱机里放着乐曲，布鲁诺·瓦伦克仍在悠然放歌："啊，莫赫尔泽的时光有多么美好……"

但是，施季里茨没能及早脱身出门上路。霍尔托夫从盖世太保总部过来找他。对他说："我不知道怎么办好了。我抓的一个人要么是心智不健全应该送医，要么就是应当转送到你们情报部门重审，他一直在重复嘟囔英国猪猡们在广播电台播送的那些东西。"

施季里茨就去了霍尔托夫的办公室，一直坐到将近9点，就听被盖世太保旺泽地区分部逮捕的一个天文学家在那里歇斯底里地大喊大叫。

"难道你们都没长眼睛吗？！"天文学家喊道，"难道你们不明白，这一切都已经结束了吗？！我们已经穷途末路了！难道你们还不明白，现在还要求继续牺牲，每一次新的牺牲，就是野蛮行

---

① 瑙恩：德国城市，位于勃兰登堡州。

为！你们一直宣称，是在为国家民族的生存而生存！那你们倒是去呀！去帮助那些国家民族的幸存者吧！是你们让那些不幸的孩子们注定走上死亡之路！你们都是些战争狂热分子！贪婪的战争狂！是掌权的战争狂！你们只知道饱食终日，抽香烟、喝咖啡！让我们也像人那样活着吧！"天文学家突然停下来，擦了擦鬓角上的汗水，接着小声说："不然就在这里快点打死我得了……"

"等一下，"施季里茨说，"喊叫不是讲道理的好方式。您有什么具体的建议吗？"

"您说什么？"天文学家用恐惧的声音问道。

施季里茨那镇静的嗓音，他从容不迫的讲话态度，他面带微笑的表情，这些都令天文学家惊愕不已：他已经习惯了在监狱里审讯他的时候的尖刻辱骂和拳脚相加；犯人都是很快就能习惯这些的，但是要想摆脱这些习惯却要慢慢来。

"我要问的是：您有什么具体的建议吗？我们应当如何拯救孩子们、妇女和老人们呢？您能建议我们怎么做吗？批评和发火当然很容易。而提出合理的行动计划是相当难的。"

"我反对占星术，"天文学家说，"但是我就是心仪于天文学。我被剥夺了在波恩的教职……"

"这就是你之所以大为光火的原因吗？你这条狗？！"霍尔托夫叫骂起来。

"等一下嘛，别急，"施季里茨说，他懊恼地皱了皱眉头，"不应该喊叫，真的不用，请您继续说吧……"

"我们生活在太阳剧烈活动的年份。大量的日珥在爆发喷出，大量额外的太阳能辐射超出以往，影响各种天体、大小行星和各种星体，也正在影响我们渺小的人类……"

"您大概已经推算出一张运势图了吧？"施季里茨问道。

"星座运势图是一种直觉的东西，也可以说是天才都无法证实的东西。不，我不会以天才的假说为出发点，我只是想提出一种普普通通的说法而已：每一个生活在地球上的人与天空和太阳都有着相互的联系……这种相互的联系能够帮助我们更准确和更为清醒地评价发生在我的祖国大地上的一切……"

"我很有兴趣和您就这个题目详细地谈一下，"施季里茨说，"也许，我的同事现在会允许您回到监室休息两三天，而在这之后我们再继续谈。"

天文学家被带走之后，施季里茨说：

"你看不出来，他已经有点精神错乱了的症状吗？所有的学者、作家、演员都是精神错乱症患者。处理他们需要一种特别的方法，因为他们都是自以为是的，活在他们臆想出来的生活之中。把这个怪物送到我们的医院去鉴定一下就行了。我们现在手头上要做的重要工作可太多了，不能把时间都耗费在信口雌黄、乱说一气的人身上，尽管，有时候，他们颇有些才气，讲得头头是道。"

"但是，他讲起话来可跟那些伦敦广播电台的人一模一样……要不就像该死的社会民主党人一样，简直跟莫斯科的宣传沆瀣一气。"

"人们发明了广播，就是让人收听的嘛，他这样的就是听得太多啦。不，这不重要。晾他几天之后再接触他比较合适。如果他是一位重要的学者，我们就打报告给缪勒或者恩斯特·卡尔登勃鲁纳：给他申请一份足额的口粮，把他疏散到山里，我国的科学界的精华不都在那里嘛，让他在那里工作，有足够的面包，上好的黄油，舒适的山间居所，在森林深处，没有任何的空袭，他马上会停止信口开河的……不是吗？"

霍尔托夫冷笑道：

"要是每个人都有舒适的山间居所，有足够的面包，上好的黄油，还没有什么空袭，那谁也不会信口开河、胡说八道了……"

施季里茨盯着霍尔托夫的脸看了好一会，直到后者受不了他的目光，慌乱地将桌子上的文件挪来挪去之后，施季里茨才调转了自己的目光，向旁边比自己级别低的同事宽厚、友好地笑了笑……

1945 年 2 月 15 日（20 点 44 分）

元首召集的会议速记笔录

与会人员：凯特尔、约德尔、哈维尔特使（代表外交部）、党务办公厅主任鲍曼、党卫队高级总队长菲戈莱因（帝国党卫队司令官本部联络官）、帝国工业部长施佩尔，以及海军上将福斯、海军少校吕德-奈拉特、海军上将冯·普特卡梅尔、副官、速记员。

鲍曼：是谁一直走来走去的？会妨碍大家的！各位军官先生，请安静一点，交谈的要小声点。

普特卡梅尔：我是在请冯·贝洛夫上校给我谈一下空军在意大利的近况。

鲍曼：我不是指上校。大家都在交谈，老是交头接耳，四处嗡嗡声，太让人心烦了。

希特勒：我不觉得碍事。上将先生，地图上还没有标出库尔良吉亚①地区今天的形势变化呀。

约德尔：我的元首，您还没有注意到吧：这就是今天早晨修改过的地方。

希特勒：地图上的字迹太不明显了。谢谢，现在，我看到了。

凯特尔：古德里安将军再次请求我们从库尔良吉亚地区撤出几个师。

希特勒：这个计划不合理。目前伦杜里茨将军的部队还滞留在俄国的大后方，距离列宁格勒有四百公里，牵制着俄国军队四十至七十个师。如果我们要从那里撤出我们的部队，那么，柏林城下的相关军事力量对比会立即发生变化，而且只会对我们一方不利呀，绝不会像古德里安想的那样简单呀。我们一旦从库尔良吉亚地区撤出几个师，到那时柏林近郊地区的每一个德国师团都至少要面对俄国人的三个师呀。

鲍曼：应当成为清醒的一名政治家，元帅先生……

凯特尔：我是一名军人，我不是政治家。

鲍曼：在总体战的世纪里，军人和政治家是两个不可分割的概念嘛。

希特勒：考虑到利巴瓦②战役的经验教训，我们要是想把目前布防在库尔良吉亚地区的部队后撤出来，至少需要半年的时间。这太可笑了。为了获取胜利，我们用小时来计算时

① 库尔良吉亚：也叫库尔捷姆，是拉脱维亚一个历史悠久的地区。
② 利巴瓦：即利耶帕亚，位于拉脱维亚西部的波罗的海沿岸，隶属于里加。

间，只能用小时。每一个有远见而且善于分析问题并能够得出结论的人，都有责任回答自己一个起码的问题：胜利是否即将到来？我并不要求大家作出自以为是的盲目的回答。我不满意那种盲目的自信，我在等待深思熟虑的坚定信心。世界上还从来没有过像同盟国这样矛盾丛生的离奇古怪的结盟方式。尽管俄国、英国和美国的目的是截然对立的，但是，我们的目的对所有人来说是显而易见的。他们的行动受不同的思想意识引导推动，而我们的行动只有一个共同的目标指引；我们的一切生活都服从这个目标。虽然他们之间的矛盾在增长，而且将来还会不断地增长，但我们目前这种超出以往的团结达到了无以复加的完整和牢不可破，这是我历经多年艰苦奋斗才达到的空前团结。企图通过外交途径或者是其他的方法来迫使我们的敌人的同盟关系崩溃掉，这是不切实际的空想。如果只是空想，倒也罢了，要是在这种空想中流露出惊慌失措和任何对战争前景丧失信心的悲观失望情绪，那可就是糟糕的事情了。只有对敌人进行军事打击，只有在军事打击中显示出我们部队不屈不挠的精神气概和无穷无尽的威力，我们才能加速这个联盟的解体，才能让这个联盟在我们大炮胜利的轰隆声中土崩瓦解。除了展示实力，没有任何东西能真正对西方国家的民主施加影响。能让斯大林清醒的，一方面是我们要让西方国家惊慌失措，另一方面就是加强对他们的军事打击，除此而外，别无他法。请注意：斯大林的部队现在已经并不在布良斯克①的森林里，也不在乌克

___

① 布良斯克：位于俄罗斯西南部的城市。

兰的平原上作战了。他把部队都布防在波兰、罗马尼亚和匈牙利的国土上了。俄国军队在长驱直入来到"异邦"之后，兵力已经衰减了，而且在一定程度上，士气萎靡不振，军心涣散了。但是，我现在最在意的不是这些俄国人和美国人。我的目光都集中在德国人的身上！只有我们的民族才有能力、有责任夺取胜利！现在，全国都变成了一座大军营。整个国家，这里我指的是德国、奥地利、挪威、匈牙利和意大利的一部分、捷克和波希米亚保护区的相当大一部分国土、丹麦以及荷兰的部分国土。这是欧洲文明的心脏区域。这是物质力量和精神力量精华荟萃之所在。胜利的物质力量就在我们手上。我们是否能尽快地夺取胜利，取决于我们，取决于我们军人，取决于我们如何更快的利用这种物质力量。请大家相信我，一旦遭到我军第一批致命打击之后，同盟国的结盟就会烟消云散。他们各自国家自私的利益会压倒他们对战略问题的远见。为了促使我们的胜利时刻早日到来，我现在提出以下建议：党卫队的第六坦克军在布达佩斯附近开始发起反攻，一方面，以此来保证奥地利和匈牙利的国家社会主义南方堡垒具备可靠的安全性；另一方面，为进攻俄国人的侧翼做好准备。请注意，正是在南方诺吉卡尼日阿①有我们的7万吨石油。石油，是战争大动脉中流淌的血液。我宁肯放弃柏林，也不愿意拱手让出这批石油，因为它们可以给我保障奥地利坚不可摧，保障奥地利与驻守意大利的凯塞林

---

① 诺吉卡尼日阿：匈牙利南部城市，重要的铁路与工业枢纽。

元帅百万大军的联系。此外，"维斯拉"集团军群①要尽可能地集中后备力量，利用波莫瑞②的军事基地，在俄国人的两翼发动决定性的反攻。帝国党卫队司令的部队要冲破俄国人的防线，深入到他们的后方并掌握军事主动权；然后在施泰金集团军的支持下，切断俄国人的整个战线。对斯大林来说，运输后备队问题是面临的最大的问题。长距离运输不利是他们的大问题。相反，这相当有利于我们。护卫柏林的七道防线实际上正在把这座城市变得坚不可摧，这七道防线让我们有可能违反一下兵法的准则，将南方和北方战场上的特别可观的兵力投入到西部战场上去。我们还有时间：倒是斯大林还需要两三个月才能重新部署后备的集团军群，我们呢，只需要五天就能调遣军队；我们的部队调动距离并不长，做什么都来得及，传统战略学所考虑的方法应当摒弃。

约德尔：最好是将这个问题与传统战略学的做法互相协调起来……

希特勒：现在我们谈的不是细节问题，而是整体目标和全局问题。局部的细节问题最终还要由参谋总部的作战专家们组成专门小组来确定。德国军队现有四百多万人，已经是组织良好的、力量强大的反击铁拳。我们的任务是组织这个力量强大的反击铁拳来一次压倒性的胜利反攻。我们现在正处于类似于1938年8月的处境之中。我们空前团结。我们是战无不胜的德意志民族。我们的军事工业生产了超出1939年

---

① "维斯拉"集团军群：组建于1945年1月。
② 波莫瑞：即波拉美尼亚，位于德国和波兰北部。

四倍还多的武器。我们的军队比那一年增加了两倍。我们的仇恨使敌人闻之变色，我们胜利的意志和决心从不动摇。所以，我来问诸位如下问题：难道我们不能通过战争的途径来赢取和平吗？难道我们不能用巨大的军事胜利来赢取政治主动吗？

凯特尔：这正好应了党务办公厅主任鲍曼刚才说的话，即军人同时也是政治家。

鲍曼：您不同意这句话吗？

凯特尔：我现在同意。

希特勒：元帅先生，请您明天就将准备好的具体建议送达我。

凯特尔：是的，我的元首。我们准备一个总体性的构想，如果您同意的话，我们就制订具体的详细作战计划。

会议结束了，在所有与会人员离开后，鲍曼将两个速记员叫来：

"请立即将我给你们口述的内容译成密码，然后以元首大本营的名义发至所有德国军队高级将领……现在口述如下：2月15日，我们的元首在大本营发表了历史性的讲话，在阐述了各条战线上的形式之后，元首强调指出：世界上还从来没有过像同盟国这样矛盾丛生的离奇古怪的结盟方式。下面……"

"他们把我看成什么人了？"（任务）

(摘自 [德国帝国保安局六处] 党卫队旗队长冯·施季里茨个人档案：1933年加入国家社会主义德国工人党；纯雅利安人。性格具有北方人特点，坚定果敢。与同事关系良好。工作表现优异。运动健将：柏林网球赛冠军。对帝国的敌人毫不留情。单身未婚。社会关系清白。曾多次受到元首和党卫队司令的嘉奖……)

施季里茨到家的时候，天色刚刚黯黑下来。他非常喜欢二月：雪已经几乎没有了，每到早晨，高高的松树枝头被太阳照得通亮，令人仿佛有夏天的错觉，好像马上就可以去莫赫尔泽湖边垂钓或者在躺椅上小憩一番了一样。

施季里茨目前一个人居住在离波茨坦很近的巴贝尔斯堡近郊，这是一所小房子：他的女管家因为无休止的轰炸得了神经衰弱症，一周前去了侄女家。

现在，替他打理家务的，是名为"与猎人共饮"的酒馆老板的年轻女儿。

"她大概是个萨克森人，"施季里茨一边看着姑娘用一台大型的吸尘器打扫客厅，一边想道，"她皮肤有点黑，眼睛却是蓝色的。说话的口音嘛，她倒是有点柏林腔调，但是，尽管如此，她应该还是萨克森人。"

"现在几点啦？"施季里茨问。

"大概七点了吧……"

施季里茨微微一笑，思忖道："她真是个幸福的姑娘……她竟然可以随意说出'大概七点'。地球上最幸福的人，就是这样一些可以随意处置时间的人啊，可以不必顾忌任何的后果……但听她说话嘛，倒真是柏林口音，这准确无误。甚至还有点梅克伦堡[①]的方言……"

施季里茨听到有汽车驶近的声音，就喊了一句：

"姑娘，你去看看是谁来了？"

过了一会儿，姑娘走进他那狭小的办公房间，他正坐在壁炉旁的扶手椅上，她对他说：

"是一位警察局的先生来找您。"

施季里茨站起身来，伸了一下懒腰，就走向前厅。只见一名党卫队的少校小队长站在那里，手里拿着一个大篮子。

"旗队长先生，您的司机生病了。我替他把口粮送来了……"

"谢谢，"施季里茨答道，"放冰箱里吧，姑娘你来帮他一下。"

这个小队长离开房子的时候，他没有再出来相送。只是在姑娘轻手轻脚地走进他的办公室的时候，他才睁开眼睛，姑娘站在门边，小声说：

"如果施季里茨先生您愿意的话，我留下来过夜也行。"

"可能这姑娘也是头一次见到这么多的食物，"他明白了，"可怜的女孩子。"

他睁开眼睛，又伸了一下懒腰，然后回答她说：

---

① 梅克伦堡：北德意志地区，北临波罗的海，东临波兰，西临下萨克森和石勒苏益格-赫尔斯泰因两州。

"姑娘，你可以拿走一半的香肠和奶酪，不用留下来过夜……"

"施季里茨先生，您这是说哪的话呀？"她回答道，"我不是因为吃的东西才……"

"那你是爱上我喽，是吗？你因为我而疯狂了吗？连做梦都能梦见我的一头白发啦？是不是？"

"世界上我最喜欢白头发的男人了。"

"行了吧，关于白头发我们以后再谈。等你嫁人以后再说……你叫什么名字？"

"玛莉……我说过了……我叫玛莉。"

"对了，对了，请你原谅我。拿上香肠吧，别在这里撒娇抛媚眼啦。你几岁了？"

"十九岁了。"

"啊，已经是一个大姑娘啦。你从萨克森来这里好久了吧？"

"很久了。我父母迁居到这里的时候，我就跟着来了。"

"好啦，走吧，玛莉，快回家去休息吧。我怕敌机快要来轰炸了。轰炸开始了再走您会害怕的。"

姑娘走了之后，施季里茨拉上了厚厚的用来躲避灯火管制的窗帷，将窗户遮得严严实实，然后拧开了桌上的台灯，靠近壁炉，他这才发现，劈柴正是按他喜欢的方式堆放的：整整齐齐摆成井口状，连引火用的桦树皮都整齐地码放在一个蓝色的浅盆里。

"我并没有跟她讲过这些呀。不对……也许说过，也未可知。就是顺便提一嘴……这姑娘还真记住了。"施季里茨一边引燃桦树皮，一边想道，"我们在年轻人面前总是好为人师，在旁观者看来，这一定很可笑吧。不过我倒是习惯于把自己当成一个老头啦：过了四十五岁啦……还能想什么。"

等壁炉炉膛里的火烧旺了之后，施季里茨就走到收音机旁，打开了它。他听到莫斯科电台正在播送古老的抒情歌曲。施季里茨回想起，有一次戈林元帅对他的参谋们说："收听敌台，这是不爱国的行为。但有的时候，我倒想听听，关于我们德国人，那些敌台是怎样胡诌八扯的。"从戈林的勤务人员和司机那里也传出来一些有关他偷听敌台的信息。如果纳粹的第二号人物是如此这般地要证明自己的清白，那就只能说明，他是一个胆小鬼，对未来局势完全没有任何信心。相反，施季里茨认为，他自己是无需隐瞒自己收听敌台这一行径的。只要评论一下敌台的广播内容，粗野地嘲讽几句播音员，就可以啦。这么一来，就完全能打消希姆莱的疑虑，因为希姆莱这个人花花点子不多，没有什么标新立异的想法。

广播里的抒情歌曲以一段轻柔的钢琴旋律结束。下面是用德语开始播送每周五、周六收听广播使用的频段，远方的莫斯科广播电台的播音员显然是一位德裔。施季里茨把数字逐一记下来：这是约定好发送给他的情报，他已经等这份东西六天了。他记录的时候把数字写成整整齐齐的一行，数字很多，怕他来不及记录周全，有所遗漏，播音员又重新读了一遍。

接着广播又开始播送美妙的抒情歌曲。

施季里茨从书柜里拿出一卷《蒙田①文集》，将数字对应成单词转译出来，然后将这些单词与安然藏在伟大的法国思想家书中

---

① 蒙田（1533—1592）：文艺复兴时期的法国思想家、作家。其《随笔集》三卷名列世界文学经典。

的箴言名句之间的密码对应，译成密电。

"他们把我看成什么人啦？是看成天才或者是无所不能的人啦？这真是难以想象……"

施季里茨这样想也不无道理，因为这次通过莫斯科广播电台下达给他的任务指令称：

尤斯塔斯：

　　根据我们得到的情报，在瑞典和瑞士①都有党卫队保安处和党卫队的高级别军官，他们正在寻求与同盟国驻外间谍机构的联系。其中党卫队保安处的人企图在伯尔尼②与艾伦·杜勒斯③手下的工作人员取得联系。您必须查明这些联系的企图是否属实，属于哪种情况：1) 不属实，只是虚假的报道借以混淆视听；2) 这是党卫队内部个别高级军官的动议；3) 这是在执行德国中央的任务。

　　党卫队保安处和党卫队的高级别军官是在执行柏林的任务，则务必查明，是什么人交代给他们的任务。具体来说：请务必查明帝国最高层中的哪一位领导人在设法与西方取得联系。

阿列克斯

　　……在尤斯塔斯收到这封电报的六天前，斯大林在对苏联驻外的秘密情报机关获取的最新情报信息进行了研究之后，把苏联

---

① 瑞典和瑞士在二战期间均为中立国。
② 伯尔尼：瑞士城市。
③ 艾伦·杜勒斯 (1893—1969)：美国外交官和情报专家，中央情报局局长 (1953—1961)。

情报机关首脑召见到"近郊别墅"并且对他说：

"现在，只有不懂政治的外行才会认为，德国已经疲于应付战争，虚弱得不堪一击，已经毫无还手之力……而实际上，德国是一副被压到临界点的弹簧，只有同时从两个方面施加相等的巨大压力才能将其彻底摧毁。否则，一个方面的压力一旦变为支撑力，这副弹簧就伸展开来，对另一个方面的压力施展打击弹压。这种反弹式的冲击威力强大，首先是因为希特勒为首的法西斯分子的战争狂热并未消退，威力仍存；其次，德国的军事潜力远没有消耗殆尽。所以，你们要正视法西斯分子和西方反苏势力试图和解并沆瀣一气的任何的现实可能性。当然啦，"斯大林说，"你们务必应当清楚，可能寻求单边媾和的肯定都是希特勒的最为亲密的战友，是在纳粹党的机构和人民中间比较有威望的人物。这些希特勒最为亲密的战友，应当是你们密切监视的对象。毫无疑问，一个处于垮台边缘的暴君，是最可能被出卖的，即使为了自保求生，那些奴才们也会卖主求荣。这是所有政治游戏中的最简单的一条公理。如果你们疏忽大意，对这些可能的过程视而不见，失去了把握的机会，那就只好怨自己了。我们的肃反机关对于玩忽职守的行为可是绝不手软的，"斯大林不紧不慢地吸了一口烟，接着说道，"他们不仅对敌人毫不留情，而且对放任机会失去、坐看敌人胜利的人，也是同样秋风扫落叶般的铁面无私，无论是自觉还是不自觉的疏忽……"

远处有刺耳的空袭警报拉响了，高射炮立即随之吼叫起来。发电站将电源一律掐断了。施季里茨就那样一直坐在壁炉旁，注视着黑红色的木炭块上那蓝色的火苗不断地游移浮动。

"如果现在就把排气孔的盖子合上，"施季里茨漫无边际地想了一下，"那么过三个小时，我就死了，去见上帝了，与世长辞了。以前在亚基缅卡①，爸爸就总是提前封死炉灶，我和爸爸就差点被煤气熏死，那时候，炉膛里的木材就像现在这样还没有完全燃烧充分，也是黑红色的木炭块上游移浮动着蓝色的火苗。而我们吸入的煤气倒是无色的。而且，我觉得……当时也闻不出味道……"

一直等到木炭块完全变为黑色，并已经不再有游移浮动着的蓝色的火苗，施季里茨才把排气孔的盖子合上了，点燃了一支插在香槟瓶子口颈处的大蜡烛，瓶子的口颈处流淌下来的烛泪已积累成不小的一堆形状奇特、造型怪异的凹凸之物，施季里茨大为惊奇这平日里被忽略的东西。可见，他在这上面插过的蜡烛太多了，倒是使瓶子本身隐形了，成了一件施季里茨的器皿，像是一个老物件儿，类似双耳陶土水罐，只是颜色是红白相间的。自此以后，施季里茨就常常将这种造型奇特怪异的烛泪堆积而成的凹凸酒瓶送给熟人和好友。

附近不远处，连续两次响起了爆炸声。

"这是我们的爆破炸弹，"施季里茨十分确定，"我们的爆破炸弹才有这样的威力。空军的小伙子干得不错呀。都炸到这边上了，这真是太好了。当然啦，在最后这个时候，被炸弹敲门那可就死得太冤了。我们的人就连我的任何痕迹都找不到了。一想到默无声息地就牺牲了，这还挺让人难过的。萨申卡……"施季里茨突然看见了妻子的脸庞，"亲爱的萨申卡和可爱的萨申卡②……现在死去可不太是时候啊。现在要做的是，无论如何都要从绝境

---

① 亚基缅卡：莫斯科市的一个区，坐落在中央行政区内。
② 施季里茨的妻子和儿子的爱称（小名）都是"萨申卡"。

之中摆脱出去。独自一人活着倒是很轻松，了无牵挂，也就不那么怕死了。但是，等见到自己的儿子之后再死去，那就太可怕了。有些白痴还在小说里这样写过：他在挚爱的亲人的怀里，安详地死去了。得了吧，没有比这更可怕的了，死在自己的孩子们眼前，最后一次见到他们，感受到他们的近在咫尺，然后意识到，这是永远的告别，这是诀别，让他们黯然神伤，痛苦难抑……还有什么比这个更可怕的呢……"

有一次，在位于菩提树下大街的苏联大使馆的招待会上，施季里茨和舒伦堡一起和一位苏联年轻的外交官交谈。施季里茨习惯性地皱着眉头，认真听着俄国人和政治情报的头目舒伦堡争论人是否有权利信仰护身符或辟邪物，符咒，各种征兆以及其他按这位大使秘书的话所说的"野蛮人的下水"。在这场愉快的争论中，舒伦堡像往常一样，谈起话来很有分寸感，有理有据，态度十分谦和。施季里茨眼见他在争论中，把这个俄国小伙子绕来绕去，心中老大不平。

"这就是开了大灯照射过去，"施季里茨想道，"直接把对面的司机晃瞎了眼：一个人的性格在争论中看得最清楚了。舒伦堡精于此道，确实无人能比。"

"如果您对世界上一切都了然于胸，"舒伦堡继续在那里争辩，"那么，自然，您有权驳斥人对护身符或辟邪物，符咒，各种征兆的力量的信仰，但是，您果真对一切都能了如指掌吗？我指的不是意识形态，而是物理、化学、数学……"

"哪有这样的物理学家或者数学家？"争论得脸红脖子粗的大使秘书辩解道，"谁会在解题的时候，在脖子上先戴上一套护身符或辟邪物啊？这也未免太荒唐了。"

"他就应该在提出问题之后收手才对呢，"施季里茨心里这样想，"而他忍不住，还来个自问自答。在争论问题的时候，最重要的就是提出问题，只要你提出了问题，对手的任务就是回答问题，而且实际上，回答问题要比提出问题更复杂呢……"

"也许，有的物理学家或者数学家戴上了护身符或辟邪物，但是，他们只是并不炫耀它们？"舒伦堡问道，"或者您并不相信会有这种可能性存在？"

"不承认有这种可能性那就太天真了。可能性范畴是对未来前景概念的一种迂回说法。"

"这个回答不错，"施季里茨又在心里想道，"他应该把球再踢给对方……比如，再问一个问题：'您不同意这个说法吗？'但他却没有再问，又将自己被动地置于挨捶的境地。"

"如此一来，我们是否应该也把护身符或辟邪物归入不可理解的可能性的范畴呢？或许您根本不同意此说？"

施季里茨过来出手帮忙了。

"德国方面在辩论中获胜了，"他当起了裁判，"不过，秉公而论，俄国方面对德国方面所提出绝妙问题的回答是相当出色的。这个题目已经谈得相当充分了，但是，我不知道，如果是俄国方面先提出问题，掌握进攻的主动权，我方将会如何自处呢……"

"小兄弟，你还不明白吗？"施季里茨用眼神在示意，俄国外交官一下子呆住并立即明白了，他牙齿紧咬以至于两腮鼓胀起来。施季里茨明白，对方理解了他的这番良苦用心……

"亲爱的，别生气呃，"施季里茨看着离去的小伙子，心里想，"我做这个要比别人来做强多了……只是你的那些有关护身符或辟邪物的说法并不对……我在个人处境很艰难的时候，在我明明知道身处险境的时候（我的生命总是处在危险境地），我的胸前总是有护身符或辟邪物的，那是一个镶嵌照片的圆框，里面放着萨申卡的一缕头发……后来是迫于无奈，我才把她送我的这个圆框扔掉了，因为这个东西一看就是俄国货……我又重新买了一个德国产的类似的东西，沉甸甸的，也华贵，萨申卡那缕淡金色的头发，仍然和我随身相伴了，这就是我的护身符，我的辟邪之物……"

二十三年前，是在远东的海参崴，他和萨申卡见了最后一面。当时他接受了捷尔任斯基交代的一项与白俄侨民有关的任务，动身先去上海，然后去巴黎。但是，那一天狂风怒吼，既可怕又遥远而模糊，然而，就从那一天起，萨申卡的倩影就铭刻在他的心间；她是他身心的一部分，她在他的身心中再生了，蜕变成他"本我"的一部分……

他回忆起和儿子在克拉科夫偶遇的场景，那是一个深夜。施季里茨还清楚地记得，那时儿子顶着化名"格里沙奇科夫"来旅馆里找他。他们开着收音机，低声交谈了几句，他和儿子分开时痛彻心肺地难过，命运使然，儿子也选择了与父亲同样的人生道路。施季里茨知道，儿子目前在布拉格，他的任务是拯救这座城市免于被炸弹摧毁，就像他和维赫利少校拯救克拉科夫免于被地雷摧毁是一样的任务。他知道，儿子承担的任务艰巨而复杂，但是，他当然也清楚，虽然从柏林到布拉格只需要六个小时的车程，可他不能去见儿子，任何想见到儿子的尝试都有可能置他于危险的境地……

1942 年，在大卢基①城郊遭受轰炸期间，施季里茨的司机被

_____

① 大卢基：俄罗斯城市，位于普斯科夫州。

炸死了。他是一个安静的小伙子，总是面带微笑，名字叫弗里茨·罗什卡。小伙子人相当正直；施季里茨清楚地知道，他曾经拒绝成为盖世太保的情报员，从没写过报告来告密，尽管帝国保安局四处一直坚持让他监视施季里茨，但他一行字也没写过。

施季里茨在那次轰炸中受到气浪冲击造成了震动伤——脑震荡，伤愈之后，他去了一趟卡尔霍斯特①，看望了罗什卡的遗孀。当时，他的遗孀住在没有生火的冷房子里，正在打寒战，说胡话。罗什卡的儿子亨利希才一岁半，在地上爬来爬去，小声地哭泣：孩子的喉咙已经哭哑了，叫不出声音了。施季里茨立即叫来了医生，把女人送进了医院：她得了格鲁布性肺炎。施季里茨把小孩子抱回了自己家：他的女管家是一个善良的老太太，给小孩子洗了一个热水澡，喂他热牛奶，喂饱了就准备带他跟自己睡觉。

"请在我的卧室给他铺好被褥。"施季里茨对女管家说，"就让他和我一起睡吧。"

"小孩子晚上会哭闹不停的。"

"可能，我正想听听呢，"施季里茨轻声说道，"我可是正想听听小孩子怎么哭夜呢。"

老太太一下子笑了："小孩子哭来闹去的可有什么好听的呢?就会让大人夜不能寐，光遭罪呀！"

但是，老太太也没有跟主人家争辩下去。她在深夜两点钟醒来，是被卧室里的小男孩的啼哭吵醒的，他正在那里直着嗓子哭喊。老太太穿上暖和的绗过针的大棉袍，匆匆梳了两下头发，就

---

① 卡尔霍斯特：柏林的一个区。

下楼来了。她看见卧室里面亮着灯，小孩子身上裹着羊毛毯子，被施季里茨抱在怀里，就在楼下来回地走动，施季里茨的嘴里还轻声低哼着歌谣。这老太太可从来没有见过施季里茨这副柔和的面容，她几乎认不出来这变化了的面部表情，甚至一开始她都有点不敢确认："这还是他吗？"施季里茨平日里的面容可是十分严厉，显得特别年轻，而现在看上去，很苍老，可能，还有那么一点女性化的温柔。

第二天早晨，女管家走到卧室门口，犹豫了好一会不敢敲门。通常施季里茨都是早上7点钟坐下来吃早餐。他喜欢刚刚煎好的热面包片，所以女管家都是在6点半钟开始准备。她清楚地知道，施季里茨总是一成不变地要先喝上一杯不加牛奶也不加糖的咖啡，然后再来吃抹上了果酱的面包，最后再来一杯加了牛奶的咖啡。在最近的四年里，这位老太太一直在施季里茨家里为其管家，他可从来也没有一次推迟早餐的时间。可现在已经是8点钟了，卧室里还悄无声息。她悄悄地将门推开一条缝隙，看到施季里茨和孩子睡在宽大的床上。小孩子横躺在床上，两只脚丫就抵在施季里茨的后背上，而施季里茨却浑然不觉，紧贴着床边拘谨地躺着。显然，他听到女管家开门的声音了，立刻就睁开眼睛了，他笑着将手指放到双唇中间，示意先别出声。他甚至到了厨房也放低了声音说话，他想问一下老太太，要给孩子喂点什么。

"我可听我侄子说过，把孩子放自己床上是只有俄国人才能做出来的事儿……"

"是吗？"施季里茨挺吃惊，"为什么这么说？"

"可能是出于一种像猪一样的龌龊生活陋习……"

"就是说您认为自己的主人是猪喽？"施季里茨哈哈大笑

起来。

女管家窘迫极了，一下子涨红了脸。

"哎呀，施季里茨先生，怎么会呢……您将小孩子放到自己的床上，是为了代替他的父母亲来照料。这可是出于仁慈和一片善心……"

施季里茨往医院里打了一个电话。他被告知，安娜·罗什卡一小时之前已经死了。施季里茨查询到了死去的司机和他的妻子安娜的亲属的住址。弗里茨·罗什卡的母亲在回答关于孙子的安置问题时，说她目前一个人生活，身患重病，没有能力抚养孙子。安娜的亲属在英国空军轰炸埃森[①]市期间相继去世。施季里茨知道了这些情况之后，心里反而感到一阵暗喜，连他自己都感到奇怪：现在他可以将这个孩子收为自己的养子了。如果不是为这个小亨利希的未来担心，他可就真这么做了。他知道那些成为帝国的敌人的后代的命运：孩子们先是被送进孤儿院，然后再弄到集中营去，最终被送进焚尸炉……

施季里茨最终的决定是把孩子安置在图林根的山区，在女管家的家里抚养。

"您是对的，"吃早餐的时候，施季里茨笑着对自己的女管家说，"对一个单身的男人来说，照顾抚养小孩子是相当沉重的负担……"

女管家什么也没说，就是不大自然地笑了笑。其实，她想对施季里茨说的是，孩子在这三个星期里刚刚对你才习惯了，就又

---

① 埃森：德国西部的州直辖市，位于北莱茵-威斯特法伦州，属于莱茵-鲁尔区的中心。

把他送到山里，去适应陌生的人，就是说，孩子可得重新去熟悉夜里照料他、给他盖被子、给他轻哼歌谣的人，这可得狠下心来和有点铁石心肠呢。

"我理解，"施季里茨接着说，"您觉得这么做是有点狠心。但是，我干这种工作的人又能拿小孩子怎么办呢？难不成让他再次成为孤儿会是更好的办法吗？"

女管家对施季里茨猜透了她的心思感到大为惊讶。

"哎呀，不是的，"女管家说道，"我绝不是认为您的行为太狠心。施季里茨先生，您所做的一切都是合情合理的，这么做在您是十分明智的。"

甚至连她自己也不明白，她说的是真话呢，还是怕施季里茨再次猜透她的心思而说出来欺骗他的谎话。

……施季里茨站起身来，擎着蜡烛，走近至桌子旁。他拿过几张纸，把它们平摊在自己的面前，就像占卜时摆的扑克牌一样。在一张纸上，他画了又高又胖的一个人。他想在下边写上：戈林。但他没写。在第二张纸上，他画上了戈培尔的脸庞，在第三张纸上，他画的是一张坚毅而带有伤疤的脸：这是鲍曼。在思索了良久以后，施季里茨在第四张纸上写下了一行字：帝国党卫队总司令。这是他的顶头上司海因里希·希姆莱。

……情报员，作为一个感情极其丰富的人，类似演员一样多愁善感的人，在一系列事件接踵而至的时刻，他必须让自己的感情最终服从于残酷无情的和清晰而精确的逻辑。

施季里茨只有在夜间，其实是在夜间也不常有的时刻，他才允许自己回复到伊萨耶夫的身上来，以便思考这样的问题：做一名真正的情报员意味着什么？收集情报，整理客观材料并将其送达中央，供上级领导层进行政治总结和决策之参考？还是应该做出自己的、完全个人化的结论，阐述自己对未来的看法、提出自己的预判？伊萨耶夫认为，如果一个情报部门也去从事政治规划事宜，那么，显而易见的是，建言建策的会很多，但能提供情报的会很少。他认为最糟糕的是情报部门完全服从于预先制定好的政治路线，就像希特勒的治下一样，希特勒深信苏联已经"软弱无力"，他听不进去那些谨慎的军人们的意见：俄国并不是想象的那样不堪一击。伊萨耶夫认为，情报部门总想让政治服从于自己也是同样糟糕的。最理想的是，一个出色的情报员清楚一系列事件发展的前景并能提供给政治家们一整套包含自己观点的合理化决策。

伊萨耶夫认为，一个情报员可以怀疑自己的推测不准确，他唯一没有权利的是：对自己推测的完全客观性他不能怀疑，他不能这么做。

在最后一次对近几年来自己收集的材料进行研究评估的时候，施季里茨就对"赞成"还是"反对"秉持更加严谨的态度，这是一个决定欧洲命运的问题，非同小可，容不得半点差错。

情整分析材料（戈林）

戈林是第一次世界大战中的空军战斗机飞行员，是受到德意志帝国表彰的英雄。在参与第一次纳粹行动失败后，他逃亡到瑞典，在那里担任民航飞行员。有一次，他驾机遇到强风烈雨的糟糟天气，他奇迹般地将自己的单引擎飞机平安降落在洛克尔施塔特的一处贵族城堡之中。就是在那里，他结识了冯·福克上校的女儿加林娜·冯·卡特佐夫夫人。戈林横刀夺爱，把她从其丈夫身边抢走，一起离开了瑞典回到德国。旋即与元首希特勒会面，参加了 1923 年 11 月由国家社会主义工人党党员们举行的大游行，他身受重伤，但又奇迹般地躲避掉了逮捕，并迁居因斯布鲁克，加林娜就在那里等待与他重逢。他们穷困潦倒，身无分文，但是寄居旅馆的老板却免费向他们提供食宿，因为旅馆老板和戈林一样，也是国家社会主义工人党党员。后来，"不列颠"旅馆的老板邀请戈林夫妇去了威尼斯，他们在那里一直住到1927年，直至德国宣布大赦令的那一天。不到半年的时间，戈林就与其他十一名国家社会主义工人党的党员一起当选帝国国会议员。希特勒未能当选：因为他是奥地利人。

加林娜往瑞典给她母亲写的信充满炫耀的意味："赫尔曼①参加议会时和冯·艾恩将军坐在一起。旁边坐着的人许多都是红色近卫军中的人，以前他们都是刑事罪犯之类的人物，他们都戴着大卫王和红色的星标，其实嘛，全都是一回事。王储殿下给赫尔曼发来一封电报：'只有您这样仪表堂堂、风度出众的人才能代表德国人。'"

应当准备新的国会选举了。根据元首的决定，戈林不再做党务工作，他只保留了帝国国会议员的职务。他当时的任务是与社会各界的显要人物建立联系，因为一个想要夺取政权的党派，应

---

① 戈林的全名是赫尔曼·威廉·戈林。

当有广泛的社会关系。按照党的决定，他在巴登大街租了一所豪华大宅：戈林就在这里接待各路达官贵人，霍亨佐伦亲王、克布尔格王子和富豪寡头们。加林娜是这所大宅的中心人物：作为一位摇曳生姿的迷人女性，她具有典型的贵族出身的特点，作为瑞典高官显贵的女儿，嫁给了战争中凯旋的英雄，即那位曾因反对西方民主对野蛮的布尔什维克抵抗不力而被迫流亡他乡的斗士戈林，所以，加林娜是众人关注的焦点。

每次接待重要客人之前，柏林地区纳粹党组织的领导戈培尔就会在一大早来到这里。他是党组织和戈林之间的联系人。戈培尔会坐下来弹钢琴，戈林、加林娜和她与前夫的儿子托马斯一起合唱民歌：在纳粹各个首领的家里，都是不容许美国或者法国爵士乐那种放荡不羁的旋律出现的。

1931年1月5日，正是在这里，在这所用纳粹党费租赁的豪华大宅里，希特勒、沙赫特①和蒂赛②聚会了。这所大宅见证了希特勒与金融大鳄和工业巨头的秘密勾结。曾经号召德国工人们"打碎共产国际布尔什维克主义的枷锁和腐朽的帝国主义桎梏，把德意志变成人民的国家"的希特勒与人民的压迫者同流合污了。

在很多纳粹老党员反对希特勒的雷姆叛乱被平定之后，有些说法不胫而走：

---

① 沙赫特（1877—1970）：经济学家、银行家、政治家。因1922年至1923年遏制了威胁魏玛共和国的通货膨胀而闻名。曾任德国国家银行总裁，经济部长，军事经济全权总办（1935—1937），战后被宣判无罪。
② 蒂赛（1873—1951）：德国垄断资本家，蒂赛-克虏伯公司总裁。战后被逮捕，被迫交出财产的百分之十五，后移居阿根廷。著有《我资助了希特勒》一书。

"戈林已经不再是原来的戈林啦,他成了总统……他已经不再随便接见党内的同志啦,想见他,得低声下气地到他的办公室去排队等……他呀,已经完全陷入奢侈排场的生活中无法自拔喽……"

起初,这些说法只是党员之间的议论纷纷而已。但是,1935年,戈林在柏林郊外建起了一座名为卡林哈尔的公馆,这之后,向希特勒告状的可不只是国家社会主义工人党的普通党员了,而是很多党内的头面人物了,比如莱伊①和绍克尔②。戈培尔认为,戈林在以前那所大宅子里住的时候就腐化堕落了。

"奢侈豪华的生活磨损了他的革命斗志,"戈培尔说,"应当帮助戈林清醒,他对于我们太珍贵了。"

希特勒去了一趟卡林哈尔公馆,里外视察了这座公馆,然后说道:

"请你们以后不要再用这些流言蜚语扰乱戈林的工作啦。毕竟,只有他一个人真正懂得怎样来接待那些外交人员。卡林哈尔以后就作为外国客人的接待处所嘛。就这么办吧!戈林的功劳抵得上卡林哈尔。我们就把卡林哈尔当成人民的财产,而戈林只是居住其中嘛……"

似乎戈林在这里度过了他的全部时光,不停地阅读儒勒·凡尔纳③和卡尔·梅④的作品,这是他最喜欢的两位作家。有时候,

---

① 莱伊(1890—1945):德国政治家,德国劳工阵线负责人,在纽伦堡法庭审判前自杀。
② 绍克尔(1894—1946):德国政治家,全德意志劳动力调配全权总代表。战后被纽伦堡法庭判处死刑的12名战犯之一。
③ 儒勒·凡尔纳(1828—1905):法国作家,科幻体裁小说的创始人,著有《海底两万里》《八十天环游地球》和《奇异的旅行》等。
④ 卡尔·梅(1842—1921):德国小说家,著有多部探险小说,是希特勒最喜爱的作家之一。

白天戈林会去狩猎驯鹿，晚上，就在电影厅里一坐几个时辰；他可以一口气连看五部惊险的电影。在电影放映的过程中，他还会安慰请来看电影的客人们：

"放松，不要紧张嘛，"他说，"结局还是很不错的……"

然而，观看过惊险的电影之后，他就从这里，从卡林哈尔直接飞抵慕尼黑，接受张伯伦的投降①；飞抵华沙，监督波兰犹太人隔离区的惨无人道的大屠杀；飞抵日托米尔，拟订对斯拉夫人的永世灭绝计划……

1942 年 4 月，美国轰炸机飞临德国基尔②市上空，整个城市被焚烧殆尽，满目残垣断壁。戈林向元首汇报说，有三百架敌机参加了空袭行动。然而，基尔的市政长官格罗赫几个昼夜奔走在面目全非的城里，一夜白头，憔悴不安，他用准确的数据反驳戈林说：只有八十架敌方的轰炸机飞临，而德国空军软弱无能，没有为拯救这座城市做出任何的努力。

希特勒眼睛盯着戈林，一言未发，一丝嫌恶的神情从他的脸上闪过。后来就劈头盖脸地人发雷霆起来。

"不是说敌人的一颗炸弹也不落到德国的城市上空吗?！"希特勒不再看着戈林，转过脸来，神经质地，痛心不已地大声说道，"这种话是谁向全国宣称的? 是谁让全党信服这一点的? 我读过几本讲冒险赌博的书，知道投机赌博是怎么一回事! 德国可不是投机赌博时的绿呢子桌面，在德国不能玩投机赌博游戏。戈

---

① 这里指 1938 年以英国首相张伯伦为首的英法"联合方案"小组奉行的绥靖政策。
② 基尔：德国城市，位于波罗的海的基尔湾，是石勒苏益格-赫尔斯泰因州首府和最大的城市。

林，您现在真是沉溺在豪华奢侈的生活中无以自拔了！您在这战争年代生活得像个帝王和犹太大财阀一样！您只对驯鹿开弓射箭，而敌人的飞机在向我们的国家发射机关炮！一个国家领袖的天命是让国家伟大！领袖的出发点和归宿都是谦卑！领袖的职业就是要言行一致，言必行，行必果！"

后来的事是由这位帝国元帅的私人医生的诊断透露出来的，即戈林在听了希特勒这番话之后，回到家里就病倒了，高烧不止，严重的神经病发作了。

总之呢，"帝国的二号人物"、希特勒的正式接班人选戈林，在1942年遭受了这样一顿侮辱性的责骂，这可是有史以来第一次，而且还是在希特勒的全体班子成员在场的情况下。这件事很快就写入了希姆莱的专案文件中，就在第二天，党卫队司令在没有征询希特勒同意的情况下，就下达了指令，开始全面监控元首的亲密战友的电话交谈。

其实，希姆莱早就开始窃听帝国元帅的电话了。第一次是从元帅的弟弟阿尔伯特出事那次开始的。阿尔伯特是"斯科达"公司的出口贸易部的负责人，总以受害者的保护人自居，他用有哥哥名字抬头的信笺写了一封信给毛特豪森集中营的监狱长："请立即释放基什教授。因为没有确凿的证据。"签名只有"戈林"这一个姓氏。被吓得魂飞魄散的监狱长立即放了两个基什，一位是教授，一位是地下工作者。戈林费了好大的劲儿才为弟弟摆脱涉案干系：他在元首面前把这件事说得像是一个好玩的笑话，使弟弟免于被起诉。

然而，希特勒还是像从前一样对鲍曼说：

"除了戈林，谁也不会成为我的接班人的。首先一点是，他从来不寻求在政治上独立；其次，他在人民群众中极有声望；最后一点嘛，他是在敌对国的媒体和出版物上被谩骂的主要对象。"

这是希特勒对在夺取政权的过程中，做了全部实际工作的人的评价，这个人不是别人，正是戈林。被希特勒这样真诚地评价的戈林，对自己的妻子，而并不是对其他什么人或者录音机（他那时还不相信自己并肩作战的兄弟会窃听自己）也说过这样的一段话，是夜间，在床上说的，即：

"在我的身体里活着的不是我本人，而是附在我身上的元首的灵魂……"

1945 年 2 月 15 日（22 点 32 分）

（摘自帝国保安局四处 [盖世太保] 处长、党卫队总队长缪勒的个人档案：1939 年加入国家社会主义工人党；纯雅利安人。性格具有北方人特点，坚定果敢。善于交际，对朋友平易近人；对帝国的敌人毫不留情。对家庭忠贞负责；社会关系清白。工作表现良好，组织协调能力突出。）

党卫队的保安处处长、帝国保安局局长恩斯特·卡尔登勃鲁纳说话时，是带有浓重的维也纳口音的。他清楚地意识到，这一点令元首和希姆莱多少有点不快，因此，为了学会德国大区的纯正的官方语音，有那么一段时间，他一直请语言学家帮忙矫正。想法不错，但显然丝毫没有奏效：他那么热爱维也纳，整个生活维系在维也纳风格中，一天之中就是哪怕那么一个小时让他只说德国大区的纯正的官方语音，他也无法忍受，他就是觉得维也纳方言虽不入流，但是，讲起来舒服哇。所以，最近卡尔登勃鲁纳放弃了模仿德国人音调说话了，跟谁都不再装腔作势地讲话了，他就用那浓重的维也纳口音，该怎么说就怎么说啦。跟下属说话的时候甚至都冒出因斯布鲁克地方话腔调了：在那里山间居住的奥地利人说话口音可够特别，卡尔登勃鲁纳有时候常常弄这一套方言，滔滔不绝地讲一通，令机关里的下属们一头雾水，各口子的工作人员有听不懂的词汇也不敢再问他，有时候尴尬不已却又手足无措。

他看了一眼盖世太保的头子、党卫队总队长缪勒，说道：

"我本不想激起您对党内同志和共同斗争的战友们的无端怀疑，但以下陈述均有事实为证。第一，虽然施季里茨是间接地参与，但毕竟与克拉科夫行动的失败有关联。他当时就在克拉科夫城中活动，由于各种情况的奇怪巧合，我们的行动失败了，这座城市原本应该被炸上天，却奇迹般完整地存留下来，竟然是完好无损。第二，施季里茨当时负责寻找失踪的法乌航空发射器的下落的工作，但他没有追踪到明确的下落，我祈求上帝保佑，最好是落到维斯瓦河上特有的沼泽地里去了。第三，施季里茨至今仍负责监督与报复性武器研制相关的项目，尽管工作没有明显的失误，但也未见什么明显的成效，我们也没有见到异常迅猛的进展。怎么负责监督，这不是把不肯合作的嫌疑人抓进监牢就能了事的。这意味着还要给那些思考敏捷、准确和战略眼光远大的人提供帮助……第四，那个行踪难以确定的电台，根据其使用的密电码判断，可以肯定，是为布尔什维克战略情报部门工作的，跟往常一样，它还在柏林的郊区一带持续活动，发出情报。恰恰破获这部电台的工作也由施季里茨负责啊。缪勒，如果您能够立即打消我的这几点怀疑，我将会非常高兴。我对施季里茨是颇有好感的，所以我希望您能提供足够的证据，打消我脑子里不期而至却又萦绕不去的疑虑。"

缪勒加班工作了一整夜，根本没有睡好觉，处于头昏脑涨的状态，所以回答局长也不像往常那样轻松地开个无伤大雅的玩笑了，而是直接就说：

"我可从没有收到过怀疑施季里茨的信号。干咱们这行的人，谁也不能保证不出错、不失误呀。"

"也就是说，您认为肯定是我弄错了？"

卡尔登勃鲁纳说话的语气严厉而生硬，缪勒再疲倦不堪，也听出来了。

"我怎么会呢……"缪勒嗫嚅道，"既然有怀疑，就要从各个方面进行分析，不然要我们盖世太保这个机构干什么呢？您还有什么别的事实依据吗？"缪勒问道。

听了缪勒的话，正在抽烟的卡尔登勃鲁纳刚要说话，一点烟丝末呛进了他的喉咙，他剧烈地干咳了老半天，憋得脸色青紫，脖子上的青筋暴涨，红色的血管清晰可见。

"我这么跟你说吧，"卡尔登勃鲁纳抹了一把咳出的眼泪，"我让人记录了他几天来的电话交谈，主要是和我们局同事的。我绝对信任的这些人在相互间的交谈中，流露出了对目前局势的悲观情绪。大家公开议论，认为我们的军事行动迟缓乏力，里宾特洛甫①主导的外交像得了痴呆症似的，戈林是个十足的蠢货，等待我

---

① 里宾特洛甫（1893—1946）：1938 年起任纳粹德国外交部长，战后被纽伦堡法庭判处绞刑。

们的将是俄国人打到柏林的厄运……施季里茨每每听到这些话，总是回答说：'这才是胡说八道，目前形式不错，各个方面进展还都挺好。'他对帝国的深情和对元首的爱戴这我相信，但是也不能对工作中的同事睁着眼睛瞎说。我问过自己：'他是不是一个蠢货？'尽管在我们这里，像戈培尔那样重复地说一些毫无意义的胡言乱语的笨蛋不少，但他并不在这类蠢货之列。那他究竟为什么这么虚伪？可能，或许是他不相信任何人，或许是有所顾忌，不然就是他有所企图，伪装成水晶一样纯洁无瑕。如果真是这样，他的真实企图又会是什么呢？他要真想搞什么事，只能去国外，去中立国才有可能嘛。我考虑了一下，'他要是去了，还能回来吗？如果回来了，他会不会就已经跟那里聚集的敌对分子或者坏蛋们勾结在一起了？'我自己也无法做出准确的回答，如何进行臧否是很难的。"

缪勒问道：

"这些专案材料是您先看呢，还是我先拿走？"

"您马上拿走吧，"实际上，卡尔登勃鲁纳是耍了一个心眼，他已经研究过所有的材料了，"我还要去见元首。"

缪勒用探寻的目光望着卡尔登勃鲁纳，期待着局长讲点来自元首地堡的新闻什么的，但是卡尔登勃鲁纳什么也不想说。他拉开桌子最下面一层的抽屉，拿出一瓶"拿破仑"牌的白兰地，将一只高脚杯推到缪勒面前，问他：

"您是昨夜喝多了吗？"

"昨天滴酒未沾呀。"

"那眼睛怎么通红呢？"

"我通宵没睡呀，一直在忙布拉格方面的工作：我们的人正在跟踪几个地下党的人。"

"克吕格尔会是一个好帮手。他除了想象力差点，终归是尽职尽责的好干部。来一杯白兰地吧，会让您提起精神的。"

"我一喝白兰地就真的要昏昏沉沉了。倒是伏特加是真能提神。"

"喝这种酒才不困呢，"卡尔登勃鲁纳笑着说，举起了酒杯，"干杯！"

局长一饮而尽，他那粗大的喉结剧烈地往下一冲，活脱一个酒鬼模样。

"他的酒量可真好，"缪勒思忖道，他自己只是小口啜饮杯中的白兰地，"现在他肯定要给自己再倒上一杯了。"

卡尔登勃鲁纳抽起了烟，这是一种价钱便宜、但味道却很浓烈的"卡罗"牌香烟，他对缪勒说，"再来一杯酒？"

"谢谢，"缪勒回答，"好吧，那就再来一杯。"

情整分析材料（戈培尔）

施季里茨把画着又高又胖的戈林的那张纸放到一旁，将画有戈培尔的轮廓的那张纸拉到自己面前。戈培尔因为总去帝国电影制片厂所在地巴贝尔斯堡，和那里的女演员打得火热，所以人们背地里送了他一个外号："巴贝尔斯堡的小公牛"。在有关他的专案材料里，保留着他的夫人和戈林的对话笔录。当时这位帝国宣传部长正在迷恋捷克电影演员丽达·笆阿洛娃。戈林对戈培尔夫人说：

"为了这些蠢娘们儿他会四处树敌的。一个负责我国意识形态的人，竟会因自己和下流捷克女人的风流韵事玷污自己！"

元首也曾建议戈培尔夫人离婚。

"我会维护您的尊严，"元首说，"在您的丈夫学会做一个品行端正、举止有方的人，在他能够正确履行一名国家社会主义工人党人对家庭应尽的道德义务之前，我是不会和他有私人往来的……"

现在这些都成了如烟的往事啦。就在今年的 1 月希特勒大驾光临戈培尔的宅邸，向其祝贺生日。希特勒送了戈培尔夫人一束鲜花，并说道：

"请您原谅，我迟到了，我可是为了搞到这束鲜花，跑遍了整个柏林：柏林城防司令、我们的忠诚的党员戈培尔下令关闭了所有的花店，是的，总体战是不需要鲜花的呢……"

四十分钟之后，希特勒离开了戈培尔家，玛格达·戈培尔喜滋滋地说：

"元首是从不去戈林家的……"

柏林已经是一片残垣断壁，前线距离这座千年帝国的首都只有一百四十公里，而玛格达·戈培尔在为自己的胜利而陶醉，她的丈夫就并肩和她站在一起，由于过于狂喜，戈培尔的脸色发白：在私人交往中断了六年之后，元首再度大驾光临了他的家……

施季里茨先在纸上画了一个大圆圈，并开始不紧不慢地用他那清晰、均匀的笔触画上一条条的细线。现在他的脑海里浮现出与戈培尔日记有关的一些事。他知道，帝国党卫队司令对戈培尔的日记很感兴趣，并且为了搞到戈培尔日记的内容，他可没少大费周章。施季里茨也有机会得以见过几页照片的复制版。他是个有非凡记忆力的人，过目不忘：只要看过的内容就可像摄影机一样，毫不费力地将全文录入脑中。

"流行性感冒肆虐英国，"戈培尔写道，"甚至连国王也病倒了。要是这种流行病能使英国一命呜呼，那就太好了。不过不太可能成为现实。"

"1943年3月2日。在犹太人统统被赶出柏林之前，我是无法休息的。在与施佩尔在上萨尔茨堡会谈之后，我去见了戈林。这位国家社会主义工人党的党员，竟在酒窖里收藏着25 000瓶香槟酒！他穿着古罗马式的短袖长衬衣来见我，那衣服的颜色令我反胃。但是，有什么办法呢，就只好把他这样子看成是理所当然的吧。"

施季里茨想到，希姆莱也是这样一字不差地说起过戈培尔。那是发生在1942年的事了。戈培尔那时候没有和家人一起住在大房子里，而是住在很小的一栋用来工作的别墅里，这房子的外观朴实，简陋。房子就建在湖边，院墙外边长满了一丛丛的芦苇，那里的水很浅，只能没过脚踝，院墙里设有党卫队的警卫哨位。经常出入此间的都是一些女演员，她们先是乘坐电气火车来到郊外，然后再步行穿过森林。戈培尔认为用汽车接这些女人到自己的"办公地"来太过于奢侈了，不符合国家社会主义工人党党员的身份。约会结束后，他会亲自送她们穿过芦苇丛，趁着党卫队士兵清晨熟睡时把她们送走。希姆莱当然对此了如指掌，那时候他就是这样说的："但是，有什么办法呢，就只好把他这样子看成是理所当然的吧。"

（正是在这所房子里，戈培尔签署了戈林办公厅送给他的关于柏林市盖世太保总务必于三天期限之内消灭在工业部门工作的六万犹太人的命令；正是在这所房子里，他给阿道夫·罗森堡①写了一封信，提出将消灭一百五十万捷克人的这个计划数额提高到三百万；也正是在这所房子里，他制订了有关将列宁格勒毁灭的一揽子宣传计划……)

"戈林曾对我说过，"戈培尔在自己的日记中写道，"他说，我们不需要非洲。'我们需要考虑的是英国人和美国人。不管怎样，我们都会丢掉非洲的。'戈林把自己空军方面的副手阿尔伯特·凯塞林元帅派到非洲去了。他一遍一遍地反复问我，布尔什维克到底从什么渠道获得兵员和武器装备。英国的金融寡头和布尔什维克竟然能够合作，这太令人迷惑不解了，特别是他提到了丘吉尔还祝贺了红军建军二十周年！关于反布尔什维克的宣传他说得相当精彩。我谈的这方面下一步的工作打算给他留下了深刻印象。确实，他现在可有点无精打采。应当让他振作起来。宣传工作没他来领导可不行。

"戈林说：'那些成事不足、败事有余的将军们把我们在东部战线的溃败归结到俄国冬天恶劣的气候条件的影响，这是彻头彻尾的谎言！保卢斯②竟然是英雄？他可是很快就要在莫斯科广播电台进行演说了。但我们为什么还在向人民撒谎，说他是战死沙场的英雄？元首已经三个月没有好好休息了。他过着斯巴达式的生活，枯坐地下室，连一点新鲜空气都难以呼吸到。对他来说，

---

① 阿道夫·罗森堡 (1893—1946)：即阿尔弗雷德·罗森堡，纳粹德国的哲学家、理论家，毕业于莫斯科大学，回到德国后，成为纳粹的核心理论家。战后被纽伦堡法庭判处死刑。

② 保卢斯 (1890—1957)：纳粹德国元帅，德军副总参谋长和第六集团军司令，在斯大林格勒战役中率部投降。是第二次世界大战中第一位被俘的德军元帅。

三年战争比五十年寻常时日要可怕得多。但是他不愿意听取我的意见。应当解除元首的军队指挥权。应当和前几次党内出现危急时刻一样处理，即他的亲密战友要紧密地团结在他的周围，护佑元首以期力挽狂澜！'

"戈林从来不用无谓的幻想麻醉自己，他深知战争一旦失败，对我们将意味着什么：仅一个犹太人问题就会让我们付出难以想象的代价！

'战争只能是以政治上的破产而告终结。'我同意他的这个观点。

"我立即向他提出，应当成立一个帝国国防事务委员会以取代原有的'三人委员会'，由在革命时期帮助过元首的人出任领导。戈林听了这话，大为震惊，犹疑不已，后来还是原则上同意了。戈林总是想在政治上压过希姆莱的风头，冯克①和莱伊已经不是我的对手。施佩尔是我的同党。戈林决定意大利之行结束之后立即飞去柏林。然后我们见面晤谈。施佩尔在此之前先探一下元首口风。我也争取和元首谈一次。至于人员任命问题我们决定晚些时候再谈。

"1943 年 3 月 9 日。我到文尼察与施佩尔见面。施佩尔说，元首身体很好，就是为柏林频繁遭受的轰炸感到恼怒。元首接见了我，一整天都和元首在一起，我感到很幸福。我详细地向元首汇报了敌机轰炸柏林的情况。他很认真地听取了我的汇报并痛骂戈林误国。元首从戈林谈到那些刚愎自用的将军们，他说，他对他们中的任何一个都不信任，就是因为这个，他才亲自指挥军队。

---

① 冯克（1890—1960）：纳粹经济部长、帝国银行总裁。

"1943年3月12日。我下令，如果德国战败，要在我们控制的媒体上刊印英国对德国人民要求战争赔偿的呼吁书。德国人会为此感到震惊的。我和外交部的里宾特洛甫吵了两个小时，这个家伙竟然要求把法国视为一个主权国家并不要在法国推行党务宣传计划。上帝保佑，戈林又开始在公众场合抛头露面了。应该加强他的政治威望。

"1943年4月12日。我应邀去出席戈林召集的讨论领导危机的会议。我和冯克一起来到了佛莱辛堡①。刚刚到达，我就病倒了。莫列尔教授被请来为我诊治，他禁止我继续前往目的地。结果，在会议上，绍克尔坚决反对会议议题，与施佩尔争吵不休。

"1943年4月20日。为庆祝元首五十四岁生日而举行了祝寿游行。莱伊登门拜访，和我详细谈了上萨尔茨堡会议上的详情。他对会议上的气氛深恶痛绝。他不相信戈林会成为帝国国务活动的领导人，因为空军的无所作为和不断侵扰德国的频繁空袭以及轰炸就快让他身败名裂了。元首对我和戈林的关系重归于好感到很欣慰。在他看来，为了祖国的利益，党内的权威人士应该团结一致，他和党战无不胜就是依赖于此种良好的氛围。施佩尔来访。他认为，戈林已经疲惫不堪，焦头烂额，而绍克尔是得了狂想症了。元首说得一点也不错，希拉赫②受到了维也纳反动分子的蛊惑，在自己的发言中大肆抨击总体战思想……"

施季里茨把画有戈林和戈培尔素描的两张纸揉成纸团，在蜡

① 佛莱辛堡：德国城市，位于巴伐利亚。
② 希拉赫（1907—1974）：全德青年领导人，当时的帝国青年领袖，后任驻维也纳总督，战后被判20年徒刑。

烛的火苗上将其引燃，快烧尽时，将纸头扔进壁炉。用拨火钳子拨弄几下使其烧尽成灰，便又重新坐到桌子跟前，点上一支香烟，抽了起来。

"很明显，戈培尔在挑拨戈林。而日记是写给自己和后代子孙来看的，所以不无狡黠之处。但是，一切都暴露无遗。他是个歇斯底里症患者，这并不容易掩饰得那么巧妙。看得出来，他不去开会是再一次展示了他对元首的爱戴之情。他假借病倒中途巧妙脱身，没有去上萨尔茨堡开那次会，而这次会议的缘起正是他授意给戈林的。他会不会趁此机会和希姆莱有什么密谈呢？"

施季里茨将剩余的两张纸拉到自己的面前，分别写上：希姆莱和鲍曼。

"我应该排除戈林和戈培尔。很明显，戈林本来有可能去谈判，但他现在在元首那里已经失宠，他不信任任何人，围绕他的政治势力已经微弱。戈培尔呢？不，他不可能去谈判的。他是一个狂热分子，按他的信仰，他会顽固到底的。去谈判的，只能是希姆莱和鲍曼两个人中的一个。这个赌注会押在哪一个人身上呢？希姆莱吗？很明显，他是永远没有去谈判的可能的，因为他知道，他的名字维系着多少血海深仇……是的，赌注押在希姆莱身上可就太……"

正在此时，戈林正驱车从元首的地堡返回自己在卡林哈尔的公馆，他双颊瘦削，面色苍白，头痛欲裂。今天早上他乘车去前线视察了，俄国人的坦克已经在那里突进。他从那里直接去见了元首。

"前线的作战组织得毫无章法，"他说，"一片混乱。士兵们的眼神空洞茫然。我见到的军官们都醉醺醺的。布尔什维克军队的进攻使我们的军队陷入了空前的恐惧之中，像一群掉入陷阱的困兽……我认为……"

希特勒半闭着双眼，一直在听他说，右手轻轻按住不停颤抖的左手。

"我认为……"

但是，希特勒不让他再继续说下去。他费力站了起来，瞪着布满血丝的眼睛，轻蔑地抽动着自己的小胡子。

"我禁止您再到前线去！"他说起话来可还像以前那么洪亮有力，"我禁止您散布惊惶失措的情绪！"

"这不是惊惶失措的情绪，这是实情，"戈林在自己的政治生涯中第一次反驳元首，瞬间之后感到自己的手脚冰凉，"我的元首，这是实情。我的责任就是向您说出实情。"

"您马上给我住嘴！戈林，快去管好您的空军吧！不要再去干涉前线的事，那里需要的是有冷静的头脑、有见识、有胆魄的人。你说的这些证明了，那里不适合您。我禁止您再去前线，从现在起永远不许去！"

戈林当时被骂得灰头土脸，心如死灰。他感到，那些平时微不足道的元首的副官们，正在他的身后冷笑呢。

在卡林哈尔公馆，空军的将领们正等着戈林，他从元首的地堡一出来，就下令召集部下过来开会。但会议没有开成：副官过来向他报告说，帝国党卫队司令希姆莱抵府，要见戈林。

"他希望单独与您谈话。"副官以一种意味深长的腔调说道，他觉得这种说话方式会让周围的人把他的工作看得更神秘莫测。

戈林在个人的图书室里接待了希姆莱。这位党卫队司令永远是一副笑眯眯的、波澜不惊的样子。他坐在扶手椅里，摘下了眼镜，一直在用细绒般柔软的麂皮擦拭镜片，然后，开门见山地说：

"元首再也不能担任国家的领袖了。"

"那可怎么办呢？"戈林机械地问道，甚至根本就没有意识到党卫队头子所说的这些话的可怕之处何在。

"党卫队的军队一直就布置在元首的地堡里，"希姆莱仍然不紧不慢地说，他的声音没有任何的起伏，"不过，这不是问题的根本之所在。问题是元首已经方寸大乱。他已经不能再做出任何决定。我们有责任向人民坦诚一切。"

戈林这才看了一眼放在希姆莱双腿上的厚厚的黑色文件夹。他蓦然想起，1944 年，他的妻子又一次在电话里和自己的闺蜜说："你最好亲自到我们家里来，有些事在电话里说比较危险，有人窃听我们的电话。"戈林记得他当时用手指敲了敲桌子，示意妻子："别这么说，这样做太不理智了。"现在，他看着黑色文件夹，心里想着，这里面是不是有录音设备，说不定，过两个小时，这场谈话内容就会播放给元首听呢，到那时，就一切都完蛋了。

"他可是想说什么就可以随便说什么。"戈林在心里掂掇着希姆莱，"最善于挑拨离间的家伙不可能是一个正直的人。他很可能已经知道了我今天在元首的地堡里所遭受的羞辱。他来这里是要把半盘棋下至终盘啊。"

希姆莱当然明白，"帝国二号人物"在想些什么。他叹了一口气，决定推助戈林一把，所以，他说道：

"这么说吧，您是元首的继承人，您是总统。这样一来，我就是总理。"

希姆莱自己心里明白，德国不会跟随他一个党卫队头子这样的领袖的。需要另一个人物来做掩饰。

戈林仍然机械地回答：

"这不可能……"他停了片刻，然后把声音压低到类似耳语一般，以便即使希姆莱的黑色文件夹有录音设备也不可能录下来，小声地说："这是不可能的。总统和总理只能由一个人担任。"

希姆莱只是微微一笑，也不说别的话，又坐了片刻，然后像弹簧一般，迅即起身，和戈林互致纳粹党礼，就悄无声息地悄悄离开了戈林家的图书室。

1945 年 2 月 15 日（23 点 54 分）

施季里茨从办公室出来，下楼走到车库里。像往常一样，空袭还未停止，不过听声音轰炸现在应该是在措辛①地区，反正他感觉是这样的。施季里茨打开大门，然后坐进驾驶位，打火发动汽车。汽车的"霍里赫"发动机功率强劲，发动起来声音流畅而有力。

"我的爱车，咱们出发喽。"施季里茨用俄语在心里默念着，并拧开了收音机。电台正在播放着轻音乐。有空袭轰炸的时候通常都是播放一些轻松愉快的歌曲。这已经成了一种战时的惯例：每当前线激战正酣，或者敌方飞机猛烈来袭的时候，广播里都会播放轻松愉快、幽默搞笑的节目。"好啦，我的爱车，咱们走喽。咱们快走，可别遇上炸弹哦。炸弹总是瞄准不动的固定目标。咱

---

① 措辛：德国城市，属勃兰登堡，位于柏林以南约 30 公里处，与 B96 号公路相邻。

们按每小时七十公里来跑就好了，这就意味着，被航空炸弹命中的可能性要降低到百分之七十啦……"

施季里茨的两个无线电发报员艾尔文和凯特住在斯普里河岸边的克佩尼克。这个时候，他们两个人都已经上床就寝了。最近这一段时间，他们都早早上床睡觉，因为凯特快要临产生孩子了。

"你真漂亮，"施季里茨由衷地说，"你就是那种因怀孕而变得更美的女人吧，这样的女性为数不多。"

"怀孕会让每一个女人变美，"凯特回答，"只不过你没有机会发现这一点而已……"

"没这种机会，"施季里茨只好笑了一下，"这一点你说的没错。"

"来一杯牛奶咖啡怎么样？"

"你们哪来的牛奶？我忘了给你们带牛奶来了……该死……"

"牛奶是我拿衣服换来的，"艾尔文回答施季里茨，"想方设法也总要给她弄点牛奶喝。"

施季里茨轻抚了一下凯特的脸颊，问道：

"你给我们弹奏一曲好么？"

凯特坐到钢琴凳上，翻了几下乐谱，最后停在巴赫的曲目上，开始演奏。施季里茨走到窗户跟前，小声问艾尔文：

"你检查过了吗？他们有没有在你房子的通气孔里安装什么东西呢？"

"我检查过了，什么也没有发现。怎么啦？你们党卫队的兄弟们又发明了什么下流的新玩意儿了？"

"鬼才知道他们在憋什么坏招儿。"

"怎么啦？"艾尔文问道，"出了什么事？"

施季里茨未置可否地哼了一声，摇了摇头。

　　"知道吗，"施季里茨慢声细语地开始说，"我又接到了一项任务……"他再次未置可否地哼了一声。"任务要求我跟踪查明最高层的官员里有谁想和西方进行单独谈判以便媾和。他们指的是希特勒的领导层里，可不是这个层级以下的什么人。你觉得这个任务怎么样？劲爆吧？能轻松愉快地完成？显而易见，那头的那些人觉得，我二十年都没有暴露身份，那就证明我可是无所不能的人了。说不定我能当上希特勒的副手呢，那就更好了。或者干脆我自己就爬上元首的位置得了，是不是？哎，你发现没？我快变成唠叨鬼啦。"

　　"这任务只有你能完成。"艾尔文回答道。

　　"小姑娘，你打算怎么生孩子呢？"施季里茨发现凯特停止了弹奏，就向她问道。

　　"我觉得，生孩子还不都一样，还没有什么新方法被发明出来吧？"要临产的人含笑说道。

　　"前天我和一个妇产科医生可聊过……我不想吓唬你们两个年轻人……"施季里茨走近凯特身边并接着说，"小朋友，你接着弹，往下弹吧。我不想吓唬你们，尽管听了医生的一番话我是吓坏了。这个老医生他对我说，他能在任何一个妇女分娩时确定她们的原籍或者出生地点。"

　　"我不明白，这是什么意思。"艾尔文说。

　　凯特的钢琴弹奏戛然而止了。

　　"哦，你先别害怕，先听我把话说完，然后我们再来想怎么解决这件麻烦事。你明白吧，妇女们在生孩子的时候都会喊叫的。"

　　"谢谢您提醒我，"凯特回答道，"不然我还以为她们唱着曲子生孩子呢。"

施季里茨闻言，知道她并不明白，所以摇了摇头，叹了一口气，接着说：

"要知道，妇女们在分娩时喊叫可都用的是母语。也就是说，她们都用自己出生地的方言来呼喊。就说你吧，到时候，很可能会用梁赞方言来大喊'妈啊'、'我的妈妈呀'……"

凯特又继续弹奏曲子了，但是，施季里茨分明看见，她的眼睛里一下子就噙满了泪水。

"我们这可怎么办呢？"艾尔文发愁地问道。

"要不把你们送到瑞典去，在那里生？这种事我大概能办得到。"

"那样的话，岂不是只剩下你一个人，连最后一个电台联系点都没有了吗？"

"还是我留下吧。"艾尔文说。

施季里茨不同意，他摇了摇头说：

"你一个人海关是不会放行的。走也只能你们两个人一起走；因为他是战争中退下来的伤残军人，急需去瑞典疗养院治疗，并且会持有斯德哥尔摩方面的亲属寄来的邀请函……你一个人没有这方面的理由是不会被同意出境的。毕竟艾尔文的舅舅是在我们这里注册过的瑞典纳粹党员，而你的舅舅可不是……"

"那我们就留在这里吧，"凯特说，"没什么大不了的。我就用德语喊好啦。"

"还可以加点俄语里的骂人话，但是一定要用带有柏林口音的单词骂出来。"施季里茨开玩笑地说，"这件事我们明天再做决定吧，我们要考虑得十分从容、周密，不能有任何的所谓英雄主义激情充溢其中。那现在，艾尔文，我们走吧，该出去发报和上级联系了。这关系到上级对我下一步工作计划的答复，以及我们应该采取的对策。"

五分钟后，他们一起从屋子里走出来了。艾尔文的手里拎着一只箱子，里面是他们工作用的便携式无线电台。他们开出去大约有十五公里，临近兰斯多尔夫，就停在那里的森林中。施季里茨关闭了汽车的发动机。空袭的爆炸声仍旧在轰鸣着。艾尔文看了看手表，说：

"开始吧？"

"开始。"

阿列克斯：

我仍然像从前一样坚信，没有任何一位严肃的西方政治家会寻求与党卫队谈判。然而，既然接到了任务，我就会全力以赴地去完成它。

我认为，如果我把从您这里得到的部分情报信息汇报给希姆莱，任务就有可能完成。借助于他的支持，我就有可能进一步直接跟踪那些您认为正在活动的人，观察到底有哪些人正在寻求可能的谈判渠道。我向希姆莱的"告密"——具体的细节我会在这里就地组织实施，不再与您商讨——将有助于我向您提供全部的新证据来驳斥您收集到的推测以及搞清楚这些不实情报的来源。目前还找不到更好的途径去做这件事。如果赞同我的意见，请使用艾尔文的频道转告"同意"即可。

尤斯塔斯

这一份报告令莫斯科方面十分震惊，不啻是一颗炸弹轰然开爆。

"他正处于暴露身份的危险之中。"国家情报中心的负责人说，"如果他贸然地直接与希姆莱打交道，他马上就会被识破的，任何办法也无济于事。甚至假定希姆莱决定要假戏真做故意相信并捉弄他呢……也不可能有救……他只是一个卒子，也不是帝国党卫队的什么大人物。请明天早上就给他发报，立即要求他停止行动，绝对禁止他这么做。"

总部情报中心所知道的大量情报信息，施季里茨当然无法获悉。最近几个月里，总部情报中心所收集到的情报说明，关于希姆莱这个人有不少出人意料的情况，需要重新对其有所认知。

情整分析资料（希姆莱）

希姆莱醒得很突然，就仿佛有人用力推了他的肩头一下似的。他坐起来，环顾四周，房间内寂静无声。只有那只小闹钟的指针闪着微光指向早晨五点钟。

"时间还早呢，"希姆莱心想，"应该再睡上个把小时才好。"

希姆莱打了一个哈欠，翻身对着墙壁再睡。屋外森林中的声响经过通风小窗传进来。昨天晚上就开始下雪了，希姆莱都开始想象窗外的森林里是怎样一幅美景：静寂无人，天降飞雪，冬日凝冰。突然之间，他想起来了：他是最怕一个人去森林里的，即使现在，也像在童年里一样害怕。

希姆莱从床上起身，披上一件睡衣，走到写字台前。他没有点灯，欠身坐到一张木制的扶手椅上，伸手去摸黑色电话机的话筒。

"应该给女儿打个电话，"他心里想，"小姑娘肯定很高兴。她的欢乐太少了。"

硕大的写字台的玻璃板下是一张大照片：上面是两个男孩子顽皮而天真无邪地微笑着。

希姆莱的脑海中突然出现了鲍曼的身影，他气愤地想道，都是这个混蛋导致他现在不能随便给女儿打电话聊家常的，他真想和女儿说："我的小老鼠，你好哇，我是爸爸呀。我的小太阳，你今天做什么好梦了呀？"他也不能给那两个男孩子打电话，因为他们都是他的非婚生子女。希姆莱至今清楚地记得，1943 年他向鲍曼张嘴请求，希望能从党费中借出八万马克来为玛尔塔，也就是两个男孩子的母亲在巴伐利亚建一座小别墅，好躲避空袭，鲍曼当时不做声。但是后来元首从鲍曼那里听说了此事，当他在大本营午餐时，元首好几次都莫名其妙地、十分费解地上下打量希姆莱。他因此感到惊惧，尽管已经六年没和家人妻子住在一起，但也不能离婚。

"这也不关鲍曼什么事，"希姆莱继续想道，"主要都怪我。我在这件事上遭受的痛苦也不关那个肥猪的事。离婚所带来的一切屈辱我本来都可以忍受。即使党卫队的章程反对破坏家庭并导致解体，我也会离婚的。但是，我就是无论如何什么时候都不能让女儿因此事精神上受到创伤。"

希姆莱笑了一下，回忆起他和妻子刚在一起的时光。那是在十八年前，当时，他们夫妻两人就住在纽伦堡一间狭小、黑暗、湿冷的房间里。他当时任元首的"兄弟"格雷戈尔·施特拉塞①的秘

---

① 格雷戈尔·施特拉塞（1892—1934）：德国社会活动家，纳粹党左翼领袖；1934 年，"长剑之夜"被党卫队暗杀。

书。他为了协调建立各地党组织之间的联系而在德国四处奔波游走，经常夜宿火车站，饿了就啃一块干面包，渴了就喝一杯所谓的咖啡，实际上是劣质混合饮料。那是1927年，他当时还不明白，施特拉塞非要建立一支警卫部队，也就是党卫队的想法，到底有何高明之处，实际上是出于反对冲锋队领袖罗姆的斗争需要。希姆莱那时候只相信，建立党卫队能使党内领袖受到保护，免于被赤色分子暗杀。他天真地相信，赤色分子的主要任务是想消灭伟大的领袖、德国劳动人民唯一的朋友阿道夫·希特勒。有一次，希特勒来找施特拉塞谈事情，看到自己的巨幅肖像下面站着一位瘦削的年轻人，满脸雀斑，就向他问道：

"把党的领导人抬得这么高，让其他国家社会主义工人党的党员们需仰视才能看见，这么做有必要吗？"

希姆莱回答：

"我是一名党员，我们党没有领导人，只有一个领袖！"

希特勒对这件事一直记忆犹新。

施特拉塞向元首建议，任命希姆莱担任重组的帝国党卫队总司令，他此举是为了让党卫队首先为他施特拉塞服务，以便他在争取对党和元首施加更大影响的斗争中能占上风。最初只有区区200名的党卫队活跃分子聚集在他的旗下。但是，没有党卫队，就没有元首在1933年的胜利，希姆莱本人十分清楚这一点。然而，来之不易的胜利之后，元首只给了希姆莱慕尼黑刑事警察局的局长一职。格雷戈尔·施特拉塞是希姆莱的入党介绍人，是建立党卫队武装的倡议者，也是党内的思想家和理论家。就是从那时起，施特拉塞开始反对元首，不停地向党内的老同志宣讲，希特勒已经卖身投靠克虏伯和蒂赛这类血腥的重工业资本巨头。"人民之所以会跟随我们，是因为我们宣称要对无论是犹太人还是德国人的金融寡头们来一场神圣的战争。希特勒却和他们勾结到一起去了。他是不会有好下场的。"施特拉塞也找过希姆莱，对他说，"海因里希，党卫队还可以更有所作为，变成一支更强大的武装队伍，您要在自己的职权范围内将它运作至当初诚实、高尚的宗旨上来。"

但是，希姆莱当即打断了施特拉塞的话，严肃地对他说，对元首的忠诚，应该是每个德国国家社会主义工人党党员应尽的义务。

"您可以在党代会上提出您的疑虑，但您没有权利利用您在党内的威望展开反对党的斗争，这将极大地损害党内神圣的团结。"

希姆莱一直谨言慎行地观察党内高层中所发生的一切。他注意到，来之不易的胜利之后，在一定程度上，党内充斥着欣喜若狂的情绪，没有人愿意去做实际工作，党内的领袖们忘乎所以地在柏林出席各种盛大的集会，在外交招待会上流连忘返，觥筹交错地享受着在全国获得斗争胜利的甜蜜果实。希姆莱认为，享受这一切可是有点为之过早了。于是，他在不到一个月的时间里，就在达豪①建成了第一个示范集中营。

"这是一所极为良好的劳动教育场所，能够培养真正的德国公民意识，对那八百万投票赞成共产党的人来说，这是毫无疑问的。"希姆莱如是说，"只把这八百万人简单关进集中营了事是不行的。应当首先在一个集中营里制造浓重的恐怖氛围，然后逐渐把精神被摧垮的囚犯释放出集中营，这些获释的人将成为国家社

---

① 达豪：德国本土小镇，位于慕尼黑西北约 10 英里。

会主义方针政策的宣传员。他们能够向自己的亲朋好友和孩子们输灌我们的价值观，即必须对我们的政体有像笃信宗教一样虔诚的驯服。"

戈林派了自己的私人代表去达豪，在那里停留了几个小时，参观之后，这位私人代表向希姆莱提问：

"您不觉得，这种集中营的形式传出去会引起欧洲和美国的强烈的谴责吗？至少，这种监管措施本身就违反了宪法？"

"为什么您认为逮捕我们政体的敌人会与宪法有违？"

"因为被您逮捕的大多数人，根本就未经法院的审理。没有起诉书，未经任何判决，没有经过任何的法治程序……"

希姆莱嘴上答应要好好考虑一下这个问题，戈林的私人代表前脚一走，希姆莱后脚紧跟地给希特勒写了一封私人信函，他在信中论证了逮捕和不经侦讯、审判就将犯人关进集中营的必要性。

"这是一种真正的人道主义方法，"希姆莱写道，"只有此种方法才能拯救国家社会主义的敌人而不致招来人民对其的强烈怒火。我们不将人民的敌人投入集中营，我们就完全不能对他们的生命负责：人民会对自己的敌人处以私刑。"

就在同一天，希姆莱召集了一次大规模的群众集会，他就在这次集会上，逐字逐句地重复了自己在致希特勒的信中所阐述的"必要性"，第二天，他的讲话登上了各大报纸的头条。

1933 年底，由戈林直接领导的柏林警察局爆出了一桩官员贪腐丑闻，希姆莱连夜离开慕尼黑，直奔元首官邸觐见希特勒。他请求元首，将"贪赃枉法的旧制度下的警察局"交由"人民最优秀的儿子"组成的党卫队来监督管理。

希特勒显然不愿意正面得罪戈林。他只是紧握了握希姆莱的手，并一直把他送到办公室的门口，十分亲近地与希姆莱的眼神对视了一下，很高兴却突然地说了另外一件事：

"过几天还是把您那睿智的建议尽早寄给我吧：我指的是您给我写的信和您在慕尼黑群众大会上阐述了同样观点的发言。"

希姆莱悻悻地离开了柏林。但是，只过了一个月的时间，在未被召见的情况下，他直接被任命为梅克伦堡和卢卑克的政治警察总监；又过了一个月，12月20日，希姆莱又被任命为巴登的政治警察总监，12月21日、24日、25日、27日，希姆莱相继被任命为黑森、不来梅、萨克森、图林根和汉堡等地的政治警察总监。在一个星期之内，希姆莱成了全德国的警察总监，只有普鲁士地区的警察局还像以前一样，由戈林负责管辖。

有一天，希特勒向戈林提出了一项折衷方案：任命希姆莱为整个帝国秘密警察的首脑，但是，要服从戈林的管辖。身为帝国元帅的戈林接受了元首的这项折衷建议。他指示自己的秘书处通过元首办公厅发出任命决定，授予希姆莱内政部副部长和秘密警察局总监职位，使其有权参加与警察问题相关的内阁会议。他亲笔划掉了"和帝国安全相关"的说辞。他觉得对希姆莱来说，一下子得到的过多了。

希姆莱在这项任命刚一见报的时候，就立即请主管报界的相关工作人员用完全不同的方式来评述自己的履新。戈林在接受这项折衷建议的时候，犯下了一个大错：他忘记了，并没有人撤销希姆莱的原有主要职务——帝国党卫队总司令。因此，第二天所有的各大主要媒体登出的评述如下："帝国党卫队总司令希姆莱集中掌管刑事警察、政治警察、盖世太保和宪兵机构，这是国家社会主义司法活动的重大胜利。这是对所有帝国的敌人的严正警告：国家社会主义专政的铁拳已经挥舞在每个反对派和反对分子的头上，无论他们是国内的还是国外的。"

希姆莱迁居柏林，住在一栋名为"周四亦可"的相当雅致的别墅中，离外交部长里宾特洛甫的住所不远。在全党都在为战胜了共产党而沾沾自喜的时候，希姆莱已经在和自己的助手海德里希一起开始收集整理专案材料了。自己的老上级格雷戈尔·施特拉塞的专案材料是希姆莱自己亲自进行整理的。他很清楚，只有用自己导师的血来洗净自己，他才能大获全胜。因此，他格外细心地、毫无遗漏地收集了所有能够让格雷戈尔·施特拉塞必死无疑的材料。

1934年6月，希特勒召见了希姆莱，商量针对罗姆的行动方案。希姆莱对此行动期待已久。他明白，反对罗姆的行动只是消灭所有与希特勒早期共事却不听招呼的人的一个借口。对那些早期与其共事的人来说，阿道夫·希特勒只是一个人而已，只是党内的一位兄弟而已，现在的希特勒偏偏不能同日而语了，他可是要成为全德国的领袖和上帝的。党内的元老无疑就成了他前进的累赘和绊脚石了。

在听了希特勒因"绝对极少部分元老"受到了敌人的蛊惑而大发雷霆之后，希姆莱更清楚地明白了这一点。希特勒不能够向任何人，甚至他最亲密的朋友说出全部的实情。希姆莱却心知肚明，他也帮助了元首：他把4 000名早期与希特勒一起建立国家社会主义工人党的老同志的专案材料放在了桌子上。他心里早盘算过了，希特勒是不会忘记他的这一次鼎力相助的：因为帮助一个人为自己的恶行进行自我辩护，会比任何行动都受器重。

但是，希姆莱走得比这还远：了解了元首的意图之后，希姆莱下决心要成为元首身边的不可或缺之人，也就是说，今后所有的此类行动只有出于他的倡议才会发起。

所以，在陪同元首出发前往戈林别墅的路上，希姆莱就上演了一出好戏：他指使一名手下冒充特务，穿上罗姆冲锋队的制服，向元首的敞篷汽车开了一枪，希姆莱当即用自己的身体护住元首，在党内首次喊出了对希特勒的"新的称呼"：

"我的元首，能为保卫您的生命献出我的鲜血，我感到幸福！"

在此之前，还没有人喊出"我的元首"。希姆莱是希特勒"称神"的首创者，他创造了"自己的神"，把希特勒送上了"神坛"。

"海因里希，从这一刻起，你就是我的嫡亲兄弟了。"希特勒如此说道，当时站在他周围的人都听到这些话了。

在希姆莱采取行动，镇压并消灭了罗姆之后，在他的导师格雷戈尔·施特拉塞以及4 000名老同志被枪杀之后，一些最擅长捕风捉影的记者就编造出了另一篇神话，即，正是希姆莱，从德国社会主义工人运动开始之初，就一直和元首并肩作战来着。

结果是，希姆莱尽管在元首的大本营聚会上与那些元首最亲密的人，譬如戈林、赫斯和戈培尔等人友好地握手寒暄，但，他一分钟也没有停止收集和整理"自己亲密战友"的专案材料。

1945 年 2 月 16 日（3 点 12 分）

施季里茨驱车将艾尔文送回了他的家之后，将车速放慢下来，每次他与总部的情报中心联系之后，总是感到万分疲倦。

有一段车程必须穿过森林。天空倒是也算晴朗，满天星斗，高旷悠远。

"不过呢，"发报之后，施季里茨继续在心里思索着，"从谈判的可能性上推测，莫斯科方面是对的。"甚至，如果他们还没有任何具体的情报的话，仅从逻辑上做这种推测，可能性也是成立的。莫斯科方面对于元首身边的宠臣们各怀鬼胎、勾心斗角、互相倾轧的龌龊之事是十分了解的。以前明争暗斗的龌龊之事只是为了一个明确的目标，即成为元首身边的红人、成为元首的左膀右臂。现在，这个过程开始逆向运行了。他们所有的人，无论是戈林、鲍曼，还是希姆莱或者里宾特洛甫，心里想的是如何保住自己的帝国。如果他们当中有谁能够做到单独媾和，那么对他来说就等于保住了个人的性命身家。他们当中的每个人考虑的都是自己，根本没有想到德国或者德国人民。在目前的情况下，五千万德国人，只是他们这几个孤注一掷的赌徒下注时的纸牌而已。只要他们手上还掌管着军队、警察和党卫队等国家机器，他们就可以随心所欲地将整个帝国掉转方向，只要求得个人身家性命无虞、个人利益不受侵犯即可……

一道刺眼的光线从施季里茨的眼前明晃晃地扫过。施季里茨不由得眯起眼睛，并下意识地踩了制动刹车。两辆党卫队的摩托车猛地从树丛后冲了出来。他们一下子挡住了施季里茨汽车的前行之路，其中一个摩托车骑手用手中的枪对准了车中的施季里茨。

"请出示证件！"其中一个摩托车骑手说。

施季里茨把证件递给他，并问道：

"出了什么事？"

这个摩托车骑手检查了证件，向施季里茨敬了一个举手礼，并回答道：

"收到了报警信号，要求我们立即搜查寻找无线电发报员。"

"搜索情况如何？"施季里茨将证件放到自己的衣服口袋中，随口问道，"有什么发现吗？"

"您的汽车是我们遇到的第一辆呐。"

"你们还想再看一眼我汽车的后备厢吗？"施季里茨笑着问道。

两个摩托车骑手也笑了起来：

"前面有两个炮弹坑，请您小心一点开车，旗队长先生……"

"谢谢，"施季里茨回答说，"我开车一向谨慎……"

"这是在艾尔文发报之后的事，"他心下明白，"他们立即封锁了东、南两个方向的道路。总的来说，如果与党卫队打交道的是一个对德国一无所知的人，那么，来这一套还基本是对的，但是，这也未免太天真了嘛。"

施季里茨绕过了那些炮弹坑，它们是今夜空袭刚炸出来的，往车窗里灌进来的空气中都散发着一股浓烈的焦糊味。

"还需要再研究一下我们盯着的这几头公羊，"施季里茨的思索还在继续，"他们可不只是库克雷尼克赛①和叶菲莫夫②画的那几头可笑的漫画公羊。我要确定的一个关键节点是，对里宾特洛甫、戈林或者鲍曼来说，谁在媾和中获得的个人利益最大。等我

---

① 库克雷尼克赛：苏联画家在二战期间集体创作组合使用的笔名，包括画家米·库普里扬诺（1903—1991）、普·克雷洛夫（1902—1990）和尼·索科洛夫（1906—1981）。
② 鲍·叶菲莫夫（1900—2008）：原姓为弗里德兰，苏联画家。

把德国高层这几个人都研究之后，再来捋一下施佩尔这个人：他是主管整个德国工业的人，但不仅仅是一个技术上出众的工程师；他肯定还是一位地位重要的政治家，对这位有可能与西方实业界领袖取得联系的人物，我还从没有摸清楚任何情况呢。"

施季里茨在湖边将汽车停了下来。在一片暗黑之中，他并没有看到湖面，但他清楚地知道，湖岸就在这几棵松树的后面。夏天，他很喜欢开车来到这里，黄色的树干上流淌的松脂油散发出浓浓的味道，白色的太阳光线透过粗壮的针叶形树冠照射下来。施季里茨总是进入密林深处，躺倒在半人高的草丛中，一动也不动地冥思，一躺就是几个小时。一开始呢，施季里茨认为，吸引他来到这里的原因是这里相当寂静，人迹罕至，湖边也没有那种海边才有的人声鼎沸的浴场，青黄色的松树高大挺拔，黑色湖岸边上有蜿蜒的白色沙带。但是，后来，施季里茨又在柏林附近发现了几处地点，也是这样十分寂静，人迹罕至的僻静之处，瑙恩附近有一片小橡树林，萨克辛豪森附近有一片占地面积颇大的森林，那里的树木看起来像是蓝色的，尤其是在春天的时候，冰消雪融的时节，褐色的土地一下子裸露出来的时候。这时候，施季里茨倏然明白了，吸引他来到这小湖边的原因缘于此：他曾经在伏尔加河边的戈罗霍夫卡度过了一个完整的夏天，那里的松树就是青黄色的，沙子也是白色的，茂密的丛林也遮挡着黑色的河岸，到了夏天，丛林中也是长高的成片的绿草带。施季里茨总是来到这个小湖边的念头原来是受某种下意识驱使的，有时候他也害怕自己这个持续已久的念头，因为越是去的次数多，就越是更想再去，然而，每次从这个地方离开他都虚弱乏力，疲惫不堪，真想痛饮几杯，喝个酩酊大醉……1922年，他接受了捷尔任斯基下达的任务，随白卫军残部撤出海参崴，一开始在日本及伪满洲和中国其他地区潜伏，做从内部分化俄国侨民的工作，他工作起来得心应手，并不觉得困难，因为这些亚洲国家没有什么东西会让他想家：那里的大自然风光旖旎，山清水秀，风景优美，别致而过于柔美。后来，当他接受了总部情报中心指派的任务，调他去和纳粹进行隐蔽斗争的时候，他就转道去了澳大利亚，到那里的德国驻悉尼大使馆声明，他是冯·施季里茨，他在上海被打劫，身上已经一无所有。他的思乡病就是在那次才开始发作的：他当时搭乘了一辆顺风车从悉尼出发去堪培拉。汽车穿过了一片大森林，他觉得好像是穿行在坦波夫省某地。但是，汽车行驶了大约七八十英里之后，停在一家酒吧门前；在他的同伴们都喝咖啡、吃三明治去了的时候，他下车四处走动了一会，这时他明白了，这里的森林与俄罗斯的森林是完全不一样的，这里树种主要是一种桉树，散发的味道十分浓烈，香气馥郁，好闻，但完全不是家乡森林中特有的味道。获得新的护照后，施季里茨在悉尼的一家德国人开设的大饭店工作了一年的时间，这个大饭店的老板曾积极捐款支持纳粹党成员。在这个老板的托付之下，施季里茨后来来到了美国纽约，在德国驻美使馆找到了一份工作，在那里加入了德国社会主义工人党，完成了帝国机要部门下达给他的几项任务。后来，他就以保安处军官的身份正式调任到葡萄牙工作了。他在那里的一个贸易代表处一直工作到西班牙佛朗哥军事叛乱的爆发时期。施季里茨平生第一次穿上党卫队保安处的制服就是在这个时期，在布尔戈斯①。从那时起，他就大部分时间都在柏

----

① 布尔戈斯：西班牙城市，曾为卡斯蒂利亚的首都。

林生活，偶尔只有短期到国外出差：有时候会去萨格勒布^①，有时候去一趟东京（战前他曾经在那里最后一次见过佐尔格^②），有时候也会去伯尔尼。无论到哪里去旅行，唯一让他念念不忘的地方，就是这个松林环绕的湖岸呐。这个地处德国的地方对他来说，就是俄罗斯啦，他在这里就像是在家乡一样，在这里，他能够在草地上放松地躺上几个小时，凝望着天空。施季里茨习惯于对各类事件、对不同的人群进行分析，对自己内心的细致入微的隐秘变化分析之后，他得出了结论，即他对这片松林的向往是完全合乎逻辑的，没有任何莫名的神秘之处和令其费解的隐晦之事。他恍然大悟这一点还是在那一天，当时他来到这里，呆上了一整天。随身带了女管家给他做好的早餐：几片夹了香肠和奶油的面包，军用水壶里灌满了牛奶，保温瓶里装了热咖啡。他那天带了钓鱼的绞杆，当时正是狗鱼产卵的季节，普通钓竿也带了两副。施季里茨买了一个半圆形的黑面包，这是做钓鲤鱼的鱼饵，他知道，在这种湖里，鲤鱼是很多的。他将半个黑面包掰碎，撒在芦苇丛中打窝子，然后返回到森林中，在铺好的毛毯上摆好自己带来的早餐，它们都被整齐地一样一样地分装在玻璃纸做的小袋中，就像摆在商店橱窗中的食物样品模型。当施季里茨把牛奶倒进一个可伸缩使用的蓝色杯子里的时候，他突然间感到心里十分烦闷，面对橱窗样品一样的面包失去了食欲。于是，他又开始掰碎剩下的黑面包，大口吃了下去并喝光了牛奶，一种既甜蜜又

---

① 萨格勒布：南斯拉夫城市。
② 佐尔格（1895—1944）：德国人，共产主义间谍，苏联英雄。30—40 年代在德国、日本长期为苏联获取有价值的情报。1941 年被逮捕，1943 年 9 月 29 日被判处死刑，一年后被处以绞刑。

苦涩的感觉涌了上来，他这时才心情愉悦地平静下来了。他回忆起那片如此这般的草地，与眼前森林一模一样的蓝色的森林，保姆的温润的双手，其实他记住的只有她细长又温柔的手指。还有这黑面包和盛在粗瓷碗里的牛奶，那些螫了他的脸颊的马蜂，湖边白色的沙子，他每次总是一路大叫、嘶吼着奔到水边，保姆的笑声，还有日落之前，天空的白色背景下，那成群的蚊虫嗡嗡的啸叫声……

"我是为什么在这里停车了呢？"施季里茨一边想，一边在黑暗的夜色下的公路上踱步，"对了，我是想休息一下来着……好了，已经休息了一下。千万别忘了，明天还要去艾尔文家听取阿列克斯的回复电文，记住带上几听罐装的牛奶。我说不定又会忘得干干净净。应该今天就把牛奶拿到车里去，一定要把它们放在前排座位上。"

情整分析材料（希姆莱）

希姆莱从扶手椅上站起身来，走到窗户跟前：外面是一片冬天景象，森林具有冬天的肃穆之美，月光映衬下的针叶树林上覆盖着白雪，万籁寂静。

突然间，希姆莱回忆起了自己与赫斯斗争的情形，他可是元首身边最亲近的人。所以，说实话，那次他一度命若悬丝，差点断送前程了：就因为希特勒经常会做出自相矛盾的决定。希姆莱的手下弄到了一卷胶片，里面拍摄的是赫斯本人正在洗手间里手淫的画面。希姆莱立刻就拿着这卷胶片坐车去见了希特勒，当着元首的面把影片在屏幕上放映了一遍。元首当即暴跳如雷。也不管当时还是深夜，就命令立刻将戈林和戈培尔叫来，让赫斯先在接待室里等着。戈林是最先到的，他面白如纸，十分不安。希姆莱当然知道这位帝国空军元帅为什么害怕：因为戈林当时和维也纳一名芭蕾舞演员的风流韵事正传得沸沸扬扬。希特勒开门见山地要求自己亲密的朋友好好看看"赫斯的这桩丑行"。戈林看完哈哈大笑。希特勒却大声呵斥他：

"你不应该是这样毫无怜悯之心的人！"

希特勒把赫斯叫到办公室，跑到他的跟前，对他大吼大叫一通：

"你这个臭气熏天的肮脏下流坯！你染上的是一种恶习！"

无论是希姆莱、戈林，还是戈培尔，都觉得他们是在现场见证一个巨人——党内第二号人物的垮台。

"是的，"赫斯出乎所有人的意料，平静地回答希特勒的呵斥，"是的，我的元首！我不会隐瞒这一点的！为什么我会这样做？为什么我不和一些女演员睡觉呢？"他看也不看戈培尔一眼，但后者紧紧地靠在扶手椅上（他和他那个情妇——捷克女演员丽达·笆阿洛娃的丑闻已经传开了）。"为什么我没有半夜奔到维也纳去看芭蕾舞演出呢？那是因为我只有为党工作这一件事占据了全部生活！而党和您，阿道夫，对我来说，是同一件事！我没有时间过个人生活！我一个人独居！"

希特勒脸色立即变得温和了，他走到赫斯的跟前，很不好意思地拥抱了赫斯，还拍了拍他的后脑勺。这一役以赫斯获胜而告终。希姆莱就此藏了一段心事：他很清楚，赫斯是不会善罢甘休的。赫斯一走，希特勒就说：

"希姆莱，快给她物色一个妻子吧。我理解他，在历次运动中，他都是一个忠诚可靠的人。您把备选人的照片收集好，拿给我看吧，他会接受我的推荐意见的。"

希姆莱明白了：现在这一瞬间可以解决一切问题。等到戈林和戈培尔都上车各自回家之后，希姆莱对希特勒说：

"我的元首，您为国家社会主义工人党挽救了一位忠诚的战士。我们所有人都珍惜赫斯的忘我工作精神。没有人能像您这样明智地决定他的命运。所以，请允许我马不停蹄地再给您送几份材料来！您应当像帮助赫斯一样，再帮助几名您的士兵！"

于是，他给希特勒送来了德国劳工阵线负责人莱伊的专案材料。这个人是个嗜酒成癖的家伙，他酗酒闹事的丑闻除了希特勒之外尽人皆知。希姆莱还整理了"巴贝尔斯堡的小公牛"即戈培尔的专案材料；他和那些血统看起来并不纯正的女性轻率放荡的胡搞，使真正的国家社会主义工人党党员们颜面尽失。当天夜里，放到希特勒桌面上的还有另一份专案材料，它有可能损害鲍曼声誉的内容，这份材料怀疑鲍曼在大搞同性恋。

"不，不，"希特勒立即袒护鲍曼，"他可是有一大堆子女啦。这肯定是诽谤。"

希姆莱没能说服希特勒马上相信这些，但是，当他看到元首特别好奇地翻看这些材料时，就像他多次翻阅特工人员撰写的报告一样，希姆莱就明白，他已经完全彻底地赢得了元首的信任。

到党卫队首领希姆莱过五十岁生日的时候，希特勒下令全德国为之庆祝。从这一天开始，所有的地方官员、各省党的负责人都明白了，希姆莱才是希特勒之后唯一一个执掌全部大权的人。所有的地方党组织都开始把重要的情报分送两处：一份送至党的总部，给赫斯，另一份则送希姆莱的办公厅。一个受到特别信任的特工小组的材料，不会通过各处室上传，而是送到希姆莱个人专用的档案室，直接送达其本人：这都是一些有损党的领袖声誉的材料。而在 1942 年，希姆莱把第一批有损党的元首声誉的材料放进了自己的保险柜中收藏。

1943 年，斯大林格勒战役德国溃败之后，希姆莱下决心向自己的一个亲密的朋友出示这批材料。这个朋友就是克尔斯滕博士，他是帝国最优秀的医生和按摩师。希姆莱锁好门，从保险柜中取出来元首病例的副本。克尔斯滕博士惊愕得一屁股跌坐在扶手椅里：医疗记录上准确无误地写着诊断结论：元首曾经罹患过最严重的梅毒。

克尔斯滕博士翻阅了全部七十页的医疗诊断内容，小心翼翼地说：

"他的病情正处于进行性麻痹的初期……他的精神已经不太正常……"

"或许，您能同意为他治病？"希姆莱问道。

"元首的病情很凶险，换医生不利于他的病情。只有希望他死的人，才会给他换医生呐……"

正是在那个时候，希姆莱默许了他手下的政治情报处主任瓦尔特·舒伦堡去试探西方同盟国，在多大程度上愿意和德国缔结体面的和平条约。他一直在密切观察反战派将军们中密谋者和美国驻伯尔尼的情报机构代表艾伦·杜勒斯的暗中勾结情况。其中一个密谋者的报告引起了他的注意，他花了很长时间来弄清其中的内容："西方代表之所以愿意寻求与帝国缔结和平条约，是出于他们对布尔什维克的恐惧，但是，他们担心元首极不稳定的'领导天才'，他们认为，元首是不可靠的谈判对手。他们正在寻找清醒的、值得信赖的精英人士，比如，像党卫队全国总司令那样对局势有掌控权的人士……"

"我真是个可怜的胆小鬼，"希姆莱仍然站在窗旁，眼睛望着寂静无声的松树林，脑子里还想着往事，"1944 年 7 月 20 日[①]，我原本可以在针对希特勒的刺杀时间过去五个小时后，就当上德国的元首。当时我是完全有可能趁着一片混乱和惊慌失措，把柏林的一切大权抓在自己的手心里。那时候要是不把格尔德勒[②]抓到监狱里，而是把他派去伯尔尼去向杜勒斯提出媾和建议就好了。元首、戈培尔和鲍曼，当时就应该像 1934 年被枪崩了的施特拉塞一样，当机立断地被枪毙掉。那时候，让他们在办公室里急得像热锅上的蚂蚁，匍匐在地上求饶就好了……希特勒难办，他可不会求饶，戈培尔肯定也是个死硬的家伙。只有鲍曼才会求饶，他可是贪生怕死的人呢，这人对世界上的一切都看得很清醒……而我当时却太懦弱，畏葸不前，反倒回忆起了从前在元首身边度过的美好时光，我可真够窝囊的……我当时过于多愁善感了……"

而实际上，希姆莱从那次七月刺杀事件中捞取了最大限度的个人好处。戈培尔镇压了柏林地区的暴乱，但是，他的胜利果实却被希姆莱攫取了。因为只有希姆莱才知道制胜的路径。他懂得，如果想让戈培尔这个宣传狂拱手让出胜利，那就需要用他本人创造的、党内惯常使用的一套漂亮的词藻来使其飘飘然，他喜

[①] 即瓦尔基里行动：1944 年 7 月 20 日，在希特勒的东部战场总部"狼穴"的会议室里，一个装有定时炸弹的皮包爆炸，希特勒受轻伤，侥幸逃生；这个由陆军上校施芬陶贝格策划的针对希特勒的暗杀行动以失败而告终，5 500 名"同谋者"被捕，140 多人被杀，隆美尔元帅受到牵连，被迫服毒自杀。

[②] 格尔德勒（1884—1945）：德国政客，反希特勒的保守派人士之一。

欢听这些，也最能够接受这些报纸上的常见的套话。希姆莱向戈培尔阐述了党卫队和盖世太保在镇压这场叛乱中的所起的重要作用，"我们要向人民表明，"希姆莱对戈培尔说道，"除了拥有党卫队众多英雄的德国，还没有哪一个国家能够如此坚决地清除那些卖主求荣的暗杀团伙。"

于是，报纸媒体和广播开始了新一轮的"党卫队伟大的英勇行为"的宣传攻势。元首那个时候对希姆莱可谓相当的亲密友好。以至于有一段时间希姆莱甚至觉得，将军们的失算使他成了最大的赢家——特别是在11月9日，元首在帝国有史以来第一次委托他，是的，就是他，希姆莱，党卫队全国总司令，代表元首在慕尼黑发表庆典讲话。

直到现在，希姆莱还记得，他当时的确有点紧张和害怕，但是，当他走上元首专用的讲台，元首就站在他的身边，而戈培尔、戈林、里宾特洛甫和莱伊等人都站在台下，他以前不也站在那里吗，一想到这里，他就全身都有一种甜蜜的愉悦感。他们所有人为他鼓掌，按照他希姆莱的手势举手行常礼，稍有停息之后，他们就开始欢呼起来，紧接着，整个礼堂顷刻间欢声雷动。即便是他们忌恨他，认为他根本不配充当这个伟大的角色，随他们的便吧，此时此刻，他们也必须按照德国国家社会主义工人党内部应有的规矩，在两千名风尘仆仆到此地参加集会的地方大员面前，向他，希姆莱，义不容辞地表达最崇高的党内敬意。

鲍曼……哎呀，他恨鲍曼真是恨得咬牙切齿！正是这个鲍曼对希姆莱的一飞冲天忧心忡忡，他使了手腕，让他从云端掉了下来。鲍曼比任何人都清楚地知道元首的心思，即元首如果喜欢一个人，相信这个人，那就绝不能在元首耳边说这个人的坏话。所以，鲍曼就向元首建议：

"指望陆军方面有所作为是非常不可靠的。不过，有党卫队师团，这可是我们德国之大幸，他们是党和国家社会主义的希望之所在。只有党卫队的领袖，我的朋友希姆莱，能够堪当大任，由他来承担起东线作战指挥的任务，统帅'维斯拉'集团军群才行。只有在他和党卫队的领导下，陆军在他的指挥下，才能反攻并彻底击溃俄国人的步步紧逼。"

希姆莱是第二天飞抵元首大本营的。他带了一份需要希特勒签署的命令，内容是即日起，以前属于鲍曼管辖的全德各地方长官应由党卫队司令和鲍曼双重管理。这是他准备好的给鲍曼的一次致命打击。但元首很轻易地就签字批准了这项动议，这使他感到有点莫名的奇怪。然而，在命令签署仅仅过了几分钟之后，元首的一番话就让他掉进了冰窟窿：

"希姆莱，我要祝贺您呀！您已经被任命为'维斯拉'集团军群的大军统帅。除了您，再没有任何人能够击败布尔什维克这股敌军了！除了您，没有任何人能扼住斯大林的脖子，让他接受我的媾和条件！"

这就是彻底垮台之际，是失宠了。1945 年 1 月已经过去了，看不到任何获胜的希望。让这些温情脉脉的幻想见他妈的鬼去吧！只剩下唯一的指望：与西方媾和刻不容缓并要与他们一起共同与布尔什维克这股敌军作战。

希姆莱当即感谢元首委任如此崇高而光荣的职务，之后就驱车返回自己的总部机关。后来，他就去拜访了戈林，但是两个人话不投机，没谈拢。

因此，他每每醒来，就再也睡不着了，现在他侧耳倾听窗外穿过寂静松林的风声，没有勇气给被他抛弃的女儿打个电话，因为这样有可能会被鲍曼窃听到，他更没有勇气把电话打给两个儿子和他们的母亲，希姆莱爱他们的母亲，但他更害怕丑闻传播出去：要是那样，元首不会原谅他的，元首经常呵斥这种"道德败坏"之人……自己就是一个该死的梅毒大疮患者……还说什么别人"道德败坏"……希姆莱忿忿地望着电话机，想道：自己经营了十八年的国家机器，现在成了对付自己的工具了。

　　"完蛋了，"他心里对自己说，"如果现在不立即行动起来，开始为捍卫自己的身家性命而放手一搏，那可就真完蛋了，我必死无疑呵。"

　　希姆莱根据一些特工人员的报告，推断出，驻意大利的德军兵团总司令凯塞林元帅将不会反对与西方媾和。只有舒伦堡和希姆莱清楚地知道这件事。两个报告此事的特工人员均已经被灭口：他们在返回意大利去驻军指挥部准备去见凯塞林的途中，被刻意安排的空难事件炸死了。从意大利可以直接去瑞士。而美国的情报机关驻欧洲的首脑艾伦·杜勒斯就在那里坐镇连结各方。这是特别值得重视的大事。可以和重要的人物直接接触，更何况党卫队驻意大利的首脑卡尔·沃尔夫是凯塞林元帅的好友，也是希姆莱最可靠的忠诚属下。

　　想到这里，希姆莱摘下电话机的话筒，并说：

　　"立即请卡尔·沃尔夫过来一下。"

　　卡尔·沃尔夫现任希姆莱司令部办公厅主任。他对这个人相当信任。沃尔夫就此开始代表他并以他的名义与西方进行谈判。

排兵布阵

　　在第一次提审神父施拉格的时候，施季里茨并没有想到这个神父能派上什么用场：他当时只是在完成舒伦堡指派的任务。他与这位神父交谈后的第三天，施季里茨对这位老先生来了兴趣，因为他举止庄重，令人肃然起敬，但身上又保留着孩子一样的天真。

　　谈话结束后，施季里茨又研究了他的专案材料，就越发深入地思考起，如何让神父在自己的下一步工作中为己所用的问题。

　　在听完告密者克劳斯和神父的谈话录音后，施季里茨就确信，施拉格神父仇恨纳粹主义，并愿意帮助目前的地下工作，但不应仅限于此，他决定让施拉格在自己的下一步工作中承担相应的角色。只是暂时还不能定下来，怎样才能合理地利用他而已。

　　施季里茨是一个从不预先推测事件发展走向的人，尤其是细节方面。他倒是经常回忆起一个场景：有一次，他乘火车由欧洲出发，横跨欧亚去土耳其的安卡拉，他在火车上一直在读一篇有关诗人普希金的奇闻逸事，这个阅读印象深深印在他的脑海中，伴随终生。文章的作者是一位颇有点成就的文学评论家，某一天，他问普希金，美丽的达吉亚娜未来命运如何？结果普希金恼怒地回答："我不知道，你去问她本人好了。"施季里茨在盖世太保逮捕了数学家和物理学家之后，总要和他们谈话，尤其是在盖世太保逮捕了研究核物理问题的学者伦格之后，施季里茨感兴趣的是，科学理论家们是否会提前就计划好发明的内容。他得到的回答是："这是不可能的，我们只是确定探索的方向，其余的一切会在实验的过程中被发现。"

在情报侦察工作中，一切的流程均应如此这般方向明确即可。否则，当某项行动被安排在一个过于仔细的框架内的时候，那就有可能遭遇失败：因为提前设定的环环相扣的紧密联系，只要其中的一个细节遭到破坏，整个计划的主要部分也就不可能成功了。所以，要看清一切的可能性，抓住任务的关键节点，特别是当一个情报员在不得不孤军作战的时候，更是要心明眼亮，这样成功制敌的把握才会更大。施季里茨一贯这样要求自己。

"好吧，神父，"施季里茨心里说，"就利用一下这位神父。在克劳斯被处死之后，他目前已经是处于无人监督地归我管理啦。我曾向舒伦堡报告过，目前还未能查明神父与前首相海因里希·布吕宁的关系，看来，他对这老头子的兴趣已经不大了。倒是我，在接到总部情报中心的任务后，对神父的兴趣有增无减了。"

1945 年 2 月 16 日（凌晨 4 点 45 分）

（摘自帝国保安局四处党卫队突击大队长艾希曼的个人档案：1939 年参加国家社会主义工人党。纯雅利安人，忠于元首。性格具有北方人特点，坚定果敢。与同事关系融洽。尽忠职守。对帝国的敌人毫不留情。运动健将。多次参加射击比赛，获奖无数。对家庭忠贞不贰。社会关系清白。曾受到党卫队全国总司令的嘉奖……）

缪勒在深夜召来了党卫队突击大队长艾希曼，因为他在卡尔登勃鲁纳办公室喝了白兰地之后，睡了一觉，所以，现在感到自己休息好了，又精神抖擞了。

"白兰地这玩意是有那么点特别啊，"他一边用右手的大拇指和食指摩挲着自己的后脑勺，一边想着，"喝完我国产的酒，老是会上头，而这种酒一喝就会感觉轻飘飘的，就是后脑勺直突突，也可能我的血压不太稳定，没有其他原因，这倒没什么关系的……"

艾希曼的眼睛熬夜熬得都红肿了，他看着缪勒，露出了天真无邪的稚气的笑容。

"我也头疼得脑瓜仁都快要裂开了，"他说，"我就想着老天爷什么时候能让我睡上个七天七夜就好啦。我还从来没有想过，失眠才是最可怕的折磨。"

"有一个为我们工作的俄国间谍，以前是很凶残的土匪，他跟我讲过，说他们在劳改营里，经常从黑茶叶里熬制出一种叫'奇菲尔'的饮料，当酒喝，却又能喝醉，也能提神。你说我们是不是也得试试哇？"缪勒说着，突然放声笑了起来，"反正我们也会去他们的集中营里喝这种饮料，现在就提前掌握这个制作工艺是不是正好哇？"

缪勒是很信任艾希曼的，所以总是和他这样谈话，开些无伤大雅的玩笑。

"您可听好了，"缪勒继续说道，"出了一件莫名其妙的麻烦事。我今天被局长叫去了。我们这些局长和所有的领导一样，都是些幻想家嘛……他们可以随便幻想，无论有没有什么具体的工作可干，就会下个指示，签个命令，甚至马戏团的黑猩猩都能干的事……您知道不,他开始看不上施季里茨啦……"

"看不上谁?!"

"对,您没听错,就是看不上施季里茨啦,就是舒伦堡他们处里那个唯一让我有点好感的人。他那人很沉稳,从不溜须拍马,也没见过情绪失控,歇斯底里,并不假装表现积极。我对那些总围着领导转、大会小会总急于发言的人不怎么信任……他可是个话不多的人。我就喜欢守口如瓶的人……如果朋友要是个守口如瓶的人,那就是真朋友。而如果他要是敌人,那就是不可救药的真敌人呢。这样的敌人我也会尊敬的。你在这样的敌人那里也能学到东西啊。"

"我认识施季里茨八年了,"艾希曼说,"在斯摩棱斯克城外作战时我们在一起,我亲眼看见过他在枪林弹雨下出生入死,他真是一条铁石般的硬汉呢。"

缪勒皱了皱眉头:

"您怎么也开始用这些比喻性的语汇来说话啦?是不是也累糊涂了?您可把这些比喻的词藻都留给咱们党内的上层官员们用去吧。我们是干侦察情报的,应该用名词和动词来表述思维,比如,'他见到了''她说了''他转达了'……怎么,您不认为施季里茨值得怀疑?"

"是的,我不相信施季里茨不正直。"艾希曼回答道。

"我的看法也是如此。"

"或许应当策略地让卡尔登勃鲁纳局长相信这一点?"

"那又何必呢?"缪勒停顿了一下,说,"万一他就是想让施季里茨成为一个不被信任的人呢?为什么去说服他呢?毕竟施季里茨不是咱们处的人,而是六处的人呐。让舒伦堡去遭罪吧……"

"舒伦堡一定会要求给他拿出证据来的。而且您也知道，帝国党卫队总司令是很支持他的。"

"我顺便问一句，去年秋天您为什么没有和施季里茨一起飞到克拉科夫去呢？"

"总队长，我不能坐飞机，我害怕坐飞机旅行……请您原谅我有这个弱点……我认为隐瞒这个情况是不诚实的。"

"我倒是不会游泳，我怕水。"缪勒笑了一笑。

他又重新开始用右手的大拇指和食指摩挲起自己的后脑勺了。

"施季里茨这件事，我们该怎么办呢？"

艾希曼耸了耸肩膀，开口说道：

"我个人认为，首先要对自己始终诚实，这是决定接下来行动和步骤的关键问题。"

"行动和步骤，这不是一回事儿吗，"缪勒大发议论了，"我可是真太羡慕那些只会去执行命令的人！我也想当一个只会执行命令的人！'当一个诚实的人'，我也经常在考虑如何做一个诚实的人呢。好吧，我现在就提供给您一个做诚实的人的机会：拿上这些材料吧。"缪勒一边说着，一边把几份打好的文字材料推到艾希曼跟前。"请您做出自己的结论。要始终都是诚实的。我在向局长做汇报的时候将以您做出的审查结论为依据。"

"为什么要我来做这件事呢？总队长？"

缪勒笑了起来。

"我的朋友，您的诚实到哪里去了？！它在哪里？劝说别人要成为诚实的人，这当然是容易的了。而每个人都想用自己的诚实掩盖私底下的不诚实……都想为自己和自己的行为辩护。难道我说的不对吗？"

"那我来写一份报告吧。"

"什么报告？"

"我就在报告里写：我认识施季里茨许多年了，我可以为他的品行做任何担保。"

缪勒沉默了一会，在扶手椅子上坐立不安地扭动着身体，而后递给艾希曼一张纸。

"写吧，"他说，"快点写吧。"

艾希曼拿过钢笔，想了好一会，第一句话应该怎么写，然后就用特别工整好看的字体写下了如下的内容：

致四处处长、党卫队总队长缪勒先生：

本人认为党卫队旗队长冯·施季里茨先生是纯雅利安人，他一直忠于元首和国家社会主义工人党的思想，因此请允许我不参加有关对其案件的审查。

突击大队长艾希曼

缪勒用吸墨纸将艾希曼担保书上的墨迹吸干，反复地读了两遍这份保证书，轻声对艾希曼说道：

"看起来，您是个好样的……艾希曼，我一直很尊敬您并充分信任您。这件事让我对您的正直诚信再次有了新的认识。"

"谢谢您。"

"我可没做什么值得您感谢。这件事我还得感谢您呢。好吧。这三份材料是给您的：请您根据这些材料写一份有关施季里茨工作情况的正面评述，这反正也不用我来教您：侦察情报工作者的灵活的技能啦，调查人员特有的对事物的深入细致的认识啦，以及一个真正的国家社会主义工人党党员的大无畏精神啦，等等，都可以写写。看看您写好这份东西需要多少时间呢？"

艾希曼翻了翻这三份材料，回答说：

"要想把评述材料写得看起来比较正式并且言之有据的话，您怎么也得给我一周的时间呐。"

"五天吧，不能再多了。"

"好吧。"

"您要尽量把施季里茨在处理有关神父施拉格的工作中的表现写得突出一些，"缪勒说着用手指了指其中的一份材料，"卡尔登勃鲁纳局长认为，有人正在试图通过神职人员与西方建立联系——可能通过梵蒂冈等途径……"

"好的。"

"那就这样吧，开心点。您先回家吧，好好睡上一觉。"

艾希曼走了之后，缪勒把他写的担保书放入了一个单独的文件夹中，然后坐在那里，沉思良久之后，他又叫来了另一名年轻的下属、突击大队长霍尔托夫。

"您听好，"因为霍尔托夫资历较浅，缪勒没有叫他坐下，直截了当地说，"我现在交给您一项十分机密、十分重要的任务。"

"是，总队长……"

"这家伙很有干劲，"缪勒心里想道，"我们玩的这套东西他是很喜欢的，干起来也会得心应手的。这家伙会搞出一大堆鬼才知道的东西，肯定会连篇累牍、东拉西扯地写上一大篇的报告……也好，这样我就能和舒伦堡讨价还价啦。"

"是这样，"缪勒继续说道，"您把这些材料拿去好好研究一下，这全都是施季里茨旗队长一年来的工作情况。这个案子与报复性武器研制……也就是原子武器相关……涉及物理学家伦格……总之，案子并不明朗，但是，需要您好好研究一下，如果有什么问题就来找我好了。"

霍尔托夫听了这番话，显然有点灰心，但他还是尽力掩饰自己的失望心情，在他就要走出盖世太保首脑办公室的时候，缪勒叫住了他，又补充道：

"您再去调阅几份施季里茨的早期案卷，特别是在前线的时间段里，查一查施季里茨和艾希曼是否有过交集。"

情整分析材料（杜勒斯）

无论是德国的盖世太保、帝国军事情报局还是法国维希政权的反间谍机构都得到了消息，即1942年夏天有一位神秘的美国人将越过法国国境，值此动荡不安的时日，这个消息非同小可。因此，法国的反间谍机构、盖世太保和卡纳利斯海军上将领导的帝国军事情报局都出动了大量的人力来围猎此人。

在各大火车站和各大机场出入口，到处都布满了各路密探，他们在暗中紧紧地盯着穿梭不停的人流中每一个有可能是美国人的旅客。

他们没有能够捕获此人。这个人在饭店里出现过，但每次都机敏地全身而退，在某些航班上出现过，但也是巧妙地脱身而去。看来此人聪明异常，机智沉稳，而且相当勇敢，1942年底，他突出了重围，在德国保安部门和法国的反间谍机构的围堵中，神奇地来到了中立国瑞士。

这个人是大高个儿。戴一副铮亮的夹鼻眼镜，隐藏其后的双眼在观察外界的时候，看上去温厚善良，然而同时却又十分严酷。他的嘴里总是叼着一副英国直杆烟斗，平时少言寡语，常常面带微笑，特别善于耐心倾听自己的交谈对象讲述的内容，还很风趣诙谐，对于自己的话语失误，总是能够坦诚地承认自己错误之所在。

如果当时希姆莱、卡纳里斯和贝当当局的情报机构要是知道这个人是谁，那么肯定会付出十倍努力来把他弄到手，因为1942年底，德国军队已经完全占领了法国，以维希为首都的"主权国"法兰西已经不复存在。这个人就是艾伦·杜勒斯，被多诺万将军选派为美国战略情报局①瑞士情报站负责人。

在瑞士，关于他是罗斯福总统的私人代表的说法不胫而走。

杜勒斯在报纸上发表了辟谣的声明。这令整件事更加神秘和扑朔迷离。他深知，这种做法具有双重的广告作用，不胫而走的谣言和有意的辟谣行为，在此时对他是十分有利的。果然不出所料：他刚来伯尔尼仅仅几个月，三教九流及各色人等从不同的国家纷至沓来，他们中有银行家、运动员、外交官、杂志记者、皇亲国戚、演艺界人士，总之，就是那些各国间谍机构都愿意招徕为自己的情报侦察所用的人，而且他们可都是重要的人脉关系。

在战略情报局的伯尔尼分局成立之初，杜勒斯相当仔细地研究了自己麾下工作人员的档案材料。

---

① 美国战略情报局：美国二战期间成立的一个情报组织，由西奥多·罗斯福总统下令成立，正式存在时间为1942年6月13日—1945年9月28日，威廉·约瑟夫大多诺万将军一直为局长，二战结束后解散，为中央情报局的前身。

"这里的蓝色卷宗记录的人物比较重要，"联邦调查局负责审查和整理档案的一位工作人员向杜勒斯解释说，"他们都是轴心国和中立国相关人士的亲朋好友，另一个卷宗里的人嘛，都是本人原为德国或欧洲出生的，以及一部分父母为德国人的后裔，这最后一份卷宗是上述所说的那些人的来往信件……这里呢……"

杜勒斯打断了他的话，提了一个令他匪夷所思的问题：

"这一切跟我的工作有什么关系呢？"

"请您原谅……"

"我只对以下事实感兴趣：即将与我共事的人中，有没有美—德关系协会的积极分子？这个人是不是共产党人？他是不是搞同性恋的人？要是女士的话，那她是不是女同性恋者？他或者她的家庭状况如何？他们的婚姻关系是否牢固？或者他的妻子是否情绪不太稳定？而丈夫呢，是不是一个喝酒成癖的大酒鬼，他们是否会因常年吵架而可能会让家庭关系陷于万劫不复的地步？在德国或者意大利有个把亲戚有什么关系呢？我的远亲上个世纪就在德国定居了，这又有什么大不了的呢？"

遗憾的是，《名人录》①中涉及杜勒斯过去的家族史的情况不甚明了，对哪个亲属在德国并没有记载。要不是德国反间谍机构获知此人的经历太晚，那一切情况都会改观的。

希姆莱管辖的部门最终还是在杜勒斯的家里安插了一名特工人员。这是一位长相可爱，干活轻快的厨娘，她受雇到杜勒斯的家里，实际上是德国保安局六处的特工人员，所以，舒伦堡、希

---

① 名人传记年鉴，1849 年开始在英国出版，风行欧美，后美国也出版此类名人录。原文为英语。

姆莱，还有盖世太保的缪勒和卡尔登勃鲁纳，都从自己的女特工人员那里了解到了相当多重要而有趣的内容，有的纯粹是无关紧要的日常生活琐事引申和分析而来的东西。

比如说，这个女特工人员报告说，可能艾伦·杜勒斯最喜欢的案头书应该是中国人写的《孙子兵法》。中国的军事理论家在这本书里列举了间谍活动的基本原理，全面阐述了公元前400年中国间谍活动的实践性内容。

特别是，艾伦·杜勒斯会反复阅读那些作者强调的段落，即长篇论述哪些种类的间谍在情报侦察中的作用和价值是最大的。孙子提出，世间有五种间谍，即"死间、因间、内间、反间、生间"①。

杜勒斯把"内间""生间"这两类间谍的相关表述抄写在读书卡片上，并且标注为"这两种间谍目前我们应称之为本地间谍"。舒伦堡的人把这些东西都搞到了手里。

"反间"这个种类是指敌方情报侦察人员被我方俘获之后，随即被策反，又派回敌方去做我方的间谍。

艾伦·杜勒斯用红色的铅笔在"死间"这个术语下面画了线。看来，他很欣赏中国论著作者的精辟界定。孙子把"死间"视为向敌方提供假情报的人。孙子之所以称他们为"死间"，即回不来的间谍，因为一旦敌人发现这些人提供的情报是伪造的假情报，那么，显然，就势必灭口，将其除掉而后已。

---

① 在《孙子兵法》中，孙子把间谍分为五种：因间、内间、反间、死间、生间。所谓因间，就是利用敌人乡里的普通人为间谍。所谓内间，就是利用敌国的官吏为间谍。所谓反间，就是利用敌方的间谍来为我所用。所谓死间，就是故意对外散布虚假的情况，让我方间谍知道，然后传给敌方。所谓生间，就是派往敌方侦察敌情以后能亲自回来报告的间谍。

杜勒斯对孙子表述的"生间"这一类有自己的看法，他写道，这种间谍就是我们现在通用的渗透到敌方的"潜伏间谍"，他们到敌对的国家去，在那里进行秘密工作，然后能够全身而退，成功地活着返回到祖国。

　　孙子强调，一个真正的情报侦察人员必须同时具备上述五种间谍的品行与手段。他说，集五种特质于一身的一个情报侦察人员相当于拥有一张"神网"，网线细密得几乎看不见，但是无数根结绳坚实不破地连接在一起，犹如渔民手中使用的只有一根拉绳的渔网一样。

　　杜勒斯认为，孙子的诸多考量都非常独到，他将这位作者的许多观点都加以摘录，他的读书卡片上记下了有关反间谍侦察、虚假情报设计、心理战术运用以及间谍人员的安全策略等内容。

　　相对于古希腊和古罗马的间谍学说，孙子的间谍活动理论可谓是一种挑战和超越。因为那个时代的间谍活动的许多方面都有赖于鬼神和上天的旨意。而孙子则认为，情报侦察工作绝不能依靠鬼神和上天的旨意，而只能依靠人，既要靠敌人，也要靠朋友。

　　盖世太保的这位女特工人员还偷拍了一本《圣经》，上面的边页处写满了这位美国情报人员密密麻麻的批注。其中，有描写到：约书亚·纳文派了两个人去耶利哥城，以便窥探城内的一切部署详情，这两个密探来到了城中一个名叫拉布的妓女家中。杜勒斯认为，这就是他常和朋友们说起的、有历史文献记载的一个案例，即现在职业情报侦察人员所谓的隐蔽接头地点。拉布将两个密探隐藏在她的家里，后来又设法将他们送出城外；以色列人攻打下耶利哥城之后，把耶利哥城的居民刺杀殆尽，只有拉布和她的一家人得以幸存。从那时起，对帮助情报侦察工作的人员进行奖赏就成为一种传统了。

这位德国女特工人员还向总部机关报告说，艾伦·杜勒斯最喜欢的小说之一是丹尼尔·笛福所写的《鲁滨孙漂流记》。他经常翻阅的图书还有《摩尔·弗兰德斯》和《瘟疫年纪事》，这些书都是丹尼尔·笛福的作品，因为作者本人就是一位杰出的侦察情报人员。丹尼尔·笛福不仅是一个巨大的情报侦察网络的组织者，而且他还是英国情报侦察机关的第一位首脑人物，这些情况是在他死后多年才解密而被世人所知的。

艾伦·杜勒斯看来是想在丹尼尔·笛福文学著作的字里行间，找到他曾经的间谍生涯的蛛丝马迹，显然，这位大不列颠帝国的情报侦察机关的首脑在书中是对此未置一词。

舒伦堡的女特工人员报告的内容还包括：艾伦·杜勒斯在闲暇时间里，专门研究了 19 世纪欧洲最大的几个特务组织的实践活动与理论方法。

许多关于艾伦·杜勒斯的其他情报资料都进入了希姆莱的专门档案室。然而，第三帝国的领导人们始终未能得到一份准确而严密的材料，来对这位 20 世纪中期深谋远虑的侦察情报专家予以准确地刻画。

艾伦·杜勒斯的个人履历毫无出彩之处。他在 23 岁获得了艺术硕士学位，在印度和中国作为传教士工作过，1916 年 5 月在维也纳担任自己的第一个外交职务。曾经为伍德罗·威尔逊①领衔的外交使团在巴黎工作了一段时间。后来，艾伦·杜勒斯接受了

---

① 伍德罗·威尔逊（1856—1924）：美国第 28 任总统，1919 年诺贝尔和平奖获得者，一战时期"14 点和平原则"的提出者。

一项特别任务，开始在瑞士和奥地利工作，为保住奥匈帝国的存在而设法努力过。1918 年，他首次策划了一项政治阴谋，如果这个计划实施到底，那么，它的影响将是巨大的。然而，德国共产党领导的十一月革命阻滞了这次阴谋活动的付诸实施。被寄予希望的哈布斯堡王朝，没能成为西方国家狙击布尔什维克主义在欧洲传播的"防疫线"和"铁甲盾牌"，它先解体崩溃了。

一年之后，在 1919 年，艾伦·杜勒斯获得了新的任命，成为美利坚合众国驻德国大使馆的一等秘书。他就在威廉广场 7 号工作，开始直接面对面地与那些以反对布尔什维克主义在欧洲传播为己任的顽固分子们接触。正是在这个工作岗位上，艾伦·杜勒斯将美国驻德国的临时代办德列赛尔先生和霍夫曼①将军撮合在一起，就是这个霍夫曼将军制订了在一战时期进攻俄国的军事计划。

霍夫曼曾经放言："我这一生深感遗憾的只有一件事。就是在布列斯特-利托夫斯克条约谈判中，我们没有终止谈判，当时就应该向莫斯科进攻。那个时候应该说，做到这一点还是易如反掌的。"

正是在那个时候，也正是这个霍夫曼，在和艾伦·杜勒斯的谈话中，彬彬有礼然而却不容辩驳地为一种学说辩护，这就是后来演变为"向东方演进"②的学说。

---

① 霍夫曼（1869—1927）：第一次世界大战中，德军总参谋部内俄军作战计划专家，1917 年 12 月，担任布列斯特谈判中的德国方面军方代表，以中将退役。

② 向东方演进：这是德国封建领主政治家们为了在和其他民族，首先是斯拉夫民族的斗争中扩展空间而提出的一个术语。在第一次世界大战期间，这个概念逐渐成为国家对外政策的根据和理由。

奉调离开柏林之后，艾伦·杜勒斯常驻某国首都君士坦丁堡①两年，这个国家与苏维埃俄国毗邻相望，它一方面是该国通往黑海和地中海的门户，另一方面则是世界石油资源主要储藏地的桥头堡。

艾伦·杜勒斯从这个地方返回了华盛顿。他当上了国务院近东司的司长。当时近东是世界的热点地区之一。近东就意味着石油，这是战争的储备粮。美国工业界的石油大亨们非常不安，因为英国的竞争者们在世界市场上获得了巨大的石油利益。

新泽西州"新标准石油公司"的董事长贝特福德先生在当时就声称："现在对美利坚合众国来说，实行进攻的政策是十分重要的。"

因此，艾伦·杜勒斯工作起来是马不停蹄。在他的领导下，阻击大不列颠的战斗取得了第一次的胜利。1927 年，洛克菲勒公司获得了"伊拉克石油公司"百分之二十五的股份。

同一年，另一家美国梅隆财团的"海湾石油"公司获得了巴林岛的优先租赁权。

取得了几次胜利之后，艾伦·杜勒斯一度认为他应该功成身退。但是，在研究了罗斯柴尔德家族②银行的情报信息之后，他产生了一个想法，即在国务院的工作可能只是他未来飞黄腾达的第一步台阶而已。

艾伦·杜勒斯后来在"沙利文-克朗威尔"律师事务所获得了一个职位。这是华尔街上最大的一家事务所。它与洛克菲勒家族

① 君士坦丁堡：拜占庭帝国的都城，亦即后来的土耳其城市伊斯坦布尔。
② 罗斯柴尔德家族：欧洲著名的金融家族，发迹于 19 世纪初期，创始人是梅耶·罗斯柴尔德。

和摩根家族有着极其密切的联系。就是这家名为"沙利文-克朗威尔"的律师事务所参与了巴拿马政府有关开凿运河的相关工作。在这家事务所就职的艾伦·杜勒斯大显身手，展开了大规模的项目推进事宜，让美国的公司控制了更多的哥伦比亚石油企业。

也正是这个"沙利文-克朗威尔"律师事务所与德国建立了更为紧密的联系，凡尔赛和约①签订后，美国的工业大亨就不断将大笔的美元资金投入到德国。

艾伦·杜勒斯开始和其哥哥约翰·福斯特·杜勒斯与蒂森的托拉斯"伊·格·法本公司"以及"罗伯特·博世"的康采恩建立了密切的联系。杜勒斯兄弟成了这些德国公司在美国的代理人。

然而，在战争刚一开始，艾伦·杜勒斯就陷入了破产的边缘。德国"罗伯特·博世"康采恩的美国分公司"美利坚博世公司"出了大麻烦，第二次世界大战甫一打响，这家公司就面临被列入黑名单的危险。公司的持有人立即与瑞典的银行家瓦伦堡兄弟签订了一份协议书，根据这份协议书的规定，瑞典的银行在名义上掌管了美国分公司"美利坚博世公司"，条件是只要战争一结束，就必须将公司交还给原来的公司实际持有人。

瓦伦堡兄弟虽然同意了这个条件，但是他们需要找一位美国的代理人来完成一系列必要手续和法律文件。杜勒斯兄弟责无旁

---

① 凡尔赛和约：全称为《协约国和参战各国对德和约》，1919 年 6 月 28 日在巴黎的凡尔赛宫签署，共分为 15 个部分，440 条。根据和约规定，德国损失了 13.5% 的领土，12.5% 的人口，所有的海外殖民地，16% 的煤产地及半数的钢铁工业。其他方面还包括军事限制、承担战争责任和战争赔偿。自一战战败后，德国历经 92 年，即 2010 年 10 月 3 日方才还清最后一笔赔款。

贷地承担了这个代理人角色。艾伦·杜勒斯在美国当局的眼皮子底下瞒天过海，将纳粹的财产隐匿在瑞典的国旗之下。及至后来，艾伦·杜勒斯不仅当上了"沙利文-克朗威尔"律师事务所的合伙人，而且还是"施罗德信托公司"的总经理和"乔·亨利·施罗德银行"的行长。

那么，施罗德又是何许人呢？

他在哪里就是哪里人：在德国是德国公民，在美利坚合众国就是美国公民，在大不列颠就是英国人。在 30 年代的时候，库尔特·冯·施罗德男爵就是这家跨国银行的总裁。1933 年 1 月 7 日，就是在施罗德位于科隆的别墅里，希特勒会见了冯·帕彭[①]。希特勒在那里详细拟订了夺取全国政权的计划书。库尔特·冯·施罗德男爵也因此获得了党卫队总队长的官衔。他还是"经济界之友"这个秘密组织的会长。这个组织为帝国党卫队总司令希姆莱在鲁尔区的大资本家中募集过资金。

施罗德的康采恩在英国的子公司一直资助伦敦的"英—德协会"，这个协会把在大不列颠宣传德国元首的思想作为自己的职能工作。就此，不难想象，"乔·亨利·施罗德银行"在美国究竟从事的是什么样的活动。而这家银行的行长恰恰就是艾伦·杜勒斯……

就是这个比任何外交家都熟知欧洲、德国、纳粹、商业、石油等事物的人，当上了美国战略情报局驻欧洲的间谍头子。

杜勒斯当然不是美国总统罗斯福在伯尔尼的私人代表。他从

---

① 冯·帕彭（1879—1969）：全名弗朗茨·冯·帕彭，德国政治家、外交家，1936 年担任德国总理，年被免职，1939 年至 1944 年任驻土耳其公使。战后被纽伦堡法庭无罪释放。

实业界转去美国的战略情报局作情报工作，在某种程度上与他和一家大公司代表的一次见面会谈有关。时间是日本偷袭美国珍珠港一周之后。

"您问我未来的情况，"杜勒斯像往常一样，一口一口地抽着他的标志性的英国烟斗，思忖着说道，"我没法做出详尽的回答呀。要想大致看准未来的情况，就必须研究德国的财政状况，必须知道在这个国家里都流行什么样的政治笑话，在它的剧院里都上演什么样的新的剧目以及弄清楚在纽伦堡的党代会上领导人的报告内容都说了一些什么。现在，对我来说非常清楚的一点是，德国是不会默不作声的，我指的是废黜了沙赫特这样的重要的金融行家的德国和迫使文学家们都去从事拉丁语翻译的德国。"

"沙赫特当然不可多得，文学家嘛……"

"文学家同样不可小觑，"杜勒斯反驳道，"他们可比您所认为的要重要得多呢。希姆莱在1934年就曾犯下了一个大错：他把诺贝尔和平奖获得者卡尔·冯·奥西茨基①关进了集中营。奥西茨基就这样变成了一个受迫害者的形象。就不应该把这种人关进集中营里，而是要代之以其他的手段来整治，应当用荣誉啦、名利啦、女人啦等等来收买才对……没人比演员、作家、艺术家更容易收买啦。应当善于收买人心，因为收买是败坏名声最有效的方式。"

"哎呀，我们对这些可不感兴趣，这都是些无关紧要的细枝末节嘛……"

---

① 卡尔·冯·奥西茨基（1889—1938）：德国记者、作家和政论家，著名的反法西斯和平战士，1933年被纳粹囚禁于集中营，1935年获得诺贝尔和平奖，纳粹迫于国际压力将其释放，但他已经重病缠身，两年后去世。

"这不是无关紧要，"杜勒斯坚决地反驳这个说法，"也绝不是什么细枝末节。希特勒培养了五十万唯命是从的德国人。他控制的各个剧院、各家电影院和绘画机构正在大力培养机械一般盲从的人。但是这种情形对我们来说并不合适：机械一般盲从的人不会经商和从事贸易，不愿意交际，这样的人是不会主动谋求在商业方面进行有利可图的活动的。机械一般盲从的人是不需要沙赫特这样的金融家的。但是，我们却是需要沙赫特的。因此，"杜勒斯总结道，"这里所说的一切都相互关联得很紧密……这种相互关联性不可避免地会影响到军队里的知识分子……而军队里的知识分子就是那些军衔在少校至元帅之间的军官群体，而不是职位低级的下层官兵。机械一般盲从的人指的就是职位低级的下层官兵，他们都是不会思考、只知道对任何命令都盲目执行的人……"

"您的这种说法太让我感兴趣啦，"杜勒斯的交谈者如是说，"我觉得它令我感兴趣，是因为它终于和未来的前景挂上钩啦。可您刚才还说，您无法回答我的问题呢……"

1945 年 2 月 17 日 （10 点 03 分）

当党卫队高级总队长沃尔夫离开了办公室之后，希姆莱，这位帝国党卫队的总司令，一动不动地在自己的办公椅上呆坐良久。他倒不是感到害怕。而是在一生中第一次成了一个变节分子。他太了解变节分子了。他从不试图阻止别人的变节与背叛，也一直在观察，究竟哪一方在 1944 年 7 月能够成为胜利者。但是，现在他本人就正在进行一场叛国行动：要知道，与敌方进行谈判只有死刑一种惩罚。

卡尔·沃尔夫返回意大利是为了完成与杜勒斯建立直接联系的任务，这是党卫队的高级军官与同盟国的一位高级情报人员的直接联系。

希姆莱习惯性地摘下眼镜，用自己常用的那块麂皮耐心地擦拭镜片。今天他戴的是一副无框眼镜，很像中学里的教员。他倒是觉得，自己多少有了一点变化。到底身上是有什么不同的，好像也很模糊。后来，他笑了一下，一下子恍然大悟了："我这是动起来了，停滞不动的僵死状态才是最折磨人的，就像深夜里的噩梦一样，是最可怕的东西。"

他打电话把舒伦堡叫到办公室来。这位政治情报处主任一分钟之后就到了，就好像他一直都呆在希姆莱的接待室，随时等待接见一样，而不是在自己三楼的办公室办公。

"沃尔夫马上要飞过去和杜勒斯建立直接联系。"希姆莱一边说，一边攥自己的手，把手指弄得咯吱咯吱响。

"这是明智之举啊……"

"这太不理智了，舒伦堡，这既不理智又很冒险啊。"

"您是说弄不好会失败吗？"

"我是说将要面临一系列的问题！这都是您，您出的好主意！是您把我引到这条道上来的！"

"即使沃尔夫办不成，所有材料也会先落入我们的手里。"

"这些材料也有可能落入那个维也纳人的手里……"

舒伦堡不解地看着希姆莱，后者紧皱着双眉对他解释道：

"这些材料肯定会落到卡尔登勃鲁纳的手里。我不知道，之后这些材料会送往何处，是送给鲍曼呢，还是会送到我这里。鲍曼这个人您是知道的，他一旦得到这种材料，他可是什么都做得出来的，您可以想象一下，如果元首知道了这件事，鲍曼会怎样添油加醋地夸大其辞，听了他的煽风点火，元首的反应将会是什么样啊。"

"这种可能性我早已分析过了。"

希姆莱懊丧地皱着眉头。他现在只想做一件事，那就是把沃尔夫拽回来，然后把和他谈过话这件事忘得一干二净才好呢。

"这种可能性我早已分析过了，"舒伦堡重复说了一句，"首先，沃尔夫执行与杜勒斯交谈的任务并不是代表他自己，更不是代表您，而是代表德军兵团总司令凯塞林元帅，他在意大利的工作隶属于他。沃尔夫是驻意大利德军副总司令，他并不直接隶属于您的领导……凯塞林元帅曾是戈林在德国空军的助手，所有人都认为他是戈林的人。"

"这个分析很好。"希姆莱说，"这一点是您早就想到了，还是刚刚才想到的？"

"知道沃尔夫即将启程的时候，我就想到这一点了。"舒伦堡回答道，"您允许我抽支烟吗？"

"当然可以，请抽吧。"希姆莱说。

舒伦堡点燃了一支香烟，他从 1936 年开始就只抽"骆驼"牌香烟，其他的烟都一概看不上，都不抽。1942 年，美国已经宣布参战之后，有一次，有人问他："您是从哪里弄到敌对国的香烟的？"舒伦堡回答说："果不出所料哇，买了几支美国香烟，就有人说你叛国啦……"

"我分析了所有的可能发生的情况，"舒伦堡继续说，"甚至最不好的情况都考虑了。"

"那是什么情况呢？"希姆莱警觉起来，他的心刚刚平静下来，脑子也比较清醒，他认为合情合理的前景已经即将明朗，一切都如此的顺遂，怎么还会有最不好的情况呢？

"如果凯塞林元帅不承认……或者更糟糕的是，凯塞林元帅的靠山戈林要是能够证明他们与此事绝无半点关系的话，那将要怎么办呢？"

"我们可不能让这种情况发生。这件事您可要预先想好对策。"

"我们是可以这样做的，但是卡尔登勃鲁纳和缪勒那里怎么办？"

"好吧，好吧，"希姆莱疲惫不堪地说，"您有什么建议呢？"

"我建议您来个一箭双雕。"

"这可难办，"希姆莱回答，更显得疲累了，声音听着也有气无力的，"不过，我还真不是什么好猎手……"

"同盟国正处于崩溃的边缘，这话不是别人说的，正是元首本人说的，所以，在他们之间进行离间和分化，这不正是我们的任务吗？如果斯大林获悉党卫队的将军沃尔夫正在和西方的同盟国进行媾和谈判，您以为他会怎么做呢？虽说我不该妄加推测他可能的做法。但是，斯大林一旦得知，就会刻不容缓地付诸行动，对此我毫不怀疑。因此，我们完全可以将沃尔夫动身去寻求谈判一事说成是故意伪造天字号假情报、借以迷惑斯大林的工作。这完全符合元首的利益。去媾和谈判是我们一手制造的假情报，这是针对斯大林的虚张声势！这是行动一旦失败，我们对元首进行解释工作的预案。"

希姆莱听罢，从椅子上站起身来，他是不喜欢扶手椅的人，在办公室总是坐一张老式的高背办公椅子，走到窗户跟前，久久地望着窗外柏林街道上的残垣断壁。一群刚从学校放学的孩子们快乐地嬉笑打闹着，前面还有两个妇女用各自的婴儿车推着小婴儿。蓦然间，希姆莱想道："要是我也能高高兴兴地出没山林就好了，就在篝火旁过上一夜也行啊。我的天啊，瓦尔特①可真是个聪明人……"

"我会再好好考虑一下您刚才说的话。"希姆莱说道，并没有转过身来，他想把舒伦堡的想法据为己有。舒伦堡倒是会不吝惜地向自己的总司令和海德里希②拱手送上自己的成果的。

"您想考虑的是细节方面的内容？还是由我本人来安排一下详细的步骤？"舒伦堡问道。

"那些方面您自己考虑吧。"希姆莱回答说，但是，等舒伦堡要走出他的办公室的时候，希姆莱从窗前转过身来，问道："不过，我个人认为这件事不应该有什么详细的步骤。您指的是什么呢？"

"首先，行动需要掩护……就是说应该找一个人做替身，不是我们的人，最好是不相干的局外人来和西方谈判……然后呢，在必要时，我们把有关这个人的材料送给元首……这会是我们情报部门的一大胜利成果：我们的人挫败了敌人的阴谋。我看，戈培尔一定会这样宣传的。其次，沃尔夫在瑞士的活动肯定会受到各方的密切监视。我想在西方同盟国的那几十双眼睛的监视中再添

---

① 此处应该指党卫队的副总指挥兼武装党卫队上将瓦尔特·克吕格尔，一直在东线作战。
② 海德里希（1904—1942）：德国党卫队全国副总指挥兼警察上将，安全警察总监，地位仅次于希姆莱。他出身于音乐世家，后任波希米亚总督，被称为"布拉格屠夫"，1942年在英国派遣、捷克伞兵执行的"类人猿行动"中遇刺身亡。

上五六双我们的眼线。沃尔夫不会知道他们就是我们的人，这样一来，这些人的情报就会直接送达到我这里。如此一来，就能万无一失地做到我们确实与此事无关。如果行动有什么有闪失，就只好牺牲沃尔夫，但是对他的行动进行监视的专案材料是一样也不会少的，都会进入我们的卷宗。"

"进您的卷宗，"希姆莱纠正说，"进入您的专案卷宗。"

"我又把他吓了一跳哇，"舒伦堡心里想，"我说的这些详细的步骤吓到他了。我呢，只要征得他的同意就行了，往后的事情就由我一个人包办就可以了。"

"您打算派谁去那里呢？"

"我有一个特别合适的人选，"舒伦堡回答，"不过，让我来决定这事的细节吧，您日理万机，就不必在这上面太费心啦。"

在确定执行第一项任务的人选名单中，舒伦堡指定的人选是冯·施季里茨和他的"监管对象"，那位施拉格神父。

1945年2月17日（10点05分）

早晨，就在艾尔文接收到了总部情报中心的回电的时候，施季里茨正在驾车不紧不慢地行驶在去他家的路上。在汽车的后排座位上放着一台体积庞大的电唱机：根据伪造的履历，艾尔文是一家不大的电唱机公司的老板，这个身份就让他有可能在全国各地旅行，为顾客提供服务保障。

在一条街上遇到了堵车的情况：前面正在清理路面上堆积的障碍物。是昨天夜里的空袭炸塌了一栋六层楼房临街的那面单元墙，路政队的工人们正在和警察一起快速而麻利地组织清理杂物，指挥车辆的通行。

施季里茨回头看了一下：他的车后面已经有三十几辆车积压排队，只多不少。一个年轻的小伙子，是个货车司机，冲着施季里茨大声说道：

"幸好是夜里的空袭，要是现在来了轰炸，那可乱套了。"

"现在敌机不会来的。"施季里茨一边回答，一边望向天空。云层很低，从黑灰色的边缘来判断，是一块积雪云。

"夜里倒是不冷，"施季里茨心里想，"现在可有点冷呢，显然是要下雪的预兆。"

不知怎么他就想起前几天审讯的那个天文学家的话来了："我们生活在太阳剧烈活动的年份，地球上的所有东西都互相联系着，我们所有人都互相联系着，各种天体、大小行星和各种星体互相联系着，太阳与银河系也互相联系着……"施季里茨不由得笑了起来，"这有点像盖世太保的间谍网嘛……"

站在车前的一个警察频频挥手，大声呼喊：

"开车走吧！"

"世界上任何地方的警察，"施季里茨心里想道，"都不会像我们这里的警察一样，那么喜欢手持警棍，颐指气使地做出各种手势发号施令。"他突然发现，他已经把德国和德国人当成自己的国家和自己的民族来想问题了。"我这样做真是没办法呀。如果我总是分裂自己，那肯定早就出问题了，会暴露的。虽然我喜欢这个国家，这个民族，这看起来是有点反常。不过，希特勒分子不是这个世界上的过眼云烟么？"

接下来，道路畅通无阻，所以，施季里茨开足了马力。他明知道，急转弯会严重磨损轮胎，也清楚现在轮胎缺货，总是脱销，但是，他仍然喜欢急转弯，喜欢听轮胎刹车时在路上摩擦发出的吱吱的尖叫声。急刹车的时候，汽车会急剧地向一个方向倾斜，就犹如小船被一场海上大风暴裹挟了一样。

离凯特和艾尔文房子不远处的一个转弯处，又有第二拨警察封锁了去往克佩尼克的道路。

"那边出了什么事？"施季里茨问道。

"整个一条街都被炸毁了。"一个脸色苍白的年轻警察回答说，"敌机投下的是一枚威力巨大的鱼雷。"

施季里茨感到自己的额头开始冒出冷汗。

"完了，"他猛然心头一震，"他们的房子肯定也炸毁了。"

"9号的房子怎么样了？"他问道，"也炸毁了？"

"是啊，全都炸毁了。"

施季里茨就把车子停到人行道上去了。自己则下了车，沿着一条胡同向左边走过去。刚才那个一脸病容的警察拦住了他的去路，说：

"这里禁止通行了。"

施季里茨立即撩开上衣领子，露出党卫队的证章。这名警察立即向他行举手礼，并对他说道：

"工兵们担心这一片还有定时炸弹……"

"就是说，我们可能一起被炸上天喽。"施季里茨一边回答，一边往9号房子的那片废墟走过去。

由于担心，施季里茨感到浑身上下有说不出的疲惫和沮丧，但是他知道，现在他必须用一种矫健的步伐，若无其事地走路，他就这样矫健地走着，脸上流露出一种他平时特有的怀疑一切的讥讽式的微笑。然而，他的眼前却浮现出凯特的身影。她挺着足月的、圆滚滚的肚子。凯特对他说过的话犹在耳边，"我肯定是要生个女孩儿啦，肚子尖尖的才会生男孩儿，我这样的肚子，肯定生女孩儿无疑啦"。

"所有人都被炸死了吗？"施季里茨问一个正在监督那些消防员们干活的警察。

"很难说。遭到轰炸的时候正是凌晨，来了许多救护车……"

"保存下来的东西多么？"

"没剩什么了……您看，这里乱糟糟的一堆……"

施季里茨给一位哭泣不已的妇女帮忙，让她抱着小孩，将童车的辁辘拖下人行道之后，就回到了自己的汽车上。

1945 年 2 月 17 日（10 点 05 分）

"哎呀，妈妈！"凯特大喊，"天呐！我的妈呀！救命啊！"

她此刻正躺在手术台上。在被救护车送到产院的时候，头部还有两处创伤。她用不连贯的话语声嘶力竭地喊叫着，她说的是俄语。

接生的医生看着凯特生的大胖男孩在用洪亮的小嗓子哭叫，对助产士说：

"这个波兰女人，生了这么大的孩子……"

"她可不是波兰人。"助产士说。

"那是哪国的？俄国人？要不就是捷克人？"

"她的护照上写的是德国人，"助产士回答，"她的大衣内兜里有护照，上面的名字叫凯特琳·金。"

"也许，大衣不是她的吧？"

"也许吧，"助产士同意道，"您看呐，多么漂亮的大胖小子，至少得有 4 公斤重哦。真是个帅哥……您给盖世太保打电话还是过一会我来打呢？"

"您来打吧，"医生说，"只是再过一会儿吧。"

"这下完了，"施季里茨疲累已极，像一个幸存者一样在心里反复思忖，"现在可就剩下我一个人了。我现在是真正的孤家寡人了……"

他就这样坐在办公室里，门已经被他反锁上，他枯坐了很长的时间，电话铃响了他也不接。他机械地数了一下，一共来了 9 通电话。有两通电话铃响的时间比较长，看起来有重要的事情需要找他，也许是他的下属人员，他们总是不停地打电话。其余的电话来电时间很短，要么是上司找他，要么是朋友约他。

沉思良久之后，施季里茨从抽屉里拿出一张纸，提笔写道：

致帝国党卫队总司令海因里希·希姆莱

绝密。本人亲启。

帝国党卫队总司令先生！

给您写这封信是国家利益使然。我从可靠的消息来源处获悉，党卫队保安处的某些人正背着您与我们的敌人联系，试图在打探与敌人勾结的可能性，我现在还没有确凿的证据来证实此消息，但是，我请求您接见我，请您听取我就此极端重要和刻不容缓之问题的汇报和建议。请求您允许我利用自己的侦察关系网，向您提供更为详实的情报，并提出进一步研究这个消息的工作计划，因为在我看来，令人遗憾的是，有人想和敌人勾结并密谋叛国，这很可能确有其事。

希特勒万岁！

党卫队旗队长冯·施季里茨

他知道，与希姆莱谈话时该如何自圆其说：三天前，一位来自葡萄牙的新闻影片摄影师路易斯·瓦谢尔曼在空袭中被炸死了，他和瑞典人关系密切。就说消息来源于此，死无对证。

情整分析材料（舒伦堡）

（摘自帝国保安局六处处长、党卫队旅队长瓦尔特·舒伦堡的个人档案："1934年加入德国国家社会主义工人党。纯雅利安人，忠于元首。性格具有北方人特点，忠诚，坚定果敢。对朋友和同事相当坦诚相待。对帝国的敌人毫不留情。对家庭忠贞不贰；婚事系帝国党卫队总司令亲自批准；社会关系清白无瑕。出色的运动员。工作表现良好，属于优秀的组织者……"）

在希姆莱最信任的人中，可能，除了按摩医师克尔斯滕博士，就只有舒伦堡一个人了。三十年代，舒伦堡还在求学期间，就得到了希姆莱的关注。希姆莱了解他的一切。他知道他是一位美男子，教会中学毕业之后，在大学中读书，获得了艺术学学士学位；他还知道，舒伦堡在大学时期最喜欢的一位教授是个犹太人；他甚至还知道，舒伦堡在早期对国家社会主义工人党的崇高的理论思想是有所嘲讽的，对元首呢也颇有微词，并不是赞美有加。

但是，当舒伦堡被海德里希邀请到情报部门工作时，他却接受了这个建议，原因在于，当时他已经对二三十年代的德国知识分子的政治立场感到失望，这些知识分子只是对希特勒的暴行加以不痛不痒的评论而已，对其歇斯底里的反常举动极尽嘲讽而已，所做实在不多。令人灰心丧气。

他在情报机关过的第一个关卡是在监控凯蒂沙龙期间。在海德里希的操纵下，刑事警察头子奈比根据自己掌握的资料分类卡，在柏林、慕尼黑和汉堡等地挑选了一批风姿绰约、风情万种的妓女，开设了这家高档的上流社会沙龙。在希姆莱的授意下，奈比把一批难耐寂寞的年轻外交官的夫人们以及高级军官的漂亮夫人们都撺掇到这个沙龙来消遣，因为她们的丈夫有的日夜兼程地开会，有的在全德国各地巡视工作，有的经常飞往国外驻地。这些夫人太寂寞了，太需要娱乐和排遣时光。她们就经常出入这个凯蒂沙龙，在聚集了亚洲、美洲和欧洲各国的外交官们的富丽堂皇之地流连忘返。

党卫队保安处的技术部门的专家在这个沙龙里砌上了夹层墙，并在其中安装了专门的窃听装置和照相设备。舒伦堡负责将希姆莱的想法付诸实施：他名义上是这个沙龙的老板，但实际上的角色是上流社会的皮条客。

这是海德里希招募特工人员的两个途径：那些沉溺在声色犬马之中的外交官们，在有可能身败名裂的威胁之下，就开始在海德里希的情报机关中从事谍报工作；而那些名誉扫地的第三帝国党、政、军要大员们的夫人就乖乖进入了盖世太保头子缪勒的机关中为其所用了。

海德里希不允许缪勒插手凯蒂沙龙的具体工作，因为缪勒长了一副乡巴佬式的外表，而且专爱开一些粗俗下流的玩笑，希姆莱怕他把客人吓跑。所以，缪勒对自己竟要受 23 岁毛头小子舒伦堡的辖制而平生第一次感到忿忿不平。

"他以为，我会扑过去搂那些花枝招展的荡妇们的大腿呢，"缪勒对自己的助手说道，"这不是稀松平常嘛。在我们乡下，我们管这种臭婆娘都叫大粪堆里的蛆呀！"

有一天，海德里希赴外地出差了，他的夫人给舒伦堡打电话，说她寂寞无聊。舒伦堡就建议她去郊外的湖畔散散心。缪勒立刻得知了这个消息，就决定利用这个机会，准备让这个英俊的毛头小子脑袋搬个家。舒伦堡可不受那帮盖世太保"老家伙们"的待见，他们认为舒伦堡成不了什么气候：因为他徒有其表，炫耀其好学，总从图书馆借一些拉丁语和西班牙语的书籍，而且穿衣打扮像一个富家阔少，不加掩饰地跟女人们调情，时不时地出入艾尔布莱希特亲王府邸，轻车简从……难道这符合严谨认真的情报工作人员形象吗？整天夸夸其谈、嘻嘻哈哈、觥筹交错……

虽然说缪勒具有乡下人的愚笨，头脑并不那么灵活，但是，对于新事物的反应能力却是很强的，他敏锐地提醒自己，舒伦堡在新一代情报人员中是一位佼佼者。这个宠儿周围很快会聚拢一大批这类人的。

舒伦堡用汽车载了海德里希的夫人去了普罗伊涅尔湖畔。这是他唯一尊重的一位女性，因为他可以和她谈论埃拉斯①的崇高悲剧和罗马时期粗俗的情欲。他们徜徉在风景秀丽的湖畔，娓娓而谈，时而互相抢话，争论一番。有两个大脸盘的小伙子是缪勒派来盯梢的手下，当时就在冰凉的湖水里洗澡呢。舒伦堡可是完

---

① 埃拉斯：是古代希腊人对自己国家整体的称呼。

119

全没有推测到，这两个在冷水里游来游去的大白痴竟是盖世太保派来监视他的举动的密探！他觉得，要是密探的话，是不会公开露脸让人看到的呀。他哪里知道，缪勒这个乡巴佬的狡猾就是比他严谨的逻辑要略胜一筹。按照缪勒的指示，这两个密探的任务是在"监视对象"即将"躺倒在树丛间"的那一刻进行拍照。然而，"监视对象"并没有"躺倒在树丛间"。他们只是在露天的阳台上喝了两杯咖啡，就驱车返回了城里。但是，缪勒并不想放过舒伦堡，他认为，盲目的妒意引起的猜疑要比有根据的实锤更可怕。所以，他就把一份告密材料放到了海德里希的办公桌的案头上，他的内容是揭发他的妻子与舒伦堡出双入对地在森林中漫步，在普罗伊涅尔湖畔卿卿我我共同度过了一个下午的时光。

读了这份告密材料之后，海德里希并没有对缪勒说什么。整整一天也没有半点动静。直到晚上，海德里希提前给缪勒打了一个电话，然后他走进了舒伦堡的办公室，拍了拍舒伦堡的肩膀，说：

"我今天心情太糟啦，咱们去喝两杯小酒吧。"

于是，他们三个人来到人声鼎沸的肮脏小酒馆喝酒，与狂蜂浪蝶一样的妓女和满脸阴郁的投机商人们混在一起，调笑、唱小调，期间换了几个酒家继续喝，一直喝到凌晨4点钟。海德里希已经喝得脸色发白，他靠近舒伦堡，建议他们两个人痛饮一杯交谊酒。在他们干杯之后，海德里希用手掌捂住舒伦堡酒杯的杯口，对他说：

"这么和你说吧，我在您的酒里下了毒。如果您不告诉我，您和我夫人昨天在一起的全部真相，您就死定啦。如果您毫无隐瞒地说实话，即使对我来说那一切都是非常可怕的，我也会拿解药救回您的小命。"

舒伦堡恍然大悟。他从来就是一点就通的人。他立即就想到了那两个在冷水里洗澡的大宽脸盘子的愣头青，他捕捉到了缪勒那双游移闪烁的眼神，那还带着幸灾乐祸笑容的嘴角。

"好吧，说就说。海德里希夫人确实打电话给我了。她觉得寂寞无聊，于是我去接上她一起去了普罗伊涅尔湖畔散步。我完全可以向您提供证人，证明我们在那里的一切所作所为。我们就散步聊天，讲希腊的雄奇伟大，讲希腊毁灭的主因是由于告密者向罗马出卖情报，而它亡国的因素还不止于此。是的，我是和海德里希夫人在一起一个下午。我崇拜这位夫人，我认为，她是一位真正的伟大人物的妻子。解药在那里呢？"他问道，"哪有解药？"

海德里希笑了起来，往舒伦堡的酒杯里倒了一点马提尼酒，递给了他。

这件事过了半年之后，舒伦堡又来找海德里希，请他批准一件事。

"我想结婚，"他说，"但是，我的岳母是个波兰人。"

这件事的批准权限在党卫队全国总司令希姆莱的手中。因此，希姆莱仔细地端详了他的妻子和他的岳母的照片，又专门请了卢森堡的情报部门的专家，用专业的微型圆规对照片上的颅骨结构、前额的大小尺寸和耳朵形状进行了测量。最后希姆莱批准了舒伦堡的结婚申请。

在舒伦堡结婚之后，有一次，海德里希喝得醉醺醺的，挽着他的手臂，和他走到窗前，对他说：

"您又以为我不知道吗？您的妻妹嫁给了一个犹太银行

家吧？"

舒伦堡感到自己浑身发软，手脚冰凉。

"真累人。"海德里希说了一句，突然间长叹了一声。

舒伦堡当时不明白，海德里希为什么会叹息。他是时隔很久之后才得知，帝国安全部门的首脑的外公就是一名犹太人，曾在维也纳的一家歌剧院里担任小提琴手……

……早在1939年舒伦堡就开始与西方联系接触了。他和英国的两个情报人员贝斯特和斯蒂文斯斡旋已久。

舒伦堡野心很大。在与这两个情报人员有了联系之后，他不仅想作为高级将领反希特勒密谋者联盟的领导者现身，而且还设想飞赴伦敦，与英国情报机构、外交部门和政府当中的高级官员有所接触。表面上，他是在进行反对大不列颠的离间行动，而实际上，他在寻找与唐宁街进行重要接触的可能性。

但是，就在舒伦堡即将飞往伦敦的前夜，希姆莱给他打来了电话。在电话中，希姆莱失声大叫，说在慕尼黑刚刚发生了一起针对元首的未遂刺杀事件。元首认为，这一定是英国情报人员当幕后黑手制造的行动，所以，必须把英国人，也就是贝斯特和斯蒂文斯绑架并劫持到柏林来。

舒伦堡就去了荷兰的文洛①，安排了颇为戏剧性的一场大行动。舒伦堡冒着生命危险，绑架了贝斯特和斯蒂文斯这两个英国特工。把他们审讯了整整一夜，然后，打字员把审讯英国情报人员的侦讯记录用放大了三倍的字号又重新打印了一遍，据此，舒

_____

① 文洛：荷兰东南部城市，在马斯河畔，临德国边境，曾是中世纪要塞和商业中心。

伦堡认为，这些材料是要刻不容缓地送达给元首审阅：因为希特勒看不清小字，所以才要放大并加粗字母的字号。

元首认为，针对他的刺杀事件是由他昔日的朋友、今日之仇敌施特拉塞那一小撮领导的"黑色阵线"与英国人贝斯特和斯蒂文斯串通一气、密谋组织的。

但是，就在那几天，偶然抓获了一个企图越过边境线的木匠，名字叫艾斯列尔，在被逮捕之后，他受到了严刑拷打。难忍酷刑的木匠承认，他一个人策划了对元首的行刺计划。

后来，在持续的酷刑之下，艾斯列尔又招供说，在准备动手时，又有两个人参与到行刺行动中来了。

因此，舒伦堡深信，这两个人一定是来自施特拉塞的"黑色阵线"的人，刺杀事件与英国人是毫无关系的。

希特勒在刺杀事件发生的第二天就在报章发表了讲话，他指控是英国人暗中领导了此次恐怖分子们进行的疯狂刺杀事件。元首开始干预此案的审理侦讯工作。舒伦堡感到处处被掣肘，但也无可奈何。

事件发生三天之后，侦讯工作刚刚展开，希特勒就召集了赫斯、希姆莱、海德里希、鲍曼、凯特尔和舒伦堡与自己共进午餐。他本人喝的是一杯清茶，而招待客人们喝的则是香槟酒和可可饮料。

"海德里希，"希特勒说，"您应当使用一切医学和催眠术方面的最新成果来审理案件。您务必要让艾斯列尔开口招供出，谁是他的联系人。我可是确信，那颗炸弹是在国外制造的。"

不等海德里希回答他的话，希特勒就转身问舒伦堡：

"您对英国人的印象如何呀？在荷兰您不是和他们面对面进行

过谈判吗？"

舒伦堡回答道：

"他们会把这场战争进行到底的，我的元首。如果我们占领了英国，他们就将跑到加拿大去。那时候斯大林就将坐山观虎斗，笑看盎格鲁-撒克逊人和日耳曼人兄弟阋墙。"

在座的所有人都惊呆了。希姆莱把身体龟缩在椅子里，一动也不动，不断地摆手向舒伦堡示意，要他别说了，但是舒伦堡没有注意到希姆莱的手势，继续自己的讲话。

"当然，再也没有什么事比一家人不和更糟糕了。"希特勒没生气，倒是若有所思地说，"再也没有比自己人不和更糟糕的了，但是，丘吉尔一直在妨碍我。在这些英国人变得现实一些之前，我需要，也应该和他们作战，并且我没有权利不和他们作战到底。"

当所有人都离开希特勒宅邸的时候，海德里希对舒伦堡说：

"简直万幸啊，希特勒今天的心情很好，否则，他会指责您，说您在与英国人的谍报机构有所联系了之后就变成了亲英派人士啦。要是那样，我无论有多么心痛，都得把您送进牢房啦；到时候，无论我有多么心痛，我也只好枪毙您啦，自然啦，得奉元首的命令。"

……在年仅三十岁的时候，舒伦堡就当上了第三帝国政治情报处的首脑。

当希姆莱的情报人员向其报告说，里宾特洛甫正在酝酿一个刺杀斯大林的计划，内容说是里宾特洛甫想亲自去见斯大林，假装商量谈判，但出其不意地使用一种特制的自来水笔式的微型枪将斯大林击毙。党卫队总司令希姆莱立即将这一计划据为己有，抢先向希特勒汇报了这个想法，并命令舒伦堡挑选两个特工人员准备执行这一行动计划。据舒伦堡所说，其中一个特工人员的一个亲属认识斯大林车库的机械师。

两个特工人员乘飞机越过前线，空投到苏联境内，随身携带了外形为"卡兹别克"牌香烟盒的短波收音机。

（冯·施季里茨知道了这两个人飞越前线的具体时间。莫斯科事先得到了这方面的准确情报，两名德国特工人员均被生擒。）

由于善于深思熟虑，对复杂的形势的分析总是具有前瞻性，舒伦堡多次化解了自己工作中的几近失败的冒险行为。正是这个舒伦堡在1944年中期的时候，就对希姆莱说过，对帝国安全部门、对希姆莱来说，在未来这一年之中，最危险的人物不是赫尔曼·戈林、不是戈培尔，也不是鲍曼。

"是施佩尔。"他说，"施佩尔是我们最主要的对手。施佩尔是我国工业与国防的内政情报总管。施佩尔是党卫队的全国副总指挥。施佩尔是武器装备生产部的部长，施佩尔是前线与后方连接的枢纽。施佩尔就是伊·格康采恩①的第一人，顺理成章，他与美国有着传统意义上的直接联系。施佩尔一直与施维林·冯·克罗西克②关系密切，这些都是财政金融大鳄。施维林·冯·克罗西克从不隐瞒他对元首某些行动的反对立场，对，他不反对元首的

---

① 伊·格康采恩：德国综合型企业，在第一次世界大战之前和期间赢得声誉，1925年后在经销先前存在的品牌和行业的基础上创立大型跨国康采恩。是第三帝国最大的化学品生产商，他们利用集中营囚徒的劳动和生活进行生产和试验。战后，纽伦堡对此进行了管理，23名高级官员被判不同刑期的监禁，施佩尔被判20年。

② 施维林·冯·克罗西克（1887—1952）：1932年出任德国财政部长，纳粹上台后留任。支持反犹太政策，后期主张废黜希特勒。1949年被美国军事法庭判处10年徒刑，1951年获释。

思想，只反对将其付诸行动。施佩尔是一位不苟言笑，但权势熏天、一言九鼎的大人物。那些已经建立的工业部门和班底将在战后主导德国的重建计划，他们相当于德国的大脑、心脏和双手。我清楚地知道，那些团结在施佩尔周围的工业家们在忙些什么。他们只忙两件事，解决两个问题：那就是如何最大化地榨取到利润和如何把这些利润转移到西方的银行里去。"

只是在听取了舒伦堡的这一番宏论之后，希姆莱才第一次真正地认真地考虑起来，要把鲍曼负责掌管的档案都纳入自己的管辖范围，这样才有可能破解施佩尔深藏的秘密。否则，他希姆莱不去利用这些工业大亨与中立国和美国的这些广泛的人脉关系，鲍曼可是一定会用的。

1945 年 2 日 18 日（11 点 46 分）

舒伦堡在帝国党卫队总司令的接待室里见到了施季里茨。

"您，是下一位，"在接待室值班的副官对施季里茨说，他刚把党卫队经济处处长波尔让进希姆莱的办公室，"我认为，波尔高级总队长不会占用太多的时间：他要谈的都是些局部问题。"

"您好！施季里茨，"舒伦堡说，"我正在找您呢。"

"您好！"施季里茨回答，"您的脸色怎么这么憔悴？是太累了吗？"

"很明显吗？"

"非常明显。"

"走吧，先到我办公室来一下，我现在需要和您说点事。"

"我昨天就求见司令了呀。"

"是什么要紧大事呢？"

"就是一件私事。"

"一个半小时以后您再来嘛，"舒伦堡说，"要求改一下接见的时间就行，司令一整天都会在办公室的。"

"好吧，"施季里茨老大不情愿地站起来，嘴里还说着，"我是怕，改期这不大合适。"

"是我把冯·施季里茨拉走了，"舒伦堡对值班的副官说，"请把他的接见时间改在下午吧。"

"是！旅队长！"

舒伦堡挽着施季里茨的手臂，从接待室出来，愉快地向施季里茨耳语道：

"怎么样？您听他的声音多好听！向上级报告，就像演员在唱歌剧的咏叹调，用丹田发声，很明显嘛，就是想讨好上级。"

"我总是很可怜这些副官。"施季里茨说，"他们必须经常保持一种任何事情都非同小可的俨然神态：不然的话，人们就会发现他们是一些没有什么用处的人啦。"

"您这话说得可不对呀。副官可是有用之人。他们就好比漂亮的猎狗：闲暇的时候可以和他们聊天，颜值比较高的话，还会引起别的猎人的羡慕。"

"我还真的认识一个副官，"他们已经走在走廊里了，施季里茨接着说，"他只是承办了一次音乐巡回演出，结果他逢人就讲自己老板有举世绝伦的才华，最后的结局是被人设计了一场车祸玩完啦：太爱炫耀，引起了公愤……"

舒伦堡笑了起来：

"这是您编的故事还是真事儿呢？"

"当然是编的啦……"

在办公厅外面的楼梯口他们迎面碰上了缪勒。

"希特勒万岁！朋友们！"缪勒说。

"希特勒万岁！朋友！"舒伦堡回应道。

"万岁！"施季里茨也回答，但没有举手。

"很高兴见到你这两个家伙，"缪勒说，"你们又在搞什么阴谋诡计吧？"

"是呀，在搞呢，"舒伦堡回答，"为什么不搞呢？"

"不过我们和您搞得那些阴谋诡计就不能相提并论了，"施季里茨说，"与您相比，我们就是待宰的羔羊了。"

"和我相比哦？"缪勒感到有点惊讶，"不过，有人把你比作魔鬼的时候，感觉也是相当不错的呀。人终有一死，不能万古流芳，也要遗臭万年嘛。"

缪勒友好地拍了拍舒伦堡和施季里茨的肩膀，就走进了一个下属的办公室：他喜欢不打招呼地随便信步就去同事的办公室，特别是在枯燥乏味的审讯期间。

情整分析材料（丘吉尔）

在战争只剩最后几个月的时候，希特勒总是像念咒语一样反复说，英美苏同盟的失败就是眼前几周的问题，他竭力让同僚们相信，同盟国在遭受决定性的失败之后，西方就会转过头来请求德国的支持，所有人都觉得，这倒也符合元首的性格，他一直生活在自己臆想出来的世界中，直至最后的临终时刻。然而，希特勒当时的鼓噪是有事实作为根据的：早在1944年中期，鲍曼的特工人员就在伦敦搞到了一份极为机密的文件。这份文件里，有一段温斯顿·丘吉尔的话，很特别："如果放任俄国人的野蛮行为毁灭了某些古老欧洲国家的文化与独立，那就会是一场可怕的灾难。"这是引自丘吉尔1942年10月写在另一份秘密的备忘录中的话，当时俄国人还没有打到波兰，而是在斯大林格勒一带作战，当时他们还远没有进击至罗马尼亚，而只是在斯摩棱斯克城外游弋，当时南斯拉夫还不是他们进攻的目标，他们只想拿下哈尔科夫。

可能，希特勒要是洞悉了1943年到1944年间，英国和美国在同盟国军队主要进攻方向上的异常激烈的斗争和巨大的分歧之后，他就不会颁布那样一道严厉的惩处命令，来即刻处死那些试图与同盟国谈判的人了。丘吉尔坚持认为，同盟国部队应该在巴尔干半岛登陆。他提出必须这样做的理由是："现在的问题是：我们是否能够容忍巴尔干，很有可能还包括意大利的被共产化？现在就应该清楚地认识到，如果由我们西方民主国家的军队占领了布达佩斯和维也纳，解放了布拉格和华沙的话，我们所能获得的巨大优势与特权……"

然而，头脑清醒的美国人懂得，丘吉尔硬是要把进攻希特勒的主要方向放在巴尔干，而不是法国，这是极端自私自利的行为。美国人十分清楚，丘吉尔的观点一旦占了上风，大不列颠将成为地中海的海上霸主，相应地，非洲、阿拉伯的东部、意大利以及希腊也会被大不列颠的势力收入囊中，这样的局面对美国来说，明显是不利的。所以，美国人坚持要把登陆地点放在法国。

作为一位谨慎而颇有胆识的政治家，丘吉尔本来是可以在某些特定的紧急情况下，与希特勒的反对派人物进行接触的，以便建立一个统一阵线，来阻止丘吉尔一直担心的事情，即俄国军队向大西洋沿岸的挺进。然而，在1944年夏天，对阴谋叛乱分子的大清洗之后，这样的势力在德国已经不存在了。不过，丘吉尔还是认为，尽管与德国领导层内部一些试图让在西方作战的德国军队投降的人物小心地"打太极"并没有什么现实意义，因为美国总统罗斯福一直持强硬的立场，并且全世界弥漫着亲俄情绪；但是，这有可能让他对斯大林实行更为强硬的政策，特别是在涉及波兰和希腊的问题上。

鉴于此，当军事情报部门向丘吉尔汇报一个新的动向，即德国人正在寻求与同盟国建立联系时，他回答说：

"人们可以指责大不列颠行动迟缓，举止粗鲁，分析问题滑稽幽默……但是，谁也不能指责大不列颠搞阴谋诡计，求上帝保佑，永远也别让任何人指责我们这方面的能力。不过，"他的眼神变得坚毅，只是在目光的深处有喜悦的火花一闪而过，又补充说道，"我一直要求你们把意在巩固与各国合作的外交手腕与直接的、看似并无道理的暗中交往进行准确的区分。只有亚洲人才会认为巧妙而复杂的外交手腕是搞阴谋诡计……"

"但是，在目的性明确的情况下，外交手腕就不只是手腕而已，更可能是重要的行动？"

"在您看来，外交手腕不重要吗？耍手腕是世界上最认真和严肃的事了。只有耍手腕和绘画有用。其他一切都是毫无价值和徒劳无益的。"丘吉尔回答说，他就躺在床上，还没有从自己习惯性的午休中起身，所以，这时候他情绪饱满，心情愉快，侃侃而谈，"我们所习惯并理解的政治形式已经死亡了。恪守伦理的儒雅政治在世界某些地区已经被总体政治所代替了。这种政治已经不是某个人的任意行为，也不是某些人、某些集团自私自利的野心所为，这是像数学一样精确、像医学中进行的辐射实验一样危险可怕的一门学科。这种无所不包的强大的全球政治给弱小的国家带来了无数悲剧；这是一种会让知识分子受到迫害、让天才们尽遭劫难的全球政治。画家、天文学家、电梯司机和数学家、国王和天才都必须臣服于全球政治。"丘吉尔向上拉了一下身上的毛毯，继续说道，"在一个时期内，国王和天才团结在一起，决不会对国王产生不利的影响；在这一时期里，存在着对抗只是偶然的，而不是有规律的必然现象。实行全球政治就会产生一些出人意料的联盟，出现战略上离奇的、不合常理的急剧转型样态，因此，我在 1941 年 6 月 22 日向斯大林提出的呼吁①是合乎逻辑的，也是要贯彻始终的。当然，合乎逻辑是没有问题的，贯彻始终则可以退居次要地位了。各国在合作中所涉及的利益才是主要的问题，历史将会原谅其他一切的……"

1945 年 2 月 18 日（12 点 09 分）

"您好！金夫人。"一个男人俯身对着躺在床上的凯特说话。

"您好！"凯特用微弱的声音回答。她说话还很困难，头部嗡嗡作响，动一下就会头晕恶心。只有在每次给孩子喂过奶之后，她的浑身感觉才会好一点。男婴睡着了，她也就昏昏沉沉地随之

---

① 1941 年 6 月 22 日上午 9 时，丘吉尔发表广播讲话说："……俄国人民的危难，就是我们的危难，也是美国的危难，正如俄国人为保卫家乡而战的事业，是世界各地的自由人民和自由民族的事业一样。让我们吸取通过残酷的经验得来的教训吧。让我们加倍努力，只要一息尚存，力量还在，就齐心协力打击敌人吧！"

睡过去。然而，每次她一想睁开眼睛，就感到天旋地转，头晕脑涨，眼冒金星，憋闷恶心得想呕吐出来。每一次，一看到小男孩，她心底就油然而生出一种说不出的、迄今为止从未有过的感觉。这种感觉是如此可怕，以至于她自己都无法明白，这到底是一种什么样的情感。她的身心中一切的感觉都混杂在一起了，既有恐惧之意，又有飞升的感觉，既有某种无意识的、夸张的自豪感，又体会到了一种前所未有的、平静的诗意。

"金夫人，我想问您几个问题，"那个男人继续在说话，"您能听到我说话吗？"

"能。"

"我不会占用您太长的时间……"

"您是从哪里来的？"

"我是保险公司的……"

"我的丈夫……他已经死了吗？"

"我请您回忆一下，炸弹落下来的时候，他在哪里？"

"他当时在浴室里。"

"您的家里还有剩的煤坯吗？现在这东西可是抢手货，经常卖脱销呢！我们在公司里都要冻僵啦……"

"他确实……碰巧……买了几块……"

"您很累了吗？"

"他……死了吗？"

"金夫人，我给您带来的是一个令人悲伤的消息。他确实死了……我们正在帮助所有在野蛮的空袭轰炸中遭难的人。您在住院期间还想得到哪些帮助呢？您的饮食方面，大概，有保障，我们会为您准备出院时的衣服；您的和婴儿的都会准备好……多么招人疼爱的胖娃娃啊……是女孩吗？"

"是男孩。"

"哭闹厉害吗？"

"不哭的……我没听他有什么动静。"

凯特突然间担心起来，她还一次也没听到儿子的哭声。

"小孩子不是总是在哭吗？"她问道，"您不知道吗？"

"我的孩子们都哭闹得可凶了，"男人回答，"我的耳膜几乎都被他们的哭闹震破了。但是，我的那几个孩子出生的时候都很瘦小，您的孩子白白胖胖的可像个壮士。生得大，白白胖胖的都不哭闹……金夫人，请您原谅，如果您不是太累的话，我想再问您一下：您的财产投保金额是多少呢？"

"我不知道……这些事都是我丈夫负责管……"

"您还记得是在哪一家营业部办理的保险业务吧？这个您也不记得了吗？"

"好像是在库达姆街上那家。"

"哦，这是第二十七分理处。这样进行情况查询就相当容易啦……"

这个男人将所有情况都记录在一个已经用破了的本子上；咳了几声清了清嗓子，接着又俯身对着凯特的脸，特别小声地对她说道：

"刚做了妈妈，是绝不能哭泣和过于激动的。请相信一个抚育了三个孩子的父亲吧。您的一切都会立即影响到孩子的肠胃，到时您就会听到孩子扯嗓子哭闹了。您没有权利只想自己，只想自己的时光对您来说已经一去不复返了。目前，您要考虑的首先是您白白胖胖的娃娃啊……"

"好的，我不会哭，也不着急上火。"凯特一边小声应答，一边用自己冰凉的手指去抚碰了一下这个人温润的手，"谢谢您……"

"您的亲属都在什么地方呢？我们公司可以帮助他们过来探望您。他们的往返交通和食宿可以由我们来提供。当然，您也知道的，旅馆一部分被炸毁了，一部分要提供给军人住宿。不过，我们有私人房间。您的亲人不会在我们这里受委屈。应该往哪里写信呢？"

"我的亲戚都在哥尼斯堡^①，"凯特回答，"我不清楚，他们现在怎么样了。"

"那您丈夫的亲属呢？应该把他已经不在人世了的不幸消息通知谁呢？"

"他的亲属们都住在瑞典。但是，写信通知他们不太方便：我丈夫的舅舅是德国的友好人士，他不让我们直接给他写信……我们都是委托别人给他带信或者是通过大使馆。"

"您还记得地址吗？"

就在这时，孩子哭了。

"请原谅，"凯特说，"我先来喂喂他吧，然后再告诉您地址。"

"那好，就不打扰了。"这个男人说着，就退出了病房。

凯特看了一眼这个人的背影，艰难地咽下一直哽在喉咙里的一团黏滞的东西。仍旧头痛欲裂，但是，恶心想呕吐的感觉消失

---

① 哥尼斯堡：即现在的加里宁格勒，位于桑比亚半岛南部，原为德国的文化中心之一，第二次世界大战后，根据《波茨坦协定》，哥尼斯堡划归苏联领土，1946年为纪念苏联最高苏维埃主席加里宁，遂更名为加里宁格勒，因周边加盟共和国在苏联解体后独立，现为俄罗斯联邦的"飞地"。

了。她并没有好好思考人家刚才向她提出的问题，因为小婴儿开始吸吮奶汁了，于是，所有的那些十分遥远的却又令她隐隐不安和焦虑的东西，又变得陌生起来，一下子消失得无影无踪了。她身边只剩下了一个贪婪地吸吮着奶汁并无意识地舞动着小手的婴儿，她目不转睛地注视着小婴儿，这孩子又胖又圆，浑身通红，就像被有红丝线的织物包裹着一样。

过了几分钟，她突然就想起来，昨天她还是躺在一个大病房里，那间病房里躺满了分娩的产妇，她们都会在同一时间给婴儿们喂奶，孩子们都哇哇地大哭着，可是凯特却感觉那种声音已经是从很遥远的地方传过来的了。

"为什么剩我一个人在这里了呢？"凯特突然心里一动，"我这是在哪里？"

过了有半个小时之后，那个男人又进来了。他站在那里看了好半天熟睡的小婴儿，然后从文件夹里拿出了几张照片，在自己的两膝上摊开，开口说道：

"我先来记一下您舅舅的地址，请您呢，先看一下，这照片里有没有您的东西。空袭之后，在您炸毁的家里找到了一些东西：您是知道的，您遭了难，哪怕能剩下一只箱子也是好的呀。可以变卖一些东西，给小孩子买一些必需的物品。当然，金夫人，我们会尽力在出院前帮您把这一切都准备好。但，总归……"

"斯德哥尔摩，古斯塔夫·格奥尔戈大街 25 号，弗兰茨·帕肯宁收。"

"谢谢，您现在累不累呢？"

"有点累了。"凯特回答，因为她在那些照片中看到了，那些整整齐齐摆放在马路边上的箱子盒子中间，有一只硕大的皮箱，他绝不会把这只皮箱和其他的箱子弄混的，这是艾尔文用来存放电台的大箱子……

"您再仔细地看一看，我马上就告辞了。"男人说着，把照片递给了她。

"我看这里没有我们的东西，"凯特回答，"这里没有我们的箱子。"

"好吧，那就谢谢啦，这个问题就算是解决了。"这个男人说着，小心地将照片放入了随身的公文包里，点了点头，站起身来，又说道，"过一两天我再来探望您，向您汇报我办理的情况。保险的代理费我还是要收取的，这年月里，哎，也是没有法子呀！好在费用不高，已经是相当低廉的了……"

"我太感谢您了。"凯特说。

盖世太保地区分局的侦察员立即就把凯特留下的指纹拿去送检了：技术部门提前在实验室里往给凯特看的照片上涂上了特殊的显影用的药剂。从放置电台的手提箱里也已经提取了指纹备案。他们发现在放置电台的手提箱里提取的指纹分属于三个不同的人。侦察员接着又马不停蹄地进行第二轮的查询，向帝国保安局六处发函调查瑞典籍人士弗兰茨·帕肯宁的生活经历及其社会活动的全部信息。

1945 年 2 月 18 日（12 点 17 分）

艾希曼在办公室里来来回回地踱步了很久。他的步伐很快，倒背着双手，好半天百思不得其解，总觉得生活中缺少了某种习以为常的和不可或缺的东西，这种感觉弄得他心神不宁，无法精力集中地思考问题，思绪总是时断时续，他不能透彻地分析那个一直困扰他的问题，即为什么需要秘密监视施季里茨？他为什么会受到怀疑呢？

最终，在刺耳的空袭警报声急促地响起来的时候，艾希曼这时终于弄明白了，刚才他还没有听到轰炸的声音。战争已经成为家常便饭，所以，室外的喧嚣人们已经习以为常，倒是寂然无声令人感到是一种更大的危险，比起空袭、警报、轰炸，会引起更大的恐惧和不安。

"感谢上帝，"艾希曼心想，听着空袭警报一声接一声地响过之后，恢复了寂然无声的世界，"现在可以坐下来工作了。现在所有人都要下班了，我可以踏踏实实地坐下来思考问题了，再也不会有谁进来找我问那些愚蠢的问题啦，也没人向我汇报那些五花八门的推测啦……"

艾希曼坐到桌子旁，开始翻阅新教神父弗里茨·施拉格的档案，这位神父于1944年夏天因被怀疑从事叛国活动而遭到逮捕。逮捕的决定是基于两个人的告密，这两个人就是巴尔巴罗·克莱因和罗伯特·尼切。这两个人都是施拉格神父教区内的教民。他们在告密信里说，神父弗里茨·施拉格在布道的时候，呼吁和平并说要与所有的民族和睦团结，他还谴责战争的野蛮行径，指责暴力和流血是丧失理性的行为。经过外围调查发现，神父曾经与前首相布吕宁多次会面，据悉此人目前已经侨居在瑞士。早在二十年代，他们之间就保持了良好的关系。但是，尽管在瑞士和德国国内都做了相当详尽的调查，在神父的档案里，却找不到任何的材料足以证明神父与侨居国外的前首相有过联系。

艾希曼的疑惑不解之处还有：为什么神父弗里茨·施拉格落

入了情报部门手中？为什么他没有被送给盖世太保呢？还有，为什么舒伦堡的手下人对神父这么感兴趣呢？他在卷宗最后的简短附言中给自己找到了一个答案，这则附言中指出：1933年，神父施拉格曾经两次出国，参加和平主义者大会，一次是去大不列颠，一次是去瑞士。

"这么看来，他们是对他的人脉关系感兴趣，"艾希曼终于弄明白了，"他们是想搞清楚，他在国外和哪些显赫的人物有过接触。所以，情报部门的人把他弄到手，然后再交给保安局的施季里茨。但是，这又关他施季里茨什么事呢？案子交给了他，审讯过了任务就已经完成了呀……"

艾希曼把卷宗都翻了一遍，在他看来，这些卷宗里的审讯记录开宗明义，简明扼要。他本来想从中摘录一些要点，以便让自己的结论有据可查，证据确凿，但是，实际上却无可摘抄。原因是这些审讯手法老套，不像施季里茨平时很有独特手腕的工作作风，毫无亮点，而且墨守成规，直来直去的一问一答而已。

艾希曼打电话给专门的录音资料库，调取了保安局旗队长施季里茨于1944年9月29日审讯施拉格神父的技术录音资料。

"……我要警告您：您已经被逮捕了，对于一个落入国家社会主义正义之手的人来说，他必须明白，国家社会主义是惩治罪犯、保护人民免受污浊之所，要想从这里安然脱身，继续从事以前的活动，过上正常的生活，是完全不可能的。您的亲朋好友想过以前的正常生活也是万万不可能的了。我要表明一点：如果想使上述不可能变为可能，必须基于以下假设您同意的前提条件，第一，您必须承认自己是有罪的，并且要站出来揭发教堂里那些对我们的国家大不敬的反叛分子；第二，从今以后，您必须为我们工作。您能接受这些条件吗？"

"我需要考虑一下。"

"您需要考虑多长的时间呢？"

"您认为一个人要做好去死的准备需要多长时间呢？您提的条件是完全不可接受的。"

"我建议您还是再考虑一下我所提的条件。您说过，在任何情况下，您都是一个做好了赴汤蹈火准备的人，难道您就不想成为德国的爱国者吗？"

"我当然是这样的人。不过，那要看怎样去理解您所说的'德国的爱国者'。"

"是忠诚于我们的意识形态。"

"意识形态只是思想体系，这不是国家。"

"无论如何，我们的国家是建立在元首的思想体系之上的。与认同我们的意识形态的人民站在一起，这难道不是您的责任吗？宣传我们的意识形态这难道不是您这样神父的义务吗？"

"如果我现在是以平等的身份和您争论，那么我是有可能回答您这个问题的。"

"那好吧，我就邀请您平等地和我论争。"

"名义上和人民在一起，是一回事，而清楚地感觉到自己处于靠公正和信仰来做事的境况中，这是另一回事。这两种东西有的时候会是相互吻合趋于一致，有的时候并不完全吻合，也没有一致性。在目前情况下，您刚才向我建议的所谓出路，就完全与我所秉持的信念不吻合。实际上，您想利用我来作为撬动某种势力的一个杠杆，就是想让我在某种声明文件上签字而已。您把建议罩上了一层温情脉脉的面纱，似乎是把我看成了一个人物。既然您想让我成为一个杠杆，一个物什，一个工具，干吗还要虚伪地把我看成一个人呢？您就干干脆脆地来一句：你要么给我们签字，要么我们枪毙你，你可选好了。就完事了。还奢谈什么德国人民，德国人民应该用什么样的语言来声明自己的观点，这对我没什么意义了，我已经相当于是一个死人了。"

"这说的可不对啊。不对的理由如下所述。我并不恳求您签署任何的文件。我们假设一下，我撤销自己刚才提的第一个问题，取消第一个建议，不再强求您在公开媒体和广播中去抨击自己教区的那些反对德国社会制度的教友们。我一开始谈话就只是请您了解我们德国国家社会主义工人党的真理，然后呢，在您觉得可以接受此项真理的情况下，再根据您对此项真理的接受程度，来考虑给予我们何种帮助为宜。"

"要是能这样提出问题的话，就得试着说服我去相信，国家社会主义工人党对人的给予要比任何别的党派所做的都要多。"

"我当然愿意试试。毕竟尽人皆知，国家社会主义就意味着国家，这是我们伟大的元首用来指导一个国家的伟大思想体系，而与此同时，你们这些有信仰的人为这个国家所能提供的却是极其有限的。你们的建议只是道德完善罢了。"

"这表述倒是完全准确的。"

"但是，毕竟人不能仅仅依靠道德完善来活着，虽然也不能仅仅靠面包活着。就是说，我们希望造福于人民。就让我们把这一点看成是引导我们的民族在未来道德完善之路上迈出的第一步吧。"

"好吧，那么，现在，请允许我来问您一个问题：就像你们对待我这样的神职人员一样，所有那些集中营和审讯方式，都是你们的国家性的必然结果吗？"

"这毫无疑问，因为我们要保护你们免受人民愤怒的袭击，人民一旦得知，你们这样的人是反对元首的，是我们整个意识形态的敌人，他们希望做的，肯定是从肉体上消灭你们。"

"但是，哪里是前因，哪里又是后果？人民的怒火又是从何而来？人民的怒火是不是你们极力宣扬的那种制度的不可或缺的特征？如果是的话，那么，究竟从什么时候开始愤怒也成了一个单独的积极因素啦？这不是愤怒，而是一种邪恶的反应。如果在你们看来，愤怒就是你们的根据，愤怒就是你们的理由，而其余的一切均是其后果，一句话，如果你们放任邪恶成为理由，那还凭什么让我相信，邪恶可以造福人民呢？"

"不，'邪恶'这个字眼可是您说的，而我说的则是'人民的怒火'。人民的怒火是源于多年来蒙受的凡尔赛条约的奇耻大辱，他们只能在反抗了犹太银行家和商人的盘剥之后才有可能安宁地生活。所以，一旦有人，哪怕这些人是神职人员，企图怀疑我们伟大的元首所领导的党所取得的伟大成就时，人民的怒火是不言而喻的。"

"很好……安宁地生活和穷兵黩武是一回事吗？"

"我们打仗也是为了保障我们安宁生活的空间呀。"

"那，把占人口四分之一的人民都关在集中营里，究竟是造福人民还是创造一种让我这种人去送死的和谐生活呢？"

"这您可大错特错了。这一点我可以告诉您，我们的集中营可不是什么灭绝人类的工具，显而易见，您所使用的是来自敌对势力方面的情报资料，我们的集中营可没有关押全国的四分之一人口。其次，在我们每座集中营的大门口都写着：'劳动造就自由的人'。在集中营里，我们教育和改造那些失足者，但是，那些并不是误入歧途，而是成了我们的敌人的反对派分子，理所当然应该被消灭，杀死而不足惜。"

"就是说，由你们来决定，谁是有罪的，谁是无罪的呗？"

"那当然了。"

"也就是说，你们能够提前预知，某人意欲何为，错在哪里，对在何处喽？"

"我们知道的是，人民之所想。"

"噢，人民。人民由谁来组成呢？"

"由许许多多的人组成。"

"在你们连每一个人在想什么都不知道的情况下，你们怎么知道，人民之所想是什么呢？确切地说，你们提前预知人民想要什么，是因为你们强迫他们接受你们的意志，并且向人民发号施令。这是独裁者的梦呓。"

"您说的不对。人民想要的是吃好喝好……"

"为吃好喝好就必须来一场战争？"

"别急。人民当然想要吃得好、住好房子、开好汽车，家庭幸福，还有为了自己的幸福去打仗！是的，人民就因此希望进行战争！"

"人民还想把持不同政见的人关进集中营里？如果自己要幸福就必须发动对别人的战争这两者之间是必然的因果关系，那么，在你们的幸福里就包含着某种不正确的内容，因为，用这种手段得到的幸福，在我看来，不可能是真正纯粹的幸福。可能，我对事物的看法有别于您。大概，以您的观点来看，目的可以抵偿手

142

段。这不新鲜，耶稣教会的教徒们也曾经宣讲过此类观点。"

"作为一个神父，您显然不会篡改整个基督教发展史吧？或许，您把基督教学说发展史的某些个别的历史时期排除在自己的布道之外了？具体说，您从不讲宗教裁判所的历史吗？"

"我知道该怎样回答您这个问题。自然，基督教学说发展史上出现过宗教裁判所。不过呢，在我看来，西班牙人作为一个民族的衰落恰恰是与他们选择了用手段代替了目的相关。最初宗教裁判所是作为纯洁信仰的手段而设立的机关，但是，它逐渐就变成目的本身了。也就是说，清除异端、火刑、对异端人士进行残酷迫害，这些本身都是最初为了纯洁信仰而使用的手段，就逐渐地把施加恶行变为自己的目的了。"

"说得好。请问：在基督教的历史上，教会不停地处死那些异端人士，自然，是为了让其他教民生活得更好吧？"

"我懂您的意思。通常被杀害的都是一些异教徒。在基督教的历史上，异端学说一直被视为实质上的与以物质利益相关的离经叛道。基督教里的异端学说都宣传不平等的教义，而与此同时，耶稣宣扬的却是平等的思想。基督教里所有的大多数异端学说都建立在一种'穷人与富人是不平等的，穷人应该消灭富人并取而代之成为王座上的人'的思想根据之上；而耶稣的思想学说却反其道而行之，即遵循人与人之间是平等的原则，拥有财富和处于贫穷都是暂时的。同时耶稣总是试图让所有的人和解，但是异端学说却号召人们互相残杀。并且，邪恶的思想通常是异端学说的固有的属性，教会曾经用暴力去反对异端学说，其目的在于不让暴力进入到基督教的道德准则之中去。"

"完全正确呀。但是，教会在反对异端学说使用暴力的同时，自己不是也使用暴力了吗？"

"使用了，但是教会没有把暴力当成目的，而且从没有认为它原则上是正确的。"

"据我所知，反对异端学说使用的暴力持续了八九个世纪，不是这样吗？也就是说，在八九百年这样漫长的时间里，为了根除暴力却一直在使用暴力手段。而我们是1933年才掌握执政大权的。您又能要求我们做到什么呢？在十一年的时间里，我们消除了失业现象，在十一年的时间里，我们让全体德国人不再为温饱发愁，是的，我们对持不同政见者采取了暴力手段！而您则正是用言论来妨碍我们！如果您坚决反对我国的制度，那么，对您来说，依靠物质手段不是比依靠精神手段更合理吗？比如，您可以在您的教民中间组成一个反对国家的小组，把人集结在一起来进行反对我们的活动，不是更好吗？到处散发传单，组织怠工，搞破坏，武装起来暗杀袭击政府要员等等，不是也有可能吗？"

"不，我是绝不会走这条路的，理由很简单……绝不是因为我害怕任何的某种东西……我认为，这条路在原则上是不可接受的，因为我一旦用你们的方法开始反对你们，我就会身不由己地和你们一样没有区别了。"

"就是说，如果有一天，您的教区里的一位年轻人来找您，并说：'神父，我不能忍受这个国家的制度，我要为反对它而奋起抗争……'"

"我不会阻拦他。"

"他会说：'我要杀死州长。'而州长有三个孩子，都是女儿：一个两岁，一个五岁，还有一个九岁。而且他的妻子是一个双腿瘫痪的残疾人。在这种情况下，您该怎么做？"

"我不知道。"

"如果我要是问您这个人的情况，您什么也不会告诉我吗？您不想拯救这三个小女孩和那个疾病缠身的妇女吗？或许，您会帮助我？"

"不，我什么也不会对您说，拯救一些人的生命，就必然会损害另一些人的生命。在当前这种惨无人道的激烈斗争中，任何一个积极行动的步骤都会造成新的流血冲突。一个神职人员在此境况下的行为举止事关生命，却只有唯一的出路，那就是逃避开这种残酷的斗争，不站在刽子手的一方。遗憾的是，这条路是消极的选择，但是，在目前这种情况下，任何积极的办法都会导致新的暴力流血事件的增加。"

"我确信，如果我们对您采取很痛苦和很折磨人的第三级审讯程序，您最终也会将那个人的名字告诉我们的。"

"您是想告诉我，要是你们把我变成一头因疼痛难忍而失去理智的畜生，我就会做你们要求我做的所有的事？可能，我是会干出来的。但是，那个人已经不是我自己了。既然有如此的手段，您又何必费心费力地和我进行谈话呢？就请对我采取你们所需要的手段，把我当成一头畜生或者是一台机器一样地使用好了……"

"请问您一下，假如一些人来找您，这些人都是一些邪恶的敌人，狂妄的野心家，他们要求您当一次中间人，去国外、英国、俄国、瑞典或者是瑞士，请您居间送信，您是否能满足这个要求呢？"

"做中间人，本来就是我的天职。"

"为什么这样说呢？"

"因为我的职责就是调节人们和上帝之间的关系啊。而且人对上帝的正确的态度是要使人感觉到自己是一个真正的人。所以，我是不会把人与上帝的关系和人与人的关系截然分开来看的。原则上说，这是同一种关系，是统一在一起的关系。所以呢，任何调解人们之间关系的事情，从原则上说，在我看来都是理所当然的事情。我在从事此类关系调解时，提出的唯一条件是，调解的结果必须是向善的，而且使用的手段只能是非暴力的和善方法。"

"甚至这项调解工作对我们的国家是有害的，您也愿意去做吗？"

"您在迫使我对调解工作进行概括性的评价。您十分清楚，如果一个国家建立在暴力的基础之上，我作为一个神职人员，原则上是不能拥护它的。当然了，我很是希望所有的人能生活得与现在的处境不同。但是，我要是知道该怎样做到就好了！原则上，我希望构成整个国家社会主义的国家里的人们都能够活下来，并能够组成一个另外的统一体。我不愿意去杀害任何人。"

"在我看来，背叛行为是很可怕的，但是更为可怕的是对正在发生的背叛和屠杀行为漠视和消极旁观的态度。"

"在这种情况下，可能只有一项工作值得参与，那就是终止杀戮行为。"

"但是，此事由不得您。"

"是由不得我。那您说的背叛行为又是指什么呢？"

"背叛行为就是消极的态度。"

"不，消极的态度还不是背叛行为。"

"这要比背叛更可怕……"

艾希曼突然感觉到楼房剧烈地摇晃起来。"大概空袭的炸弹就

在附近爆炸了，"他这样想道，"也许投下了不少威力非常巨大的
炸弹……这两个人审讯中的谈话可真奇怪啊……"

他给值班员打了电话，一个脸色发青满头大汗的人走进了他
的办公室。艾希曼问他：

"这是正式的录音还是监视中偷录的？"

值班员小声说：

"我这就去搞清楚。"

"空袭炸弹就在附近爆炸的吧？"

"我们楼不少的玻璃都震碎了……"

"你们不能去防空洞里躲避一下吗？"

"不行，"值班员回答道，"我们值班时是被禁止去防空洞的。"

艾希曼想继续听录音，但是值班员很快返回到他的办公室，
向他汇报说，施季里茨并没有对审讯进行录音；这是按照反间谍
机关的指令进行的监视录音，目的在于对中央机构的工作人员进
行监督审查之用。

舒伦堡说：

"这些投下来的炸弹每一颗都至少有一吨多重。"

"显然，从声音上判断每颗都很重。"施季里茨附和说。他这
时候最急于做的事，是冲出舒伦堡的办公室，赶紧烧掉就放在他
裤兜里的那张纸，那是他写给希姆莱的有关"党卫队保安处里出
了叛徒"，正在与西方国家进行谈判的呈文。"舒伦堡的这一套诡
计，"施季里茨心里想，"可不像表面上看起来那么简单哪。看这
架势，一开始他就对神父感兴趣了。那时候他就准备将来在适当
的时候，把神父当成一个挡箭牌来用的。现在就是正好需要神父

的时候到了，这是揣摩了上级领导意图的。而且，不向希姆莱汇报过他是不会这么干的！"所以，施季里茨心里有底了，现在，他必须耐心地坐在这里，不慌不忙地说地谈天、说笑之间尽可能地和舒伦堡将即将展开的全部行动的细节具体地讨论一番。

"我看，敌机要飞走了。"舒伦堡侧耳倾听了一会，说道，"或者，还没投完？"

"飞走了，去装新的炸药储备以便卷土重来……"

"不会啦，这批飞行员会回到基地狂欢找乐子去啦。盟军有太多的飞机了，他们可以轮番不间断来轰炸我们……话说回来，那么，在您看来，只要把神父的妹妹和孩子扣为人质，神父就肯定不会外逃、会回到德国的啦？"

"那是肯定的……"

"而且再回来之后，一旦缪勒审问他，是不是您让他到国外找关系接头这种问题的时候，能保证他会守口如瓶吗？"

"我不敢有绝对的把握……这要取决于是谁来审问他。"

"最好把您和他的谈话录音磁带留在您的手里，至于他嘛……就说，他是在轰炸中进了棺材，这样是不是更好一些？"

"容我再想一想。"

"您要想很久吗？"

"我只是要好好琢磨一下这个主意的可行性。"

"您'琢磨一下这个主意'准备用多长的时间呢？"

"我尽量在晚上下班前能有所建议。"

"好极了。"舒伦堡说，"反正敌机也飞走了，来杯咖啡吗？"

"倒是非常想喝啊，但还是把手头这件事情做完再说。"

"那好吧。施季里茨，我很高兴，您能十分准确地理解整个状况。这会给缪勒一个惨痛的教训。他飞扬跋扈起来了，对咱们司令也一副盛气凌人的样子。我们把他的工作抢过来，给他来个措手不及。我们一起给司令帮一个大忙。"

"司令他本人知道这件事吗？"

"不知道……就这样说好了，他不知道。懂了吧？总之，跟您一起工作，我是感到很愉快的。"

"我也是一样的愉快。"

舒伦堡把旗队长送到门口，跟他握了握手，说道：

"如果一切都进行得十分顺利的话，您就可以到山区去呆上那么三五天的时间，现在那里正是最佳的休闲去处：到处都有泛着蓝光的雪野，皮肤可以在日光浴中晒成古铜色……天呐，简直太美好了！战争期间我们错过了多少美事啊！"

"主要是我们都忘掉了自己，"施季里茨回答说，"就像在复活节的时候喝得酩酊大醉之后把大衣遗忘在更衣室一样。"

"是啊，是啊，"舒伦堡叹气道，"把大衣遗忘在更衣室一样……您很久不写诗了吧？"

"我根本就没有写过诗。"

舒伦堡伸出一根手指，作出吓唬人的样子，说：

"一句微不足道的谎言会引申出极大的不信任。"

"我可以发誓，"施季里茨微笑着说，"我什么都写过，就是没写过诗：因为我对诗词格律一窍不通啊。"

1945 年 2 月 18 日 （13 点 53 分）

施季里茨销毁了写给希姆莱的那张呈文，并告知党卫队总司令的副官说，所有的问题已经在舒伦堡主任那里解决了，然后他就走出了艾尔布莱希特亲王大街的官邸，沿着施普雷河岸信步走下去。尽管因夜间的狂轰滥炸，满目疮痍，眼前是一片残垣断壁，但是人行道已经打扫得干干净净。现在每天夜里的轰炸总有那么两次，甚至有时候会达到三次。

"我差一点就暴露了，"施季里茨心里想，"舒伦堡把审讯施拉格神父的任务交给我的时候，就已经对目前侨居在瑞士的前首相布吕宁产生了兴趣。他只对神父的可能有用的社会关系心里一动罢了。所以，我一说他有可能和我们合作的话，舒伦堡很轻巧地就同意释放这个老头子了。显然，他看得要比我远哪。他预料到，神父有可能在重要的秘密活动中充任挡箭牌的角色。但是，神父如何能进入到沃尔夫的行动当中呢？这是一次什么样的行动呢？为什么舒伦堡在谈及沃尔夫去了瑞士的时候，要把收音机声音开大呢？如果他对谈及此事心有顾忌，那么，就意味着高级总队长卡尔·沃尔夫被授予了全权的使命：因为他在党卫队中的职级与里宾特洛甫和菲戈莱因[1]是一样的。舒伦堡不能对我讲沃尔夫瑞士之行的细节，否则我就可以问他更多，'怎么能够两眼一抹黑地准备行动的方案呢？'难道西方盟国想和希姆莱坐到谈判桌上去吗？总而言之，希姆莱的实力不可小觑，西方显然清楚这一点。如果他们能一起坐到一张谈判桌上去，这简直是不可想象的事！好吧，这个先放一边再说……神父将成为一个诱饵，一个挡箭牌，他们所有人都是这么打算的。但是，他们显然没有考虑

---

① 菲戈莱因（1906—1945）：德国军事领导人，党卫队中将，爱娃·布劳恩的妹夫。他以前的职业是一名骑师。1945年4月28日（38岁）按照希特勒的命令开枪自杀。

到，施拉格神父在国外有势力强大的社会关系网。也就是说，我应该因势利导，让这个老头子发挥自己的影响力，去反对那些经我之手将他派往国外执行任务的人。我原来是想利用他作为一个备用关系的渠道，哪里想到，他竟然可能会起到相当重要的作用呢。如果我向他提供另一套说辞，而不是舒伦堡的意图文本，那么，梵蒂冈和英美方面的人都会趋向于他。这就清楚了。我应当给神父准备一套可以让各方对其大感兴趣的说辞，但已经在国外的德国人和准备去国外的德国人却漠然视之的一套话术。所以，现在对我来说，最重要的任务是为神父设计好这一套说辞，其次，要考虑一下，他代表的人物应该是国内反对希特勒和希姆莱的势力的某一位才行。"

施季里茨走进一家小酒馆之后，要了一杯白兰地。这里相当安静，无人打搅他想问题。他一直坐在那里，思索良久。

"就只有一个施拉格神父，几乎再无他人。保险起见，我还需要一个人物。谁呢？"施季里茨思索道，"谁合适呢？"

施季里茨开始抽烟，吸了几口之后，把烟放到烟灰缸边沿上，用手握着斟满了格罗格酒的杯子想出了神。"他们从哪里弄到这么多的酒呢？唯一不凭票出售的只有白酒和白兰地。不过，德国人倒是什么事都敢干，只有一件事谨慎，他们不会以酗酒为业。是的，我需要一个憎恨这群强盗的人。这个人必须不只是做联络员，而是一个响当当的人物……"

施季里茨手里倒是有过这么一个人。科赫[①]医院的主治医生

---

① 罗伯特·科赫（1843—1910）：德国杰出的细菌学家，1876年发现了结核杆菌。

普莱施列尔在 1939 年曾经帮助过施季里茨。这个人是一名反法西斯人士，他仇恨希特勒分子，他异常勇敢，沉毅冷静。施季里茨有时候会弄不明白，为什么如此杰出的一位医生、学者、知识分子，会默默地对纳粹制度怀有这么强烈的满腔仇恨。只要当普莱施列尔讲到元首，他的脸就像是石膏面具一样毫无血色。古戈·普莱施列尔和施季里茨一起出色地完成了几次大型的行动：他们在 1941 年一起营救过一个苏联情报侦察小组，使这个小组免于暴露和被摧毁；他们还一起搞到了住在克里米亚的德国军队正在准备进攻的绝密作战情报；古戈·普莱施列尔得到了盖世太保的批准，趁出国到瑞典某大学讲学的机会，将这些绝密情报辗转送到了莫斯科。

半年前，古戈·普莱施列尔由于心脏麻痹突然去世了。他的哥哥，即普莱施列尔教授，以前曾经担任过基尔大学的校长职务。后来被预防性地监禁到达豪集中营了，从那里被释放回家之后，普莱施列尔教授就变成了一个默然无语的人，整天沉默寡言，嘴边却总是挂着一抹麻木的、恭顺的微笑。在他被捕不久后，妻子很快就离弃了他，是亲属们坚持要她这么做的，因为他妻子的弟弟已经被任命为帝国驻西班牙大使馆的经济参赞。家人都认为，这个年轻人前程远大，外交部和德国国家社会主义工人党的一些领导对他颇为赏识，所以，家庭内部开会，给普莱施列尔教授夫人提出了"两难选择"：要么她和国家的敌人即她的丈夫断绝关系，要么她就自私地站在个人利益的立场上，接受家族法庭的审判，全体亲属公开登报声明，宣布和她断绝一切关系。

普莱施列尔教授夫人比教授小 10 岁，她才刚满 42 岁。她原先对自己的丈夫还是充满爱意的，他们曾经一起到非洲和亚洲去旅行过，教授每到一处都从事考古挖掘工作，他经常和柏林的"佩加蒙"博物馆[①]的考古学家一起外出考古旅行，有时会走上整个夏天。教授夫人一开始拒绝与自己的丈夫断绝关系，于是她整个家族里的许多人（都是上百年来一直与纺织贸易打交道，与各方联系紧密的头面人物）要求与她公开断绝关系。但是，普莱施列尔教授夫人的弟弟弗兰茨·冯·恩茨却劝说亲属们不要将此事闹成一桩人所共知的丑闻。"如果这样一闹，我们家族的仇敌就会利用此事大做文章。"她的弟弟解释说，"嫉妒心是无所不在的，如果这桩丑闻扩散出去对我的前途是会有影响的。所以还是不要声张出去为好，最好是大家悄无声息地、不动声色地妥善处理好为上策。"

于是，普莱施列尔教授夫人的弟弟弗兰茨·冯·恩茨就将自己的一个朋友戈特茨介绍给自己的姐姐相识，他们是在快艇俱乐部认识的。戈特茨是一位刚过三十岁的英俊男子，朋友们都开玩笑说，"此戈特茨非彼戈特茨[②]。"也就是说，只有长相出众，但为人处事很愚蠢。教授夫人的弟弟弗兰茨很清楚他的底细，戈特茨是靠风韵犹存的半老徐娘们供养的小白脸儿。教授夫人、弗兰茨和戈特茨三人如约在一家小饭店见了面，弗兰茨·冯·恩茨一直

---

① "佩加蒙"博物馆：佩加蒙是公元前三世纪希腊化地区的经济、文化中心，著名的佩加蒙祭坛，是古希腊最后的巨型宗教类艺术作品，由国王欧马尼斯二世在公元前180年到公元前165年为祭祀宙斯和雅典娜而兴建在一座小山丘上。1878年，热衷于考古的德国工程师卡尔·胡曼开始对位于土耳其西海岸的佩加蒙古城进行发掘，由于当时土耳其政府无力顾及文化保护，这座恢宏的佩加蒙祭坛被德国人用了5年的时间整体搬迁至柏林，并由著名的建筑师设计修建了一座专门的博物馆，在馆内复原这座希腊神迹。这座博物馆就是柏林的"佩加蒙"博物馆。
② 即伯利欣根·戈特茨（1480—1562）：德国著名的骑士，与文中人物同一个姓氏。

观察着戈特茨的行为举止，心里十分的踏实。戈特茨是傻瓜倒不假，但是，逢场作戏这一套相当到位，既然接了这个活儿，就按编排好的戏码，演得出神入化，相当地入戏了。戈特茨话倒不是很多，看上去比较冷峻，人长得是很壮实的。一晚上他只讲了两个笑话来活跃气氛。随后，拘谨地邀请普莱施列尔教授夫人跳了一支舞。弗兰茨·冯·恩茨则坐在旁边，眯缝着眼睛，轻蔑地看着这一切，心里颇为自负，他们像一对儿一样在跳舞，姐姐低声浅笑着，戈特茨把她搂得越来越紧，和她不停地耳鬓厮磨，软声细语。

仅仅过了两天，戈特茨就搬到教授家里去了。他住了一个星期之后，警察上门来例行检查了。普莱施列尔教授夫人跑去找弟弟哭诉："你快把他给弄回来吧，让他回到我身边吧，我们不在一起的话，对我太可怕了。"第二天，她就递交了与丈夫离婚的申请。教授为此遭受了沉重的打击：因为他一直以为妻子与他是最能心心相印的人，是互相志同道合的伉俪。他以为，自己在集中营里受尽折磨，可以确保她的清白，确保她可以有自己思考任何问题的自由。

有一天夜里，戈特茨问她说："你是不是跟他在一起感觉会更好一些呢？"她轻声笑了起来，拥抱着他，说道，"亲爱的，你都说些什么呀……那个人嘛他只是说得好听而已……"

普莱施列尔教授获释之后，没有回到基尔，而是去了柏林。他那位与施季里茨有联系的弟弟，帮他在"佩加蒙"博物馆的古希腊文物部找到了工作。通常，施季里茨都是在这里与自己手下的特工人员见面，所以，一有空闲时间，他就常常去找普莱施列尔教授，他们两个就徜徉在雄伟却空旷的"佩加蒙"和"博多"博物馆。普莱施列尔教授知道，每到这里，施季里茨都一定会长时间地观赏一尊名为《挑刺的少年》的塑像；他还很清楚，施季里茨好几次都是绕过了那尊恺撒的雕像，这是黑石刻成的肖像，上面桀骜不驯的两只眼睛是用一种相当奇特的透明矿石雕刻而成的。每次施季里茨过来，普莱施列尔教授都把他们散步的路线设计周全，可以让施季里茨在古希腊的雕像旁逗留时间稍长一些，充分感受到它们的悲伤、喜悦和智识。普莱施列尔教授当然不可能知道的是，每次在博物馆逛够了之后，施季里茨回到家里就站在浴室的镜子跟前，像一个揣摩演技的演员一样长时间地练习自己的面部表情。因为施季里茨认为，一名侦察员应该学会控制自己的面部表情。古人们对这种技能的掌握已经是炉火纯青啦，值得学习……

有一次，施季里茨请求教授拿钥匙打开一个玻璃匣子，那里面陈列着萨摩斯岛①出土的铜塑人像。

"我觉得呢，"他当时这样说道，"只要我摸一摸这些神圣的珍希之物，立即就会有某种奇迹出现，我就会变成另一个人，古代人那种镇定自如的大智慧就会源源不断地注入到我的体内。"

于是，教授就给他拿来了钥匙，施季里茨趁其不备，将钥匙拷印下来了。后来，就在这个玻璃匣子里的一个女性的铜像的下面，他设置了一个秘密存放东西的地方。

他喜欢和教授谈天说地。有一次，他说：

"古希腊艺术确实是天才的艺术，不过，它过于优雅，比例均匀和谐一体，并且在某种程度上有女性的温婉气质。罗马人的作

---

① 萨摩斯岛：希腊岛屿，在爱琴海东部，是距离小亚细亚大陆最近的岛屿。

品就相对粗犷了。大概，就是因为这一点，它们才与德国人的气质更相似吧。希腊人心心念念的是人的整体轮廓，而罗马人却是追求逻辑完整的艺术家，他们对细节的精工细作充满强烈的愿望。举例来说，我们看一看马可·奥勒留①的肖像就清楚了。他是个大英雄，是人们竞相模仿的对象，孩子们在游戏时都以模仿他为荣。"

"衣服的细节，身材的各部分比例的准确性很高，制作非常精良。"普莱施列尔教授显然对此持有不同的意见，但经过集中营的"洗礼"之后，他不再有兴致与人争辩了，只是心有余悸地将自己的不同见解深埋于心间，如此而已。以前和别人辩论的时候，他总是脸红脖子粗地大声说话，总是想着把论敌驳倒为止，现在他可不这样做了，只是谨慎地提出自己的论据来说话，"但是，您再仔细地看一下这尊雕像的面部表情。您能看出马可·奥勒留的思想有所流露吗？它没有表达出任何思想，这只是威权的纪念碑而已。如果您观察过十八世纪末期的法国艺术，您就会确信，希腊已经移植到巴黎去了，伟大的埃拉斯已经迁居到自由思想者的故乡去了……"

有一次，普莱施列尔教授叫住施季里茨，让他看一幅名为《人兽》的彩色壁画，上面头颅是人类的，而躯体是凶猛的野猪的。

"您看这幅画怎么样啊？"

施季里茨心里想："这倒是很像现如今的德国人，他们可真的

---

① 马可·奥勒留（121—180）：罗马帝国政治家、军事家、哲学家、罗马帝国五贤时代最后一位皇帝（161—180 在位）；在整个西方文明中，是少有的贤君；有以希腊文写成的传世之作《沉思录》。

变成一群愚蠢的、任人摆布的和野蛮的野兽了。"但是，他并没有回答普莱施列尔教授的问题，而是用"混社会"一样油滑的腔调，"是呀""确实如此""啊呀呀"之类的打着哈哈就敷衍了事了。当一个人没法子沉默不语，但是又无法直截了当地回答问题的时候，这种腔调是很管用的。

每当在"佩加蒙"博物馆空旷的大厅徜徉的时候，施季里茨都会问自己一个问题："为什么人们会这样野蛮地对待这些伟大的艺术品的创造者们，那些天才呢？为什么人们破坏、烧毁、弃置那些雕塑作品呢？为什么人们对自己的天才雕塑家和艺术家如此的无情无义呢？为什么我们不得不去收集那些考古得来的残片，并依据其一星半点的内容来对子孙后代进行美育呢？为什么古代人就毫无理智地把自己鲜活的神祇送给一群野蛮人作为牺牲品呢？"

施季里茨将杯子里的格罗格酒一饮而尽，把已经熄灭的香烟再度点燃，吸了起来。"为什么一想起普莱施列尔教授就没完没了呢？是不是我现在很需要他弟弟呢？或者我现在应该考虑为自己做一个新的联络方案？"他自己也不由得笑了起来，"我看，我是和自己在较劲儿呢。'他在和谁进行角力呢？和他自己，和他本人'，这好像是帕斯捷尔纳克①的诗句呢？"

"掌柜的，过来一下，"他把酒馆的伙计叫过来，"我马上走啦，请算一下账吧……"

---

① 帕斯捷尔纳克（1890—1960）：伟大的俄国作家、诗人。1958 年诺贝尔文学奖获得者，长篇小说《日瓦戈医生》的作者。此处引用的诗句出自他的组诗《艺术家》中的第一首。

情整分析材料（鲍曼）

很少有人知道此人的情况。他本人也很少出现在新闻影片的镜头上，站在元首身旁的照片更是不多见的。他是一个身材矮小的人，头形是圆圆的，脸颊上有一道伤疤，因此，在摄影师们咔咔按下快门的时候，他总是设法躲到旁人的身后去隐身。

据说，1924年他曾因为政治谋杀罪坐了四个月的监狱。在赫斯叛逃[①]到英国之前，谁也不知道他的底细。希姆莱是奉元首的命令来整顿"这个污七八糟的婊子窝"的。元首就是用这样的词汇来评论自己的党务办公厅的，当时赫斯是这个办公厅的主任，只有对他，元首才直呼其名并称其为亲密的"你"，而不像叫其他党员那样是称"您"。他叛逃之后的一夜之间，希姆莱逮捕了700多人。与赫斯关系密切的工作人员悉数被抓，但是，所有的逮捕都绕过了与其工作联系最紧密的党务办公厅第一副主任马丁·鲍曼。而且，在一定程度上，是鲍曼指挥了希姆莱的行动：他拯救了那些他自己需要的人，而将他不再需要的人都送进了集中营。

鲍曼在接任了赫斯的职位之后，跟先前比起来，没有丝毫变化。他依然沉默寡言，仍然随身带着记事本子，无论到哪里，都把希特勒的言行记在本子上。生活也像以前一样，低调、简朴。

---

① 赫斯在1933年至1941年间任纳粹党的副元首，是希特勒口述著作《我的奋斗》的完成人；二战爆发后，被希特勒指定为继承人。1941年5月10日，他搭乘飞机，私逃英国，成为"历史之谜"，关于此事的档案至今没有解密。

在对待戈林、希姆莱和戈培尔等要员的态度上，更是刻意表现出毕恭毕敬的举止来。但是，也就是在一两年的时间里，他竟摇身一变，成了元首不可或缺的、须臾离不开的人物了。以至于元首开玩笑说，他是自己的影子。鲍曼的办事能力极强，甚至元首在坐下来用午餐时，忽然有兴致想知道某件事的情况，等到正餐已毕，喝咖啡的时候，鲍曼就已经呈送了有关此事的所有汇报内容。有一次，在贝希特斯加登①小镇举行了欢迎元首莅临的仪式，结果出乎意料，活动变成了一次盛大的群众游行。鲍曼就发现希特勒要在太阳的暴晒下发表讲话。到了第二天，希特勒一到活动现场，就看到自己昨天站立之处已经有一棵橡树了：一夜之间鲍曼组织了人力移栽了如此巨大的一棵树木……

鲍曼知道得很清楚：元首是从来不提前准备好讲稿的，元首一贯是发表即兴演说的，而且，这种演讲总是大受欢迎。但是，鲍曼总是记得要给元首写出言简意赅的提纲，列出以他的观点来看应该特别予以关注的东西，尤其是在元首会见其他国家的首脑人物的时候，这一点非常重要。他把这项不为人知的、却相当重要的工作做得十分得体，以至于希特勒从没有想过，他那些纲领性的发言是有人撰稿的。他只是把鲍曼的工作理解为秘书性质的而已，只是更为必要、及时和不可或缺罢了。所以，连鲍曼着凉闹肚子一回，希特勒都会感到他那里事事都不顺手了。

当一些军事将领或者主管军事工业的部长施佩尔呈送报告，

---

① 贝希特斯加登：古堡小镇，位于德国巴伐利亚州东南部，距离奥地利名城萨尔茨堡 20 公里。此处为庆祝希特勒五十岁生日而建有希特勒的高山别墅"鹰巢"。

以便向元首汇报他们整理的一些真实情况的时候，鲍曼要么尽可能地将这些报告束之高阁，淹没在文件堆里，要么就找约德尔或者施佩尔谈话，劝说他们尽可能委婉地表述报告里所要汇报的事情。

"咱们一起来爱护元首的神经吧，"鲍曼说，"这些令人不快的事情我们这些人知道就可以啦，但是何必非要用这些事情来刺激元首呢？"

实际上他是讷于言辞的人，但是却精于公文的写作。是一个聪明的笔杆子，但是，他总是将这能耐隐藏在粗鲁、直率和忠厚老实的外表之下；他是个广交四方，极有神通的人物，但是，他的言谈举止表现出来的完全是一副普通人的样子，就是那种在做任何哪怕是稍微重要的决定时都需要和别人有所商量的低调人士……

现在，他正在批阅一份来自党卫队保安处的秘密函件，文件袋子上印着"密件·机密·亲启"字样。这是专门呈送给马丁·鲍曼本人的信件。信件的内容如下.

鲍曼同志！

据我所知，一些人正背着元首在瑞典和瑞士寻求与腐败透顶的西方民主国家的代表们勾结求和。这种事情就发生在目前的总体战期间，在前线战场上正在决定世界的前途之际。作为党卫队保安处的军官，我可以向您提供有关此类叛国谈判的具体细节信息。我需要得到安全保障，如果我写的这封信落到保安处机构手中，我将即刻丧失性命。正因为有此担忧，我才不具署名。您若是认为，我的报告对您来说十分重要，那么，我请求您，明天13点到"新峰"饭店与我见面晤谈。

一名忠诚于元首的党卫队员和国家社会主义工人党党员敬上

鲍曼手里拿着这封信，陷入了长久的沉思。他想给盖世太保的首脑缪勒打个电话沟通一下。他很清楚，缪勒对他可一直是忠心耿耿的。这个家伙以前是一名密探，在三十年代，曾经两次猛烈抨击巴伐利亚的国家社会主义工人党分支机构。后来国家社会主义工人党成了德国的执政党，他就投靠过来了。在1939年之前，这位盖世太保的首脑还是个非党人士，原因在于，安全部门的党内同志不肯原谅缪勒，他在魏玛共和国期间曾经是为国家社会主义工人党的敌人卖命的人。鲍曼为了帮助他入党，在元首面前是为他做了担保的。但是，鲍曼从来也不允许缪勒与自己走得过近。他一直在观察缪勒的举动，小心地估量接近的可能性：要成为亲密的人就必须忠诚至终，毫无保留，否则就是得不偿失。

"这又是怎么一回事呢？"鲍曼翻来覆去地翻看这封密信，迷惑不解。"这是要挑拨离间吗？未必。是个精神病人写的吗？也不像啊，似乎是确有其事呀……如果他是盖世太保的人，而且缪勒也参与了此项与国外敌人的勾连之事呢？船漏老鼠乱窜，树倒猢狲会散，一切皆有可能啊……不过，不管怎样，这可以用来当作一张针对希姆莱的制胜王牌。到那时，我就可以把党务资金都转存到中立国的银行里去了，存到我个人的名下，而不是像现在，要存到其他手下人的名下……"

鲍曼就一直在研究这份密信，时间过去了许久，但是，到最后他也没有想明白，该怎么办才好。

1945 年 2 月 21 日（12 点 39 分）

艾希曼打开了录音机。他慢悠悠地吸着香烟，全神贯注地分辨着录音带上施季里茨有点低沉的嗓音。

"请您告诉我，在我们的监狱里度过了两个月的时间，这对您来说是很可怕的吗？"

"你们上台执政的十一年来，我一直都感到可怕。"

"您这是煽动造反。我问您的是：坐监狱这两个月是不是感到可怕？"

"当然感到可怕。"

"这就对了。假如奇迹出现，我们把您放出去了，您就再也不愿意回到此地了吧？"

"当然不愿意。我根本就不愿意和你们打交道。"

"好极了。不过，要是我把保持与我的良好关系作为释放您的先决条件，您会怎么想这件事呢？"

"与您保持良好的人与人之间的关系，对我来说是对所有人的态度的一种自然体现而已。如果您能像一个人一样对待我，而不是像一个国家社会主义工人党的工作人员那样对我，那么，您对我来说，就是一个正常的人。您做到哪种程度，我就持哪种态度。"

"但是，我将要作为您的救命恩人与您交往。"

"您要帮助我，是出于内心的自愿呢，还是要打什么歪主意？"

"我指望靠您做些事情。"

"在这种情况下，我必须确认您的目的是好的才行。"

"您要相信，我的目的绝对是正当的。"

"您想要我做什么呢？"

"我有些朋友，他们都是些科学家、党务工作人员、军人、新闻记者等，总之，都是一些公众人物。我想请您和这些人好好谈一谈，当然是在我能够说服上级领导释放您之后了。我不会要求您汇报这些谈话的内容。虽然我实在不能保证别人不在隔壁的房间里安装窃听器，但是，您可以把谈话安排在森林里，在那里谈话总是没问题的。我呢，只是想在这些谈话进行了之后，请您来说说您对这些人的看法，据您观察，他们是一些好人呢，还是一些坏人。这种友善的帮忙您不会拒绝吧？"

"倒是也可以考虑……但是，对于为什么您要向我提出这种建议，我有一大堆的疑问。"

"那您问吧。"

"我觉得您是过分信任我了，所以要把无人可求的事交给我来帮忙，这也有可能，或者您是在向我挑衅。如果您真的是在向我挑衅的话，那我们的谈话就又回到原点了。"

"什么意思呢？"

"意思就是说，我们又找不到共同语言了。您依然还是一名公务人员，而我呢，仍然是一个普通人，愿意选择自己力所能及的道路，而不愿意当一名公务人员。"

"怎样才能让您相信，我不是在向您挑衅呢？"

"那您只要直视我的眼睛就好了。"

"好，我们这就相当于驻外大使一样，互相交换过国书了呃。"

"把神父在监狱中表现的相关材料找给我，"艾希曼听完录音之后，吩咐手下说，"包括他本人的一切言行举止的记录，与其他犯人接触、谈话情况的汇报……一句话，越详细越好。"

……一个小时过去之后，他要的材料都送来了，但是，却让他大感意外。原来，施拉格神父在1945年1月就被释放出狱了。从卷宗里无法弄清楚，他是否同意了为党卫队保安处工作或者还是因为其他什么莫名的原因而被释放出去。卷宗里只留有舒伦堡签署的命令，即施拉格神父出狱后由施季里茨负责其监管任务的指示，仅此而已。

过了一个半小时，又有人给他送来一份文件：上面说施拉格神父被释放之后，具体监管事宜由六处的特工人员克劳斯负责。

"哪里有克劳斯的材料？"艾希曼问手下。

"他是旗队长施季里茨单线联系的特工。"

"怎么，连笔记材料都没有吗？"

"没有，"资料室的人回复艾希曼，"为行动安全起见，不做记录的……"

"把这个特工给我找来，"艾希曼吩咐说，"但是，不要更多的人知道此事，确保只有三个人知道即可：您、我，还有他……"

1945 年 2 月 27 日（12 点 01 分）

施季里茨对这次与鲍曼的会面相当期待，要是能见上面可就太好了，因为钓钩上放的鱼饵相当诱人啊。他就不紧不慢地开着汽车，在几条大街上兜着圈子，机警地观察是否有"尾巴"在跟踪他。这种检查方式在他已经是下意识的动作了；最近几天没有什么让他不安的事情，夜间他一次也没有像以前那样惶惶不安地惊醒过来。那时候，他常常睁着眼睛躺在床上，灯也不关，仔细地揣摩分析自己每时每刻的行为，每一句和别人谈话时所说的话语，甚至和牛奶工的简单寒暄，甚至和地铁上的偶然同路人的打招呼。施季里茨总是尽可能地开自己的汽车出行，躲避掉与不相干的人的偶然接触。但是呢，他又觉得老是把自己和外界孑然地隔绝开来也不是上策，因为什么样的任务都可能接到的。如果执行那些需要外出的任务，自己的行为举止在负责监视的人看起来不符合常理的话，那就不好办了。施季里茨这一点十分清楚，在第三帝国，每一个人都在受到监视。

他在执行任务时，会仔细地考虑过所有可能的行动细节：做他这份职业的人们都是靠细节决定成败。有那么两次，他之所以没有暴露身份，都是源于对细节的认真和苛求。

……施季里茨下意识地看了一眼汽车的后视镜，惊奇地吹了一声口哨：那部"旅行者"牌汽车，在他从弗里德里希大街出来之后，就一直跟在他的车后，现在仍然亦步亦趋地紧跟着他的车匀速行驶。施季里茨突然猛踩汽车的油门，"霍里赫"发动机疾速冲了出去。施季里茨开着车向亚历山大广场飞驰而去，然后转向贝格大街，经过公墓之后，又一次调转方向，把车开往老战士大街上，并且回头向后面看去，如果这车真的是跟踪他的"尾巴"，那么，"尾巴"已经被甩掉啦。为了查验一下是不是真的已经把跟踪者甩开，施季里茨把车开到一家他特别喜欢的名为"粗人戈特利布"的小酒馆门前，一看，时间嘛，还很充裕。他就把车停了下来。

"要是他们再追上来跟着我的话，"施季里茨心里想道，"那就肯定是出了什么事。但是，能出什么事呢？现在，坐下来，喝一杯，来好好想一想，会出什么事呢？"

他非常喜欢这间老酒馆，它被大家称为"粗人戈特利布"，这是因为店老板在迎接客人的时候，不管你的官衔大小和社会地位的高低，都是用粗俗的话语来招呼：

"大肥猪，你来干吗？不错耶，还带个娘儿们！挺行啊……像个大啤酒桶，你这大块头，和褪了毛的母牛一样！两个乳房是生病的长颈鹿的吧，不像是娘儿们的呀！哎呀，这个一看就是你老婆！昨天跟你来的那个小姐可挺好看！我帮你瞒着！"他转头对客人的妻子说："哼，老子才不会帮他隐瞒呢，那是一条癞皮狗……"

后来，施季里茨来的次数多了，就发现，"粗人戈特利布"对最尊敬的客人骂得更是不堪入耳：可能，这也是一种特殊的尊敬，是一种反过来的尊敬。

"粗人戈特利布"漫不经心地接待施季里茨，对他说：

"过来吧，喝杯啤酒去吧，木头人……"

施季里茨和他握了一下手，给了他两个马克，在圆柱旁的一张橡木小圆桌后坐下来。圆柱上写满了梅克伦堡渔夫们污秽不堪的骂人下流话，有些企业家半老徐娘的妻子们特别喜欢这些粗野放肆的污言秽语。

"能发生什么事呢？"施季里茨一边喝着白兰地，一边继续想着心事，"我现在不等别人来接头了，不可能因为这方面的事情暴露。会因为以前的旧案吗？他们新的案子还来不及处理呢，怠工现象越来越多，怠工规模在德国是前所未有的。会因为艾尔文……等等，要是电台被发现了呢？"

施季里茨从兜里掏出了香烟，但是，正因为他急于赶快狠狠地吸上几口，反倒是停住了，根本没有开始点烟。

他想现在马上就开上车，到艾尔文和凯特那被炸毁的房子废墟上去一趟。

"我犯了一个大错呀，"他瞬间顿悟了，"我早就应当自己把所有的医院摸排一遍的，万一艾尔文和凯特只是受了伤呢？我竟然相信了电话里的信息。等我见过鲍曼之后，应该马上去办这件事……鲍曼八成是会来见我的，因为他们这种人一旦心急如焚，也就顾不上装神弄鬼，平易近人极了。他们在个人处境顺风顺水的时候，是会高高在上的，完全不可接近。要是他们一旦感到大难临头的时候，他们就变成了胆小如鼠的人，装出一副和蔼可亲、令人容易接近的样子来。这会儿，我应当把其他的事情，包括艾尔文和凯特的事先放在一边。首先和刽子手鲍曼来达成一致。"

施季里茨走出酒馆，坐到方向盘后，慢慢地将车开至伤残军人大街上的自然博物馆门前。那里是鲍曼前往"新峰"饭店的必经之路。

他把车速放慢，还时不时地向后视镜张望，那部"旅行者"牌汽车并没有跟在后面。

"或许是……舒伦堡在启动与神父施拉格有关的行动计划前想试探试探我？"施季里茨心里思忖了一下，"而且，这么做也无可厚非。也可能，我过于神经敏感了？"

他又重新向后视镜张望了一下，没有跟踪的车辆，大街上空荡荡的。人行道上有孩子在嬉戏，因为有一个相对平静的非空袭时间很珍贵，孩子们穿着溜冰鞋在互相追逐着，发出了银铃般的笑声。破败的墙壁旁，人们在排着长队，看样子是在买肉。

在"夏里特"医院①附近，施季里茨下了车，步行穿过医院的大花园，朝着博物馆的方向走去。这里既肃静又空无一人。他特意选了这个地方，在这里周围的一切都尽收眼底，清清楚楚，毫无隐藏的可能。

"不过，他们很可能在饭店安排好自己的人手了。如果鲍曼将此事知会了希姆莱，那他们肯定会这样先布置好暗中监视的人了。如果他们之间没有通过气，那么他的人就会在这里，在饭店的大门附近以及对面街道上转来转去的盯梢，伪装成研究科学的人员，肯定会的……"

施季里茨今天出门穿了便装，而且还戴了一副大号角边的淡灰色镜片的眼镜，把贝雷帽的帽檐拉低在额头上，这样一来，在远处要想认出他来是比较困难的。在博物馆入口处的大厅里，陈列着一块巨大的孔雀石，这件展品来自乌拉尔，还有一件来自巴西的紫色水晶石。施季里茨总是要在这块紫色水晶石前驻足很久，但是眼睛却是在看那块来自乌拉尔的巨型宝石。

停留一会之后，施季里茨不慌不忙地穿过一个巨大的展厅，那里的落地玻璃窗基本都被空袭震碎了，这里是奇异的恐龙化石展厅。就是从这里，他能够观察到博物馆前的广场和那家"新峰"饭店。没有任何的异常情况，一片安宁、平静的氛围，甚至过于安宁和平静了。因为现在施季里茨只身一人呆在博物馆里，如果现在有什么情况的话，显然对他不利。

---

① "夏里特"医院：德国柏林大学附属医院，是欧洲最大的医疗机构，拥有300余年的历史。一直处于国际领先水平，德国诺贝尔医学和生理学奖得主中有一半来自该医院。

他在一件特别引人注目的展品前停下了脚步，这是人类颅骨发展的 13 个阶段的示意模型。表示第 8 个阶段的是 8 号狒狒颅骨，表示第 9 个阶段的是 9 号长臂猿颅骨，第 10 个阶段也是长臂猿颅骨，第 11 号是大猩猩的颅骨，第 12 号是黑猩猩的颅骨，最后一个阶段即第 13 号是人类的颅骨。

"为什么第 13 号[①]才是人的颅骨？一切都在与人作对，甚至数字也是如此啊。"施季里茨暗自冷笑了一声，"哪怕是 12 号或者14 号也行啊，偏不是，就恰恰是 13 号，真是的……这里遍地都是些猴子。"他一边这样想着，一边在大猩猩波比的标本前停下了脚步，"为什么猴子会受到如此多的关注呢？"

展品上写有如下说明："1928 年，3 月 29 日大猩猩波比来到柏林，时年 3 岁。1935 年 8 月 1 日死亡。身高 1.72 米，体重 266 公斤。"

"这真看不出来嘛，"施季里茨心里想，这个标本他看过不止一次，"看上去也不太肥胖呃。我比他还高呢，但是体重只有 72公斤啊。"

他往后退了几步，看上去是要远一点仔细看一下这件展品，实际上，他正好退到了一扇大窗户跟前，由此望出去，正好是伤残军人大街对面的人行道，一目了然。施季里茨这会看了一眼手表上的时间，距离与鲍曼信函中约定会面的时间还剩下 10 分钟。

这个时间正好是约见特工克劳斯时段，这是施季里茨为了掩人耳目而制造出来的一个假象。今天早晨的时候，他通过秘书处给克劳斯的地址发去了秘密电报。所有人都知道，他总是在几家博物馆与特工人员会面。佯装与克劳斯见面，施季里茨有两个目

---

① 13 在基督教传统中是不吉利的数字。

的：第一，如果鲍曼把他写的信函内容告知了希姆莱，希姆莱肯定会下令彻底搜查全区和"新峰"饭店周边所有建筑物，他这么做，就可以名正言顺地脱身而去，这是最主要的目的；第二，他这样做，可以第二次证明，尽管是间接的，他与克劳斯失踪这件事是毫无干系的。

施季里茨踱步至博物馆的另一间展厅。从这里可以清楚地望见，伤残军人大街上仍和刚才一样空荡无人。他在这里的一件稀世珍品前停留了一会，这是十八世纪在威登施洛斯森林中发现的一段树干。它奇就奇在有鹿头和鹿角从树干中露出来，看得出来，这个场景应该是在春季鹿群之间的"求偶征战"中，有这么一只公鹿用力过猛，没有顶到自己的对手，而是一头撞进了树干上的树洞里啦……

猛然间，施季里茨听到了一阵嘈杂的说话声和急促的脚步声。"搜捕开始了！"这个念头一闪而过，但随后，听到的是一群小孩子的说话声，他转过身来一看：一位女老师穿着旧款的男式皮鞋，擦得倒是铮亮，领着一群小学生，看上去是六年级学生，到这里来上植物学课了。孩子们很专注地注视着这件神奇的展品，并不喧哗，他们只有相互之间探讨树干奇迹的快速耳语。

施季里茨忧心地看着这群孩子，他们的眼神中已经不再有顽童们可爱的神情。他们听老师上课像成年人一样专心致志。

"还有什么样的灾难在等待着这个民族啊？"施季里茨心里想道，"那些荒诞的思想体系是怎样把这些无辜的孩子置于饥寒交迫、未老先衰的可怕境地啊？为什么那些纳粹分子，整天躲在满是巧克力、沙丁鱼和奶酪的地堡里，却把这些孩子瘦弱的身体作为他们的屏障呢？最为可怕的是，他们在这些孩子的身上灌输了多少盲目的信仰，以至于他们相信，生活的最高目的是为元首的理想而去慷慨赴死呢？"

1 点 05 分，施季里茨从博物馆的紧急出口走出来了。饭店的周围没什么人。他从后街走向施普雷河，绕了一圈之后，坐上自己的汽车，返回自己的单位，党卫队保安处。在回程时的路上，他没有发现跟踪的"尾巴"。

"不知道哪里有点不大对头啊。"他对自己说，"这结果也太奇怪了。如果鲍曼来等我，我不可能发现不了。"

……事情在于鲍曼分身乏术，没有能从元首地堡中脱身；因为当时元首在发表讲话，大厅中人很多，他站得比较靠前，就在元首左手边的地方。他在元首讲话时是不能贸然离开的，这样做可是太不理智了。他倒是真想离开，去见一见那个给他写密信的人。但是，等他从元首地堡出来时，已经是下午 3 点了。

"我怎样才能再找到这个人呢？"鲍曼心想，"我和他会面没什么风险，但是，我要是拒绝和他见面，这风险反而还是有的。"

巡查—8 号呈送缪勒。

绝密。打印一份。

"霍里赫"牌小汽车，车号为 BKP－821，在老战士大街摆脱了跟踪监视。从各种迹象判断，驾车人发现了汽车被跟踪监视。尽管加大油门，我们就不会跟丢，但遵照您的指示，我们没有继续追赶。我们在将车号为 BKP－821 的汽车去向通报给 H－2 之后，就返回了基地。

内控—192 号呈送缪勒。

绝密。打印一份。

接到监视车牌号为 BKP－821 的"霍里赫"牌小汽车的任务之后，我的手下查明该车驾驶人于当天 12 点 37 分进入自然博物馆。因为我们事先被告知，监视对象具有高度的职业敏感性，我没有采用以一到两名"参观者"引领的方式与其周旋，而是派了特工人员伊莉萨来领受任务，伪装成老师，带领一群中学生到博物馆的展厅里去上植物学课。根据伊莉萨写来的监视报告，非常肯定的是，监视对象没有和任何人有过接触。附上一张由伊莉萨绘制的展厅平面图，监视对象停留较久的展厅展品均有标注。监视对象于 13 点 05 分从平时博物馆工作人员使用的紧急出口走出来，离开了博物馆。

1945 年 2 月 27 日（15 点 0 分）

缪勒把两份密报收进文件袋中，拿起了电话听筒。

"我是缪勒，"他说，"您是哪位？"

"舒伦堡'同志'向缪勒'同志'问好，"政治情报处主任开着玩笑，说道，"还是使用'先生'来称呼您更好吧？"

"对我来说，最合适的称呼就是直呼'缪勒'，"盖世太保的首脑回答道，"直截了当，朴实无华，也不难听。我的朋友，有什么话您就说吧。"

舒伦堡用手掌捂住话筒，并征询地看着施季里茨。施季里茨说：

"行啊。就直奔主题吧。不然，他不会承认，像狐狸一样滑头……"

"我的朋友，"舒伦堡说，"施季里茨来找我了，您还记得他吧……对吧？那就更好说了。他现在处于心神不宁的状态中：有人在对他进行跟踪盯梢，也许只是一些歹徒，但是他一个人只身住在林子里；会不会是您的人在监视他呢，您是否能为他查清楚这件事呢？"

"他的汽车是什么牌子的呢？"

"您的汽车是什么牌子的呢？"舒伦堡重新用手掌捂住话筒，问施季里茨。

"'霍里赫'牌。"

"不必再用手捂住话筒了，"缪勒说，"就把话筒交给施季里茨，让他来接电话吧。"

"您可真是千里眼呢。"舒伦堡说。

施季里茨接过话筒并说：

"希特勒万岁！"

"我的朋友，您好哇，"缪勒说，"您的汽车牌号是 BKP－821 吗？"

"正是这个牌号，总队长先生……"

"他们是在什么地方开始跟踪您的汽车的？在库尔斯费尔达姆街上吗？"

"不是，是在弗里德里希大街跟上的。"

"您是在老战士大街甩掉他们的吗？"

"正是呃。"

缪勒在电话那端笑出了声，说道：

"我得把这帮家伙的脑袋拧下来才行，这干的是哪门子的工作啊！施季里茨呀，您不用担心，跟踪您的不是什么歹徒坏人。您在自己的林子里安心住着好了。这些都是我们的人呢。他们的监视任务是负责跟踪一个南美人，跟您一样也开一辆'霍里赫'牌汽车……您呢，放宽心好啦，该做什么您就做什么，跟以前一样过日子就完了。不过，我可不希望，我的人下一次再把您和那个南美人搞混了，他们再跟我报告这种事情，说您又去了库达姆大街上那家'吉卜赛人'的小酒馆的话，我可没法子总包庇您啦……"

"那如果我因为工作需要必须去那里呢？"施季里茨问他。

"那也没有办法，"缪勒冷笑了一声，"如果您要指定一个低俗的地点来约会的话，最好去'墨西哥'酒馆。"

这家酒馆是缪勒的"监控机关"，反间谍机构就驻扎其间。施季里茨是从舒伦堡那里知悉这个情况的。舒伦堡当然无权对外讲这件事：因为内部专门发过通报，禁止国家社会主义工人党成员和军人涉足"墨西哥"酒馆，有不少天真的人习惯于多嘴多舌，认为在那里讲话相对安全，根本想不到，那里每张桌子上的讲话都被盖世太保监听了。

"好的，那太谢谢您了，"施季里茨回答，"如果得到了您的核准，我以后就把我和手下人见面的地点指定在'墨西哥'酒馆。但是，若还有人把我当上钩的鱼甩来甩去的话，我可还要找您解困的呀。"

"要再有这种事，您尽管来找我好了。我总是很高兴见到您的。希特勒万岁！"

施季里茨心里混杂着各种说不出的感觉，回到了自己的家里。总的来说，他相信缪勒所说的话，因为他讲得很坦率。但是，是不是过于坦率了呢？分寸感是任何一项工作的重中之重。在情报工作中尤其如此。在施季里茨看来，有时候，这种过分的分寸感甚至是比过多的猜疑更令人感到危险。

　　　　呈送缪勒。

　　　　绝密。

　　　　打印一份。

　　　　今天19点42分，监控目标叫了一辆车牌为 BKH－441 的公务用车，吩咐司机将其送往"中央广场地铁站"。他确实是在这里下的车进站。但是，在其他各站均未发现监视对象有下车的迹象。

　　　　　　　　　　　　　　　　　　　　　维尔纳呈

　　缪勒将这份密报放入自己装有最机密和重要文件的公文夹里。就又开始埋头研究有关施季里茨的卷宗材料。他感兴趣的是，材料中讲到监视对象喜欢在博物馆中消磨所有的业余时间，并且把与特工人员会面的地点都定在博物馆。缪勒用红色的铅笔把这些做了标记。

信任的限度

党卫队高级总队长卡尔·沃尔夫交给希姆莱的私人飞行员一封信，并叮嘱说：

"假如您的飞机被敌机击中，"他用他那特有的柔和嗓音说，"战争期间有战争期间的考虑，一切都有可能发生，在您可能迫降跳伞的时候，一定要先销毁这封信。"

"在解开降落伞扣之前，我可来不及销毁信件，"这个认死理儿的飞行员回答说，"因为落地的时候，我会被大风在地面上拖行一阵子的。但是，一解开降落伞扣，我要做的第一件事，就是销毁这封信。"

"好，"沃尔夫微笑道，"我们就这么办吧。而且，即使您是在帝国本土上空被击落的，也要及时销毁这封信。"

卡尔·沃尔夫的担心是有理由的：这封信要是落在希姆莱以外的任何人的手里，他的仕途以及性命也就戛然而止了。

过了七个小时，希姆莱将这封信拆封了。

帝国党卫队总司令！

甫一回到意大利，我立即开始制订寻求与杜勒斯建立联系的计划：这个计划不只停留在编撰组织实施计划上，而是在更多地考虑战略方面的内容。根据我目前在此所掌握的资料，我可以得出一个重要的结论：同盟国和我们的担忧是一样的，他们也是在为意大利北部有可能成立一个信奉共产主义的政府而忧心忡忡。甚至即使这个未来政府的建立只是象征性的，莫斯科方面也将获得通向拉芒什①的直接通道，这样他们不仅可以得到铁托②领导的共产党组织的支持，而且还会得到意大利共产党领袖们和以莫里斯·多列茨③为首的法国共产党的帮助。如此一来，很快就会有一条"布尔什维克地带"，横贯贝尔格莱德——热那亚——坎内和巴黎。

欧根·多尔曼将在这次行动中担任我的助手，需要表明的原因在于，他的母亲是一位意大利人，其在亲德然而反对纳粹的贵族圈子中具有相当广泛的人脉关系。不过，就我本人而言，"德国"这个概念与"国家社会主义"概念是不可分割的，而且，在多尔曼夫人的身上，亲德思想远远高出于其他的思想情绪。我主要是考虑欧根·多尔曼的母亲的人脉关系，可以用来与同盟国做一些适度的工作，因此，吸收欧根·多尔曼加入针对同盟国的相关工作计划应该是比较稳妥的。

在我做了此项决定之后，欧根·多尔曼就已经着手通过意大利方面的渠道，向杜勒斯方面通报信息，即有可能进行谈判的意义在于能够使西方国家抢在共产党成为意大利北部的主人之前将这一地区的局势控制住。而且，我们认为，谈

---

① 拉芒什：即英吉利海峡，又名拉芒什海峡。
② 铁托（1892—1980）：南斯拉夫共产党领袖。1941年至1945年领导南斯拉夫各族人民进行了英勇的反法西斯战争，1953年起任南斯拉夫总统。铁托是不结盟运动的创始人之一。
③ 莫里斯·多列茨（1900—1964）：法国共产党和国际共产主义运动的著名活动家。

判的主动性不应该来自我们：因为我觉得让同盟国的特工人员"打听到"我的想法可能是更合适的。所以，我授权欧根·多尔曼进行以下诸项活动：漏出口风说据盖世太保的情报，坦克部队的一名党卫队少尉齐多·兹米尔已经被发现常常在与意大利人谈话时，不止一次地说，我们的败局已定，局势已经是无可挽回的了；欧根·多尔曼在一次交谊晚会上，'偶然邂逅了'一些朋友，临近清晨的时候，欧根·多尔曼假装醉酒，对齐多·兹米尔说，他已经厌倦了这场血腥的战争，他认为战争是毫无意义的。据间谍传回来的情报表明，第二天，齐多·兹米尔就已经和路易·帕里利男爵交谈此话题，他说，如果连欧根·多尔曼都憎恨战争，那么，卡尔·沃尔夫也会如此思考这个问题的，而卡尔·沃尔夫的手里可是掌握着整个意大利北部以及驻扎在意大利的全部德军的命运。路易·帕里利男爵以前曾经担任过美国"凯尔温雷什"公司的贸易代表，他与美国的关系和交往在此地尽人皆知，当然他是一贯支持领袖墨索里尼政权的。而且呢，他的岳父还是一位黎巴嫩大富商、银行家，同英国和法国的资本家们过从甚密。齐多·兹米尔和路易·帕里利的谈话成为欧根·多尔曼抓住的把柄，他以此为借口，将齐多·兹米尔请到一个秘密的联络点，向他出示了所有收集到的对他不利的言论材料。"这些材料足够把您送上绞刑架了，"他对兹米尔说，"能拯救您的只有一条路，那就是老老实实地为德国的命运而奋斗。而在看不见的战线上，即外交战线上的斗争是非常之重要的。"总之，兹米尔已经同意为我们工作。

第二天，兹米尔就去见了路易·帕里利男爵，并且对他说，只有在意大利的党卫队领袖沃尔夫才能拯救北意大利，使其免遭共产主义的威胁，那些山区和城市里的武装游击队活动尤其凶猛。还说，沃尔夫要是能和同盟国一起行动，快速阻止他们是相当有把握的。路易·帕里利男爵在都灵、热那亚和米兰都有大量的财政利益，他怀着极大的兴趣听取了兹米尔的分析，并开始着手帮助我们与西方盟国建立这种我们所需要的关系。当然，兹米尔也向我呈送了有关此次谈话的报告，如此一来，整个行动从这一刻起，就有了形式上的保险，这场游戏是在党卫队的监督之下，为了元首和帝国的利益而与同盟国进行的周旋。

2月21日，路易·帕里利男爵出发去了苏黎世。他与自己的老相识马克斯·休斯曼联系上了。通过他的帮助，路易·帕里利男爵与瑞士情报机关的一位干将、少校万比尔取得了联系。万比尔少校表明，出于一个瑞士公民利己的私心，自己愿意帮助在党卫队和美国人之间建立联系：因为热那亚是众多瑞士公司使用已久的一个主要港口。意大利一旦落入共产主义的桎梏，瑞士的一众公司将蒙受重大损失。此外，我已经查明，万比尔少校是在德国接受的高等教育，曾经就读于巴塞尔大学和法兰克福大学两所大学。

在与路易·帕里利男爵的交谈中，万比尔少校说，应该持相当小心谨慎的态度来帮助党卫队建立联系，因为对他来说，这是冒了极大的风险的。他认为，这是破坏瑞士中立地位的行为，而目前俄国人的立场是非常强硬的，此机密行动一旦被泄密，就会迫使他的政府表明反对他的做法的态度，这会让所有的可能的后果都集中在他的身上，由他来承受。

帕里利男爵向万比尔少校保证说，除了俄国人和共产党人之外，再没有人对泄露这个秘密感兴趣。"至于我们中间，"他说，"我相信，没有一个人是共产党员，更没有俄国人，所以是完全不用为泄露消息而担心的。"

据万比尔所说，在与帕里利男爵晤谈之后的第二天，他就邀请了艾伦·杜勒斯及其助手格维尔尼茨共进午餐。"我有两个朋友，他们提出了一个非常有意思的想法，"他说，"如果您感兴趣的话，我可以介绍你们认识。"杜勒斯回答说，他想在他的助手先和他们见面之后，再来见万比尔的朋友。

帕里利男爵和格维尔尼茨的会谈如期进行了。我向您说起过，这个格维尔尼茨不是埃贡·格维尔尼茨的儿子，而是柏林大学经济学教授格尔哈特·冯·舒尔茨-格维尔尼茨的儿子。他在法兰克福大学通过了博士论文答辩之后就去了美国（我的看法是，有可能格维尔尼茨和万比尔以前在德国就有所交集，因为这两个人毕业于同一所大学），他在那里就职于纽约的国际投资银行，那个时候，艾伦·杜勒斯也是混迹于这些比较大的金融投资公司。

帕里利男爵在他们两个人会谈的时候，向对方提出了一个请求，即您是否准备和党卫队的联队长欧根·多尔曼就这个问题以及相关的一些具体问题进行一次晤谈呢？格维尔尼茨对此建议表示同意，但是，帕里利男爵看得出来，对他所提的这个建议，格维尔尼茨还是持有怀疑态度的，并不完全确信，不过这也是到情报部门工作的知识精英们的通病。

我授意欧根·多尔曼去了瑞士。他在那里的奇阿索湖畔与等待在此的帕里利男爵和马克斯·休斯曼会合。他们一起去了卢加诺的一家小餐厅坐下来倾谈。多尔曼按照我们事先统一好的口径向两位提出，"我们愿意与西方同盟国谈判，为的是将共产党在意大利北部建立政权的计划击溃。这个任务迫使我们要尽释前嫌，为明天，为未来着眼考虑，把我们以前的相互之间的裂痕和仇恨一笔勾销。我们要签署的和约将会是公正的和合理的"。

马克斯·休斯曼对此回答道，唯一可能的谈判内容就是德国的无条件投降。

"我不会背叛我的祖国，"多尔曼说，"在德国也没有任何人会这么做。"

然而，马克斯·休斯曼对"无条件投降"这个原则十分坚持，不过，他并没有因此中断晤谈。多尔曼坚持了强硬的反对立场，这是我们事先就已经确定好的会谈的总基调。

接下来，一名叫波尔·布鲁姆的官员参与了会谈，他是艾伦·杜勒斯的助手，他打断了马克斯·休斯曼的讲话。他直接转交给多尔曼一份意大利两名抵抗运动领导人的名单，即费里奇·帕里和乌斯米亚尼。目前这两个人都被监禁在我们的监狱里。他们并不是共产党员，没有加入共产党组织，由此我们可以做出结论：美国人也和我们一样，对意大利有可能受到共产主义的威胁而满腹忧虑。他们需要一些非共产党方面的抵抗运动中的英雄，以便必要的时候可以让这些人来组建一个忠于西方意识形态的政府。

"如果贵方能够将这两个领导人释放出狱，并将其妥善送至瑞士的话，"艾伦·杜勒斯的代表说，"我们之间的谈判就可以继续谈下去了。"

多尔曼回到我这里进行了汇报。我非常清楚，谈判已经开始了，否则他们提出释放两名意大利人的这一请求就无法解释。多尔曼还推测说，艾伦·杜勒斯肯定在期待我能赴瑞士面晤。因此，我去见了凯塞林元帅，和他进行了长达五个小时的谈话。我得出的结论是，元帅会同意体面地投降，不过他不会直接做出任何的保证，可能，这是因为在安全部门的代表人物面前放胆直言一向是被忌讳的。

仅过了一天，帕里利男爵就到加尔德湖畔的秘密联络地点拜访了我，并转达了艾伦·杜勒斯邀请我去苏黎世会谈的邀请。所以，我将于后天出行瑞士。假设1，如果这是一个圈套，我就公开声明，这是一个劫持事件；假设2，如果这是谈判的开始，那么，我就在返回大本营之后，立即写信向您汇报此行的一切详情。

您忠实的卡尔·沃尔夫

"佩加蒙"博物馆被英国空军的空袭炸毁，面目全非了，但是，普莱施列尔教授并没有同其他的研究人员一起撤退。他获得了准许，被批准留在柏林，成为罹难之后的图书馆残存之部分的留守人员。

施季里茨此刻就是到这里来找他的。

普莱施列尔教授对施季里茨的到来特别高兴，拉着他就去了地下室，把咖啡壶放到电炉子上开始煮咖啡。

"您在这里冻坏了吧？"

"完全冻透了。您说能有什么办法呢？我倒想知道，这年头谁不挨冻呢？"普莱施列尔教授如此说道。

"元首的地堡里可是烧得很热呢⋯⋯"

"那是肯定的啦⋯⋯领袖就应该住暖和的地方嘛。领袖日理万机，所虑所忧岂是我们俗人的庸碌所能比的吗？我们毕竟是这种人，每个人只想自己那点事，领袖可是要考虑全体德国人呢。"

施季里茨非常仔细地环顾了一下整个地下室的环境：发现这里没有一个孔洞，是没法子安装窃听器的，基本可以放心了。所以，他深吸了一口呛人的香烟，说道：

"行啦，您可得了吧，教授⋯⋯一个狂躁症患者将几百万人赶去前线当炮灰，自己呢，这个下流坏子，安坐在毫无危险的地方，和自己那帮子人一起看电影娱乐呢⋯⋯"

普莱施列尔教授的脸色一下子就变得煞白，施季里茨后悔说了这番话，也后悔到这里为自己的事情来麻烦这个不幸的老人家。

"不过，这怎么能说是我自己的事呢？"他心里想，"应该说，这根本就是他们德国人的事嘛，因此，是他也有份的事呀。"

"怎么啦？"施季里茨问道，"回答我呀⋯⋯您不同意我说的话吗？"

教授依旧沉默不语。

"是这样，"施季里茨说，"您的弟弟，是我的朋友，曾经帮助过我。您从来没有打听过我的职业，我呢，是党卫队的旗队长，在情报侦察部门任职。"

教授听闻此言，立即用双手捂住了自己的脸，就犹如有人出拳狠狠地给了他致命的一击一样。

"不可能！"他大声说，"再说一遍这是不可能的！我弟弟从来没有当过也不可能当过奸细！不可能的！"他的声音更高了，"不可能的！我不相信您说的话！"

"他不是奸细，"施季里茨回答道，"而我确实是在情报侦察部门工作。不过是为苏联的情报侦察部门工作……"

说话间，他将一封信递给普莱施列尔教授。这是他的弟弟临死前所写的一封信：

> 朋友，感谢你所做的一切。我从你的身上学到了很多东西。我学会了如何去爱，以及为了这种爱去仇恨那些给德国人民戴上奴役枷锁的人。
>
> 普莱施列尔

施季里茨收回这封信，并向教授解释说："他之所以写的比较隐晦，是担心盖世太保的检查。您自己也明白，这样写，无非是让他们理解成，给人民戴上奴役枷锁的是布尔什维克匪帮和美国的侵略者们。像您弟弟写的那样，我们必须仇恨的正是布尔什维克和美国人……这样理解，对吧？"

普莱施列尔教授深深地跌坐在一张巨人的扶手椅子里，沉默良久。

"我为您鼓掌，"他终于开口说话了，"我明白您的意思了……您可以完全信赖我的。但是，请恕我直言：只要用刑的皮鞭一抽打在我的肋骨上，我就会说出一切的。"

"这我知道，"施季里茨回答说，"您是愿意选择自己服毒自尽呢，还是在盖世太保那里走一回呢？"

"如果没有第三条路可走，"普莱施列尔教授脸上流露出豁出去了的微笑说，"我肯定是选择服毒这条路啦。"

"那我们就可以谈合作了，"施季里茨也笑了，"我们会合作愉快的……"

"要我做些什么呢？"

"什么也不做。先活下去。做好一切准备，随时去做那些必须完成的事情。"

1945 年 3 月 7 日（22 点 03 分）

"晚上好啊，神父，"施季里茨一边与神父打招呼，一边在自己进入屋子后快速地把门关好，"请原谅我深夜打搅。您已经睡下了？"

"晚上好。我睡下了，但您不用为此感到不安，请进来吧，我这就点上蜡烛。先请坐吧。"

"谢谢。坐到哪里比较好呢？"

"您随便坐好了。这里，靠近壁炉的地方要暖和一些。要不，您就坐这里吧？"

"坐到太热的地方，一走到寒冷的室外，会一下子就感冒的。最好一直保持一个差不多的温度。神父，一个月前有人在您这里住过吗？"

"是有个人在我这里住过。"

"他是谁呢？"

"我不太清楚。"

"您就不问一下他的来路吗？"

"没有问过，他请求在这里暂避，说当时处境艰难，我也没有办法拒绝啊。"

"好家伙，连您都开始脸不红心不跳地跟我编谎啦。他对您说，他是一位马克思主义者。您就把他当成共产党员，开始和他辩论起来了。神父，他可不是什么共产党员。他从来就没加入过共产党。他呀，就是我手下的一个侦探，是盖世太保派出来的奸细。"

"哎呀，原来如此……我就是像和一个普通人一样谈话、聊天。至于他到底是谁，是一名共产党员，或者是您手下的侦探，还是盖世太保派出来的奸细，这无关紧要吧。他恳求我帮助他摆脱困难的处境，我是真的没有办法拒绝他呀。"

"您是真的没有办法拒绝他呀，"施季里茨重复着神父的话，"对您来说，他是什么人，是共产党员，还是盖世太保派出来的奸细，是无关紧要的……重要的只是在于，他'是个普通人'而已，是个抽象的人。要是有一些具体的人被送上绞刑架，对您来说，就不是无关紧要了吧？"

"这是对的，对我来说至关重要……"

"那就说得再具体一些，如果要被送上绞刑架的是您的妹妹和她的孩子，这对您来说，是不是至关重要的呢？"

"这简直是骇人听闻的暴行！"

"刚才还说，站在您面前的是共产党还是盖世太保派出来的奸细，都是无关紧要的呢，您这个说法才是骇人听闻的暴行，"施季里茨边说边坐下来，"而且，您的这种说法残暴就残暴在它是自古流传至今的僵化教条，因此也就更加的可怕。您请坐下来听我说。您和我手下侦探的谈话都被录在磁带上了。不过，这可不是我干的，这是那个侦探干的。我不清楚他发生了什么事，他给我寄了一封莫名其妙的信件。至于录音带，我已经把它销毁了，别人不会听信他的空口无凭。因为他是我的侦探，别人不会过问他的事。至于您的妹妹，只要您已越过瑞士的边境线，她就会立即被逮捕的。"

"但是，我并没有打算越过瑞士的边境线啊。"

"您一定要越过瑞士的边境线，我会来设法保证您的妹妹的安全的。"

"您有三头六臂吗？您总是这样不停地变脸，令人捉摸不定，我怎么能够相信您呢？"

"神父，您是别无选择啊。哪怕是为了挽救您的亲人的生命，您也要去瑞士。您会去的吧？"

"好吧，我去好了，只要能挽救他们的性命。"

"您为什么连问也不问一下，让您去瑞士要干什么呢？如果我给您的任务是去那里炸掉路德派的教堂，您就会拒绝去瑞士了，对吧？"

"您显然是个聪明的人。您可能已经准确预判到，我能够胜任的工作是什么和我力所不及的工作是什么……"

"对。您怜悯德国吗？"

"我只怜悯德国人。"

"好。您是否认为，和平已经刻不容缓，和平才是德国人的出路？"

"这是德国的出路……"

"诡辩，神父，您这是在诡辩。这对于德国人，对于德国，对于全人类都是唯一的出路。我们必然灭亡，这并不可怕，我们已经活得够久，然后，我们还将衰朽下去。但是，孩子们，下一代呢？"

"请您说下去。"

"在瑞士的和平主义运动人士中有您的同道，您能找到谁来帮忙呢？"

"一个独裁政权竟然需要和平主义者吗？"

"不，独裁政权不需要和平主义者。需要和平主义者的是那些对当前局势有着清醒判断的人士，这些人认识到战争持续一天，就意味着更多的人会不断地死去，而且这种死亡是毫无意义的。"

"希特勒会同意举行谈判吗？"

"希特勒不会同意举行谈判。想进行谈判的另有其人。但是，此时谈论这个为时过早。首先，我要得到保证，您到那里之后，与您联系的人，必须是有一定的分量的，是举足轻重的人物。他们能够帮助您和西方强国的代表进行谈判。在这方面有谁能够帮得到您呢？"

神父就耸了耸肩：

"您觉得瑞士共和国总统这样的人物妥当吗？"

"不行，这是官方正式渠道。这未免不够慎重。我指的是在世界上有影响的宗教界人士。"

"所有的宗教界人士在世界上都有影响，"神父说道，但看到施季里茨的脸又抽动了一次，便马上补充说，"我在这方面有很多朋友。不过要我保证一定会做成某事未免天真，但是我觉得，要是我跟一些有影响的人就此问题进行讨论这还是能办得到的。比如说，布吕宁啦……可是，他们肯定会先问我，我是代表谁说话啊……"

"代表德国人，"施季里茨言简意赅地说，"如果他们问您，具体到底是什么人在打算进行谈判，您就可以反问一句，'西方具体由谁出面谈判呢？'当然这一切都将由我给您联络好的关系来进行……"

"通过什么？"神父一时没有明白过来。

施季里茨笑了一下，解释道：

"我们会进一步确定所有的细节。现在重要的是我们要达成原则上的协议。"

"怎么来保证我的妹妹和她的孩子不会被送上绞刑架呢？"

"是我把您从监狱里释放出来的吧？"

"是的。"

"您认为，我做到这些是轻而易举的吗？"

"我想，肯定不是的。"

"我手里掌握了您和盖世太保派出的奸细的谈话录音，您觉得我是不是能把您送进焚尸炉？"

"这是毫无疑问的。"

"这就是我对您的回答嘛。您的妹妹会安然无恙的，当然，只要您认为自己在德国人的命运和义务面前感到心忧天下，应该尽一切的义务。"

"您是在威胁我吗？"

"我是在警告您。如果您表现得不尽如人意，那么，我就不能做任何事来挽救您和您妹妹的生命。"

"您说的这一切应该何时进行呢？"

"很快。还有最后一件事：无论是谁向您问起我们之间的谈话……"

"我会保持缄默。"

"如果您被严刑拷打，您会透露此次谈话的内容吗？"

"我会保持缄默。"

"我是愿意相信您的……"

"我们两个人中谁冒的风险更大呢？"

"您说呢？"

"我看，冒了更大风险的是您啊。"

"没错。"

"您是心甘情愿地为德国人谋求和平吗？"

"是啊。"

"您是不久前才有为德国人谋求和平的这个想法吗？"

"这应该怎么对您说呢，"施季里茨回答道，"神父，我很难如实地把这个问题原原本本地回答清楚。而且我越是诚实地回答这个问题，您就越会觉得我是一个撒了弥天大谎的人。这是实在话。"

"那我的具体使命是什么呢？我既不会偷窃文件，又不会搞暗杀行动……"

"首先嘛，"施季里茨笑了起来，"学会这些用不了多长的时间的。其次，我也不会要求您学会搞暗杀行动。您就跟自己的朋友们说，希姆莱通过自己某一方面的代表（这些代表的名字我以后会告诉您）正在挑唆西方。您就这样解释给朋友听，即希姆莱派出的某人并不是想寻求和平，您要向自己的朋友证明，这个人是个挑拨离间的人，甚至在党卫队内部，他已经是一个无足轻重、没有什么威望的人。您要说明，和这样的人进行谈判不仅是愚蠢的，而且还十分的荒唐可笑。您要再三向他们重复这样的观点，即和党卫队、和希姆莱这样的机构和首脑谈判是极不明智的，应该和另一些人谈判才是正确的，这些人的名字一听就都是一些有识之士和有影响的重量级人物。但是，这是后话了。"

在离开神父之前，施季里茨问他：

190

"除了女佣，家里没有别人吧？"

"女佣也不在，她到乡下的亲戚家去了。"

"可以检查一下房子吗？"

"当然，请吧……"

施季里茨上了二楼，从窗帘后向外面张望：这个小城的中央林荫道在这里一览无遗，尽收眼底。林荫道上寂静无人。

半小时之后，施季里茨驱车来到了"墨西哥"酒馆，他约了和自己一起为"报复武器"保密工作协调的特工人员来此见面。施季里茨想让盖世太保的头子高兴一下，让他明天听一下两个人的谈话。这将是一个足智多谋的纳粹情报人员和一个博学多才的纳粹学者之间的饶有兴致的交谈：在盖世太保逮捕了原子物理学家隆戈之后，施季里茨就一直处心积虑地在想怎样来保护自己，不是随便想想就过去了，而是全面周到地考虑过这个问题。

1945 年 3 月 8 日（9 点 32 分）

"早上好，金夫人！情况怎么样？小孩还好吧？"

"谢谢，先生。现在孩子已经哭出声了，我也就放心了。我担心，因为我受伤了，会影响到孩子的嗓子和发音。医生给他做了检查，现在一切都正常。"

"感谢上帝！可怜的孩子！刚刚来到人世就遭这么大的难！他们来到的是一个可怕的世界！……我有新的消息要告诉您呢！"

"是好消息吗？"

"我们现在还有什么好消息，但对您来说应该是好一点的消息。"

"谢谢，"凯特点头，"我永远不会忘记您的好心的。"

"告诉我，您的头还疼吗？"

"已经好多了。至少头晕症状减轻了，头晕起来的恶心难受可真是折磨人啊。"

"这是脑震荡后遗症。"

"是的。要不是我这浓密的粗硬头发，孩子可能早就保不住了。最先落下来的横梁就砸在浓密的粗硬头发上了。"

"您的头发可不是浓密的粗硬头发啊。您有一头蓬松好看的头发。我第一次来访的时候，就觉得您的头发非常好看。您使用过什么特别的洗发剂吗？"

"是的，舅舅常从瑞典给我们邮寄伊朗指甲花洗发水和美国的名牌洗发香波。"

凯特已经完全清醒了。她在脑子里已经把这位"保险公司来的先生"问过她的问题都进行了整理。斯德哥尔摩有个舅舅的说法是很可靠的，并且是能经得起考验的。关于那个手提箱的事她想了好几个说辞。她知道，这个手提箱是最危险的问题，她今天应该避免提及此事，说起话来要像是一个病人。她决定视"保险公司侦探"的表现来行事。瑞典有个舅舅这个话题便于引起这个人的兴趣。这应看成是双方互相试探的引线。主要在于，凯特先发制人，先观察一下，这个人的表现如何。

"啊，说到您的舅舅，您有他在斯德哥尔摩的电话号码吗？"

"我丈夫是从来不往那里打电话的。"

她至今还不相信艾尔文已经不在人世了。她对此就是难以置信。在她刚听到此消息，悲痛欲绝，伤心地嚎啕大哭以及默默流泪时，一个年迈的卫生员对她说：

"亲爱的,你这样可不行啊。我也经历过儿子的死讯。大家曾认为,孩子准是已经死了,但他当时却是躺在战地医院里。现在,他已经回家了,再也不会去当兵了,就是只剩一条腿,活着是没问题了。"

凯特恨不能立刻就写便条给施季里茨,让他去打听艾尔文的情况,但是,她懂得,不管她怎么想和施季里茨取得联系,无论如何都不能这么做。所以,她迫使自己苦思冥想,如何才能巧妙地与施季里茨联系上,他会在军医院里找到艾尔文,一切都会好起来,等这一切都结束,等小孩子长大就会和艾尔文在莫斯科的街头漫步,在骄阳似火的秋天到来时,那里的碧空如洗,澄净如练,白桦树的叶子金黄灿烂,树干挺拔,洁白如云……

那个人还在继续自己的话头:"一旦医生允许您下床,公司就会帮助您与舅舅取得电话联系。您是知道的,这些瑞典人是中立国的,他们都很富有,帮助您也是舅舅应尽的义务啊。您给他打电话时,让他听听小孩的声音,他的心都会被触动。现在这样吧,我已经和公司的领导谈妥了,在查清您的保险金的总数额之前,由我们先支付给您一笔补助来应付开支,两天内就会办妥,但是我们需要两位担保人的签字。"

"谁的呢?"

"两个人的,只要能作保的就行……请您原谅我,我只是一个普通的办事员,请不必生气,只要两个能证实您的诚实的人就可以了,再一次请您正确理解我说的意思……"

"可是,有谁会愿意来当这样的保人呢?"

"难道您没有朋友吗?"

"这样的朋友吗?我没有这样的朋友。"

"那好吧。熟人您总还是有的吧？只要能够给我们证实，他过去认识您的丈夫就行。"

"现在认识。"凯特纠正他的说法。

"他还活着?！"

"是的。"

"他在哪里？他在这个医院出现过？"

凯特摇头，表示不是这样的。

"不，他在另一家医院。我坚信，他还活着。"

"我找过了。"

"所有的医院都找过了吗？"

"是的。"

"军队医院也找过了吗？"

"您为什么认为他有可能在军队医院呢？"

"他是残废军人……曾经是个军官……他当时昏过去了，有可能被人送进军队医院了……"

"现在我可不必为您担心了，"那个人笑了笑，"您的头脑很清楚，情况正在明显好转。请您现在就告诉我几个您丈夫的熟人的名字，我争取明天就说服他们来为您作保。"

凯特觉得自己的太阳穴开始嗡嗡作响了。每个新的问题的提出都伴随着太阳穴的嗡嗡的轰鸣，而且越来越响。就好像不是太阳穴在嗡嗡作响，而是某个巨大的铁锤的猛烈敲击产生的回音一样。但是，她十分清楚，这么多天以来，她一直沉默并极力逃避对此人提出的问题予以具体的回答，现在再不回应就可能满盘皆输了。她极力回忆起自己记住的那条目前已经被炸毁的街上的情况。有一位退役的将军努什帮艾尔文修理过收音机。他那时住在兰斯多尔夫的湖边，这个是准确的。就提他，让他们去找他好了。

"那您试着去找退役的将军弗兰茨·努什谈谈吧。他住在兰斯多尔夫的湖边，他是我丈夫的老熟人。愿上帝保佑，他至今仍能善意地对待我们。"

"弗兰茨·努什，"那个人一边重复这个名字，一边在自己的记事本上写下这个名字，"住在兰斯多尔夫。具体住在哪条街道您还记得吗？"

"想不起来了……"

"有可能问询处不会给我们将军的地址……"

"他年纪很大了。已经不在军队服役，估计有八十岁开外了……"

"他头脑还清楚吗？"

"什么？"

"没什么，没什么。我只是怕他有老年人的病痛而已。要是我说了算的话，我就下令把七十岁以上的从工作岗位上清除，统统送进老人专属区域。在这个世界上，老人皆祸害。"

"您怎么能这么说呢！将军是个好人……"

"好吧。还有谁呢？"

"再提一个科恩夫人？"凯特心下思忖，"也许，这是危险的。尽管我们只是在她那里停留过，但是当时我们随身携带着手提箱。如果把照片拿给她看的话，她有可能想起来的。说出她呢也没什么不合适的，因为她的丈夫是党卫队的一个少校……"

"您再试着和埃亨布伦尼克夫人联系一下吧。她住在波茨坦，她家的房子就在市政厅附近。"

"谢谢。这就可以啦。金夫人，我会尽力让这两位做您的保险担保人。还有一件事，你们住处的看门人从找到的一堆箱子里认出了你们的两个箱子。明天早上我会和他一起过来，我们在他和医生都在场的时候打开箱子，您可以整理一下，也许有些东西是用不着的啦，我会代您拿这些东西换点小孩的衣服来。"

"我明白了，"凯特心想，"他这是想让我今天就和朋友取得联系。"

"太感谢啦，"凯特说，"上帝会报答您的好心。上帝不会忘记您的仁慈……"

"不用客气……祝您早日康复，替我亲吻您的小男子汉。"

这个人离开医院之前，叫来一名卫生员，对她说：

"如果这个女病人请你们帮她打电话给什么人或请你们帮助转交任何信件，请立即打电话给我，在任何时间段，打到家里或者办公室都可以，都没有关系。记住是任何时间段里。"他重复了这个要求一遍，接着说，"如果有人来看她，就立即通知到这里，"他递给女卫生员一张写了电话号码的便笺，"这些人在三分钟之内就会赶到。你们只要找个借口拖住来人就行。"

施季里茨刚从自己的办公室出来，就看见走廊里有两个人提着艾尔文的箱子正好经过。他能从上千只箱子里认出这只皮箱，因为这里面装的正是那部电台。

施季里茨装着漫不经心的样子，不紧不慢地跟在这两个人的身后，听着他们愉快的谈话，说是要把这只箱子送到二级突击大队长罗尔夫的办公室去。

（摘自〔德国帝国保安局四处〕党卫队二级突击大队长罗尔夫个人档案：1940 年加入德国国家社会主义工人党；纯雅利安人。性格具有北方人特点，坚定果敢。与同事关系良好。忠于职守。对帝国的敌人毫不留情。优秀运动员。家庭和睦，无不正当关系。曾多次受到党卫队总司令的嘉奖……）

施季里茨就在那一瞬间，立即在进入二级突击大队长办公室和以后再说这两者间做出了决定。他当机立断，鼓起勇气敲了两下门，没有等到里面回应，就推门来到罗尔夫的跟前。

"你这是怎么啦？在准备撤退吗？"他含笑问道，他并不是有意这样说，而是见景生情，脑子里灵光闪现，脱口而出。

"不是啊，"罗尔夫回答，"这是一部电台。"

"你查获的？东西的主人在哪里呢？"

"物主是一个女人。这家的男主人完蛋了。女主人和新生的婴儿正躺在'夏里特'医院的隔离室里。"

"还有一个新生儿？"

"是的，这个混账女人的头部被砸伤了。"

"难办呢。这种情况下可怎么审问她呢？"

"在我看来，越是这样就越要快点审问她。不然的话，我们这里磨磨蹭蹭就是在浪费时间，没什么可等的。问题主要出在警察分局的一个十足的蠢货身上，他给这个女的看了所有箱子的照片，也包括这只箱子。还问这个女的，在这些箱子里发现自己的箱子没有。谢天谢地，她已经是逃不掉的了：她生了个孩子，孩子在婴儿部，那里任何人都不会放进去。我认为，她是不会扔下孩子跑掉的……总之，这件事是活见鬼了。我决定今天就把她弄到这里来。"

"言之有理,"施季里茨赞同说,"在医院那里设岗了吗?应该监视,她有可能与外界联系。"

"派了人。我们在那里安插了一个卫生员并将那里的警卫替换成了我们的人。"

"那还用把她弄到我们这里来吗?那就不会有人钻进圈套了。如果她突然要找外界联系呢?"

"我也正为此举棋不定呢。我担心她会清醒过来。你是了解这些俄国人的,整治这些人要乘其不备、出其不意才行……"

"为什么你这么肯定,她是个俄国人?"

"这就是整个事情败露的原因呢。这个女人在生孩子的时候用俄语大喊大叫来着……"

施季里茨也笑了一下,一边就朝门口走去,一边说道:

"那就应该更快地搞定她。不过,要是她开始寻求与外界联系了,那可就有好戏看了。你以为,他们的人现在就不会到各个医院里去四处搜寻她吗?"

"我们直到目前还没有这方面的情报……"

"我奉劝你,今天来研究一下这个可能性还不晚呐。祝你一切顺利,出师告捷。"已经走到门口的施季里茨又转过身来,"这个案子很有意思。主要是还不能操之过急。我建议你一下,不要向大领导汇报这个案情,不然,他们一知道此事,肯定会下个催命符一样让你们尽快结案。"

施季里茨已经伸手打开了门,却忽然一拍自己的脑门,笑了起来:

"我也成了一个忘性老大的糊涂虫了……我是到你这里来要一

片安眠药的，大家都知道，你有疗效奇佳的瑞典产安眠药。"

最后一句话总是会让人记忆犹新。开始进行必须的谈话固然重要，但是更重要的是必须掌握结束谈话的艺术。施季里茨现在就认为，要是有人问罗尔夫谁来找过他，为什么事来找他，他一定会回答说，施季里茨来找过他，找他的原因是为了跟他要疗效不错的瑞典产安眠药。尽人皆知，罗尔夫给机关里一半的人提供了安眠药，因为他的叔叔是一名药剂师。

……和罗尔夫谈话之后，施季里茨现在决定扮演一个怒火中烧的工作人员。他立即上楼找到舒伦堡，见面就说：

"旅队长，我最好说自己是个病人，我也确实病了，请同意我休假十天去疗养吧，不然的话，我可再也支撑不下去了……"

施季里茨在对情报部门的顶头上司说话时，有气无力，面色铁青。这不仅仅是因为他深知此事关系到凯特的命运，同时这也决定着他的命运。他清楚地知道，她被弄到这里之后将面临怎样的命运：如果被审讯五个小时之后，她要是还没有口供，那就会有人用手枪抵住新生儿的后脑勺，并声称要让母亲眼睁睁地看着他被枪杀掉。这是缪勒他们这伙人惯用的要挟犯人的手段：他们倒是还从未对一个婴儿的脑袋开过枪。这并不是他们有什么怜悯之心，缪勒手下的人能干出比这种事更为残忍的勾当。只不过他们也清楚地知道，这样一番折腾下来，任何一个母亲都会为之发疯的，整个行动计划也就只能草草收场。但是，得承认，这样的恐吓手段一般来说都很奏效。

施季里茨现在有气无力、面色铁青并不是因为他知道，一旦凯特供出他来，他将会遭受什么样的酷刑。一切都不过是他要扮演一个怒火中烧、愤懑难平的工作人员。一个真正的情报人员要和演员与作家有相同之处。只不过，如果演员的表演矫揉造作，会有被扔西红柿的危险，如果一个作家不说真话，胡编乱造，行文毫无逻辑，会受到读者轻蔑的讥讽，而一个情报人员要是伪装得不够巧妙，那可是性命攸关、一着不慎就可能导致满盘皆输的大事。

"怎么回事？"舒伦堡惊讶地问，"您这是怎么啦？"

"我认为，我们全都被缪勒蒙蔽了。上次就在弗里德里希大街上弄了个'尾巴'追自己人，简直丢人现眼，今天就更过分了，得寸进尺：他们说抓到了一个俄国的女谍报员，还带着一个发报频繁的电台。我搜寻这个电台快八个月了，可是在就要有结果的时候，案子却落到了罗尔夫手里。他懂什么呀，猫不懂代数，罗尔夫也不懂无线电呐！"

舒伦堡一听，伸手就去拿电话。

"没必要，"施季里茨阻止说，"您跟他们争论毫无必要。会闹得不可开交的，间谍与反间谍部门常见的互相倾轧毫无必要。所以不必跟他争。您现在就批准我去见这个女的，把她弄到咱们这里来，哪怕进行一次初审也好。也许，我是有点自信的，但是，我在审讯方面肯定比罗尔夫要强。然后再让罗尔夫去审这个女的就好了。对我来说，案子是最重要的，而不是什么立功表现的机会。"

"您去吧，"舒伦堡说，"我怎么也得给党卫队司令打个电话说一下。"

"您最好去面见他，"施季里茨说，"我不喜欢这种工作中扯不清楚的事。"

"您去吧，"舒伦堡颔首，"干您的事去吧。过后我们再来谈一下神父的事，我们明后天就需要把他派上用场。"

"我可不会分身法呦，哪能同时干两件事。"

"您是能办到的。间谍都是一样的，要么马上服软投降，招供出一切，要么就是宁死不屈，至死不开金口。像缪勒那帮人一上来就采取特殊措施大刑伺候是不行的，酷刑之下招供的人毕竟为数甚少啊。弄到之后接触几个小时就会大致清楚能不能有口供了。如果这位夫人一直保持缄默，那咱们就把她交给缪勒，让他们去碰这个硬钉子。如果她招供了，咱们就大功告成，这个巴伐利亚人就塌台了。"

舒伦堡愤懑的时候就这样称呼他的死对头，他最恨的人之一——盖世太保的首脑缪勒。

施季里茨在医院的急诊室出示了保安处的证章之后，就来到了凯特所在的病房。凯特一见到她，不禁睁大了眼睛，泪水夺眶而出。她朝着施季里茨欠过身来，施季里茨怕房间中装有窃听装置，赶紧说道：

"金夫人，您的身份已经被识破了，赶紧收拾一下吧，一个间谍要学会体面地认输。我知道，您还会矢口抵赖的，但是，这样做是愚蠢的。我们截获了您所发的四十份密电。现在给您拿衣服来，您请跟我走一趟吧。如果您和我们合作，我会保证您和您的孩子生命无虞。要是您抗拒不招供，那我可无法给您任何的保证。"

施季里茨等了一会，女卫生员就把凯特的衣服、大衣外套和鞋子都拿来了。凯特一副已经接受了施季里茨说法的样子，说：

"您先出去一会吧，我穿衣服。"

"不，我不出去，"施季里茨回答道，"我会转过身去，我还有话要跟您说，您要好好考虑，如何回答我。"

"我不会回答您的任何问题，"凯特说，"我没有什么要回答您的。我不明白，发生了什么事，我身体还很虚弱，我认为，这是一场误会，会弄清楚的。我丈夫是一名军官，他是伤残军人。"

凯特的心头涌上了一种奇异的喜悦之情。她见到了自己人，她相信，无论还有多么复杂的考验在前头，现在，处于最可怕的孤立无援的状态已经过去了。

"别再胡诌了，"施季里茨打断了她的话，"你们的电台已经落在了我们的手里，电文已经被截获并且破译，这就是无法抵赖的证据。我们对您的要求只有一个，那就是您必须和我们合作。我奉劝您，"施季里茨转过身来，面对凯特，用眼神和全部表情示意她，要仔细倾听他对她说的某种相当重要的内容，"您应同意我的建议，首先要把您知道的全部情况讲出来，甚至哪怕您知道的并不多；其次，您要接受我的劝告，在最近两三天之内，就要开始与我们一起工作。"

他十分清楚，那些最重要的话语他只能在走廊里说出来。但是，凯特只有在病房里把他的话听进去了才会理解他的用意。他只有两分钟的时间穿过走廊，刚才他在进入病房之前，就已经计算了一下时间。

卫生员把孩子抱了过来并说：

"孩子准备好了……"

施季里茨的胸口瞬间感到喘不过气来，这并不是因为他看到一个小小的新生儿就要被送去盖世太保那里，去坐监狱，到那个见不得人的地方去，而是因为这个卫生员，分明身为一个女人，也许还是一个母亲，却能在此时此刻用一种平静的嗓音，若无其事地说："孩子准备好了……"

"孩子太沉了，您抱不动，"卫生员说，"我来抱他上车吧。"

"不用了，"施季里茨说，"您去忙吧。让金夫人自己抱孩子。您去走廊看一看，最好走廊里不要有其他的病人在。"

卫生员出去了，施季里茨立即打开门，让凯特在前面先走。随即他挽着凯特的手臂，帮她抱好孩子，后来就把孩子抱在自己的怀里了，因为他发现凯特的手在颤抖。

"好姑娘，你听我说，"施季里茨嘴里还叼着一支香烟，开始对凯特说话了，"他们掌握了所有情况……你要仔细听我说，他们会让你给咱们自己人发送信息。你就跟他们讨价还价，讲条件，要他们做出各种保证，包括必须让孩子留在你的身边。你要以把孩子留在身边作为跟他们开展拉锯战的条件。他们会把我们的谈话全部录音的，所以到了我的办公室之后，要伪装得十分的逼真才行。你就说你不知道发报密码，因为我们的电文还没有被破译。就说译电员是艾尔文，你只是一个负责收发报的。剩下的所有事都由我来负责。你就说，艾尔文去过康特区和兰斯多尔夫与那里的间谍负责人见面。另外，你说，外交部的一位先生找过艾尔文，一会上车我给你看他的照片。他是外交部东方局的官员，名字叫海因茨·科尔涅。他一周前因车祸去世了。这是一个假线索。要搞清楚这个假线索，盖世太保至少得花上 10 天或者 15 天的时间。而目前一天的时间也是很重要的，很短的时间就能决定很多事情的走向……"

时间过了五个小时，罗尔夫向缪勒报告，俄国女谍报员从

"夏里特"医院失踪了。缪勒闻言气急败坏，大发雷霆。时间又过去了两个小时，这回给他打电话的是舒伦堡：

"晚上好哇，老朋友施季里茨给我们送了一份好礼。党卫队总司令已经为此案件的破获表示祝贺啦。"

当时施季里茨就坐在舒伦堡的办公室里，听着舒伦堡在那里拿着电话和缪勒扯闲篇儿。他心下千百次地问自己，他自己是否有权把与自己并肩作战的同志卡坚卡·科兹洛娃（化名凯特·金，曾用名银佳、阿娜贝尔），把她带到这里，带到监狱里来？是的，他当然可以带她坐上汽车，只要出示自己的证章，就能把她送到巴贝尔斯堡，然后给她找一所住宅，再给她弄到一套新的身份证件就行了。这就意味着，他虽然拯救了凯特的生命，可是国家情报中心的行动计划也就提前泡汤了，而这个行动计划可是与百万俄罗斯士兵的生死息息相关，这个计划有可能会影响欧洲未来局势的走向。施季里茨很清楚，从医院劫走凯特之后，整个盖世太保的人马都会倾巢出动，大肆搜捕。他也清楚，即使成功出逃，所有的线索肯定就会指向他本人：秘密警察局的徽章、汽车、外貌特征等等。如此一来，他就不得不转入地下状态。这就等于是身份暴露了。施季里茨很清楚，德国在战争中的局势至今已经是强弩之末，所以缪勒这伙刽子手将会更加残暴无情地对待所有被他们关押的犯人。所以他告诉凯特这样说，即让她先说出自己的处境：她丈夫死了，她如今与俄国的联系也就断了，今后无论出现什么情况，她都不愿意再落入过去"领导"的手中。这是一个备选方案，是怕万一凯特仍然要交给盖世太保而采取的措施。如果凯特能留在他这里，他就不必忧心忡忡了。他是可以把她安置到由党卫队进行安保的"秘密无线电台基站"，待必要时作

204

出妥善安排，适时地让凯特和孩子突然失踪，这样就任何人也找不到她了。然而这样的事是不会轻而易举就达成目标的。目前呢，尽管前线的局势相当的悲观，大量的难民因此涌入到德国的中心城市之中，盖世太保的工作却依然保持了有条不紊、秩序井然的风格：每两个人中就有一人会向他们报告自己邻居的动向，而这个邻居也会相应地提供告密者的信息。只有对党卫队和保安处的各机构一无所知的、天真幼稚的人才会认为当前的混乱状况中有畅行无阻、逃出生天的可能。

三个小时的时间里，缪勒一直在研究俄国女谍报员的初次提审材料。他核对了施季里茨提供的审讯录音内容和安装在党卫队旗队长冯·施季里茨办公室里电话插头处的窃听器的录音。

俄国女谍报员的回答与提问高度吻合。旗队长的提问的速度很快，记录匆忙，与录音并不完全一致，他和俄国女谍报员的说话有别于录音。

"这个施季里茨行啊，他工作起来还是有一套的嘛，"缪勒对罗尔夫说，"您听听这段……"

缪勒将磁带倒回来，施季里茨说话的声音传了出来：

"那些人所共知的道理我就不再重复说了，您也明白，莫斯科会把您的被捕看作是对您的判决。落入盖世太保之手的人只有死路一条。能从盖世太保那走出去的，那只能是叛徒，只有叛徒能生存。是这样的吧？这是其一。我不打算要求您供出那些并未遭到逮捕的间谍的名单，因为有无名单并不重要：那些人会拼命地到处搜寻您和电台，他们很快就会暴露并到我这里来报到的。此为其二；第三点：您要弄清楚，作为一个人，作为一名帝国军官，我对您眼下的处境不能不表示同情，我知道，如果我们不得不将您的孩子送往孤儿院，您作为一个母亲将会遭受何等巨大的痛苦。孩子将永远失去母亲。我需要您正确地理解我：我不是在威胁您，道理很简单，即使我不这样做，我的上司也会这样做，对那些没有看见您的怀里抱着一个新生婴儿的人来说，下个命令无疑是一件相当简单的事情。而我也不能不执行这样的命令：我只是一个士兵，我的祖国和您的国家交战正酣。最后，我们来说第四点。我们过去曾经缴获一批电影拷贝，是莫斯科电影制片厂在阿拉木图拍摄的。那里的德国人都被你们描绘成了傻瓜蠢蛋，把我们的组织机构都说成是疯人院。太可笑了，我们曾经打到了克里姆林宫的大门口……"

自然，缪勒是无法看到施季里茨是如何对凯特使眼色的，凯特瞬间就领会了施季里茨的用意，于是，她回答道：

"是啊，谁不知道这些事，但是红军部队现在到了柏林的大门口。"

"一点不错。我们的部队打到了克里姆林宫的大门口的时候，你们相信，你们有朝一日会打到柏林。同样啊，现在我们也确信，我们的部队会再度打回克里姆林宫。不过这不是我们要辩论的内容。现在，我要跟您说的是，我们的译电人员完全不是你们电影里所说的傻瓜蠢蛋，他们已经破译了你们不少的密码，并且他们完全可以取代您来完成一个谍报员的工作……"

施季里茨又一次向凯特使眼色，于是，凯特回答说：

"你们的译电人员并不掌握我的发报特点，我国的情报中心却是非常熟悉这一点的。"

"是的。但是，我们有您发报时候的录音磁带，我们可以轻而易举地让我们的人沿袭您的发报习惯。他完全可以取代您的工作。这将会使您彻底身败名裂。您的祖国不会饶恕您,这一点您和我是都知道的,也许,您比我会更清楚吧。如果您表现得明智一点,我会让您的领导认为您是完全无辜的。"他继续说道。

"这是不可能的。"凯特回答。

"您错了。这是有可能的。您被逮捕的信息不会出现在我们内部的任何文件上。您会与我的一些心慈面善的好朋友同住在一所住宅中,那里对您的女儿也很合适。"

"我生的是个男孩儿。"

"对不起。您以后遇到自己人要这么说,就是您的丈夫死了以后来过一个人找您,告诉了您接头的暗号。"

"我不知道接头暗号。"

"您知道接头暗号,"施季里茨固执地重复这句话,"您是知道接头暗号的,只不过我不会要求您立即说出这个接头暗号,在我们间谍行动中这是最最无关紧要的小事一桩,您就这么说好了,是这个告诉了您接头暗号的人,把您和孩子接到了这所房子里住,他还把发电密码告诉了您,让您往情报中心发报。如此一来,您就是完全无辜的了。在很多的戏剧和电影中,被俘的间谍都会被给予充分的考虑时间。我呢是不会给予您这种时间的,我就直接问您了:同意与我们合作还是不同意呢?"

……缪勒抬头朝罗尔夫看了一眼,评论道:

"只有一个地方弄错了,他把人家孩子的性别弄错了,把男孩子说成了女孩儿。除此之外,这场审讯可以说是炉火纯青,水到渠成。"

"……同意。"凯特用特别低的声音回答施季里茨的二选一问话，声音小得近乎耳语。

"我听不见……"施季里茨说。

"同意，"凯特重复说了一句，"同意！同意！同意！"

"现在听见了，这就什么都好办了。"施季里茨说，"请不要歇斯底里地大发脾气。您当初加入反对我们的工作行列时，就是清楚会发生什么事情的。"

"但是，我有一个条件。"凯特说。

"好，请您说吧。"

"我丈夫去世之后，包括我被捕之后，我和我祖国的一切联系就中断了。如果您能向我保证，以后我永远也不会再落入我以前的领导手里，我才为您工作……"

……眼下，凯特的生死命悬一线，而与鲍曼的见面由于并不明朗原因而中途搁下了。施季里茨此时迫切需要与莫斯科有所联系。他期望能得到一些帮助，哪怕是一两个人的名字，几个人的地址，即使他们与鲍曼没有直接联系，哪怕是远亲也好，哪怕那种联系只是某人之表兄娶了鲍曼的厨师的妹妹，而您只认识这某人表兄的外甥女也行啊……

施季里茨微微一笑：他觉得这种八杆子打不着的拐弯亲属关系可真是有趣。

要是期望苏联国家情报中心再派一名发报员过来，就必须等上一至两周的时间。而目前的形势容不得坐等支援：从各种迹象来判断，在几天之内，最多不超过一星期，就要解决这个案子。

施季里茨对目前的情况进行了推论，即鲍曼为什么没有能够如期赴约呢？第一，他没有能收到那封信函。信函被希姆莱的手下人截获了，这个可能性不大。施季里茨是在帝国党卫队总司令秘书处保密机要工作人员对所有邮件进行检查结束之后，才设法将自己那封信函和送交给鲍曼个人的函件放在一起的，如果从这些邮件中再窃走一封信，这是要冒相当大的风险的事情。第二，在回想并分析自己写的这封信的时候，施季里茨也觉得有几处不妥和错误，他的良好职业习惯使他常常受益匪浅：他勇于常常检查自己的行为、举止、言谈、书写，对可能出现的失误从来也不怨天尤人，而是立即找到摆脱困境的途径和方法，不掩耳盗铃式地逃避，不会心存侥幸地等待下去。他自认为，发出的这封信函不会对他本人构成任何的威胁，因为他是在空袭期间用收发室的打字机打出来的，但是，他还是认为，信函中表露的一个下属的忠诚有点过火，这对鲍曼这样在总部工作的大人物来说，未免缺少事实以及根据事实而来的相关细节性的建议。像鲍曼这样手握重权、身居要职的大人物，要想让其放下身段，来与下属谈事，那只有在他被告知，有一个事实到目前为止还无人知晓，从国家的角度看利益攸关，他要负责做出不受他人监督的重大决定并为此承担相应的责任的时候，才会有可能。但是，从另一方面看，施季里茨继续推断，对鲍曼来说，凡是能够让希姆莱身败名裂的任何哪怕是一星半点的材料都是重要的。（施季里茨很清楚，希姆莱和鲍曼之间的勾心斗角是因何缘起的。他只是还没找到这两个人明争暗斗呈愈演愈烈之势的关键答案。）最后，第三点，施季里茨理清楚了，他认为，鲍曼只不过是因为日理万机太忙而已，才未能如期赴约。而且，施季里茨知道，鲍曼过去只答应过两三次类似的会面请求。而每天党务方面和军队方面他要会面接见的这些国家机关层面的访客就多达二三十人。

"这件事做得有点幼稚，"施季里茨完成了自己的推论，"我的行动不仅有点盲目，而且不符合鲍曼这个人的工作习惯。"

刺耳的空袭警报声响了。施季里茨看了看手表：已经是晚上10点钟了。今天的晚霞血色如染，淡蓝色的寒云似水墨般暗淡，这预示着夜间天气将会极度严寒。"我的那些玫瑰花会被冻僵的，"施季里茨一边上楼梯，一边在心里想道，"看来，我把它们移植到室外有点操之过急啊。可是谁能想到严寒会一直持续这么长的时间呢。"

炸弹就在附近的不远处爆裂开来。施季里茨走出办公室，沿着空荡荡的走廊，朝着通往地下室的楼梯走过去。旁边就是机要通讯室（直拨电话主要的机房在地下室），他一下子停住了脚步。门上插着钥匙。

施季里茨眉头一蹙，淡定地环顾了一下四周：走廊里空无一人，所有人都去地下室躲空袭了。他用肩头推了推门，门没有开，他就用钥匙把门打开了。在所有的电话机中，有两台白色的电话特别显眼，这是与元首地堡和鲍曼办公厅以及戈培尔、施佩尔、凯特尔等人专线联系的直拨电话。

施季里茨又一次环顾了一下走廊，跟刚才一样，那里一个人也没有。这时候，连玻璃窗都在晃动，炸弹就在不远处爆炸。他的脑子里闪过一个念头：是不是要把门锁上。随即，他立刻走到电话机旁，迅速拨打了 12 - 00 - 54 这个号码。

"我是鲍曼。"他听到电话里传来了低沉然而富有感染力的声音。

"您收到我的信了吗？"施季里茨用伪装好的声音问道。

"您是谁？"

"您应该收到一封信，是呈送给您本人亲阅的。是一个忠诚于党的事业的党员所写。"

"是的，我收到了。您好，您在什么地方？啊，是的，明白了。我的汽车牌号是……"

"我知道，"施季里茨打断了鲍曼的话，"谁负责开车过来？"

"这重要吗？"

"当然重要。您的司机中有一个是……"

"这我知道……"这次是鲍曼打断了他的话。

他们互相清楚各自的底细，心照不宣：鲍曼心下明白，这个人（施季里茨）知道有人在窃听他的电话（这就证明了这个跟他通话的人知道帝国最上层的秘密）；施季里茨呢，同样也得出了一个结论，即鲍曼理解了他想说还没有说出口的话（他的司机中有一个人是盖世太保的密探），所以，他认为这次谈话很顺利。

"在我们约好的地方，就在您原来确定过的时间，会有人等着您的，明天吧。"

"就现在吧，"施季里茨当机立断，"过半个小时之后。"

1945 年 3 月 8 日（22 点 32 分）

过了半个小时之后，在自然博物馆旁，施季里茨看见了一辆"迈巴赫"牌装甲汽车。在确信无人盯梢之后，施季里茨从车旁走过，他瞥见鲍曼端坐在车后座上。他又转身回来，打开车门，说道：

"鲍曼同志，感谢您给予我的信任……"

鲍曼无言地握了握施季里茨伸过来的手。

"开车吧，"他吩咐司机，"去万泽。"

"我在哪里见到过您吧？"鲍曼仔细端详了一会施季里茨，说，"喂，去掉您的伪装吧……"

施季里茨摘下眼镜，把帽子向前额上推了推。

"我肯定是在哪里见过您。"鲍曼又说了一遍这句话。

"没错儿，"施季里茨回答，"在我被授予十字勋章的时候，您曾对我说过，我的脸长得像是数学教授，而不像是一个特工人员……"

"现在，正好相反啦，您的脸正好是一张特工人员的脸啦，不像是数学教授了……"鲍曼开了一下玩笑，"好吧，到底是发生了什么事。您就讲出来吧。"

……帝国保安局和鲍曼之间的联系电话一整夜没有响起过。所以，第二天的早上，当一份窃听来的材料放在希姆莱的办公桌上的时候，他着实大吃一惊，随即勃然大怒，等冷静了一下之后，却惊惧不已，他打电话叫来了缪勒并要求他立即解释清楚这件事的来龙去脉——必须人不知鬼不觉地查清楚——是何许人，在昨天夜里，使用政府通讯室专线电话与位于国家社会主义工人党总部的鲍曼通过电话。

在一整天的时间里，缪勒也没能获取什么确切有用的材料。直到当天的傍晚，一份留有指纹的材料送到了他的办公桌上，这是一个身份不明的人，当时在给鲍曼打电话时在话筒上留下的。使缪勒震惊的是，根据已有资料记录，相同的指纹盖世太保几天前就已经发现了，它们出现的位置是在俄国女谍报员使用过的电台上。

鲍曼的司机在值班结束回家的路上被逮捕了。他以前就拒绝成为党卫队的情报人员，这一点是得到过鲍曼的核准的。审讯的三个小时里，他一个字也没有吐露出来，只是要求与鲍曼交谈。在一番威逼利诱和恐吓之后，他供认说，有一个陌生人坐到他们的汽车里。有关他和鲍曼之间谈话的内容，他无法提供，因为谈话是在厚厚的防弹玻璃后面的后排座位上进行的，与司机的前排座位是隔离开的。司机用语言描绘了这个陌生人的长相，他说，这个人帽檐压得很低，遮住了前额，戴了一副宽边的角质眼镜，嘴唇上蓄着灰白色的胡须。审讯者给他拿来了 200 多人的照片，其中也有施季里茨的照片。但是，第一，施季里茨没有蓄须，毕竟这东西必要时贴上去，不用时随时取下来是很方便的；第二，审讯者所提供的施季里茨的照片是五年前的，比较久远，在战争期间，五年间人们的相貌会有相当剧烈的变化，难以辨认也是常有的事。

希姆莱在得到缪勒关于正在进行中的调查的汇报之后，批准了他的建议，即同意在单位内部收集全体工作人员的指纹。

缪勒还同时建议除掉鲍曼的司机，办法是在司机自己的家附近伪装一起车祸的假象，看起来是因偶然的撞车而身亡。一开始，希姆莱是想批准这个看起来也很有必要的措施，但是，后来他改变了这个想法。因为他不再信任任何人了——这当然也包括缪勒在内。

"这件事您就自己考虑怎么做吧，"他如是说，"要不，干脆就直接把他放了？"他就这样用一句巧妙地反问，等着缪勒那不言而喻的回答。

"这是不可能的了，审问他的时候涉及的问题太多太深了。"

这回答正中帝国党卫队总司令的下怀。

"这我就不知道了，"他皱了皱眉说，"司机嘛，是个还算诚实的人，而我们是不惩罚好人的……您自己想个办法吧……"

缪勒从希姆莱的办公室走出来，心里忿忿不平：他明白了，希姆莱这个帝国党卫队总司令是害怕鲍曼，是想让他缪勒当个替死鬼。不，我才不干呢，他暗自决定，我也得留一手。让这个倒霉司机活着吧。他就是我的一张王牌。

希姆莱在和缪勒谈话之后，叫来了奥托·斯科尔采尼。

希姆莱很清楚，和鲍曼的缠斗进入了最后的、白热化的决战阶段。如果鲍曼获得了党卫队内部某个不知名的背叛者的帮助并弄到了足以致希姆莱身败名裂乃至死命的黑材料，那么他就必须先发制人，用这次审讯得来的材料针锋相对予以反击。在政治斗争的尔虞我诈中，只有充分掌握情报和拥有实力才能与对手势均力敌。任何地方也没有像党卫队的铁皮保险柜里那样收藏着丰富的各种材料。鲍曼他就靠人去斗争吧，而他希姆莱将利用一切可用的档案材料，因为材料比人可靠多了，并随着时间的流逝，它们比人更可怕……

"我需要鲍曼的档案材料。"他说，"斯科尔采尼，您明白我需要的是什么吧？"

"明白。"

"这比劫持墨索里尼还难啊。"

"我想是的。"

"不过，这是能办到的吧？"

"我不知道。"

"斯科尔采尼，我不满意这样的回答。鲍曼在最近几天要疏散

214

档案，您的任务是：搞清这些档案将运往何处以及何人负责护送。舒伦堡会为您提供帮助的——不要公开地干，要暗地里通过咨询的方式来获取信息。"

1945 年 3 月 10 日（19 点 58 分）

施季里茨乘坐夜间快车来到了瑞士边境，他此行的目的是为了"准备好一个便于越境的窗口"。他和舒伦堡已有共识，即让神父公开地越过边境，会使所有事情有违初衷，一旦这件事被张扬开来，就会相当难堪。因为整个行动都是避开盖世太保来操作的。等到施拉格神父做成这件事之后，对其予以"揭露"的正是施季里茨——这是舒伦堡的如意算盘。

在舒伦堡的授意下，施季里茨在这几天里一直为神父物色一些适合密谋策划的"人选"——主要是从外交部和空军司令部中挑选。在这些机关单位中，施季里茨挑选的都是一些甘于为纳粹卖命的死忠派人士。施季里茨特别满意的是，这些人都曾经被盖世太保招募去当过一段时间的特工人员。

"这很好，"舒伦堡很赞同这种做法，"这样做非常巧妙。"

施季里茨不解地用满脸疑问的表情看了舒伦堡一眼。

"我的意思是，"舒伦堡解释说，"这样一来，我们就可以让那些背着我们和西方盟国妄图偷偷媾和的人声名狼藉。要知道，西方对待我们这个部门和盖世太保那是有明显的区别的。"

这趟夜间特别快车和其他的火车是有所不同的，它跟战前的火车是一样舒适的：在每节车厢的不大的包厢里，正宗的真皮带子会发出嘎吱嘎吱的声响，铜质的烟灰缸发出暗淡的光亮，列车员为所有乘客分送浓咖啡,实际上,只有外交人员才有资格乘坐这列行驶在斯堪的纳维亚—瑞士走廊上的火车。

施季里茨的包厢号是 74 号。后一节车厢的 56 号包厢里坐着一位脸色苍白的瑞典教授,他的姓氏又长又别扭,完全是斯堪的纳维亚血统。他们两人以及一位伤愈之后行将返回意大利的将军是这两节国际车厢中仅有的乘客。

将军来到施季里茨的包厢,问道:

"您是德国人?"

"唉。"施季里茨叹了口气算作回答。

施季里茨有时会开一些玩笑,这也是经领导许可的。反间活动有时候需要说一些无伤大雅的玩笑话。如果对方听了没有跑到盖世太保那里去告密,那么就可以考虑今后对此人进一步的考察。这个问题曾经在盖世太保内部引起过争论:是当场制止不太体面的谈话,还是任其发泄怨气?施季里茨认为,对帝国即使是很微小的危害,对他的祖国来说也会带来重大的利益,因此,他是千方百计地支持那些主张挑拨离间观点的人。

"为什么唉声叹气呢?"

"因为没有给我送第二杯咖啡。持外国护照的人有求必应:他们提出来,才会有人送好咖啡来。"

"是吗?他们倒是给我送了第二杯咖啡。我有白兰地,想喝一杯吗?"

"谢谢。白兰地我倒是有。"

"不过,您也许没有腌猪油。"

"我有呢。"

"这么说,我和您的供应标准相同啦。"将军一边说道,一边看着施季里茨从皮包里往外掏东西。"您的职衔怎么称呼呢？"

"我是外交官。外交部三局的参赞。"

"你们可是招人厌恶的一帮家伙！"将军一屁股坐到小盥洗池旁的扶手椅子上，"你们是一切灾难的罪魁祸首。"

"为什么？"

"因为你们制定的外交政策呗，因为你们的政策才造成了两条战线作战的局面。干吧！"

"干杯！您是梅克伦堡人？"

"对，您是怎么知道的？"

"根据您说的这个'干'字猜到的。所有的北方人才喜欢说一个简略的'干'字。"

将军笑了。

"没错，是这样的，"他说，"您听我说，我是不是可能昨天在航空部见到您了呢？"

施季里茨立即浑身一紧：他昨天是领了施拉格神父到航空部去过，这是为了接近戈林周围的人，以便建立起"联系"。也就是说，他们的整个行动计划一旦成功，就必须吸收盖世太保的人员参加进来——舒伦堡认为那样才能查清整个阴谋的"底细"，所以，神父必须在航空部、空军以及外交部留下一些"蛛丝马迹"。

"不，"施季里茨一边往杯子里斟白兰地酒，一边在心里快速思考，"这位将军不可能见到我。当时我坐在汽车里，周围并没有人经过。缪勒也不可能派一位将军来盯梢我的，这不符合他平时的一贯做派，他的工作作风比较简单粗暴。"

"我没有去过那里。"施季里茨嘴上回答，"我的长相实在是奇怪，任何人都说在什么地方见过我。"

"您的长相就像某种模具一样，"将军解释说，"会跟许多人撞脸。"

"您说这是好还是不好呢？"

"对搞情报工作的间谍来说，也许很好呃，可是对你们外交官来说，就不见得有多好了。你们可需要有让人过目不忘的长相哦。"

"那要是军人呢？"

"目前来看军人只需要一双壮实、有劲的双腿，以便及时跑掉。"

"您跟一个素不相识的人说这种话不感到害怕吗？"

"因为您并不知道我的姓名呀……"

"要弄清楚您的姓名可是轻而易举的事情，知道吗，您可是有一副让人过目难忘的长相。"

"是吗？见鬼，我一直认为我的长相是最标准的那种呢。等您写好我的黑材料去告密，等秘密警察找到第二证人，早就时过境迁了，一切也就无所谓了。因为一切都完蛋了。将我们置于被告席上的不会是这些人啦，而是另有其人呐。而首先受到审判的将是你们这些外交官呃。"

"是你们杀人放火，是你们毁灭生命，是你们杀害无辜，审判的却是——我们？"

"我们是在执行命令。党卫队才没事烧杀抢掠呢。我们是在打仗。"

"怎么您发明了一种特别的打仗方式吗——从不烧杀抢掠、不打死人吗？"

"总之，无论如何战争是必要的。当然不是这种愚蠢的战争。这场战争是对战争一知半解的人指挥的闹剧。他认定了，战争可以靠灵感、靠拍脑门子来进行。只有他一个人知道，我们所有人需要做什么。只有他一个人爱伟大的德国，而我们所有人的想法呢，只是考虑怎样把德国出卖给布尔什维克和美国人……"

"干杯……"

"干！国家就好比人一样。喜动不喜静的，静止就是停止不前。国界会让一个国家窒息。它需要运动——这是一条公理。运动——就是战争嘛。如果你们这些可恶的外交官再来把水搅浑，就应该把你们统统消灭掉，一个也别剩下。"

"我们在执行命令。我们和您一样也是士兵……元首的士兵。"

"得了，您可别伪装自己了。还'元首的士兵'，"将军学着施季里茨说话的腔调重复道，"您活像一名偷了将军靴子的低级军官……"

"将军，跟您谈话我感到害怕……"

"不用撒谎。现在整个德国都跟我说的一样……起码大家都是与我想的一样。"

"那希特勒青年冲锋队的年轻人呢？当他们奋不顾身地冲向俄国坦克的时候，他们也是这么想的吗？当他们高喊着'希特勒万岁'赴死的时候，也是这样想的吗……"

"狂热不会带来最终的胜利结局。狂热只会在最初的时候获得胜利。他们永远不可能保持住胜利，因为狂热分子会对自己感到厌倦。干！"

"干……既然如此，您为什么不发动自己所领导的一个师……"

"是一个军……"

"那更厉害了。为什么您不带着自己整个军的人马一起投降当俘虏呢？"

"那样的话，家人怎么办？司令部里的狂热分子怎么办？那些胆小鬼怎么办？他们只相信神话一样的胜利，就是觉得打仗比向同盟国阵营投降要容易多了！"

"您可以下命令嘛。"

"命令一下达就会有死亡。下一个让大家都为了活着去向敌人投降的命令可是闻所未闻。我可还没有学会下达这样的命令。"

"那如果您要是接到这样的命令，该怎么办呢？"

"谁会下这样的命令？那个神经衰弱的智障？他会把我们大家都一起拖进坟墓。"

"如果要是凯特尔元帅下命令呢？"

"他是屁股决定脑袋。他呢，充其量是个秘书跟班，而不是军人。"

"好吧……要是在意大利的指挥官、您的总司令下命令……"

"您说凯塞林？"

"对呀。"

"他才不会发布这样的命令呢。"

"为什么呢？"

"因为他是在戈林的司令部开始飞黄腾达的。在领袖手下开始工作生涯的人，其主动性早已经丧失了，他确有精明强干的，足智多谋的一面，但是，他没有了独立做决定的能力。在作出决定性的这一步之前，他一定会飞回国去找那头被阉割了的猪。"

"找谁？"

"那头被阉割了的猪，"将军直言不讳地重复说道，"就是找戈林。"

"您确信凯塞林在没有得到戈林的批准的情况下，是不可能被说服采取这种行动吗？"

"要不是确信无疑，我就不会这么说了。"

"您对未来的前景丧失了信心？"

"我对未来的前景充满信心。对我们即将灭亡的未来的前景充满信心。我们所有人，毫无例外……会一起灭亡。大家一起灭亡，这并不可怕……相信我。我们的死亡将会是毁灭性的，以至于它将在以后的世世代代不幸的德国人心中引起无限的伤痛……"

在边境车站，施季里茨走出了车厢，将军从他身边走过时，垂下眼帘，举手向他致党礼。

"希特勒万岁！"他大声说这句致意的词。

"希特勒万岁！"施季里茨回礼时说，"祝您走运，彻底击溃敌人。"

将军惶恐不安看着施季里茨：看来他自知昨夜酩酊大醉，酒后失言了。

"谢谢祝福，"他仍然用刚才那种声音大声说出来，想必是想让旁边的列车员有所耳闻，"我们将把敌人打得落花流水，望风而逃。"

"这一点我不怀疑。"施季里茨回答说，然后就缓步走向站台。

在两节车厢里，只剩下了瑞典教授这一位乘客，他是离开德国，去往寂静而安宁的、自由而中立的国度瑞士，施季里茨在站台上来回不紧不慢地踱着方步，直到边境和海关的例行检查结束，火车已经徐徐开动，他才目不转睛地看着紧贴在列车窗口的瑞典教授，目送他远行。

这位瑞典教授就是普莱施列尔教授。他带着给莫斯科的密码情报来到伯尔尼，其内容中包括：已经完成的工作，舒伦堡布置的任务，和鲍曼的接触以及凯特的暴露及被捕情况。在这份给上级的汇报中，施季里茨请求上级再派遣通讯联络员，并将他能够与之联系的时间、地点、方式尽可能地告知对方。同时，施季里茨也要求普莱施列尔教授将发往斯德哥尔摩的电文记熟并背下来。电报文字表面看不出什么问题，但是接收这份电文的人会迫不及待地将内容转发到莫斯科的国家情报中心。在那里这份电报的内容会被破译为：

希姆莱正在通过沃尔夫在伯尔尼和杜勒斯开始媾和谈判。

尤斯塔斯

火车开走了，施季里茨如释重负地松了一口气，随即他去了当地的边防检查站，要了一辆车驱车赶到山中的哨所：很快施拉格神父就要从这个地方"非法"越境潜入瑞士活动。

情整分析材料（杜勒斯）

舒伦堡安插在杜勒斯家做厨娘的特工人员发回了报告说：梵蒂冈驻瑞士的代表诺雷利神父来拜访了她所"监护的主人"。这两个城府颇深的人之间的谈话被她一字不漏地记录下来了。

"全世界都在诅咒希特勒，"杜勒斯抽着烟斗说道，"这不仅仅是因为玛伊达内克和奥斯维辛集中营的焚尸炉，也不完全是因为他死硬的反犹太主义的政策……在俄国的全部历史中，甚至在非常有成效的民主改革后的一段时期里，也从没有像这次战争这几年里如此飞速的发展。他们在乌拉尔和西伯利亚建立起来大量的工厂，拥有了极高的产能。希特勒使得俄国和美国互相拥抱。俄国人将利用德国的战争赔款来恢复西部各地区被破坏的工业，斯大林指望从德国获得约 200 亿美元，从而足够使其工业潜力增加一倍。到那时候，俄国的威力和进攻力量将占据欧洲的首位。"

"这么说来，"神父问，"没有别的出路了？就是说，再过五六年布尔什维克就会强迫我为斯大林做弥撒了？"

"怎么对您说呢……总之，他们当然是会这么做的。要是我们像待宰的羔羊一样温顺，他们就会迫使我们去做的。我们要把希望寄托在俄国民族主义的发展上，到那时他们自身就会四分五裂地解体……但是，不能轻举妄动、做蠢事。如果以前斯大林在乌克兰拥有冶金工业，而东部地区却几乎没有，如果从前乌克兰要用自己的麦子供养全国的话，那如今一切都变了。构成民族主义的基础只能是人民中的某些利益集团，历来如此，这些集团和他们所从事的事业，用马克思主义的术语来说，都是与生产紧密联系的。我独自生产一种产品，我的心情是一种样子，可是竞争者一旦出现，心态就会完全变了。在我们的制度条件下，竞争是有生机和活力的。而在斯大林的体制条件下，竞争只会伤害到人们。派遣一些破坏者到未来的俄国去炸毁他们的工厂，这是既荒唐又可笑的想法呀。要是我们的宣传工作能够准确无误并且论据充分地向俄国各民族人民证明，他们的每一个民族都能够独立存在，并且他们应该能够使用自己的语言交谈，这将会是我们的胜利，俄国人对此种胜利束手无策，他们没有回天之力。"

"我那些梵蒂冈的朋友们都认为，经过这几年战争的锻炼，俄国人学会了灵活性，无论在思想上还是在行动上，和以往有所不同。"

"您知道吗，"杜勒斯又装满了一斗烟，接着说道，"我现在正在读许多俄国作家的作品，其中有普希金、萨尔蒂科夫①、陀思妥耶夫斯基……我对不懂他们的语言非常自责：因为读起来才知道，俄国文学是最令人震惊的文学。我这里指的是他们十九世纪的文学。我自己总结出的结论是，俄国人的性格特征是这样的：相对于建立为未来冒险的模式，他们更愿意回顾过去时日的理想典范。我认为，他们将来会指望俄国的农业阶级，奢望'土地会治愈他们的一切创伤'和以此来团结一切力量。那样的话，他们就会与整个时代脱节，并有所冲突。而想摆脱这种冲突的途径则完全不存在。技术发展的水平完全与之背道而驰。"

"这倒是很有意思，"神父说，"不过，我很担心，您得出了这样的思想论断是把自己凌驾于俄国人之上了，而不是和他们站在一起……"

"您是在号召我加入联共（布）的组织队伍吗？"杜勒斯微微一笑，"他们不会吸收我这个档案不干净、且有亲属在国外的人入党的……"

---

① 即萨尔蒂科夫-谢德林（1826—1889）：杰出的俄国现实主义作家，主要作品为《戈洛夫廖夫老爷们》。

1945 年 3 月 11 日 (16 点 03 分)

　　施季里茨在边境哨所办完了所有该办的事情。这都取决于那里负责的中尉是一个性格随和、招人喜欢的年轻人。一开始施季里茨对他这样随和还有点吃惊呢：一般来说，边防军人是相当傲慢的，就好比上个世纪的大学里的高年级学生一样目中无人。不过，稍加思考，施季里茨就弄明白了这其中的原因。在与中立国接壤的边境高山中的生活是不同的，每天都是皓月当空，白雪覆盖，四周无人，倒也像世外桃源，因为没有空袭的轰炸、城市里的饥馑，看不到战斗后的废墟，仿佛与世隔绝。这种生活迫使负责该地区指挥事务的中尉以及其他边防军官总是讨好每一位来自中央总部的来访者。边境管理者的讨好和过分殷勤使施季里茨得出了重要结论，即边境已经不再是难以通行的地区了。

　　施季里茨因此想道，如果能从这里直接和舒伦堡联系上，请他指示某位情报机关他所信任的工作人员把神父直接带到这里的哨所来就好了。但是，他也明白，任何一个打到柏林的电话都会被缪勒的情报部门录音并记录下来，舒伦堡的败露和他所托付给神父的使命成为泡影，将是施季里茨手中的一张制胜的王牌。时机一到，他就要证明给鲍曼看这个绝密的情况，用照片、录音材料、地址、秘密接头暗号和神父的报告，以此来揭露谈判，并非是假谈判，而是那个卡尔·沃尔夫将军在瑞士进行的真正的企图媾和的谈判。

　　施季里茨确定了将施拉格神父送出国境的地点，这地方是一片小山谷，上面满是新生代的针叶林，他仔细询问了对面一眼就能望得到的瑞士境内小旅馆的店名，也把店主人的名字以及对面城里等出租车所需要的时间都打听好了。他还顺便弄清楚了山谷外的平原上一家旅店的准确地点，以便神父用编造的假履历来说明他是因为从平原滑雪进山时在山谷中迷路所致出境。神父在伯尔尼和洛桑两市都有朋友，时机成熟，神父会寄出一张带有洛桑城内湖岸风景的明信片，这就表明，会谈前的准备工作已经就绪，各方联系均已建立，正式的会谈可以进行了。最初舒伦堡是反对施季里茨拟制的这个计划的。

"太简单了，"舒伦堡说，"这一切执行起来可太没有难度了。"

"他只能这样做的，别的办法也没有。"施季里茨回答他说，"对神父来说最好的谎言就是绝对的真理。否则，他会把一切搞乱，他会被警察盯上的。"

施季里茨回到自己在巴贝尔斯堡的住所时已经很晚了。他打开了房门，伸手去摸电灯的开关，但他听见一个熟悉的声音压低了嗓门说：

"不要开灯。"

"这是霍尔托夫，"施季里茨明白了，"他怎么会到这里来？一定是发生了什么事情，而且是很重要的事情……"

普莱施列尔教授先是把电报发往斯德哥尔摩，然后在伯尔尼的一间小旅馆里订了一个房间。他到房间洗澡并整理好自己之后，就下楼来到餐厅，也不知为什么，百感交集地看了半天菜单。他把目光从"火腿"这个词挪到标有价格的一栏，然后又看"大龙虾"，再移到价格一栏，他就一直在研究这张泛着淡蓝光泽的蜡纸，过了一会，突如其来地笑出了声，说：

"希特勒是个混蛋玩意儿！"

整个餐厅只有他一位顾客，厨房的厨师正在叮叮当当地上灶炒菜，煮沸的牛奶飘出了奶香味，新鲜的面包的麦香味也散发开来。

普莱施列尔教授又骂了一遍，而且声音还大了起来：

"希特勒是个混蛋玩意儿！"

大概是有人听到了他的骂声，一个面色红润的年轻侍者走了过来。他走路的步伐很轻盈，脸上挂着盈盈的笑容。

"先生，您好！"

"希特勒是只贱狗！"普莱施列尔教授大声喊起来了，"不是人，是混蛋！是下贱的畜生！"

他无法控制自己的意识，歇斯底里地发作起来了。

一开始，那年轻侍者以为他在开玩笑，所以还陪着笑脸，后来一看大事不妙，就立即跑向了厨房，厨师开始向外张望。

"要不要给医院打个电话呢？"那年轻侍者问道。

"你疯了吗？"厨师说，"一打电话救护车就会立即开到这里来，马上就会谣言满天飞，说我们餐厅里有人食物中毒了。"

过了一个小时之后，普莱施列尔教授退房离开了这家小旅馆，住进了湖岸边上的一家膳宿公寓。他也知道，在这次突然的无法自控的歇斯底里发作之后，再继续住在那家旅馆是不太合适的了。

一开始呢，他也因为自己歇斯底里的发作心下害怕。后来他又觉得心里轻松了不少。他在街道上散步，还四下张望：他担心身后会像以前那样响起汽车急刹的刺耳声音，然后几个恶狠狠的坏蛋就会抓住他的双臂反剪过去，把他带往地下室，开始严刑拷打他，因为他竟胆大包天，胆敢侮辱伟大的元首。但是，现在他就走在街上，并没有任何的什么人注意到他。他在书报亭买了几份英文和法文的报纸，这些报纸的头版头条都是讽刺希特勒和戈林的漫画。他无声地笑了起来，但随即就感到了害怕，十分担心自己的歇斯底里症再度发作。

"我的上帝呀。"他突然醒悟过来，"难道那所有的噩梦都过去了吗？"

施季里茨给了普莱施列尔教授一个秘密接头地址，现在教授就按照这个地址，沿着空旷的大街往接头的公寓走去。教授边走边回头张望，几次之后，都出乎自己的意料，他就突然跳起了华尔兹舞。他小声哼唱着一支古老的华尔兹舞曲的调子，轻柔而沉醉地旋转着身姿，按照传统的舞步，脚尖轻擦着地面，就像本世纪初期那些正式的文艺演出中演员们所展示的华丽转身一样，他很清楚地记得这种舞步。

一个身材魁梧的男人给他打开了房门。

"奥托请我带来口信，"教授说出了接头暗语，"他说，昨天晚上他一直在等您的电话。"

"请进。"男人立即说，普莱施列尔教授就走进了房间，实际上他是没有权利这样做的，因为他应该等这个人说下一句暗语才能对上暗号，即"奇怪，我一直在家，可能，他弄错了电话号码"。

自由的空气令普莱施列尔教授昏了头，跟他开了一个恶毒的玩笑：苏联情报人员用于接头的秘密地点已经被法西斯分子破坏，现在这伙人正在这里等待"客人"。施季里茨的秘密联络员普莱施列尔教授就是第一个到来的客人。

"他怎么样？"他们走进来的时候，一个高个子男人问，"他目前在那里怎么样？"

"给您这个。"普莱施列尔教授一边说着，一边把一个细小的玻璃瓶子递给问话的人，"情况都写在这里呢。"

这样一来，他倒获救了：德国人并不知道接头暗号，也不知道是哪些人会来这里联系。所以，他们决定采取下列策略：如果来的联络员因没有听到应对的接头暗语而不肯进入住宅，那就当场擒获他，将其麻醉之后，秘密送往德国；要是联络员进入住宅联系，那就继续对其进行监视，以此为线索，继续侦察，顺藤摸瓜，找出背后主谋的主要间谍头目。

高个儿男子进到旁边的房间。他在那里打开了小瓶子，在桌子上把一小张烟纸展开来，上面是用数字编码的情报。现在德国的柏林破译中心也有此类的密码：一个已经同意为希姆莱工作的俄国女谍报员就是用这种密码拍发情报到俄国的情报中心的。

高个男子把这张写满了情报的密电码交给自己的助手并说：

"马上送到大使馆去。转告我们的人，对这个家伙组织监视。我在这里拖住他，尽量和他多交谈一会：他显然是个外行，看得出来，是有人在利用他，我来让他开开窍……"

(摘自帝国保安局四处党卫队四级小队长巴尔巴拉·贝克尔的个人档案：1944年加入国家社会主义工人党；纯雅利安人。性格具有北方人特点，坚定果敢。忠于职守，对同事一视同仁，对朋友平易近人；运动健将；对帝国的敌人毫不留情。目前未婚。社会关系清白……)

凯特抱着快要睡着的孩子在房间里走来走去。施季里茨并不在这里，倒是按他所答应的那样，把她转移到了一所盖世太保的秘密住宅里了。这里面安装着体积不大的一套电台，但是功率却足够大。孩子已经晃睡着了。凯特看着孩子的小脸蛋儿，心里想道："生活中一切都需要学习，怎样煎鸡蛋要学习，如何按照索引目录找到所需要的书要学习，更不用说，应该怎样好好学数学了。可是您瞧，怎样当一个母亲却完全用不着专门学一下……"

　　"我们呼吁人要回归本性。"女警卫巴尔巴拉有一次对凯特这样说，这是一位非常年轻的小姐，喜欢在晚饭前和大家闲聊一会儿。党卫队队员赫尔穆特住在隔壁，他负责在三人餐桌上摆放餐具，借这次晚餐来庆祝出身于希特勒青年队的女警卫二十周岁生日。在有土豆和牛肉的隆重晚宴上，巴尔巴拉宣称，在德国赢取这场战争的胜利之后，女性就可以去干自己应该做的事情啦，那就是离开军队和生产单位，开始去建立众多的德国大家庭。

　　"生儿育女，这才是女人的任务。"巴尔巴拉说，"除此之外的其他一切都是无稽之谈。人就应该是健康和强壮的。没有什么能比动物的天性更纯洁。我可以无所忌惮地这么说。"

　　"这样怎么能行呢？"这令赫尔穆特十分疑惑不解，他是因内脏重伤所以才从前线调回来的，"今天跟我好，明天跟别人好，后天再找第三个吗？"

　　"您说的这种行为是卑劣无耻。"巴尔巴拉紧蹙着眉头说道，"家庭历来是神圣和不可动摇的。但是，我跟一家之主，我的丈夫，哪怕他是第二个、第三个或者第四个爱人，同样可以尽情享受爱的力量，不是吗？应该把自己从羞耻心中解放出来，羞耻心是一种卑劣的感情……您怎么？不同意我的看法吗？"她转过脸来问凯特。

"不同意。"

"总想给别人留下最美的印象，这是自古以来女人的诡计，您不觉得我们善良的赫尔穆特会觉得您比我给他的印象更好吗？"巴尔巴拉笑了起来，"他可是真怕斯拉夫人，再说，我更年轻哦……"

"我憎恶女人。"赫尔穆特闷声闷气地说，"'地狱的渣滓'说的就是你们女人。"

"为什么？"巴尔巴拉问他，还对着凯特调皮地使眼色，"您为什么要恨我们女人呢？"

"就是因为您刚才宣扬的东西呗。女人真的比恶魔还坏呢。恶魔毕竟还不欺骗人，因为它会让人一眼就看出来。而女人呢，总是先甜言蜜语地向你撒娇撒痴，频送秋波，然后呢，就会把你紧紧地攥在手心里，任意摆布玩弄你，同时他还会暗地里跟你最亲近的好朋友上床睡觉。"

"您的老婆给您戴了绿帽子啦！"巴尔巴拉因为这个还拍了一下巴掌。凯特因此注意到，巴尔巴拉的手煞是漂亮好看：是一双白皙柔软、娇嫩细腻，还有着婴儿般小浅窝的双手，粉红色的十指指甲修剪得整齐而光洁。

这位党卫队士兵心情恶劣地看着巴尔巴拉，一句话也没回答。因为他是她的下级，他只是一个队员，而她呢，可是党卫队四级小队长。

"对不起，"凯特从桌子旁站起了身，说，"我可以回到自己的房间吗？"

"怎么啦？"巴尔巴拉问，"今天又没有空袭警报，您还没有开始工作呢，可以比平时多坐一会儿的。"

"我怕孩子会醒的。要不您允许我跟孩子一起睡吧？"凯特问道，"我看这位先生也很可怜呢。"凯特朝赫尔穆特坐着的方向摆了摆头，"跟小孩在一起他会睡不好觉呢。"

"这是不允许的。"巴尔巴拉说，"您必须和婴儿分开睡，睡在不同的房间才符合规定。"

"我是不会跑掉的。"凯特强颜欢笑，"我向您保证。"

"从这里可是休想跑掉。"巴尔巴拉回答说，"我们两个人负责看守，而且所有的门锁都十分牢固。不行，我非常遗憾，指挥部有命令的。您找您的领导谈谈吧。"

"谁是我的领导？"

"旗队长施季里茨哦。在您的工作特别出色的情况下，他就可以不按上级的指示办。对一些人来说金钱是刺激，对另一些人呢美男是刺激，而要想刺激您，最可靠的是您的孩子。不是这样吗？"

"是的，"凯特回答说，"您说的对。"

"再说，您到现在都没有给孩子起个名字。"巴尔巴拉一边从煮熟的土豆上切下一小片，一边说道。凯特发现，这个女孩就像是在外交晚宴上进餐一样，吃东西的动作娴熟优雅，在她的刀叉下，土豆已经不像是被虫子蛀坏了的困难时期的食物，而是看上去像一种具有异国风情的奇异水果一样。

"我给孩子起了名字叫符拉基米尔……"

"纪念谁呀？您的父亲叫符拉基米尔这个名字？还是他的父亲叫这个名字？我再多问一句，他叫什么名字？"

"谁？"

"您的丈夫呀。"

"他叫艾尔文。"

"我知道他叫艾尔文。我不是问这个名字，而是问他真正的名字，就是俄国名字……"

"我就知道他叫艾尔文。"

"他甚至连自己的名字都没有告诉过您吗？"

"我认为，"凯特微笑着说，"你们的情报人员和世界上所有的情报人员是一样的，相互之间知道的也都是假名字。我的莫斯科上司知道我是卡佳，而不是凯特，可能，负责与艾尔文联系的人以及艾尔文在本地的领导知道的也莫不如此。"

"我只听说列宁叫符拉基米尔，"巴尔巴拉沉默了一会，说道，"您就感谢上帝吧，施季里茨负责对您的管束：他在我们这里因为思想开放和逻辑性强而闻名……"

致党卫队总司令海因里希·希姆莱。绝密。亲启。仅此一份。

党卫队总司令！

昨天夜里，我已经开始执行名为"真理"的行动计划。为此我提前熟悉了任务所涉及的景观、道路和沿途的地形。我认为，如果过于详尽地查询为鲍曼的党务办公厅运送档案的司机的个人材料或者是打听拟制中的行车线路，是不够慎重的。将会引起党卫队的明显的警觉。

所以我设想在暗中不被察觉地完成这次任务，但是，昨天夜里所发生的事情，不允许我"令人毫无察觉"实现此次任务的行动方案。在我和便衣人员用车辆作为路障，在道路中间设卡时，运送党务办公厅主任档案的车队没有循例停车，而是朝卡车和我的三名便衣特工人员开枪射击了。第一辆负责护送载有档案文件车辆的汽车直接正面撞向路中间停放的卡车并将其撞翻在路旁的排水沟里；这样一来道路就被清理出来了。第一辆警卫车里的五个人很快跳上后面的汽车里，车队就又继续前行了。我弄明白了，每辆车上至少有五至六名冲锋枪手。事后也查清楚了，这些人既不是士兵，也不是军官。他们都是国家社会主义工人党办公厅的工作人员，是在转移疏散档案的前一天夜里被挑选动员来的。他们只听鲍曼亲自下的命令，即向任何敢于靠近车队二十米以内的人员开枪，不管他的军衔多高。

我当时就明白，必须改变战术，就下令对车队进行分割包围。我让部分手下沿着平行道路追随车队至公路与铁路的交叉路口：命令他们隔离值班人员，由我们的人取而代之，放下路口的挡杆，掐断去路。我则带领剩下的人员穿插进去，把车队直接分割为两个部分（为此不得不用长柄火箭弹将编号为全队第十三辆的卡车直接烧毁），将其车队逼停。遗憾的是，我们不得不使用武器开火，因为他们的车队对我们所提出的谈判建议充耳不闻，每一辆卡车都在向我们的人射击，直至最后一颗子弹用尽。前面十二辆汽车与我方的汽车同时到达公路与铁路的交叉路口，但是，那里已经有布置好的第二十四军后备坦克十辆，它们负责保卫党务办公厅主任档案车队。我方人员被迫撤回。我们夺得的卡车悉数被烧毁，所有截获的袋子和铅锌箱子已经搬上几辆装甲运输车，运送至机场。驾驶装甲运输车到机场的司机均被我突击组清除。

希特勒万岁！
您的斯科尔采尼

罗尔夫带着自己的两名助手来到了盖世太保的那所秘密住宅。他已经略带醉意，所以说话间不时夹杂着法语词汇。缪勒对他说，卡尔登勃鲁纳局长已经同意，在施季里茨出差不在的这段时间里，由他罗尔夫来做与俄国的女谍报员相关的这摊工作。

"舒伦堡把施季里茨派去执行任务了。罗尔夫可以在这段时间采取和施季里茨完全不一样的策略来展开工作：因为被捕的人在遇到比较凶狠的侦察员之后，会对心肠软一点的人特别有好感呢。您觉得施季里茨心肠软吗？"卡尔登勃鲁纳笑着说，递给缪勒烟盒。

缪勒点燃香烟后，略加思索。他已经知悉，鲍曼与德国帝国保安局某工作人员有过电话交谈一事希姆莱已经听取过汇报，而卡尔登勃鲁纳则是一无所知。这个"真空"使他这个人在这两股势力中间有了操作的空间。所以，他呢，很自然，无论如何也不会把卡尔登勃鲁纳对施季里茨怀疑的实质告诉希姆莱；同时，卡尔登勃鲁纳从没有听说过的那场神秘的电话交谈，在希姆莱看来，完全是背叛和告密行为。

"您是想让我观察一下施季里茨是怎样领导俄国谍报员工作的吗？"缪勒问道。

"为什么？"这下卡尔登勃鲁纳感到吃惊了，"您有什么必要去过问这种事呢？在我看来，施季里茨在无线电方面是个专

235

家呢。"

"难道他忘记自己说过的话了吗？"轮到缪勒惊讶了，"他是不是暗示我什么呀？要不要提醒他一下呢？或者这么做不太合适？这真是一个该死的单位，必须耍心眼子才行！必须使出浑身解数！欺骗不了敌人，却不停地要愚弄自己人！见了鬼了！"

"罗尔夫去做俄国'女钢琴师'（女谍报员）的工作，需要一份不同的'总谱'（工作指导意见）吗？"

谍报员一般被称为"钢琴师"，而谍报小组的负责人则是被称作"指挥"。最近一个时期以来，大批的难民涌进了首都柏林，必须安置这些从东普鲁士、亚琛、巴黎和布加勒斯特疏散的工作人员，忙到把这些词汇都忘记了，就直接以民族的属性来称呼这些被捕的间谍，而不是按职业称呼了。

卡尔登勃鲁纳阴郁地说：

"和'女钢琴师'一道工作……不用了，还是让罗尔夫和施季里茨保持联系，我们的目的是同一个，只是达到目的的方法可以不同而已……"

"也好。"

"破译员的工作有什么进展吗？"

"那些密码极其复杂，难以破译。"

"给女谍报员施加点压力吧……我可不相信，她连本地的间谍头目使用的密码都不知道。"

"施季里茨用自己的那一套对她进行劝诱。"

"施季里茨暂时不在，就让罗尔夫给她施加点压力吧。"

"用他惯用的那套办法？"

卡尔登勃鲁纳正要作出某种回答，但他办公桌上的电话铃响了，这是来自元首的地下堡垒的电话。元首请卡尔登勃鲁纳到他那里去参加会议。

卡尔登勃鲁纳当然还记得有关施季里茨的那场谈话，但是，前天晚上他们在和鲍曼就境外财政问题所采取的对策开会的时候，鲍曼当时说过：

从我们内部来看，要让你们的人对此项活动做到绝对保密。要让我们信任的、比较可靠的人去参与办理此项活动：像缪勒、施季里茨这样的才可以……

卡尔登勃鲁纳深谙官场的潜规则：如果鲍曼点了某人的名字，但并不想了解此人的情况，那就说明，这个人是受到他的关注的，这就意味着，这个人是他正在"用得着"的红人。

对截获的鲍曼档案进行了初步的查阅之后，没有发现任何一份足以说明党务办公厅将自己掌管的经费转移至国外银行的相关文件。看来，要么是这类文件早已经疏散至安全地点，要么就是并没有什么纸质的秘密银行账号和代理人的花名册，它们只存在于鲍曼的记忆超强的脑袋瓜儿里，或者还有最后一个最不可接受的结果，即那些文件都在冲出了斯科尔采尼警戒线的并与坦克会合的前面的十几辆车中。

然而，在斯科尔采尼手下的工作人员所截获的档案中，发现了令人浮想联翩的东西。其中就有一封施季里茨致鲍曼的亲笔信，信上虽然没有署名，但是这足以证实，在帝国保安局内部搞一次惩处叛变的活动已经酝酿成熟。

希姆莱将此材料让舒伦堡看过之后，要求他启动调查。舒伦堡满口应承下党卫队司令布置的这项任务，但是，他心里却十分清楚，这是一项无法完成的任务。然而，此类文件的发现倒是促使他有了一个想法，即鲍曼的党务案卷中可能会有更为重要的材料，能够使他再一次重新对帝国保安局的工作人员进行审查和甄别，弄清楚他们当中是否有人在同时为鲍曼工作，如果有这种情况，那是从何时开始的，主要做哪一类工作，具体针对哪些人。舒伦堡懂得，情报人员同时为两个雇主工作并不令人害怕。对他来说，最重要的是，鲍曼知道了他寻求和平的神圣计划的情景实在是令人遐想。

　　舒伦堡派了几名工作人员去查阅截获的档案。几乎每过一个小时，他都要询问一遍，有没有什么新的材料。给他的回复总是一样的：

　　"没有什么有价值的材料。"

在伯尔尼是否一切准备就绪?

"您的上司身体还好吗?"高个子男人问,"还健康吧?"

"是的,"普莱施列尔教授笑了一下,"一切正常。"

"来一杯咖啡吗?"

"谢谢,太好了。"

这个男人走进厨房,并回头问道:

"您的屋顶可靠吗?"

"我住在二楼。"普莱施列尔教授不懂他说的暗语,摸不着头脑地回答。

盖世太保的间谍人员冷笑着,将咖啡机接上了电源。他认为自己的判断没有错,来接头的是个纯粹的外行,是个自愿帮忙的家伙。"屋顶"在全世界的间谍活动中都是一句行话,意为"掩护"。

"只是还不能操之过急,"这个间谍劝诫自己,"现在这个老头儿已经是瓮中之鳖。他会说出所有情况的,只不过现在还要小心为好……"

"在德国可喝不到这样的好咖啡,"他一边说着,一边把咖啡杯推到普莱施列尔教授的面前,"那些混蛋让人民喝的都是些浑浊无味的低劣饮品,这里买的可都是正宗的巴西咖啡。"

"已经忘掉了的味道啊,"普莱施列尔教授抿了一小口在嘴里,推崇备至地说,"我已经有十年时间没有喝过这么好的咖啡了。"

"希腊人教会了我们在喝浓咖啡的时候喝点水。您要不要也试试？"

普莱施列尔教授觉得现在一切都令他心情格外的畅快，他走路轻松，想事情轻松，连呼吸都轻松了。他高兴地笑了起来。

"我还从来没有在喝咖啡的时候喝过水呢。"

"这会别有滋味的：味道和温度的反差会产生特殊的口感。"

"是的，"普莱施列尔教授认真地喝了一口水，并说，"太有意思啦。"

"他有没有让您捎什么话给我呢？"

"没有。就只让转交那个小玻璃瓶子。"

"这真奇怪了。"

"为什么？"

"我认为，他会告诉我等他来的时间。"

"他可一句也没说这件事。"

"呃，我还忘了问您，您手头还有钱么？"

"目前嘛还是够用的。"

"如果您需要钱，就来找我好了，我会先借给您的。当然多了我也没有，但是，用来维持一段时间还是可以的……再问您一下，您来的时候发现有'尾巴'了吗？"

"'尾巴'？这是说的盯梢？"

"是的。"

"这点我可没怎么注意到。"

"这可太大意了。他没有提醒您注意这个方面吗？"

"当然提醒过了，但是我经过了这么多年，特别是从集中营出来以后，我沉醉在自由当中，有点忘乎所以了。谢谢您能提醒我一下。"

"任何时候都不要忘记这件事啊。特别是在这个中立国家。这里的警察可是十分狡猾奸诈的……非常阴险狡猾。您还有别的什么事要对我说吗？"

"我吗？没有，没有别的事了。"

"那把您的护照交给我吧。"

"他跟我说，护照要拿好，要随身带着的……"

"他对您说过，到这里您要归我领导吗？"

"没有。"

"也对，他只是在您转交的密码信里提到了这件事。我们来考虑一下，怎么样来妥善地处理这件事。您现在……"

"我现在就回旅馆，要好好地睡一觉。"

"不是……我指的是……您的工作……"

"我要先睡个够再说，"普莱施列尔教授干脆利落地回答，"我真希望睡上个一天、两天甚至三天，然后再开始想工作的事。我把所有的草稿都留在柏林了，我几乎能背下来我要做的工作清单……"

盖世太保的间谍把普莱施列尔教授的护照拿过来，并漫不经心地扔到了桌子上。

"后天2点钟来这里取护照吧，我们会到瑞典的领事馆去办理好登记手续。确切地说，是要尽力办好。瑞典人的办事态度恶劣，现在越来越蛮不讲理。"

"谁？"普莱施列尔教授又摸不着头脑了。

盖世太保的间谍咳嗽了几声：他露出了破绽，为了掩饰自己的失语，他开始抽烟，慢悠悠地吐着烟圈，并不急于回答。

"瑞典人把每一个途经德国的人都看成是纳粹的间谍人员。您是一位什么样的德国人——是跟希特勒战斗的爱国主义者还是盖世太保的间谍人员，对这帮混蛋来说都是一样的。"

"他没跟我说，需要在使馆进行领事登记呀……"

"这都是在密码信中说的。"

"他的主子肯定是在柏林，"盖世太保的这位间谍脑子一直在飞转，"这是很明确的，因为他自己说他的手稿什么的都留在柏林了。就是说，我们钓到的是一条来自柏林的大鱼……这可是意外的得手，"他再次在心里劝自己，"只不过现在一定要小心为好。"

"那好吧，我很感谢您。"普莱施列尔教授说着，站起身来，"咖啡味道相当的不错，和冰水一起饮用，口感更佳哦。"

"您是否通知他您已经顺利抵达、一切安排停当了？还是需要我来做这些事情呢？"

"您可以通过同志们来办这些事情吗？"

"竟然是共产党，这也太有料了，谁能想得到哇！"盖世太保的间谍心中狂喜。

"是的，我可以通过与同志们联系来办这些事情的。不过，您也同时向他汇报吧，这种事情耽搁不得。"

"我本想今天就汇报一下的，无奈哪里也找不到我需要贴在明信片上的邮票。"

"如果实在买不到的话，我后天就把您需要的邮票给您准备好。您需要什么图案的邮票呢？"

"蓝色的……征服勃朗峰。一定要蓝色的那种。"

242

"好的。明信片您随身带着吗?"

"没有。在旅馆里。"

"这可不行啊。在旅馆里不能留下任何东西的。"

"您不用担心的。"普莱施列尔教授笑了一下,"这是普通的明信片,我在柏林买了十张这种明信片。要写的内容我都记住了,到目前为止我还没有什么疏漏之处……"

在门口的过道里,这人在和普莱施列尔教授握手道别时,说道:

"请一定谨慎从事,同志,务必谨慎从事。请您注意:这里只是表面平静而已。"

"他已经事先提醒过我了。我知道的。"

"为了预防万一,请把您的地址留下。"

"'弗吉尼亚','弗吉尼亚'膳宿旅馆。"

"在那里住着的都是美国人吗?"

"为什么这样说呢?"普莱施列尔教授感到奇怪。

"这是英文名字呀。美国人一般来说不都是住在他们自己命名的旅馆嘛。"

"不,我看那里没有什么外国客人。"

"这我们可以核查一下。您要是在下榻的旅馆看见我,请不要靠近哦,也不要跟我打招呼,就当我们是不认识的人就行了。"

"好的。"

"那么现在先这样吧……如果您一旦遇到什么异乎寻常的情况,请给我打电话。请记住我的电话号码。"他连着念了两遍电话号码。

"好的,"普莱施列尔教授回答,"我的记忆力很好。用学习拉丁文来练习记忆力比任何其他的方法要有效得多呢。"

普莱施列尔教授走出了大门，不紧不慢地穿过马路。一个老头儿穿着毛皮的坎肩，正在把自己禽鸟宠物商店的百叶窗户关上。小鸟都在笼子里欢蹦乱跳。普莱施列尔教授驻足在橱窗前，凝神地观赏小鸟。

"您要买什么吗？"老头儿问他。

"不买了啦，我只是想欣赏一下您的鸟儿们。"

"最好的鸟儿都在店里面。这一点我跟别人是不太一样的。"这老头儿也是个话匣子，"所有人都是把最好的摆在外面的橱窗里。我呢，认为小鸟不是商品，小鸟就是小鸟。我这里经常会来很多作家，他们就是来坐一会，听听小鸟婉转地鸣叫。他们中还有个人是这样说的：'每当我要经历痛苦来创作一本新书的时候，我就像神话中的俄狄浦斯一样，必须把最伟大的音乐听个够，这个伟大的音乐就是小鸟们的啼鸣。否则的话，我就无法向世界唱出我的动人的歌，用这些动人的歌才能找到欧律迪刻①……'"

普莱施列尔教授的眼中突然涌出了泪水，他擦去了泪水，离开所站的橱窗时说了一句：

"谢谢您了。"

1945年3月12日（2点41分）

"为什么不能开灯？您怕谁呀？"施季里茨问。

---

① 欧律迪刻：希腊神话中阿波罗的儿子俄狄浦斯的妻子，俄狄浦斯为了找到已入地府的妻子用琴声打动了所有人，包括复仇女神。

"不是怕您。"霍尔托夫回答说。

"好吧，那就摸黑说吧。"

"我已经习惯您房子里的一切了。这是既舒适又安静。"

"特别是在轰炸的时候，"施季里茨冷笑一声，"我的腰疼得要死，也不知道在哪里受了风寒。我现在去浴室找一片阿司匹林。您先坐下吧，把手递给我，扶手椅在这里。"

施季里茨走进了浴室，打开了药箱。

"这黑灯瞎火的，我会把药吃错了的，吃了泻药可要命了。"施季里茨说着，回到了房间里，"放下窗帘吧，我的窗帘很厚实的，放下再烧上壁炉。"

"我试过了，窗帘放不下来的，您是安装了什么机关吧？"

"才没有呢，只不过窗帘的环套在木管上。我马上把它弄好。到底出了什么事？老伙计？谁能让你这么害怕？你怕谁啊？"

"怕缪勒。"

施季里茨将窗子用窗帘遮严实，就走过去开灯。霍尔托夫听到开关响了一声，就说：

"我把保险盒卸下来了。您这里，很有可能，会给安装了窃听器。"

"谁干的？"

"我们呗。"

"意欲何为？"

"我就是为这事来找您的。您先把炉子点上，然后坐下来再说。我们可没有太多的时间，但是要谈的事情可不少呢，都是很重要的事情。"

施季里茨点燃了干木柴。壁炉里开始噼啪作响；这壁炉也是很古怪：刚烧的时候，里面响个不停，只有等炉子烧到一定热度的时候，响声才会消失。

"说吧，"施季里茨在离壁炉很近的扶手椅上坐下就问，"老朋友，您出了什么事啦？"

"我出事？才没有呢，我倒是想问您，到底想要做什么？"

"目前吗？"

"包括目前……"

"目前我打算洗个澡，然后躺下睡一长觉。我冷得浑身发抖，疲累不堪。"

"施季里茨呀，我可是作为一个老朋友到您这里来的。"

"快得了吧，"施季里茨不高兴地拧着眉头，"您干吗像个三岁的小孩子一样绕来绕去的？想喝一杯吗？"

"想啊。"

施季里茨拿来了白兰地，给霍尔托夫和自己分别斟上一杯。他们沉默着把杯中酒干掉了。

"好酒！"

"再来一杯？"

"那太好了！"

他们又喝了一杯酒。霍尔托夫掰自己的手指，发出咯咯的响声，然后他说道：

"施季里茨，我这个星期在调查您的情况呢。"

"我听不懂您的话。"

"缪勒指派我来调查您和物理学家们有关的事情。"

"霍尔托夫，您听我说，您跟我说话像是在打哑谜！那些被捕的物理学家跟我有什么关系呀？为什么您要调查我的事情？缪勒找我的罪证意欲何为呢？"

"我无法跟您解释这一点，我自己也毫无头绪，莫衷一是。我只知道，您现在受到怀疑和被监视了。"

"我？"施季里茨惊愕不已，"这简直是胡作非为！是不是我们的领导都被当前的混乱不堪的局势弄得晕头转向、不知道该干什么了！"

"施季里茨，您自己曾经教育我遇到事情要认真分析和冷静处理嘛。"

"遇到这种事情您还要我认真分析和冷静处理？在您说了这样一番话之后，我还怎么冷静？是的，我没法子冷静，我太气愤了，我现在就去找缪勒……"

"他睡下了。而且您不用急着去找他。您还是先听我把话说完吧。我先来向您讲一下在有关物理学家的案件中发现的一些情况。这些情况我还都没有向缪勒汇报，我在等您。"

施季里茨需要一点时间来集中精神，以便检查自己：是否留下了任何的可能的蛛丝马迹以及可能暴露自己的某种材料，包括那些审讯室的提问和记录、自己对某个细节是否有过多的兴趣等等。

施季里茨在心下思忖："霍尔托夫想干什么呢？如果我告发他泄露盖世太保对我的秘密调查之事，那他就会被枪毙的。他是一贯死忠的纳粹分子，这样干是很不寻常的呀？是不是缪勒派他来试探我呢？不太可能。这里没有他们的人，他们应该知道，经过这样一次谈话，我最有可能的出路是潜逃。现在已经不是1943年了，战线就在附近……会是他自己主动来的吗？这个……虽然说他是个狡猾的人，但还没这么有头脑，敢于使这样的计谋。我虽不太理解这种天真幼稚的诡计，但是这种天真幼稚的诡计有时候会胜于逻辑和一般的情理。"

施季里茨用拨火棍拨了拨熊熊燃烧的炉火，说：

"好了，您就快说吧。"

"我所说的一切都非常重要。"

"在现如今的世界上，还有什么是不重要的？"

"我从舒曼所属的部门请了三位专家过来。"

舒曼是德国法西斯部队的新式武器顾问，他领导的一些人正在研究原子的裂变问题。

"你们关押了隆戈之后，我也从他那里请过专家。"

"对。隆戈是我们盖世太保关押的，但是为什么审讯他的是你们情报部门呢？"

"难道您连这个也不理解吗？"

"是的，不理解。"

"隆戈曾经在法国和美国求学。他在这两个国家的各种关系具有重要的意义，这不难猜到吧？我们这里最缺的是看问题时的大胆无畏的精神。我们根本不敢大胆地想象。我们总是循规蹈矩，不敢越雷池一步。我们主要的错误就在于此呀。"

"这倒是实情。"霍尔托夫表示认同，"您是对的，说到有关大胆无畏的精神，我不打算和您争论。我的不同看法是在一些具体的问题上。隆戈坚持认为，应该继续进行从放射性的物质中提取钚的研究工作。他在科学界的宿敌仅凭这一点就对他进行了指控，这些同行写了告密信来揭发他，在我的工作向他们施加了压力之后，他们都承认了这一点。"

"这我并不怀疑。"

"可是现在我们的人在伦敦传回消息说，隆戈的想法是正确的！美国人和英国人正在按照他的设想在继续进行研究呢！而我们在让他蹲盖世太保的监狱！"

"是在你们盖世太保的监狱，"施季里茨纠正他说，"是在你们那里，霍尔托夫。不是我们抓过他，而是你们。不是我们立案侦察，而是你们，是缪勒和卡尔登勃鲁纳批准的。不是我老婆，也不是您的老婆，更不是舒曼的老婆是犹太人，只有他的老婆是犹太人，他还隐瞒了这一点……"

"就连他的祖上也是三辈子的犹太人！"霍尔托夫大为光火，"如果他效忠于我们，并且忠实地为我们效劳，那他的祖上是什么人并不重要！但是你们却轻信了这样一群坏蛋！"

"坏蛋？！这些在辉煌运动中久经考验的元老、久经考验的雅利安人、元首曾经亲自授奖的物理学家是坏蛋？"

"好吧，好吧。算了……您说的都对。您没有错。再来一杯白兰地。"

"塞子您没有扔掉吧？"

"可是，施季里茨，塞子就在您的左手上啊。"

"我问的是保险盒上的那个元器件。"

"哦，没有。它在镜子旁边的小桌子里。"

霍尔托夫将头朝后一仰，把整杯白兰地一饮而尽。

"我现在猛喝酒。"

"我倒想知道，现在谁喝酒越来越少呢？"

"没钱的穷人呗。"霍尔托夫开了个玩笑。

"有人说过，金钱是铸造出来的自由。"①

----

① 这句话出自俄国伟大的作家陀思妥耶夫斯基笔下。

"这说的一点也不错。"霍尔托夫表示赞同这个说法，"如果我把调查工作的结果向卡尔登勃鲁纳汇报的话，他会做出什么样的决定呢？您是怎么看这个问题的呢？"

"首先您应该向缪勒汇报自己调查工作的结果，逮捕隆戈的命令是他下达的。"

"但是审问隆戈的正是您呐。"

"我审问了他，这是事实——是上级指示的，我在执行命令。"

"但是，如果当时您放了他，那我们在半年以前的'报复武器'指导工作中就会大大超前了。"

"这已经由突击队司令里希特确认过了。"

"他能够证实这一点吗？"

"我已经证实了这一点。"

"其他所有的物理学家们都认同您的意见？"

"大部分的科学家。我召集来谈过话的大部分科学家都是认同的。您如何面对这一切呢？"

"这没什么，"施季里茨回答说，"我一点也不在乎这种事。科学研究的结果需要由实践来证明，而不是几个人说了算。您的证据何在呢？"

"证据就在我的衣兜里。"

"居然在您兜里？"

"正是这样。我从伦敦收到了一些情报。最新的情报。这对您来说，完全是死刑判决书。"

"霍尔托夫，您这样干想达到什么目的？您意欲何为？到底是想……"

"我再来重复一遍：不管是有意的还是无意的，总之您，对，正是您，破坏了‘报复武器’的发明工作。不管是有意的还是无意的，没有询问大多数，那上百位的科学家的意见，而是只局限于咨询了十位物理学家的意见，并且以他们的意见为依据，而他们关心的只是怎样来孤立隆戈，他们极力指控隆戈的研究方法是有害的和前景不明朗的！”

“您的意思是说，您认为我不应该相信元首真正的士兵，反而应该去怀疑那些凯特尔和戈林所信任的人，去为一个在原子研究方面循着美国之路而去的人辩护吗？！您的意思是我应该这样做吗？您要求我无条件地去相信被盖世太保逮捕的隆戈吗？要知道盖世太保是不会无故地逮捕任何一个人的，倒是让我不去相信那些帮助盖世太保揭发他的人吗？”

“施季里茨，您说的一切看起来都合乎逻辑。我一直都很羡慕您特别善于按照明确的逻辑来为人处事：您抨击下令逮捕隆戈的缪勒，您抨击我包庇第三代犹太人，把自己的信念牢牢地建筑在我们的尸骨上。好吧，施季里茨，我来为您鼓掌吧。我并不是为此而来。您关心隆戈也是一件相当有远见的事，虽然他现在被关押在集中营，但是在党卫队设置的单独住所里，还是有可能进行理论物理方面的科学研究的。施季里茨，我现在跟您说重要的话：我陷入了绝望的困境……如果我向缪勒汇报我的调查结果，他就会明白，您握有他的把柄。是的，您是对的，正是他下达了逮捕隆戈的命令。如果我跟他说，调查的结果对您是不利的，这同样会使缪勒遭到间接的打击。而我呢，会受到来自你们，缪勒和您，两方面的夹击。无论这有多么可笑，但却是事实。他呢，肯定会不厌其烦地再三地检查我得到的证据，而您呢……基本上会像您刚才说的那样来抨击我。这让我，一个盖世太保的军官，该怎么办呢？情报机构的军官，请您给我说说吧。”

"他的用意原来如此，"施季里茨心里领悟了，"他是不是在故意刺激我？如果是在故意刺激我，那我很清楚应该怎么做。如果这是拉拢我呢？他们就像是一群沉船上的老鼠，很快就会从船上逃之夭夭。他话语间把盖世太保和情报机构扯在一起不是偶然的。就这样吧。清楚了。回答他还为时过早呢。不能操之过急。"

"盖世太保和情报机构，"施季里茨耸了耸肩膀，"这有什么区别呢？我们虽然平时有点小摩擦，但是，总之，我们是为了共同的事业在奔波。"

"是为了共同的事业，"霍尔托夫表示同意这一点，"只是我们是以暴徒和刽子手的名声闻名于世，我们是盖世太保的人，而你们则相当于卖珠宝首饰的人，是卖化妆品的人，你们是搞政治情报的人。任何制度、任何国家形态都少不了你们，而我们只属于帝国：我们随它沉浮和兴亡。"

"您想请教我，该怎么办吗？"

"是啊。"

"您有什么建议吗？"

"我想先听听您的想法。"

"从您拧下电源保险箱的元器件和要求我放下窗帘的举动来看的话……"

"是您建议放下窗帘的……"

"是吗？见鬼啦，我觉得是您建议我放下窗帘的……"

"好吧，争论这个没什么意思。您想退出这桩游戏吗？"

"您手上有'越境窗口'吗？"

"就算有吧。"

"要是我们三个人一起逃到中立国，怎么样？"

"三个人？"

"是的，就三个人：隆戈、您和我。我们两个将为世界拯救一位伟大的物理学家。我在这里救出他，而由您组织逃出国境。行吗？您考虑一下：是您现在受到了怀疑和监视，而不是我。而您是非常清楚被缪勒怀疑和监视意味着什么。怎么样，我等您的回答。"

"还再来一杯白兰地吗？"

"来吧。"

施季里茨站起身来，不慌不忙地走到霍尔托夫跟前，霍尔托夫把酒杯递给了他，就在这一瞬间里，施季里茨使尽全身力气，用带棱的酒瓶子朝霍尔托夫的头部狠狠地砸了下去。酒瓶子立即裂开，碎玻璃四处飞进，霍尔托夫的脸上淌满了褐色的白兰地酒液。

"我这么处置是对的。"等开动了汽车，踩着油门飞奔的时候，施季里茨在心里评估道，"我也不能有别的处置办法。即使他来找我是出于真心实意，我也只能这么做了。在某种程度上可能不妥当，但是在大局上要赢得缪勒的完全彻底的信任。"

霍尔托夫处于昏迷状态，就一直瘫坐在红色皮面包裹的车门旁边。

霍尔托夫当时说缪勒已经睡下了，这是不正确的。他可没有睡觉。缪勒刚刚收到破译中心传来的报告，即俄国女谍报员所用的密码和伯尔尼发来的截获密码是相同的。据此，缪勒推测，住在德国的俄国间谍头目正在寻求新的联络人。要么是已经得知他的谍报员在空袭轰炸中丧生，要么就是察觉到他们的联络出了问题。但是，很长一段时间里，缪勒都没有将俄国女谍报员的那个电台上倒霉的指纹和与鲍曼进行了联系的那台专用电话机话筒上所留的指纹放在一起加以考虑。但是，越是要避开这些问题，这也就越是影响到了他思考问题的途径。他在二十年的从警生涯中，养成了一种特殊的习惯：他思考问题总是一开始先依赖自己的感觉，自己的直觉，在这之后才着手对事实进行分析，检验一下自己的感觉。他很少有失误的时候：无论是在魏玛共和国供职的时候，镇压纳粹游行者的行动或是倒向纳粹将魏玛共和国领袖们关入大牢的行动，还是在完成希姆莱交办的所有任务，以及后来投靠卡尔登勃鲁纳的时候，他的嗅觉从来也没有欺骗过他。他知道，卡尔登勃鲁纳未必会忘掉他自己布置的与施季里茨有关的任务。这肯定意味着，有什么重要的事情发生了，而且是在权力的上层。但是究竟发生了什么，什么时候发生的，缪勒就一无所知了。所以呢，他就给了霍尔托夫一个任务，即让霍尔托夫去施季里茨家里演上一出戏：如果施季里茨第二天来找他，并且把霍尔托夫的言行向他汇报，他就可以放心地结束调查，把调查的卷宗锁进保险柜，结案了事；如果施季里茨竟同意了霍尔托夫的提议，缪勒就可以直接当面和施季里茨摊牌了，向卡尔登勃鲁纳汇报手下人调查的结果，公布案情。

"如此甚好，"他沿着这个线索继续想道，"好吧，我就等霍尔托夫的汇报了，到时候就可见分晓了。现在该考虑一下俄国的'女钢琴师'的案情了。看来，在她的上级头目开始在瑞士寻找联络人的时候，我们可以先用自己的办法来对付一下这个女人，而不是用施季里茨那种劝人向善的谈话交流方式。这个女谍报员不可能只是领导手中的发报工具,她应该知道些什么情报的。实际上,审讯中她可是没有回答出任何一个问题。已经没有拖延的时间了。伯尔尼发来的截获密码的译电方式也很有可能就在她的脑袋瓜儿里。这是我们最后的机会。"

他还沉浸在自己的思绪中的时候,门被撞开了,施季里茨进来了。他的手上架着血流满面的霍尔托夫。他不仅双手被反剪在身后,而且手腕上还戴着一副铮亮的手铐。

缪勒发现自己的助手舒尔茨正惊慌失措地站在门口,便说道:

"施季里茨,您疯了吗?"

"我可没疯,"施季里茨一边回答,一边满脸鄙视地把霍尔托夫拖到椅子上,"是他,要么是疯了,要么就是个叛徒。"

"水,"霍尔托夫吃力地张开嘴巴,"拿点水来!"

"把水给他,"缪勒说,"到底发生了什么事?给我说清楚。"

"先让这个家伙给您解释清楚吧,"施季里茨说,"我会在报告里把一切都解释清楚的。"

施季里茨给霍尔托夫喝了水,然后把玻璃杯放在托盘上的长颈瓶旁边。

"您去自己的办公室,把您认为必要的都写下来吧,"缪勒说,"您认为什么时候能写好?"

"我会写一个很简略的,十分钟就写好。详细的明天再写。"

"为什么要等明天?"

"因为今天我有急事必须办完。再说,太早了这个家伙还神志不清呢。我可以走了吗?"

"好吧,请便吧。"缪勒同意了。

于是，等施季里茨走了。缪勒立即打开了霍尔托夫的手铐，并若有所思地走到放置水瓶和杯子的小桌子跟前。缪勒小心翼翼地用两根手指夹起杯子，放置在光线较亮的地方观察。施季里茨的指纹非常鲜明地留在了杯沿上。他并没有来得及去想，这是自己的还是施季里茨的指纹。他也不是有多怀疑施季里茨，就是只不过依照自己的习惯而已，想查一个清楚。他就把助手舒尔茨叫过来，对他说：

"让人把这只杯子上的指纹取下来。我一会要是睡着了，就不用叫醒我。我想，这也不是什么急事……"

指纹鉴定证明让缪勒大为吃惊。施季里茨留在杯子上的指纹与电话话筒上的指纹完全相同，而且最为恐怖的是，还与收缴的俄国电台上发现的指纹完全一致……

我敬爱的党卫队总司令：

我刚从瑞士返回自己的总部。

昨天我和多尔曼带着意大利民族主义的起义者帕里和乌斯米亚尼一起出发到达瑞士。过境的准备工作非常的详尽周密。在苏黎世，帕里和乌斯米亚尼住在城外的吉尔斯蓝登，这是一所高级医院所在地。原来，杜勒斯和帕里早就有交情；显然，美国人正筹备在未来的意大利内阁中安插自己的班底，这个内阁虽然托名游击队，但并非是共产主义性质的游击队，更确切地说，他们是保皇派和激进的民族主义者。他们是最近，是我们的军队在不得已的情况下开进了意大利之后，才与墨索里尼政府分道扬镳的。

马克斯·休斯曼来接我们，并把我们送至杜勒斯的一处秘密住宅。杜勒斯已经在那里久候我们。他相当老成持重，但是态度友好；他就坐在窗户旁边，正对着阳光照射的方向，一直沉默不语。最先说话的是格维尔尼茨。

他先是向我提问说："是不是您应玛蒂尔达·赫德威尔斯的请求，释放了意大利人罗曼诺·夸尔奇尼？"我没有做出肯定的回答，因为我实在是想不起来这么一个毫无印象的姓氏。我想了一下，也许，这是一种试探的方式。"他是一位很有名的天主教哲学家，"格维尔尼茨继续说道，"他对我们每一位有思想的欧洲人来说都很珍贵。"我不置可否地微笑了一下，我可牢牢记着我们伟大的演员谢伦堡的经验呢。

"将军，"休斯曼问我，"您自己是否意识到，德国已经输掉了这场战争了呢？"

我知道，这些人非要把我架在火上烤，对我个人来说这种问话是奇耻大辱。过去也有过这样的时期，当我想让某个反对我们制度的政治家成为我们一方的人的时候，我也这么干过。

"是的。"我回答。

"您是否清楚，我们将要进行的正式谈判唯一可能的基础只有一个，那就是无条件投降呢？"

"是的。"我回答，因为我很清楚，谈判这个事实本身要比谈判的主题更重要。

"但是，要是您，"休斯曼继续说道，"只想代表党卫队总司令希姆莱谈判的话，那么，谈判就到此为止：杜勒斯先生就不得不先行告辞了。"

我向杜勒斯坐的方向看了一眼。我看不清他的脸，因为光线正好刺着我的眼睛，但是，我看到，他赞许地点了点头，但是仍旧保持着缄默，一言不发。我明白，这只是走过场的形式而已，因为他们都很清楚，一个党卫队的高级将领可能代表谁说话。他们提出这样的问题，只能使他们自己处于可笑的和有伤自尊的境地。我当然可以回答他们的提问，我只想和杜勒斯一人进行谈话，如果我弄清楚了，他只是犹太垄断资本的代表的话，我会立即停止和他的一切交往。我知道，他们在等待我的回答。于是我回答道：

"我认为，面对反对欧洲文明的前哨阵地，即庞大的德国国家制度，特别是在目前，在我们可以坐到谈判桌上来的时候，继续斗争就成了一种犯罪。我准备将我的最为强大的全部组织——在意大利的全部党卫队和警察交由盟国支配，以便尽快地结束战争，以阻止共产党的傀儡政府的建立。"

"这是否就是意味着，"格维尔尼茨问，"您的党卫队将会和凯塞林的军团进行作战呢？"

我知道，这个人事事都求实较真，这是在为下一步的谈判寻求保证。

"我需要事先得到你们的保证，"我回答，"我和凯塞林谈判是要有事实作为理由，这个理由必须令人信服。"

"这是当然的。"格维尔尼茨同意我的说法。

我继续说：

"您要知道，一旦凯塞林下命令，要求在此地，在意大利，由他指挥的一百五十多万士兵投降，将会对西部和斯堪的纳维亚的其他战线上的形势产生连锁反应，比如丹麦和挪威。"

我很明白，第一次会谈是非常重要的，我必须亮出自己的王牌。

"如果我能得到你们继续谈判的保证，我将不执行根据元首的命令所制订的将意大利破坏殆尽的计划，我会承担相应的责任。我们接到的命令是毁掉所有的画廊和古代文物，一句话，是从地球上把属于人类历史的一切都夷为平地。尽管是单独冒着风险，但我拯救了乌菲齐画廊和皮蒂宫中的藏品，以及维托里奥-埃马努埃莱三世①国王珍藏的古钱币，这些都保存在我的密室中。"

言毕，我将这些名画等收藏品的清单放在桌子上。清单上所列藏品的作者有提香②、蓬蒂切利③、鲁本斯④等人的名字。美国人当即停止了谈话，开始研究这份藏品清单。

"这些画作能够估价多少呢？"他们这样问我。

"它们都是无价之宝。"我回答，并补充说，"据我看，不会少于一亿美元。"

随后的十分钟里，格维尔尼茨就文艺复兴时期的绘画和这一时期对欧洲技术与哲学的影响滔滔不绝地引经据典。随即，杜勒斯加入到谈话中来了。他突然地张口即来，没有任何过渡性的修辞，他说：

---

① 维托里奥-埃马努埃莱三世（1869—1947）：意大利国王，1900—1964 年间在位，在法西斯分子夺取政权后，他成为墨索里尼的傀儡。
② 提香（1488—1576）：即提香·维切利奥，意大利文艺复兴后期威尼斯画派的代表画家。
③ 蓬蒂切利（1445—1510）：即桑德罗·蓬蒂切利，文艺复兴早期最杰出的弗洛伦萨艺术家。
④ 鲁本斯（1577—1640）：即彼得·保罗·鲁本斯，比利时画家，17 世纪巴罗克艺术最为杰出的代表。

"沃尔夫将军，我是愿意和您打交道的。但您必须要向我保证，不再与同盟国的其他人进行接触。这是第一个条件。同时，我希望您清楚这一点，即今天我们之间进行了谈判这个事实只有目前在场的人才应该知道。"

"这样我们可无法缔结和约，"我说，"因为您不是总统，我也不是首相。"

我们相互交流了无声的微笑，心领神会。我明白了，这意味着我可以向您报告会谈的相关情况并请您对此作出进一步的指示。我将此信交给凯塞林元帅的副官带给您，他将陪同凯塞林元帅飞赴柏林。我对此人进行过极为详细的审查。您会想起他的，他出任凯塞林元帅的副官正是得到了您的核准，以便他能向我们报告凯塞林元帅和帝国元帅戈林之间的联络情况。

我们和美国人的下次会谈将于近日内举行。

希特勒万岁！

您的卡尔·沃尔夫

沃尔夫所写的情况基本属实。谈判正是在这种气氛中或者是类似于此类气氛中开始的。只是他对休斯曼和万比尔在火车车厢中的畅谈只字未提。他们的谈话涉及未来的德国新内阁的成员构成问题。双方商定，由凯塞林担任首相，由冯·诺伊拉特担任外交部长（他是党卫队总队长，曾出任捷克和莫拉维亚驻军司令），由国家社会主义工人党的名誉党员希马尔·沙赫特出任财政部长，而内阁部长则由他，党卫队高级总队长卡尔·沃尔夫担任。希姆莱在这个内阁班子中未能获得任何任命。

1945 年 3 月 12 日（8 点 02 分）

此时，施季里茨正驾驶着自己的"霍里赫"牌小汽车风驰电掣地驶向瑞士的边境。面色苍白的神父一言不发地坐在他的身旁。施季里茨将收音机的波段调到法国电台，巴黎的广播正在播送女歌手埃迪特·比阿芙的音乐会实况。她的嗓音低沉浑厚，歌词简单而通俗易懂。

"现在真是世风日下，"神父说话了，"我也不是非要谴责谁，不，我只是听了这种音乐总是会想起亨德尔和巴赫。看起来，还是以前从事艺术的人对自己的要求比较严格啊：他们总是与信仰同行并为自己设置了最高任务。而现在这唱的都是什么呢？跟市场上的叫卖声有区别吗……"

"这位歌手挺有实力的……但这种事还是等战争结束以后咱们再来争论吧。现在您再当着我的面重复一遍您在伯尔尼所要做的一切吧。"

神父于是开始给施季里茨重复，三小时之前施季里茨向他面授机宜的全部内容。一边听神父讲话，施季里茨一边在心里想道："是的，现在凯特留在他们那里了。但是，我要是把凯特带走，他们就会抓住神父，显然盖世太保中也有人正盯着神父。要是那样的话，整个行动计划就都会陷于一败涂地的处境中，希姆莱完全就可以和伯尔尼的那些人沆瀣一气……如果凯特那里发生什么意外情况，虽然不希望发生，但是也有可能发生不测，他们肯定会折磨孩子，凯特也可能提到我。不过，只要神父这边开始行动，那边的普莱施列尔教授想必已经完成了我交代的任务，报信的联系电报肯定也已经到了'家里'。无论是神父，还是普莱施列尔教授都不清楚，他们在为谁执行我交代的任务。一切都会顺利的。我不会让希姆莱去伯尔尼'坐到谈判桌子旁的'。现在绝不能让他们得逞。缪勒对我的'越境窗口'毫不知情，边防军方面也不会对缪勒的手下人吐露任何的口风，因为他们知道我是奉了党卫队司令的命令在行事。顺利的话，神父今天到达瑞士。明天就可以开始执行我交代的任务。确切一点说呢，就是我们的任务。"

"不对，"施季里茨中断了自己的思绪，对神父说道，"您约定见面的地点是饭店里的玫瑰大厅，而不是蔚蓝大厅。"

"我以为您根本就是心不在焉地听我说话嘛。"

"我是非常认真地在听您说呐。请继续往下讲吧。"

"如果神父按预想出境并且一切顺利，那么我就回去营救凯特。那时候不得已再孤注一掷。他们会上紧发条的，到时候可能连鲍曼都无法帮到我什么了……到时候就让他们都见鬼去吧！如果察觉到自己会彻底暴露，那就和凯特一起通过我的'越境窗口'出境。如果可以继续干下去，——他们手里也没有什么证据，也不可能有，我就用武力将凯特营救出去，当然要得到舒伦堡的默许。最好是到他的家里汇报工作或者是去到霍辛利辛，他在那里总是周旋在希姆莱周围。必须计算好时间，干掉秘密住宅的警卫人员，破坏掉电台，然后带走凯特。主要的是要计算好时间和行动的速度。让他们满世界地去找吧。他们很快就会找到答案。从缪勒见到霍尔托夫头破血流的样子大吃一惊的情况来看，我判断霍尔托夫是他派去执行任务的。要不然他不会演得这么逼真，肯定是假戏真做了，除了扮演自己的角色之外，多少还有些真心实意在里面呢。当时我要是当真同意了和他以及隆戈一起逃走的话，不知道下一步缪勒会怎么做。可能他会和我们一起偷越国境。这种可能性也很大。我还清楚地记得，在审问天文学家时，他看着我的神情以及他当时说的那些话……我和他们打太极是对的。一边利用舒伦堡，一边利用鲍曼来作为身份的掩护，出其不意地动身离开。现在主要的问题是要营救出凯特。明天白天我不回办公室，应该立即到她那里去。可是不行，这样做不行。任何时候都不能盲目地行动。我必须先去见缪勒把情况搞清楚。"

"这是对的，"施季里茨说，"您记住了要坐第二辆出租车，不坐第一辆，而且绝不能随便搭乘顺风车，这非常好。总之，我希望，在我向您提到过的修道院里，您的朋友会关照您的。而且我要再次向您重复一遍：您会遇到各种情况，各种不测的情况都可能出现。只要您稍有些微的疏忽大意，甚至您可能来不及弄明白，到底发生了什么事情，您就可能已经被抓到缪勒设在那里的地下室关起来了。但是，如果真的发生了这种情况，您一定要记住：无论是精神错乱的梦呓中还是受刑时，只要提到我的名字，我就必死无疑，同时您的妹妹和外甥的性命也就必然难保。所以要是您说出我的名字，您的亲人的性命就堪忧。这不是威胁，您要理解我的话，这是我们面临的现实情况，您应该知道这一点，要时刻牢记这一点。"

在距离车站广场不到一百米的地方，施季里茨将自己的汽车停放在一旁。边防站的汽车已经停在预定的地点等他。汽车钥匙就插在发动机的点火开关上。车窗上特意泼上了污物，使得路人看不清坐在车中的人的脸孔。根据事先的约定，山上的雪地上停放着雪橇，附近还放着雪地靴子。

"换装吧。"施季里茨说。

"马上，"神父用很小的声音对施季里茨说，"我的双手直抖，我得定定神。"

"您就想说什么就大声说吧，这里可没有人会听见我们说话。"

整个山谷里银装素裹，而隘口处却截然相反，一片黑暗，伸手不见五指。这里异常静谧，一点微弱的动静都会引起悠长的回声。风声送来一阵远处电站发动机的嗡嗡声。

"那就这样吧，"施季里茨说，"神父，祝您一切顺利。"

"上帝保佑您。"神父回答说，随即就以一副略显笨拙的姿势滑着雪橇，朝着施季里茨所指的方向奔了过去。正好在国境线上，他摔倒了两次。施季里茨就原地站在汽车旁，直到听见神父从隘口的瑞士一侧的黝黑森林朝这个方向喊了一声为止。从那里到旅馆咫尺之遥。现在一切都还顺利。现在剩下的事就是要设法把凯特从狼穴中营救出来。

施季里茨回到了车站广场，换了自己的汽车，开出去将近20公里了，便觉得困意袭来。他看了一下手表：已经整整两个昼夜过去了，他一直在奔波劳顿，根本没有休息过。

"我先睡上半个小时再说，"他自言自语说，"不然怎么也开不到柏林啊。"

他就这样正好睡了二十分钟。醒了之后，他就拿出那种扁平的军用水壶，喝了一口里面装的白兰地，然后就胸口贴在方向盘上，开足马力。"霍里赫"的发动机既强劲又平稳，转速飞快。时速表上的指示针已经指向120公里。公路上阒无一人，只有天边泛起的一缕缕鱼肚白。为了避免打瞌睡，施季里茨大声地唱起了诙谐的法国歌曲。

当浓浓的睡意再次袭来的时候，施季里茨索性停下了车，掬了一把雪来擦脸。只有道路两旁的路牙上还有清雪泛着蓝莹莹的微光，没有冻得瓷实。施季里茨驾车经过的村落都是万籁俱静的一隅，像是蓝色的童话世界一般：这里是德国为数不多的没有遭受到盟军太多空袭轰炸的地方，所以那些红色屋顶的小房子就自然而然和谐地矗立在风景画一般的自然景色中，周围衬托它的是一片片披雪的淡蓝色的松树林，清澈见底、从山上奔流而下的小河，如镜面一般平展的湖面已经有了解冻的迹象。

施季里茨特别喜欢早春的自然景色，有一次，他对普莱施列尔教授说：

"文学在不久的将来也会使用概念，而绝不是像以往那样只是用语言来记录漫长的时日。借助广播和电影所获得的信息越多，被人们囫囵吞下、特别是被年轻一代接受的时候，文学的地位就会越加凸显出悲剧性。如果说以前作家要想在长篇小说中，描写春天大自然中万物复苏的景象，至少需要 3 页篇幅的话，那么，现在电影借助于光影在银幕上展示这些景象则只需要半分钟的时间。一般的摄影师也就能够表现出银幕上春暖花开，河流解冻，而大师们则把光影运用得恰到好处，春天繁花的色彩的变化和河流解冻的声音都会准确体现出来。但请注意：他们所花费的时间都很少，就只把信息传递给人们即可。很快就会有文学家来写极简的小说，譬如写几个字：这 3 月的晚霞……难道这寥寥几个字您能从中发现水滴、霜冻、排水管旁边的冰柱，森林那边，远处行船的汽笛声，一位年轻小伙子送一个中学女生回家，走在路上，在春寒料峭、空气清新的夜晚，他们发出的嬉笑之声吗？"

普莱施列尔教授当时就笑了起来：

"我可从来也没有想到，您是这么富有诗意的人呢。没什么可说的，您应该远离人群宅家安静地写诗。"

施季里茨回答他的话说，他是从来也不写诗的，因为他相当严肃认真地对待诗人这个职业，但是他尝试过当一个画家。在西班牙，有两种颜色让他印象深刻，这就是红色和黄色。他觉得，这两种颜色如果在画布上搭配得当，那就完全可以表现出西班牙的整个风貌。他在绘画学习方面尝试了许久，但是后来终于领悟到，保持一种绝对的相似性这一点影响他对事物本质的理解。"对我来说，公牛就是公牛，而对毕加索来说，则是一种自我表现不可缺少的事物。我追随事物，追求形式，而一个天才画家让事物和形式都服从于自己的想法，他不必对细节的描绘感兴趣。我却十分可笑地把《浪子回头》这幅画中脚后跟画得非常逼真来当作自己必须学习的理由来要求自己。在宗教中机械地引用权威是可以被原谅的，但是，这对艺术家来说，却是不可原谅的。"施季里茨当时的想法就是这样的。当同僚知道他爱绘画而请他画画的时候，他已经停止了自己的"绘画练习"（后来他一直这样称呼自己的爱好）。同僚们对他说，这是很好的爱好嘛，"西班牙人也就是信手涂鸦，谁也看不懂画的是什么，令人倒胃口。"他们指的是戈雅①的绘画作品。施季里茨在巴黎的旧货摊上买了两本非常精美的画册，他对这位伟大的巨匠的作品欣赏了很久。后来就把自己

---

① 戈雅（1746—1828）：西班牙浪漫主义画派画家，是一位承前启后、影响巨大的油画巨匠。

所有的颜料和画笔都分送给人了，把画册送给了布尔戈斯城中一位迷人的妇女，她叫克劳森，在她那栋房子里，有施季里茨和他的情报人员会面的秘密处所……

罗尔夫来到了凯特住的地方。当时天气依然寒冷，太阳的光线像是烟雾一般，薄薄一层。天空毫无色彩，云淡天高，像极了霜冻前 11 月末的天气。唯一能让人感到现在是春天的标志，就是一群麻雀的吱吱喳喳的欢快的叫声和咕咕唧唧的鸽子的低鸣……

"希特勒万岁！"巴尔巴拉从自己的座位上站起身来，向罗尔夫敬礼，"我们刚刚……"

罗尔夫没有听她说完，就打断了她的话：

"请把我们两人留下即可。"

巴尔巴拉刚才还是笑容满面，一听这话，瞬间就变成满脸严肃认真、公事公办的表情。随即就走进了另外的一个房间。就在巴尔巴拉关上门的时候，凯特听到了儿子的哭声，他刚刚睡醒，要吃奶了。

"请允许我先去喂一下孩子。"凯特说，"不然，他不让我们消停地工作。"

"让孩子再等一会吧。"

"这不行啊，孩子喂奶是有固定的时间的。"

"好吧。您只要回答了我的问题，就可以去喂他。"

有人敲门。

"我们忙着呢！"罗尔夫厉声喊道。

门开了，赫尔穆特抱着婴儿站在门口。

"该给孩子喂奶了，"他说，"孩子饿啦，他闹着要吃奶呢。"

"等一会再说！"罗尔夫大喊，"把门关上！"

"是，可这……"赫尔穆特刚要开口说话，只见罗尔夫"腾"地就站了起来，三两步走到门口，直接把门关上，险些把这个受了内伤的党卫队士兵的鼻子撞扁。

"开始吧。我们知道您是了解自己的上司的。"

"这个问题我已经解释过了……"

"我知道您是怎样解释的。我读过那些材料，也听过问话的录音。在今天早上以前那些说法对我有说服力。就是从今天早上开始，我不再相信您的那些解释了。"

"今天早上发生了什么事了？"

"当然有事发生了。我们一直期待着此事的发生，我们从一开始就知道事情的全部真相，只是需要证据而已，现在证据也拿到了。如果没有足够的证据，我们是不会抓人的，哪怕缺少一点罪证，或者哪怕是两个人互证，我们都不会抓人。今天我们终于把证据弄到手了。现在您再拒绝回答问题可就是愚蠢了。"

"我觉得，我从一开始就没有拒绝……"

"您可别装了，别再演戏了！我可不是单单指您！您可非常清楚，我指的是谁。"

"我不清楚您指的是谁。我恳求您，请允许我去喂一下孩子吧。"

"您先回答我，您在什么地方，在什么时间里，和您的上司见过面，说完了您再去喂孩子。"

"我已经对抓我的那位先生解释过了，无论是上司的名字还是地址，我都不知道，我也从来没有见过他本人。"

"您可听好了，"罗尔夫说，"最好别在我这里装傻充愣。"

罗尔夫非常疲倦，这是因为所有缪勒身边的特工人员都整整一宿没睡，所有科室都在忙于布置对施季里茨汽车的追踪监控。在他的住宅里以及周围地段，也包括秘密电台发现的地点，都进行了布控，设下了埋伏。但是，施季里茨却凭空消失了。缪勒还不准许把正在到处追踪施季里茨的事告诉卡尔登勃鲁纳局长，更不用说舒伦堡了。缪勒决定自己来单独下这盘棋。他当然也明白，这个棋局有多么复杂。他知道，正是这个鲍曼在瑞典、瑞士和巴西，甚至在美国，用别人的名字开户，存下了大笔数额惊人的存款。鲍曼是个念恩的人，但是，鲍曼也记仇。他把和希特勒有种种关系的人和事悉数记录下来，甚至有的写在手帕上，但是和他有关的事情他都一概不予记录，这个他心里很有数。所以，这位盖世太保的要员决心与施季里茨下这盘棋，证实施季里茨和鲍曼有关系，给他打了电话并见过面。如果施季里茨没有给鲍曼打电话，也没有见过面，那么事情就会简单多了，他对施季里茨的兴趣会大大降低。现在整个关系的来龙去脉都清楚了：施季里茨——伯尔尼的密电——俄国女谍报员。而这条线索后面的大鱼是鲍曼。所以，这位盖世太保的要员和他手下的亲信们才彻夜未眠，整宿工作设下了严密的圈套和埋伏，准备好进行决战。

"我再也不会说什么了，"凯特说，"在您让我喂孩子吃奶之前，我不会说话的。"

母亲的逻辑和刽子手的逻辑是极端对立的。如果凯特只字不提孩子，那她就不得不自己尝尽受刑的苦头，严刑拷打是避免不了的。她所流露的自然母性促使罗尔夫做出了他临来时并没有考虑好的决定。他很清楚俄国间谍的宁死不屈的性格，他们不会叛变，无论何时都会宁为玉碎，不为瓦全。

所以，罗尔夫这时突然冒出一个想法：

"那好吧，"他说，"我们就不再浪费时间了。我们马上安排您和您的上司当面对质：他已经察觉自己要暴露了，决定去偷越国境了，但并没有得逞。他就开着自己的汽车跑了，"罗尔夫用一种恶狠狠的目光看着脸色煞白的凯特，"他有一部不错的汽车，对吧？但是他打错算盘了：我们好汽车可有不少，性能比他的更好。在这个一团乱麻的案子里我们感兴趣的不是您。我们感兴趣的是他。所以，您要把他的全部情况供述出来。全部情况。"他强调说，"必须毫无保留地才行。"

"我没有什么可说的。"

罗尔夫站起身来，走到窗前，把窗户打开，他打了一个冷颤。

"天气又转寒了。"罗尔夫自言自语地说道，"春天到底什么时候才会来呢？我们盼望春天盼得已经疲惫不堪了。"

他关上了窗户，走到凯特跟前，对她说：

"请把手伸出来。"

凯特伸出了双手，一副手铐啪地铐在了她的手腕子上。

"请把脚也伸出来！"罗尔夫命令凯特。

"您想干什么？"凯特问他，"您打算怎么样呀？"

他把脚镣也锁在凯特的脚踝上，并大声喊人来：

"赫尔穆特！巴尔巴拉！"

但是，没有人回答他的喊话。他过去把门打开，又大喊一声：

"巴尔巴拉！赫尔穆特！"

这下两个人急忙地跑进了房间，他们以前习惯了罗尔夫四平八稳地说话，现在他这副声嘶力竭、大喊大叫的神经质样子可不常见。而今天罗尔夫之所以丧心病狂地大喊大叫是有理由的：缪勒今天指派他过来，就是要迫使俄国女谍报员开口供述。这样一来，一旦施季里茨落网，缪勒手里就掌握了这棋局的王牌，就有了主动性。

"去把婴儿抱过来。"罗尔夫命令他们说。

赫尔穆特去抱婴儿，罗尔夫将一张小桌子推到窗户前，桌子上有一个插着假花的花瓶。然后，他又将窗户打得更开，说：

"我是提醒过您的，今天天气非常的寒冷。只要把您的孩子放在这张桌子上，赤身裸体，什么也不包，用不了三五分钟，他就会冻死的。现在开口供述还是沉默抵抗，您做决定吧。"

"您不可以干这种事！"凯特大声嘶吼起来，在椅子上不停地挣扎，"您不可以这么干！您就打死我吧！打死我就行了！您不可以干这种事！"

"是的，我要做的事我也觉得很可怕！"罗尔夫回答说，"但是，我一定要以帝国所有的母亲的名义做这件事！我要以那些惨遭空袭轰炸而死去的帝国儿童们的名义做这件事！"

凯特从椅子上跌落下来，在地板上挣扎滚动，爬过来，哀求道：

"您没有长心吗？！您这是在干什么呀？我不相信您！"

"孩子在哪里？"罗尔夫大喊，"该死的，把他带到这里来！"

"您可是孩子的母亲啊！"巴尔巴拉说，"您可想清楚了呀……"

她一边说着这种话，一边全身都在颤抖，因为她还从未见过这种场面。

赫尔穆特抱着孩子走进房间了。罗尔夫抱过孩子，放到窗户旁的那张小桌子上，马上解开孩子身上的襁褓。凯特像野兽一样，可怕地大声哭嚎起来。

"说吧，不然您就不配做一个母亲！您是一个可怕的、麻木不仁的杀人犯！快说！"

孩子哭叫不停，小小的嘴唇委屈巴巴地撇着。

"快说！"罗尔夫不住嘴地大喊大叫，"我不会等数到三了。我这就敞着窗户，把孩子身上的被子掀开。明白了吗？您为您的人民负责，我也是为我的人民！"

凯特突然感到天旋地转，只听到周围一片嗡嗡的轰鸣，随即她便昏倒在地。

罗尔夫直接一屁股坐到桌子上，说：

"赫尔穆特，把孩子抱起来……"

士兵就抱起了孩子，正想着离开，罗尔夫把他叫住，说：

"先别走。她马上就会醒过来，我还要继续审……巴尔巴拉，拿水过来。给她给我都拿来，再拿一些强心滴剂过来。"

"给她拿几滴呢？"

"不是给她，是给我！"

"好的，几滴啊？"

"我怎么知道应该用几滴？！十滴，或者三十滴……"

他往凯特身边一蹲，伸手拍打她的脸颊。

罗尔夫问赫尔穆特：

"这女人要多长时间才能醒过来？"

"要是您的母亲遇到这种情况，需要多长时间醒过来呢？"

"是的，要是我母亲……这些混账东西都把自己抖落得挺清

272

白，让我来干这种肮脏的勾当……请把火柴给我。"

"我不抽烟呢。"

"巴尔巴拉!"罗尔夫喊了一声，"把火柴也拿来!"

巴尔巴拉拿来两杯水。罗尔夫喝下了一杯呈淡蓝色且略显浑浊的水。他喝完直皱眉头，说:

"呸! 真难喝!"

他点上一支烟，又重新蹲在凯特的面前，扒开她的眼皮。一只大大的瞳孔仿佛在盯着他看。

"她是不是死啦?"他问了一句，"快，巴尔巴拉，你来看看……"

巴尔巴拉检查了一下凯特的头部各个器官。

"没呢，她还有呼吸啊。"

"你们想点办法把她弄醒! 没有那么多的时间了。上头等我汇报呢。"

巴尔巴拉就开始拍打凯特的脸颊，动作像是在按摩一样很温柔，特别地小心。她从杯子里喝了一大口水，然后"噗"的一声把水喷到凯特的脸上。凯特就像是长叹了一声，脸上痉挛了一阵。孩子仍然在哭闹，像刚才一样，上气不接下气地、声嘶力竭地哭着。

"快想个办法让他别哭!"罗尔夫吩咐说，"弄弄什么也听不见了。"

"他饿了，要吃奶。"

"您干吗像鹦鹉学舌似的老说这种话?! 您是不是觉得只有您一个人是大善人?!"

孩子此时哭得更厉害了，他的尖叫声嘶力竭，小小的脸因嚎哭憋得呈青紫色，眼皮也肿了，小嘴唇变得苍白。

"出去！"罗尔夫挥手撵赫尔穆特，后者就走出了房间。

赫尔穆特刚抱着孩子出去，凯特就醒了过来。孩子的哭叫声仍然清晰可闻，距离这个房间不远，屋子里还很暖和，这就是说，罗尔夫并没有一直打开窗户。

"要是让我死掉就好了，"凯特悲戚地想道，"我死了大家都有救。所有的人都会好受。无论是孩子，还是尤斯塔斯，还有我。死去，这是最好、也是最简单的出路……"

罗尔夫说话了：

"我看，她是恢复知觉了。"

巴尔巴拉重新又蹲在凯特的跟前，用两根手指扒开她的眼睛。凯特看着巴尔巴拉，眼皮不断地在颤抖。

"她是醒了。"巴尔巴拉说。

凯特尝试着继续装成昏迷不醒的样子，但她的脸部神情是掩饰不住的，她的脸上不由自主地回复了那种精气神，因为隔壁房间里传来了孩子的哭叫声。

"行啦，别装了。"罗尔夫说，"刚才那一幕倒是真的，现在您就别再耍那些婆娘的花招了。没什么用的。您干的是男人的事业，就收起女人的那一套把戏吧。巴尔巴拉，把她扶起来坐下。现在，睁开眼睛，快打起精神来！"

凯特一动也不动，眼睛也没有睁开。

"好吧，"罗尔夫说道，"巴尔巴拉，您放下她吧。我看得出来，她是听清楚了我的话的。现在我就把赫尔穆特叫过来，打开窗户，那时她的眼睛就会睁开了，但为时已晚。"

凯特哭了起来。

"怎么样？"罗尔夫问，"您想好了吗？"

他亲自把凯特拉起来，让她坐到椅子上。

"您要供述了吗？"

"我需要考虑考虑。"

"我来帮助您。"罗尔夫说，"这样您就不会觉得自己是一个变节投敌的人了。"

他从皮包里拿出一张施季里茨的照片，递给凯特看，并且尽量使巴尔巴拉看不到党卫队旗队长的脸。

"怎么样？这下明白了吧？您拒不开口交代还有什么意义呢？我们来谈谈？"

凯特就一直沉默不语。

"你说不说？！"罗尔夫突然可怕地大声尖叫起来，把自己的拳头擂向桌子上面，以至于插着假花的花瓶被震得直晃，"你说还是不说？赫尔穆特！"

赫尔穆特抱着孩子进屋里来了，凯特转身扑向了他，但是，罗尔夫从赫尔穆特的手里抢过了孩子并打开了窗户。凯特本想转过去扑向罗尔夫，但是，她跌倒了。她可怕地嚎叫起来，罗尔夫也大声地嘶吼着，但是突然间响起了两声沉闷的枪响。

梵蒂冈。卡其切利阁下收。

亲爱的朋友！

教廷当年在抵抗纳粹时所表现出的英勇行为，以及现在为促进人类迫切需要的和平所体现出的对一切可能性的深切关注……令我十分钦佩和珍视。

我非常理解阁下您对卡尔·沃尔夫将军所交由您过目的

275

审慎建议所持怀疑态度的理由。阁下您经历了纳粹占领时期的艰辛时日，阁下您耳闻目睹了沃尔夫将军所领导的党卫队所犯下的骇人罪行，因此，我认为，阁下您不会持有期待的立场，而主要是否定性的态度：是的，对左手作恶多端，而右手不断寻求善意的人是不能够信任的。人格的两重性和矛盾性在一个普通人的身上出现，是能够得到上帝的理解的，但是对于一个制定政策、手握重权的军事家或者国务活动家来说，这是怎么也不能够令人谅解的。

但是，在被梵蒂冈拒绝之后，沃尔夫将军却在这里，在伯尔尼，在与杜勒斯先生会面之后，把自己想做的事情搞得风生水起。根据我们所获得的消息目前可以得出结论，即沃尔夫和杜勒斯所进行的会谈进展得相当顺利。

希望阁下您能理解我的立场：如果我一再地告诫杜勒斯先生停止和沃尔夫将军的继续接触，我们的美国朋友就会对我们此番动作的理由予以怀疑：这是因为从事国务活动的人们并不总是能够理解上帝的仆人们所奉行的信条。

给杜勒斯先生讲述沃尔夫将军的阴险狡诈以及按照他的命令，纳粹分子在我们美丽的意大利土地上所犯下的罄竹难书的罪行，显而易见，是没有什么说服意义的。首先，这是有目共睹的；其次，我们这些上帝的仆人不应当向世人展示自己的苦难。我们在选择自己的道路时，就已经知道我们所背负的使命。

昨天，施拉格神父来到了伯尔尼，在此之前，我一直悲观地认为形势非常的严峻，毫无出路。阁下您应该还记得这位德高望重的人，他一直在呼吁和平，为此四处奔走呼号，早在 1933 年希特勒上台执政之前，他就不顾德国警察局的阻挠，多次出访瑞士、梵蒂冈和英国。

按施拉格神父自己的话说，他来到此地是为了寻求一切现实可能性，以便尽早缔结一项公正的和平协议。据他说，派他到这里来的人对沃尔夫和杜勒斯这两种立场截然相反的人物在观点上的接近感到忧虑，尤其是在未来的和平问题上。

施拉格神父认为自己的使命在于阻止沃尔夫和杜勒斯继续进行所谓的谈判，因为他坚信，沃尔夫之流所关心的绝非是寻求和平，而只不过是为保存纳粹制度进行试探而已，他的交换条件是以在德国掌握实权的党卫队的让步作为筹码。

施拉格神父认为他此行的使命还在于，他要为那些冒着生命危险将他送出德国的人建立起与同盟国的联系。据他说，那些他所代表的人士，首先必须清除过去和未来与党卫队和德国国家社会主义工人党有过并且可能会有联系的一切人员，这是他们义不容辞的责任。

我请求阁下您同意与施拉格神父进行开诚布公的对谈。有必要要求他对伯尔尼正在进行的活动做一次详细的、内容广泛的情况说明。

在我不能向施拉格神父提供证据来说明我们的诚意之前，很难期待他会推心置腹地与我们对谈。他也不会透露正在德国等待他进一步消息的同道们的详细情况和信息。

我不揣冒昧地认为，他在德国那些志同道合的同道并不像我们想象的那样实力强大。施拉格从来也不是一个政治家，他一直是一位虔诚的神父。但是，在对未来的展望方面，能够给我们带来极大利益的人是这个神父，正是神父，才是上帝真正的仆人，甘愿冒着生命的危险来寻求和平，绝不与纳粹之流妥协，这个人才是纯洁、高尚的人。

看来，他就是上帝仆人勇敢精神的崇高典范，他为了拯救德国人民免受布尔什维克的涂炭体现了崇高的公民精神。这种精神会帮助我们，帮助苦难的德国人民选择自己的未来。被希特勒离间而离开梵蒂冈的德国人民终将回到神圣的上帝的怀抱之中，施拉格神父本人，或者是他的光辉形象，在未来，将会帮助我们的神父们，把光明带到纳粹统治的黑暗王国去。

期盼阁下您早日复信。

您的诺雷利

杜勒斯接到了战略情报局局长多诺万的指示，要求今后与沃尔夫的谈判使用代号"纵横字谜"来指代。为了使谈判的进程加快速度，英国元帅亚历山大的情报局局长艾黎将军和美国莱姆尼采将军都将前往瑞士。

在瑞士的卢加诺，艾伦·杜勒斯等待着两位将军，这是一处安静的街道，有一所用化名租来的不大的住宅。正是在这里，他们召开了为期两天的会议，商定了和党卫队的卡尔·沃尔夫将军展开谈判的英美双方共同立场。

"我们没有多少时间，"艾伦·杜勒斯说，"但是，我们要做的工作可不少。同盟国的立场应该是有针对性的和考虑周全的才行。"

"是英美盟国的立场。"艾黎将军不知道是想提问还是想肯定地说了这么一句。

"美英同盟还是英美同盟。在目前形势下只是个名称形式而已,并不改变事情的本质。"杜勒斯说。

于是,在整个战争期间,"同盟国"的概念第一次就把"苏联"这一个词去掉了。一个新的术语"英美同盟"在伯尔尼取代了"英美苏同盟国"……

1945 年 3 月 13 日(10 点 31 分)

艾希曼连衣服也未来得及换一下,就急匆匆地来找缪勒,浑身上下脏污不堪:靴子上粘着污泥,弗伦奇式上衣里外都湿透了,因为他冒雨在诺伊施塔镇上来回奔波了好久,去寻找神父施拉格的妹妹的住处。他根据卷宗里提供的她的住址找到了住宅,但是,她不在家里。他又去了盖世太保的当地分局里查阅情况,那里的人对施拉格神父的亲属一无所知。

邻居们倒是实话实说,这几天深夜里确实听见了汽车发动机的轰鸣声。但是,什么人来过,乘坐的什么牌子的汽车,以及此后安娜太太和她的孩子们出了什么事,却是谁也说不清楚了。

缪勒笑容满面地迎接了艾希曼。听完了这位党卫队一级突击大队长的报告,他什么话也没有说。直接从保密柜里取出一个文件夹,然后从中抽出一张纸来。

"我们拿这件事怎么办呢?"他把这张纸递给了艾希曼,问道。

这是艾希曼写的一份报告，其中可以读到由他阐明的他对党卫队旗队长施季里茨的充分信任。

艾希曼沉默了良久，然后沉重地叹息一声：

"我们全部都罪该万死！"

"这么一说就比较准确了，"缪勒把报告放回到文件夹里，接着艾希曼的话说，"这对您来说，是一次很好的教训，我的朋友。"

"我该怎么办呢？再重新给您另写一份报告？"

"为什么呢？这没有必要……"

"我认为自己应该放弃原来的看法。"

"这么做不太好吧？"缪勒问道，"放弃自己的看法听着不那么令人舒服呢。"

"那我到底该怎么办呢？"

"您应该相信，我会让您原来的这份报告销声匿迹的。您只相信这一点就足够了。就继续工作好了。要知道，您不久以后就会去布拉格：说不定从布拉格回来之后，您还要与神父打交道，还要去见您忠实的朋友，您毕竟曾经与他在斯摩棱斯克一起躲避过枪林弹雨啊。现在您走吧。不必太难过了。反间谍工作人员比任何人都应该懂得，在我们这个时代，不能相信任何人，有时候甚至不能相信自己。当然，您是可以相信我的……"

普莱施列尔教授按照约定的时间向秘密接头地点走去。和前一天晚上一样，他的情绪仍然处于十分激动的状态中。他觉得工作还算顺利，因此离开房间时还有胃口吃了一点东西。他的心里充满了希特勒即将完蛋的喜悦和希望的潮水。他买了好多份的报纸，对他这样博览群书，善于分析历史的人来说，未来是不难想象的。他的内心中有两种情感一直在争斗：他懂得，在这一切行将结束的时候，他的同胞将要经受什么样的考验；但是，他同时也懂得，这是比希特勒获得胜利要好的悲剧式的净化。他一贯认为，法西斯主义的胜利就意味着文明的灭亡，最终将导致整个德国民族的退化。古罗马的灭亡就是因为它妄图将自己凌驾于世界之上。后来在异邦的野蛮人的打击之下而灭亡。在国土以外取得的胜利一直吸引着古代的统治者们，以至于他们忘记了自己的奴隶们暗中的诸多不满，忘记了那些没有得到奖赏的廷臣们的怨恕，忘记了那些对美好的未来充满幻想的思想家和哲学家们对这个世界的永不餍足。战胜了眼睛看得见的敌人之后，皇帝们、法老们、权臣们、暴君以及执政官们就确信，只要击溃了异邦之敌，再来对付本国表示不满的臣民就相对容易得多。此时，他们完全忽略了军队中就有他们要打击镇压的那些人的子弟或者熟识的人。在统治者和被压制的分离阶层中，有一些进步阶层分子，普莱施列尔教授自己暗中给这些人用一个术语来命名，即"文明的酵母"。他懂得，希特勒想做一个特别恶毒的试验，即帝国对世界的胜利应该让每一个德国人在物质利益上感觉到，无论这个人在德国的社会地位如何。希特勒想让每一个德国人都成为世界的统治者，而其他国家的黎民百姓都是他们的臣民。也就是说，希特勒妄想在军队杜绝"文明的酵母"产生的可能性，无论如何，至少要在最近的、可以预见的未来达到此一目的。希特勒一旦胜利，德国人就变成了严密的军事化民族；希特勒将解除其他国家民族的武装，取缔他们的国家组织，到那时，被征服国家的人民的任何反抗的尝试都将注定会遭到失败。因为同已经军事化武装的德国人的组织较量的，必须也是同样强大的民族组织才有可能。

……普莱施列尔教授看了看手表，他的时间还宽裕呢。他看到，雨水顺着小咖啡馆的窗户玻璃流淌下来，窗户里面坐着几个小孩子在吃冰淇淋呢。看得出来，是女教师把他们带到这里来的。

"我想事情的边界还是在帝国的范畴里呀。"普莱施列尔教授暗自笑了一下，他发现餐桌旁坐着一个男子，年纪很轻，正在和小孩子们有说有笑地玩着。"只有我们国家才是女人担任教师，适龄服役的男子都在前线浴血奋战。总的来看，中学教师比较适宜由男子来担任，就像在古希腊城邦斯巴达那里曾经实行的一样。女人可以充当安慰者，但不是教育者。培养下一代是男人的应尽义务。这样做的好处是可以让孩子们摒弃不必要的幻想，世界上没有比孩子的幻想和成年人的现实之间的冲突更为残酷无情的了……"

他走进了这家小咖啡馆，在角落里找个位置就坐了下来。给自己要了一份水果冰淇淋。孩子们被自己的老师讲的笑话逗得咯咯直笑。他们的老师和他们讲话特别平易近人，他不会去迎合小孩子们，而是像和同辈人说话一样，不哗众取宠，而是极有分寸地"吸引"和聚拢孩子们靠向自己。

普莱施列尔教授情不自禁地回想起了帝国的学校。那些学校里机械的教育方法、歇斯底里的惩罚、在老师面前学生们的恐惧心理等等一股脑地涌上心头，使他不禁想道："如果纳粹获得了胜利，把他们的那一套作风带到这里来，小孩子们不就会变成小士兵了吗？我怎么还能希望德国获得胜利呢？在这里，人们用体育课代替了军训课，人们不教姑娘们刺绣，而是培养她们对音乐的爱好。假如希特勒来到了这里，这些孩子们就会坐在课桌后面，缄默不语，眼睛紧盯着自己的老师，很可能是一位女老师，他们将排队走在街上，见面时他们会愚蠢地大喊'希特勒万岁！'作为打招呼的内容。可能，我是在希望自己的祖国遭受失败，这真是一件可怕的事情，但是，我还是希望我的祖国尽快战败才好……"

普莱施列尔教授就这样不紧不慢地吃完了自己的冰淇淋。面带微笑，坐在那里听着孩子们和老师的问答。

"让我们谢谢这个绝妙的咖啡馆的老板好不好呢？他为我们提供了温暖的地方和可口的冰淇淋，我们为了表达谢意就唱一首歌好不好？"

"好呃！"孩子们回答。

"都同意了吗？有没有反对的呀？"

"我反对，"一个红头发的小女孩，满脸都是雀斑，长着一双大大的蓝眼睛，"我不同意。"

"为什么呢？"

就在这时，咖啡馆的门被打开了。一个蓝眼睛的大高个子男人一边抖落雨衣上的雨水，一边往里走。他就是那个秘密接头地点的屋主人。还有一个瘦子和他一起走进来，面色黝黑，动作敏捷，体态特别的精干，脸上表情丰富，有一副高高凸起的颧骨。普莱施列尔教授差点就起身站起来了，但是他突然想起昨天上级的指示是"我自己会认出您的"。所以，他就摆出一副埋头读报的样子，仍然在留心听孩子们说话。

"你解释一下吧，为什么要反对呢？"老师问那个蓝眼睛的小姑娘，"应当善于坚持自己的观点。也许，你是对的，我们是不对的。现在就请你帮助我们一下吧。"

"我妈妈说，吃过冰淇淋之后不能唱歌。"小姑娘说，"会损坏声带的。"

"妈妈在许多方面是对的。当然了，如果我们大声唱或者是在街道上尖叫，这是会损坏声带的，但是在这里呢……不会，我想，在这里唱歌，对嗓子不会有什么损害的。而且，你可以不唱，我们大家不会埋怨你的呀。"

说完，老师就带头唱起了一支欢快的蒂罗尔歌曲①。咖啡馆的老板从柜台走了出来，为孩子们鼓了掌，然后孩子们就欢呼着走出了咖啡馆。普莱施列尔教授若有所思地望着孩子们的背影。

"我究竟是在什么地方见过这个黑瘦子呢，"突然间，他想起来了，"可能，我和他一起在集中营呆过？不是……不是在那里见过这个人，但是我记得这个人，我非常清楚地记得他。"

大概，是他打量这个黑瘦的家伙时，目光一直盯着他看，所以，那个人察觉到了他的目光，不禁微微笑了一下。这一笑让普莱施列尔教授立即想起了他是谁，就仿佛看到了电影里的某一个镜头。普莱施列尔教授甚至听到了这个人以前说过的话："让他在保证书上签字，让他保证一切服从元首！在一切方面！让他以后没有可能找我们的茬儿，以便他将来说：'这是他们的过错，我只是一个旁观者！'现在谁也不可能当旁观者！对于从集中营出去的德国人来说，只有非此即彼的选择：忠实或者是死亡。"那时是战争开始的第二年：他被叫到盖世太保去进行例行的谈话。教授每年被叫去一次，一般都在春天。这个体态精干的黑瘦子一般都是走到办公室里，听穿制服的盖世太保和教授的谈话，平时都是

---

① 蒂罗尔歌曲：指奥地利蒂罗尔地区的民歌。

这个黑瘦的人和教授谈话，说话态度凶狠，那些歇斯底里的话给普莱施列尔教授留下的印象很深。谈话之后他就去找自己的弟弟，当时弟弟还是一名主治医生，一年以后弟弟就突然死了。当时弟弟说："这是他们惯用的手法，他们都是患有歇斯底里症的盲人，他们强迫你在保证书上签字效忠，他们自己还发自内心地认为，这是给了你巨大的荣誉……"

普莱施列尔教授感到自己的双手微微地颤抖起来。他不知道如何是好：是直接迎上去找那个接头地点的屋主人——自己的上级派来的同志呢，还是把他叫到旁边，去提醒他注意那个黑瘦子呢，还是自己走到外面去，看看他们是一起离开，还是分头离去呢，或者自己先站起来，尽快飞奔到接头地点去，通知留在那里的人呢——他昨天在那里的时候，听到过有另外一个人的说话声音——好让他们在窗台上摆出报警的信号呢……

"停住！"普莱施列尔教授突然像遭到了重击一样，想道："我第一次去那里的时候，窗台上摆着什么？摆着一盆花呀，施季里茨对我说过的。或者并不是？不，不可能，那样的话，那为什么现在这个同志还……不，我这是歇斯底里症又发作了吗！停下！得控制住自己。停下！"

那个大高个男人自始至终都没有朝普莱施列尔教授看过一眼，就和同来的黑瘦子一道离开了。普莱施列尔教授把自己身上最后一张纸币给了咖啡馆的老板，但是老板没有零钱找给他，只好跑到对面的一家店铺去找零钱，等到老板把零钱找好给他，他在出门的时候，街上已经空无一人：既没有接头地点的屋主人，那个高个子男人，也没有那个黑瘦子，他们都不见了踪影。

"也许，他和施季里茨是一样的人吗？"普莱施列尔教授心里如此想道，"也许，他真的和施季里茨一样，打入了纳粹的内部，戴着面具在和他们作战吗？"

这种想法对他多少是一点安慰。

普莱施列尔教授走到秘密接头地点所在的那幢房子跟前，抬眼朝窗户里望了一眼，他看到，高个子的房屋主人和那个黑头发的人都在里面。他们就站在窗口交谈着什么，就在他们两个身影之间赫然矗立着那支硕大的花枝，这是联络地点暴露了的信号。(俄国的情报员察觉了自己被人跟踪，及时将这个报警信号摆上了窗台，而盖世太保一直也没有意识到这支花是有所意味的：或一切正常或联络地点已经暴露。但是，他们坚信，既然俄国人还不知道他们正在被围猎，那就先把一切都原封不动地保留下来，因为普莱施列尔教授第一次心不在焉地莽撞地进入了此地，没有注意到窗台上的花，所以，给了盖世太保错觉，使他们断定秘密接头地点一切正常。)

窗户里的人看见了普莱施列尔教授，那个高个子微笑着冲他点头致意。普莱施列尔教授可是第一次在他的脸上看到笑容，这一笑让他霎时间明白了一切。普莱施列尔教授也笑了一下，就快步穿过了街道。他断定，这一走过去楼上的人就看不见他了，他就离开了他们的视线。但是，环顾了一下四周，他发现了两个男人就在他的后面，一边走一边用眼睛假装瞄着橱窗，距离他还有100多米远。

普莱施列尔教授感到自己双腿发软，迈不动步了。

"干脆喊出来？喊人救命？这两个男人会抢先下手的。我可是知道，他们会怎样对付我。施季里茨说过，他们可以直接把人麻醉或者当成精神病人抓走。"

当一个人处于最危险的关头的时候，只要他搏斗的能力还没有失去，注意力就会格外地敏锐，大脑处于极度紧张思索的状态。

普莱施列尔教授看见昨天走过的那扇大门里，露出一块低矮的青灰色的天空。

"这是一个连通的院子，"他醒悟过来，"我应该跑进这个大门。"

他拖着一双僵硬然而不停颤抖的双腿，灰白的脸上挂着呆滞的笑容。

普莱施列尔教授进去就关上了门，然后立即奔往通向前面院子的那扇门。他用手推了一下门，却发现，门是上了锁的。他就用肩膀撞了过去，但是，并没有把门撞开来。

普莱施列尔教授又用肩膀撞了一次，但门是上了锁的。他刚才看见的天空是从一扇小窗子里透过来的，但是，要想爬进小窗子是不大可能的。

"然后不就变成电影里的镜头了嘛。"他突然间就厌倦了，好像对一切都无所谓了似的，像是一个旁观者（观众）在看着发生的一切，旁白道："一个戴着眼镜的老年人想从窗户爬进去，结果被卡在了窗户中间。两条腿来回地蹬来蹬去，那两个家伙会拽住我的两条腿把我薅下来的。"

他沿着旁边的楼梯往上爬了一段距离。从这里的窗户可以跳下去，但是这个窗户正好通向那条人迹较少的街道，那两个男人正沿着这条街道逛巡呢，他们现在已经不再假装看橱窗了，而是四只眼睛紧紧地盯着普莱施列尔教授刚刚走进去的这个门里。普莱施列尔教授又向上爬了一段距离，发现通往院子里的窗户被人用胶合板封死了。

"在他们把你的衣服脱掉，检查你的嘴巴的时候，是最可怕的，因为那个时候你会感觉到，你就是一只虫子。在罗马时期，处死一个人很简单。那是诚实的古罗马人的美好时代！而现在呢，这些家伙要么拼命地给你洗脑，要么就没命地折磨人，之后才能把你送上绞刑架吊死。当然，我是经受不住他们的酷刑啊。那时候，第一次见识这些刑具，我本来也没什么可隐瞒的，反正我也受不了这些折磨，他们想要什么，我就说什么，按照他们的要求，把我知道的情况全都一股脑地写了下来。那时候我还很年轻都这样。要是现在他们再来拷打我，我是挺不下来的，那就只好背叛对弟弟的怀念了。背叛对弟弟的怀念就意味着死亡。那就不如不怕背叛，直接死了才好。"

他在门口停住了，门上的名牌上写着姓名："法学博士弗兰茨·乌尔姆"。

"现在我就来按一下这个乌尔姆的门铃好了。"普莱施列尔教授灵机一动，"我就说我的心脏病犯了。我现在手指冰凉，脸色大概已经煞白了。就说让他帮忙叫医生来。有种让他们当着众人的面向我开枪好了，我到那时再喊也来得及。"

普莱施列尔教授按了按门铃。他听见门里面叮叮当当地响了好一会儿。

"要是乌尔姆问我住在什么地方，"他心里思忖，"该怎么办呢？我要是落在本地警察局的手里也行啊。反正希特勒很快就会完蛋，到那时，我就可以说出，我是谁，从哪里来了。"

他又按了一次门铃，但是，无人应答。

"这个乌尔姆这会子肯定坐在咖啡馆吃冰淇淋呢，冰淇淋美味可口，是草莓味的，上面还有点华夫饼干，"普莱施列尔教授又无限地遐想起来，"他也许在读报，他可顾不上我的事儿。"

普莱施列尔教授又往上跑了几步。快步跑过去按秘密接头处对面的一个屋子的门铃。结果，秘密接头地点的门打开了，一个高个子金发男子走了出来，对他说道：

"您找错门了，先生。这个门洞里只住着我们和乌尔姆两家。您刚才按过他的门铃了。其他所有人都外出不在呢。"

普莱施列尔教授在门旁的一扇窗户边上停住了脚步，这是一扇很久没有清洗过的大窗户。

"在桌子上放着一部手稿。我写得很顺手，但写到一半就不再写了。如果不是动身到这里来，那我现在还坐在柏林的家里，正在写作呢。而后，等这一切都结束的时候，我会将所有完成的手稿集结成书出版。而现呢？谁还能看懂、弄清楚我的笔迹呢？"

他就这样将两条腿向前伸展着，从窗户里跳了下去。他想喊，但，喊不出声音来，因为在他的身体刚刚悬空下坠的时候，他的心脏就破裂了。

大水冲了龙王庙?

当缪勒听到有人向他汇报说，施季里茨已经回到帝国保安局，这会儿正在沿着走廊往自己的办公室走去的时候，缪勒一下子倒六神无主了。因为他确信，施季里茨肯定会在别的什么地方被抓住。他自己也说不清楚，他为什么会这样想，但是，肯定会成功让施季里茨入瓮的预感一直在他的心中盘旋。当然，他非常清楚自己在这件事情上的过错：当他看见被打得头破血流的霍尔托夫时，就知道自己失策了。施季里茨当然对此心中有数，所以，缪勒认为，施季里茨可能会望风出逃。想不到，施季里茨竟大摇大摆地出现在帝国保安局的办公楼里，不慌不忙地在走廊上信步闲庭，时不时地还和熟人打招呼寒暄，这个消息让缪勒乱了分寸，动摇了他觉得施季里茨已然入瓮的成功感觉。

施季里茨这么做的动机十分简单：扰乱敌人的想法，就意味着成功了一半。他非常清楚，和缪勒过招可是相当复杂的行动。因为霍尔托夫故意绕开了最敏感的问题来谈保安局和盖世太保对物理学家们采取的各种行动和措施。但是，目前来看，霍尔托夫要想控告施季里茨还是缺乏充分的准备的，他要指控他的每一个问题，并没有足够的证据，而仅仅是凭直觉来推理，所以，都是可以推翻的假设，至少可以有不一样的两种解释。施季里茨回想起他和舒伦堡在元首寿辰当天曾经有过的一番谈话。当时，在希姆莱发言之后，音乐会随即开始了。之后来宾鱼贯进入宴会大厅，那里已经准备好了宴席。党卫队总司令希姆莱按自己的习惯，只喝了一杯德国塞尔查矿泉水，而他的部下们则开始痛饮白兰地。就是在那个时候，施季里茨对舒伦堡说，缪勒的手下对三个月前被逮捕的物理学家们做工作的方式不尽合理。"工作粗糙得没法看。我呢毕竟还去了一趟大学的数理系，"施季里茨说，"我不喜欢回忆前面的事，但是一想到那里的情况我就感到沮丧，然而这些却是不争的事实。再说，这个隆戈还是有一些人脉的，他曾经负笈海外，在美国求学的。我敢保证，这项工作由我们来做好处会更多，更有利于工作的展开。"

他在向舒伦堡灌输了这个想法之后，又开始诙谐地讲了好几个笑话给舒伦堡听。后者哈哈大笑之后，就与施季里茨一起走到窗户跟前，开始讨论舒伦堡授权委托一个行动小组（其中也包括施季里茨）来执行那次的行动计划。他们策划的行动就是要放出假情报，以此离间同盟国之间的关系。施季里茨在那个时候就已经注意到了，舒伦堡虽然是非常谨慎地、千方百计地隐蔽自己，但是，他铺设了自己的离间西方盟国与克里姆林宫关系的渠道。而且在这步迷棋中，他要打击的对象自然是克里姆林宫。正是舒伦堡，向驻扎在大西洋上的德国部队提供英国制造的自动武器，德国人都是通过中立国来买这些武器的，运输时途经法国运往德国，并没有严格遵守运输此类军用物资所必须遵守的保密条例。老实说，他们做得十分的周密而手段纯熟。在被共产党的游击队从德国仓库里抢走了部分武器之后，他们发布了命令，威胁说，要将仓库的看管人员以玩忽职守罪，予以枪毙论处，把这份命令印刷了好多份。舒伦堡派出的特工人员四处去抓捕游击队，却故意让这些印好的命令落入游击队之手。根据这份"机密"情报可以得出一个结论，即西方盟国并没有打算在法国或者荷兰等国登陆，否则的话，他们为什么要把自己的武器卖给敌人呢？舒伦堡十分赞赏施季里茨的工作，因为他是这次行动的组织者。那时候，情报机构的首脑就端坐在自己的办公室里，期盼着斯大林大为光火，雷霆大怒，然后斯大林、丘吉尔和罗斯福的联盟就此破产解体。施季里茨工作得特别起劲，废寝忘食，他提的建议舒伦堡无不赞许。然而，什么事情也没有发生。施季里茨把他所知悉的这次行动的所有计划和内情都汇报给了莫斯科方面。这个行动开始实施的初期，他就提前通知了莫斯科说，伦敦从来也不曾向纳粹德国出售过武器，这个说法是一个精心安排的不怀好意的假情报。

施季里茨在元首寿辰的庆典酒会上，在与舒伦堡的谈话中，故意对涉及物理学家隆戈的案件避而不谈，而是主要将谈话的内容集中在讨论与克里姆林宫暗中较量失败的原因上。因为他很清楚，舒伦堡是一位颇有天赋的情报人员，职业素养极高，即使他会忘记谈话的某些细节，但绝不会疏漏那些重要的、关键性的要点，即使是和自己的花匠聊天，也是如此。舒伦堡是一个和施季里茨势均力敌的对手，在战略问题上要想回避他是相当困难的，而且几乎完全不可能。但是，经过对他进行认真的观察之后，施季里茨发现一个有意思的细节：舒伦堡对自己属下工作人员的重要的意见和建议一开始并不重视，总是把话题转向其他方面。在过了几天，一周，甚至几个月以后，他又回到这个建议上来并对其有所补充，加上了自己的理解，使整个想法更加成熟。但是，这个想法已经不是别人的，而是他自己绞尽脑汁，苦思冥想的计划了，是他即将付诸实施的计划了。而且他赋予了这个粗略的计划相当不错的点睛之笔，他准确地把这个议题和帝国所面临的总体问题结合起来，所以，没有人敢怀疑他的想法是剽窃而来的。

施季里茨的推测是正确的。

"旗队长，"过了两个星期，舒伦堡对施季里茨说，"看来，技术优势的问题将会成为世界历史中的主要问题，特别是在学者们破解了原子的秘密之后。我认为，学者们对此事是心知肚明的，但是政治家们还远没有意识到这一点。我们将成为政治家这个职业衰落的见证人，在以前十九个世纪的历史中所习惯的政治家概念一去不复返了。科学将在未来成为政治的操纵者。理解那些科学家，那些已经达到未来世界先进水平的科学家，理解他们不倦探索的动机，弄清楚谁在鼓舞他们不断地进行探索，这不仅是今天的任务，确切地说，与其说它是今天的任务，倒不如说，这是针对遥远的未来的任务。鉴于此，您应该做一下那个被拘押起来的物理学家的工作。我想不起来他叫什么名字了……"

施季里茨明白了，这是舒伦堡对他的试探。舒伦堡想弄清楚，作为情报业务的行家里手，施季里茨是否知道他这段话的出处，是否还记得是谁向他抛出了这个想法。施季里茨默然无声，只是紧皱着眉头望着自己的手指。他在一阵冷场之后，困惑不解地看了一眼自己的旅队长。于是，他通过了这场测试，开始接手隆戈的案件。实际上，他是阻断了德国人的现实可能性：如果隆戈的观点获胜的话，德国人早就会在1944年底就集中精力制造原子弹了。

然而，在和隆戈相处了许多天之后，施季里茨就确信，是命运本身妨碍了德国获得这一新式武器：在斯大林格勒大会战之后，希特勒宣称，如果学者们不能保证在三个月之内，最长不超过六个月，拿出实实在在可以应用的成果，他就拒绝给国防领域的科研项目提供财政支持。

确实，希姆莱对原子武器问题很感兴趣，也建立了"军事科学联合基金会"，然而，负责帝国科学研究工作的戈林要求希姆莱把他的成果转至自己的管辖之下。如此一来，那些天才的德国科学家就被置于领导集团的视野之外，况且德国的领导人中，除了施佩尔和沙赫特，竟然没有一个人受过高等教育。

现在，施季里茨必须在这场博弈中取得下一个阶段的先机：他必须要证明自己在这个问题上的立场是正确的。他对自己的立场进行了仔细的考虑。目前来看，这个立场是有利的。他必须战胜缪勒，并且一定会战胜他。

他没有立即回自己的办公室，在缪勒的接待室，他对舒尔茨说：

"朋友，请问一下您的上司：他有什么指示？他是可以马上接见我还是让我睡半个小时再来呢？"

"我这就去问一下。"舒尔茨当即回答了他，就马上进去了。在里面耽搁了大约两分钟之久，出来回复说："您自己看着办吧，处长说既可以现在接待您，也可以把谈话放在晚上进行。"

"这个说法是复杂化了的方案，"施季里茨心里清楚，"他是想搞清楚，我会去哪里。不应该把时间再拖延下去，反正一个小时之内，至多也就两个小时，要决出这一局的胜负来。甚至有必要把舒曼研究所的专家找过来，也够了。"

"您觉得怎么办方便，我就按您的意见办吧，"他对舒尔茨说，"我怕处长晚上会去见局长，我会通宵等到明天早上的。您说对吧？"

"是这样。"舒尔茨随声附和说。

"那就现在见?"

舒尔茨立刻打开了门,说:

"请进吧,旗队长先生。"

缪勒的办公室光线暗淡:这位党卫队的总队长就坐在一张小桌子旁的扶手椅上听 BBC(英国广播公司)的节目。正在播送的是反对德国的宣传内容。缪勒的双膝上放着一个公文夹子,正在全神贯注地批阅文件,还时不时地伸手调整一下不稳定的收音机广播频段。缪勒看上去相当的疲倦,黑色的弗伦奇式军装上衣的领口敞开着,整间办公室充斥着雪茄的烟雾,像峡谷里缭绕的云雾一般。

"早安,"缪勒说,"老实说,我没有料到这么早就能见到您。"

"我还担心,迟到了会挨一顿训斥呢。"

"您倒是总担心挨缪勒这个老家伙的训斥……其实我究竟真正训斥过谁呀?我可是个老好人呢,但是关于我的流言蜚语真是被散布得不少呢。您的那位美男子上司可是比我凶恶一千倍呢。只不过是他在大学里学会了微笑和讲法语而已。而我至今都弄不明白,是应该把苹果切成小块吃呢,还是像我的家人一样,直接整个吃好。"

缪勒深深地叹了一口气,站起身来,把弗伦奇式上衣的领口扣子扣上,说:

"走吧。"

他察觉到了施季里茨疑惑不解的目光,就笑了一下,说:

"我给您准备了一份意外的惊喜……"

他们一起走出办公室,缪勒离开时对舒尔茨说:

"我们可能一会儿就回来……"

"可是我还没有给您叫好汽车呢……"舒尔茨说。

"我们哪里也不去。"

缪勒踏着狭窄的楼梯咚咚就走到地下室去了。这里设立了几间关押特殊级别犯人的牢房。通往地下室的入口处有三名党卫队的士兵在站岗。

缪勒从自己的裤子后袋里掏出了自己的瓦尔特式手枪，递给了警卫人员。

施季里茨用征询的目光看着缪勒，缪勒点了点头。施季里茨就也把自己随身带着的帕拉贝伦式手枪递了过去，警卫人员将枪塞进了自己的军装口袋里。缪勒随手拿起了警卫小桌上的一只苹果，说：

"不带礼物来这里不太好意思啊。虽然我们两个人都是自由恋爱的崇拜者，没有任何必须尽到的义务，但是，见一见老朋友还总是要带点礼物的嘛。"

施季里茨不由得笑了起来。他明白缪勒这个说法的来源。有一次，缪勒的手下试图说服南美洲某国的外交官，将其招募为自己的间谍；他们给这位外交官看了几幅照片，都是这个外交官和一个金发美女在床上的艳照，其实这个美女也是缪勒的手下介绍给他的。他们对这个外交官说："要么我们就把这些照片交给您的妻子，要么您就得为我们工作。"这个外交官呀，盯着这些照片看了半天，说："我能不能再和她睡一次呢？我和我妻子都非常喜欢色情照片。"这件事发生之前，希姆莱刚刚发布了要对德国情报人员的家庭生活予以特别的关注的命令。所以，施季里茨当时就抱怨说："应该信仰不负任何责任的自由恋爱，那样的话，人们就不会在偷情的时候被捉奸啦。"后来再有人跟施季里茨谈起这个外交官事件的时候，施季里茨都会吹声口哨，调皮地说："请也替我找一个喜欢色情照片的老婆好啦，我就会立即向她求婚的。不过，我的看法是，你们肯定是上了那个秘鲁人的当了呀：他呢，明明是怕自己的老婆怕得要死，却一点也不露声色，像一个演员一样表演得像真事似的，你们倒相信了他。你怕自己的老婆吗？当然怕！可是你却抓不住我，因为我害怕我自己，因为我对谁都不负有责任。唯一糟糕的只是没有人往监狱里送饭啊。"

缪勒停在七号监房门口。他向监视孔里望了好长的时间，然后向卫兵做了一个手势，卫兵跑过来，打开了沉重的牢门。缪勒率先走进了牢房。施季里茨紧随着他也走了进去。卫兵留在门口。原来牢房里空无他人。

……希姆莱给卡尔登勃鲁纳打电话，请他把元首密令的手稿原件送至布拉格的盖世太保机构的克吕格尔将军处。

"要不是签了这份命令，他会像上次忽略了克拉科夫市一样，将布拉格城忽略掉。您也读一读这份命令吧，它是元首勇敢和天才的佐证。"

内容：关于摧毁德国领土上的设施的命令。

为了我国人民的生存而进行的斗争，迫使我们在德国的本土上，也要使用一切可能的措施来削弱敌人的战斗力并阻止其进一步向前行动。必须利用一切可能性直接或者间接地使地方的战斗力遭受最大限度的损失。认为收复沦陷的领土之后可以重新使用在退却之前未被完全损坏或者瘫痪时间不长的交通线、通讯设施、工业企业以及农村公社企业的想法是极其错误的。敌人在退却时只会给我们留下一片焦土，他们是绝不会考虑我国居民的需要的。

因此，我命令：

1. 所有建在在德国领土上的交通设施、通讯网络、工业企业和农村公社企业，以及那些可以为敌方所利用的物质储备，应该尽快或立即予以统统销毁；

2. 此项摧毁工作由下列人员负责实施：与各种军事设施（包括道路交通设施和通讯网络）相关的各级军事指挥员、与工业企业和农村公社企业以及那些可以为敌方所利用的物质储备有关的地方长官和国防政治委员。各部队应对地方长官和国防政治委员予以必要的协助，使其完成他们必须完成的上述任务；

3. 此命令立即传达到所有的指挥员。与此命令相抵触的各项命令均可视为失效。

希特勒

1945 年 3 月 13 日（11 点 09 分）

"逻辑上没错儿，"听完了施季里茨的汇报，缪勒如是说，"您和物理学家隆戈的立场是不容动摇的。请把我当成你们的盟友吧。"

"上次您派去对瑞典外交官的'霍里赫'小轿车进行盯梢的行动也与这个案件有关吗？"

"您是发现有人跟踪您了吗？您感觉到十分危险了吗？"

"就是任何一个迟钝的人处在我的位置都会觉察到盯梢的。至于说到危险嘛，呆在自己国家有什么大不了的危险呢？如果我在国境以外……"

"您的头不疼吗？"

"因为思虑过度？"施季里茨笑了一下。

"因为压力呗。"缪勒回答，他抬起左手，开始按摩自己的后脑勺。

"他这个家伙是想借机看一下手表。他是在等什么事呢？"施季里茨心中暗想，"如果不是手中掌握了王牌，他是不会立即开始演这出戏的。这个王牌是谁呢？神父吗？普莱施列尔教授？还是凯特呢？"

"我建议您试一试做呼吸式的瑜伽体操。"施季里茨对缪勒说。

"我可不相信这种东西，不过您可以做个示范。"

"先把左手放在后脑勺上。不，不是手掌，只是手指便可。再把右手贴在头顶上放平。对，就是这个样子。现在双手同时开始按摩头部。请闭上您的眼睛。"

"我要是闭上眼睛，您还不得像对待霍尔托夫一样，在我头上猛地来那么一下子。"

"如果您也劝我背叛祖国，我当然也会那么做的。总队长先生，您暗中看了一下手表，不过，您的手表慢了七分钟哦。我喜欢开诚布公地博弈，和所有人，在任何情况下，我都毫无隐瞒。"

缪勒尴尬地一笑：

"我一直感到非常可惜，您没有在我的处里工作。不然的话，我在酒吧里就把您提拔为我的副手啦。"

"我可还不乐意呢。"

"为什么？"

"您可是一位嫉妒心强的人啊。像一个痴情地爱着的妻子。那种温情不啻是最可怕的嫉妒，这么说吧，是一种折磨人的嫉妒……"

"说的对，可以说，是真对，可以换一句话来界定这种残酷的嫉妒：这是对同志们的一种关爱。"

缪勒又看了一遍手表，这次，他没有加以掩饰。"这家伙是个一流的情报人员呐，"缪勒心里想道，"他不用通过言辞来明白一切事情，而是通过手势和情绪就一清二楚了。真是一把好手。如果他站在反对我们的立场，那么，他给帝国造成的损失可是我无法估量的。"

"好了，"缪勒说，"那我们就开诚布公地较量一下吧，再等上一分钟……"

他站起来，打开沉重的牢房门。虽然牢门上包着一层厚厚的铁皮，但是，打开它却很容易，只消一个指头便可。缪勒召来一个卫兵，他正在那里用火柴杆挖指甲里的泥垢。

"去打电话给舒尔茨，问他有什么新情况。"

缪勒早已估算好了，罗尔夫只需要两三个小时就可以逼迫那个俄国女谍报员就范，招供出一切。到时她就会被押送到这里来，进行当面对质。是他干的，就无法抵赖；不是他干的，就不会诬赖他。验证事实真相是反间谍工作人员的职责所在。审讯施季里茨的总体安排可以说是十分精确，万事俱备：只等罗尔夫制服俄国女谍报员，缪勒就立即亮出自己的王牌，先观察施季里茨的行为举止，然后让他和那个"女钢琴师"面对面地对质一番。

"马上就好，"缪勒向牢房里转过身来，"我正在等一个消息……"

施季里茨不以为然地耸了耸肩。

"那为什么领我到这里来呢？"

"这里更安静嘛。"

"如果一切都像我所预想的那样结束的话，我们就一起回去，那样大家就都知道，我和您合作，在我们这里合作侦讯了一件大案。"

"我的上司获悉这件事了吗？"

"您怕谁嫉妒呢？是怕我还是他呀？"

"您认为呢？"

"我喜欢您的直来直去。"

卫兵走了进来，对着缪勒说：

"舒尔茨让总机转接电话过去，总机说那里无人接听。"

缪勒惊讶地紧紧抿住嘴唇，心中暗想："大概，罗尔夫连个电话也没有来得及打过来，就开车直接来了。我的电话一直占线，他为了节省时间未及汇报就亲自过来了。好极啦。这就是说，再过十到十五分钟，罗尔夫就会把那个女谍报员送过来了。"

"好吧，"缪勒又说了一句，"正如《圣经》所言：有时候需要采集石头，有时候需要抛出石头。"

"看来您在中学里的神学课程学得不怎么样啊，"施季里茨说，"书里的传道者是这样说的：'有时候需要扔掉石头，有时候需要采集石头，有时候需要拥抱，有时候需要回避拥抱'。"

缪勒问：

"您和一个被监禁的神父深入地研究过《圣经》？"

"我经常反复地阅读《圣经》。为了战胜敌人，应该了解他们的意识形态。这样不对吗？到了交手的关键时刻才去研究，那就是临时抱佛脚，意味着把自己置于失败的境地，难道不是吗？"

"难不成他们在境外把神父劫掠了？这是很有可能的事。尽管我返回车站的时候，一辆汽车也没有遇见。但是，也可能他们是在我动身之前就已经躲藏在哨所里隐蔽起来了。根据时间推算是有这种可能的，而现在呢，他们就要抵达柏林了。原来是这样。看来，我必须要当机立断地提出和我的上司当面对质。只有主动进攻才行。无论如何不能采取守势。如果缪勒问我那名特务克劳斯在哪里，我该怎么回答他呢？家里的桌子上有那封信。这是我明显不在现场的证据。谁能想到，这些事情会把目标引到神父的身上呢？至于克劳斯的事情，肯定还需要证实。从时间上看对我是有利的。"

缪勒慢吞吞地从上衣的口袋里掏出一只浅蓝色的信封来。

"归根到底，我完成了自己的任务。"施季里茨继续紧张思索，"这个傻瓜，他以为他一副慢条斯理的样子就能镇住我呢，以为我马上就会像热锅上的蚂蚁一样，坐立不安呢。随他怎么样吧。神父有可能会招供，但是，这没什么可怕的。重要的是，普莱施列尔教授已经警示我们的人，说了凯特已经暴露这件事和沃尔夫准备谈判这个信息。或者谈判已经开始。即使我暴露了，我们的人也会继续组织起来的，他们现在已经明白继续行动的方向何在。缪勒不可能知道我的密码，除了我和我的上司之外，没有任何人知道我的密码。他们是不会从我这里获得密码的，这一点我是可以保证的。"

"您看，"缪勒说着，从信封里抽出三张经过鉴定的指纹照片，"您好好看看，这东西可相当有趣。这几个指纹，"他给施季里茨看第一张照片，"这是我们在水杯上发现的，是您用这只玻璃杯倒了一杯水，递给了那个倒霉的、轻信而又愚蠢的霍尔托夫的。这些呢，"缪勒抽出了第二张照片，就像从扑克牌里抽出了一张王牌，"您能想得出来，我们是从哪里得到的吗？……啊？"

"在荷兰都能找到我的指纹，"施季里茨说，"在马德里、东京、安卡拉都可以找到。"

"还有哪里能找到？"

"我倒是能够回忆起来，但这至少需要耗费个十四五个小时的时间，我们不仅吃不上午饭，连晚饭都得耽误……"

"这没关系。我准备好挨饿了。正好，您的瑜伽体操不是认为，饥饿是最有效的良药之一吗？……回忆起来了吗？"

"如果我现在被捕了，并且您能正式地告知我这件事，我就以被捕者的身份来回答您的问题。如果我并没有被逮捕，我不会回答您的问题。"

"我不会回答您的问题，"缪勒模仿着施季里茨的语调说，"我不会回答您的问题。"

他看了一下手表：假如罗尔夫现在走进来的话，他就能先从那台发报机说起，但是，罗尔夫显然路上耽搁了，所以，缪勒说：

"请您现在就逐字逐句地准确地复述一遍，最好是按照时间顺序来说，您在任何人不得入内的机要通讯室打过电话之后都做了什么？最好把在那里驻留的每一分钟都讲一遍。"

"他并没有展示第三张指纹的照片，"施季里茨心中暗想，"就是说，他还握有其他的证据。就是说，我应该现在立即出击，好让他接下来没那么自信满满。"

"我是走进了机要通讯室，这是因为那些机要员把钥匙就留在门上，像兔子一样仓皇地窜进了防空洞，应该以玩忽职守罪将他们送交法庭审判，我遇见了党员鲍曼同志。和他一起度过了两个多小时。至于我们在一起谈了些什么，当然，我不能告诉您。"

"干吗这么计较呢，施季里茨，不用太计较了……毕竟，我资历比您老，军衔比您高，岁数也比您大嘛。"

"他这样回答，就说明我并没有被逮捕，"施季里茨很快就觉察到这一点，"如果真是这样的话，那就说明他还没有拿到证据，他们在等着证据出现，并且希望从我这里突破。这意味着，我还有翻盘的机会。"

"总队长，这请您原谅。"

"我们最好是这样。总之，您和鲍曼同志究竟都谈了些什么呢？和党员鲍曼同志？"

"我只能在鲍曼同志在场的情况下回答您的问题，请您正确理解我的意思。"

"您要是在他不在场的情况下回答我的问题，您就会有可能轻松一下，不必回答我的第三个问题了……"

缪勒再一次看了自己的手表。罗尔夫现在应该下楼，往楼下地下室的方向走过来了。缪勒在对时间的把握方面一贯自信，认为自己有惊人的时间感受能力。

"要是您的第三个问题只涉及我个人，而与帝国和元首的利益无关，我当然准备回答您的问题。"

"这第三个问题只涉及您个人。这些指纹是我的部下在俄国女谍报员的手提箱上找到的。我觉得，这是您最难以回答的问题。"

"为什么？这个问题对我来说恰恰是没有什么难度的：因为我在罗尔夫的办公室里检查过俄国女谍报员的手提箱，这一点罗尔夫可以证实。"

"他已经证实了这一点。"

"那还有什么问题？"

"问题在于：就在这只手提箱转交给我们之前，辖区盖世太保分局就已经取下了您的指纹。"

"他们不会弄错了吧？"

"肯定不会的。"

"那么，偶然性也存在的吧？"

"有可能。不过，这种偶然性是经过查证的。柏林的大小房屋里有两千万只手提箱，为什么恰恰是在俄国女谍报员的手提箱上找到了您的指纹了呢？这怎么能解释清楚？"

"这个……这个嘛……这个的确很难解释或者说是无法解释。假如是我处在您的位置，我也不会相信我的任何解释。我理解您，总队长，我理解您……"

"我非常希望您能做出令人信服的回答，施季里茨，我向您保证，我对您是非常欣赏的。"

"这我相信。"

"罗尔夫马上会把俄国女谍报员带到这里来，我相信，对于您什么时候在这只手提箱上留下了痕迹，她一定会帮我们弄清楚的。"

"俄国女人？"施季里茨不以为然地耸了耸肩，"就是我在那所部队医院里抓的那个女人吗？我可是有过目不忘的本事。要是我以前见过这个人，那我肯定能记住她的长相。不会的，她那个样子是不会帮助我们的……"

"她会帮助我们的，"缪勒不同意施季里茨的说法，"她一定会帮助我们的……"他又开始在胸前的口袋里往外掏东西，"看吧，这是从伯尔尼弄到的……"

缪勒把这份东西给施季里茨看了一下：这是由施季里茨起草的、由普莱施列尔教授送往伯尔尼的那份密码电报。

"这下完了，暴露了，"施季里茨心里暗暗叫苦，"这下彻底暴露了。我变成了一个白痴。普莱施列尔教授要么是个胆小鬼，要么就是个笨蛋，也可能是个变节分子。"

"您好好考虑一下吧，施季里茨。"缪勒费劲儿地站起身来，施施然地走出了牢房。

当牢房门被轻轻关上的时候，施季里茨的心头一片空虚且茫然。这种感觉对他来说并不新鲜，他已经体验过好几次了。他感觉到，自己的两条腿已经站立不住了，身子轻飘飘的，已经不是自己的了，好像变成了别人的，与此同时，施季里茨身体四周的一切物体都不那么切实可见了，都像是浮雕一样凸显出来，颇具立体感（后来他对这一点大为惊异，这种时刻他竟然能意识到浮雕一样的立体感，他对自己拥有这种古怪的感知本领而开心），不仅如此，而且他还能准确地区分出各种花朵的相互关系，甚至能够看得出来，这一朵花或者那一朵花开在哪一个位置上才会更加的绚烂夺目，鲜艳欲滴。施季里茨第一次体验到这种感觉是在东京，那是 1940 年的晚秋时节。当时，他和保安局派驻日本德国大使馆的情报头子在东京市区的一条繁华街道上散步，离东京的银座不远处，突然间，迎面遇到了一个早年在海参崴认识的熟人，此人名叫瓦里安尼卡·皮缅佐夫，是苏联反间谍侦察机关的一名军官。他一见施季里茨就扑上来拥抱他，他是横穿马路过来的（俄国人嘛，你在国外到处都能见到俄国人，他们适应一切生活都很快，唯独对过马路这件事永远都是违反交通规则；倒也好，施季里茨经常根据这个特征在国外认出了不少的同胞），那热烈劲儿，连手提包都掉在地上了。这个皮缅佐夫一边抱着他，一边大声喊着："呃，亲爱的马克西姆什卡！"

就是在海参崴工作时期，他们之间的关系也只是以"您"相称的。想不到，皮缅佐夫有朝一日会用"马克西姆什卡"这种表爱的称呼来叫他，而不是用尊称"马克西姆·马克西莫维奇"，这简直太可笑了。这也是侨居国外的俄国人的特点：他们常常把素昧平生的同乡当成是手足相待的同事，而把普通的熟人，即使是偶尔才有过一面之缘的熟人当成是知心的挚友，这些特点都被施季里茨准确地觉察到了，所以，他特别不愿意去巴黎和伊斯坦布尔，这两个城市里的俄国侨民特别多，但是，他又不得不经常去这两个城市。那次与皮缅佐夫不期而遇，施季里茨立即以一副蔑视而觉得对方莫名其妙的表情拒人千里之外，用食指做了一个厌恶的手势，将皮缅佐夫推开了。这个前同事像挨了打一样，讪笑着，走开了。就那么几秒钟，施季里茨发现了这个家伙的衣服领子特别的脏（各种色彩集中在这里，白色、灰色和黑色准确地搭配在一起。他在回到旅馆之后，做了一个实验，把这些颜色都画在一张纸上。他敢打赌，他画的比照相机照的还要逼真呢，可惜，当时无人和他打这个赌），正是在这次的东京街头邂逅之后，施季里茨开始找医生看病，说他的视力出了问题。医生认为，他的左眼因过度疲劳而患上了黏膜炎症，于是，在半年之后，施季里茨遵医嘱戴上了墨镜。他知道，眼睛，特别是墨镜，可以改变一个人的长相面貌，有时候会让人完全认不出真面目来。但是，在东京偶遇事件之后，立即戴上墨镜有点此地无银三百两的意思，不太合适。所以，为此准备了半年的时间。与此同时，这半年里，苏联驻东京的情报机关一直密切注意德国人的反应，查看他们的侦察机构是否对皮缅佐夫产生了兴趣。德国人显然并没有对这个人产生兴趣：大概是因为德国保安局的军官认为，一个衣衫脏臭、皮鞋开裂的俄国侨民，看上去完全一副潦倒醉汉的模样，是一个不值得研判的小人物而已。

　　这种空虚和茫然若失的感觉第二次出现在他的身上是在1942年。他当时担任希姆莱的随员，与党卫队总司令一起到苏联战俘集中营进行视察。俄国战俘都躺在地上，活人和死人都躺在一起。这简直是一些皮包着的骨头架子，是活人骨头标本。希姆莱看了感到十分的恶心，脸色霎时变得惨白。施季里茨当时是和希姆莱走在并排的位置，他的心中一直涌动着一种强烈的愿望，那就是掏出自己的瓦尔特式手枪，把弹夹里的所有的子弹都倾泻在这个戴着夹鼻眼镜、长着一脸雀斑的丑脸上。这个诱惑实际上是一项可以完成的任务。施季里茨那时候感觉到自己浑身发冷，一种甜蜜的轻飘飘的感觉笼罩了他的整个身心。"可是在这之后会发生什么呢？"他给自己提了一个问题，"他们会再找一个混蛋来代替这个杀人狂，然后提高对个人的警戒级别。就完事了。"那时，在极力克制这个诱惑的同时，他感觉到了自己的身体轻飘异常，已经不是自己的身子了。那个时刻，他对希姆莱的脸色就具有一种十分精确的色彩的感受能力。就犹如鬼使神差一般，他照相机一般察觉到了希姆莱的脸上和鬓角旁边的雀斑是淡黄色的，耳朵旁边的雀斑则是浅褐色的，而脖子上的雀斑是黑色的，像是长了丘疹一样。施季里茨这种准确的、相机一样准确的色彩感受力很长时间在他的头脑中挥之不去。直到一年以后，他才第一次能够对自己这种经常出现的古怪的视觉幻想进行自嘲……

施季里茨迫使自己的身体安顿下来，恢复如常，他感觉得到自己全身的肌肉都在微微地颤抖，他站立了大约有一分钟之久。后来他感觉到，一股热血涌上面颊，眼睛里闪进出了绿莹莹的火星。

"好了，"他对自己说，"应该感觉到自己是一个拳头一样的整体。尽管这里的墙壁漆着这三种颜色，不过也就是：灰色、蓝色和白色而已。"

于是，他笑了起来。他并没有强迫自己笑，是这些该死的颜色让他发笑……让他们见鬼去吧。谢天谢地，缪勒走出去了。他这件事干的可够蠢的：因为他给了施季里茨思考的时间。如果你认为交谈者是一个不可小觑的对手，就绝不能给他思考的时间。这就是说，缪勒，你自己大概此时也顾头不顾脚了吧。

……缪勒带领自己最出色的侦探们来到了罗尔夫被杀害的现场。他挑选的侦探们都是老手，他们早年即二十年代都和缪勒一起追捕过悍匪，抓捕过希特勒的国家社会主义工人党党员，缉拿过以台尔曼和布朗德莱为首的共产党人。缪勒极少启用这批老人，只有在发生了极为罕见的案件时才会用到他们。这些人不属于盖世太保，缪勒没有这么做，是怕他们骄傲自大，因为盖世太保的每一个侦察员都依赖鉴定专家、密探和录音电话的帮助来工作。而缪勒自诩为恰佩克①的崇拜者，这位作家笔下的密探都是靠

---

① 恰佩克（1890—1938）：即卡雷尔·恰佩克，捷克作家、剧作家、科幻文学家。

自己的头脑智慧和办案经验获得殊荣的。

"完全没有发现吗？"缪勒问道，"真的没有留下任何痕迹吗？"

"丝毫也没有哇。"一个头发灰白、面色蜡黄的老头子回答他。缪勒早忘了他叫什么名字，只是记得从 1926 年开始，他们就互相称"你"了，"这很像是你在慕尼黑侦办的那桩谋杀案。"

"发生在艾格蒙大街上那桩案子吗？"

"是的。我还记得 9 号楼……"

"是 8 号楼。凶手把人杀死在大街的双号门牌一侧。"

"你的记忆力可真好。"

"你的记忆力不行了吗？"

"我正在喝含碘的酒。"

"我可是喝伏特加呢。"

"你是将军了，你当然可以喝伏特加。我们哪里有钱喝伏特加哦？"

"收点贿赂嘛。"缪勒嘿嘿一笑。

"然后落到你的刽子手那里？才不呢，我还是喝点劣质酒得了。"

"喝吧，"缪勒表示赞同，"喝吧。坦率地说，我宁愿把我的伏特加换成你喝的含碘的酒。"

"你的工作特别忙吧？"

缪勒回答道：

"这段时间是很忙。不过，很快就完全不用这么忙了。我们现在怎么办呢？难道就真的一点线索也没有吗？"

"让你的实验室来检验一下射杀这一对情侣的子弹吧。"

"检验，他们肯定会做的，"缪勒同意这个建议，"你无需担心这个，他们会做的……"

第二个老头走了进来，他拉过来一把椅子，和缪勒并排坐下。

"这个老鬼，"缪勒瞥了他一眼，心里说，"他还涂脂抹粉的，他的头发肯定是焗过油的。"

"怎么样？"缪勒问道，"京特，你有什么发现吗？"

"还是有些发现的。"

"喂，你的头发是用什么东西染成这样的？"

"指甲花。我这把头发既不是灰色，也不是黑色，颜色是有点驳杂，老婆伊里吉死啦。姑娘们喜欢的是年轻的军人，没人喜欢上了年纪的密探呐。哎，情况是有的，一个老太婆住在对面的房子里，在一小时前，她看见一个妇女和一个士兵出门了，那个妇女还抱着一个小孩子，看样子走得很匆忙。"

"那个士兵穿的什么衣服呢？"

"能穿什么衣服呀？制式军装呗。"

"我知道他不是穿裤衩子出门的。穿的是黑色军装？"

"当然啦。只有黑色军装可穿呐。您没有给警卫部队发放绿色军装啊。"

"他们乘坐什么汽车离开的？"

"他们是坐公共汽车走的。"

这可太出乎意料了，缪勒甚至整个身体都朝前倾了过来：

"怎么竟是坐公共汽车呢？"

"是的，他们乘坐了十七路公共汽车。"

"他们往哪个方向去了？"

"往那边，向西开过去了。"

缪勒唰地一下子从椅子上站了起来，摘下电话的听筒，快速地拨出了电话号码，对着电话吩咐说：

"舒尔茨！快速发出这道命令！第一，命令执勤人员立即沿着十七路公共汽车的行驶线路进行搜索！马上！一个'女钢琴师'和一个警卫部队士兵。什么？我哪儿知道他们叫什么名字！你们快去弄清楚他叫什么名字！第二，立即对他的档案进行查阅，弄清楚他是谁，干什么的，是什么地方的人，他的亲属都在什么地方，立即把他的全部履历都送到我这里来。要是查明了，他曾经去过施季里茨常去的地方，哪怕只有一次，你就立即通知我！派出执勤人员到施季里茨的住处埋伏进行监视。"

缪勒坐在门口的一把椅子上。盖世太保的鉴定专家和照相师都已经离开了。他留下来和自己的老相识们谈天说地，忆古论今，有时候互相打断对方所谈论的话题。

"我是输了，"缪勒在老相识们的谈话间隙冷静了下来，心中暗想，"但是，我手里还有伯尔尼这张牌可打。当然，那边的事情可是越来越复杂，警察是外国的警察，边防检查也是外国的。但是，一张最重要的王牌恐怕已经弄丢了，失手啦。他们乘公共汽车跑了，就是说，这次谋杀并非是事先有预谋的行动。不，这是一次来不及思考的行动。当然，俄国人为了救自己人是可能的，但是，为了搭救这个'女钢琴师'，就派几个人'尝试一下'过来送死，可是未必呀。尽管，从另一方面看，他们也是知道这小孩子是'女钢琴师'的一个要命的累赘，可能，就是怕这个才来冒险一试的？不太可能吧？我想哪去了？并没有什么有预谋的冒险行动：她乘坐的可是公共汽车，哪是什么冒险……这可是瞎胡闹，可不是什么冒险……"

他又重新拿起了电话听筒，对着说道：

"我是缪勒。请再提醒一下警察局，在地铁沿线搜捕一个抱孩子的女人。把她的长相和面部特征通知下去，说她是一个小偷和杀人犯，务必将她缉拿归案。宁可错抓一千，也不要放过一个。抓错了我负责。只要没有放走我要抓的那个就行……"

施季里茨敲了几下牢房的门：他感觉到，在他在牢房里度过的这几个小时里，看守已经换过岗了，因为现在门口站岗的，已经不是先前那个脸上红扑扑的年轻人了，而是换了西格弗里德·伯克，施季里茨不止一次在网球场和这个家伙配对双打。

"你好，西格，"施季里茨嘿嘿地笑着说，"这里倒是一个见面的好地方，对吧？"

"七号犯人，你为什么叫我啊？"伯克一副波澜不惊的样子，就是说话时嗓子有点干涩。

"这家伙一直是反应比较迟钝的，"施季里茨怔了一下，"他只有左侧球打得还不错，就是时常慢半拍。所以我那次和他配对双打才输给了土耳其的新闻专员。"

"我真的变化这么大吗？"施季里茨心下自问并机械地摸了摸自己的下巴：他已经两天没有洁面剃须了，胡茬儿已经长得很长了，不过还不至于扎手，到了晚上胡茬儿就明显扎手了，一般来说他习惯一天刮两次胡子。

"七号犯人，你为什么叫我啊？"伯克又重复地问了一句。

"怎么，你傻了么？"

"住口！"西格弗里德·伯克大喊了一声，砰的一下就把沉重的牢门关上了。

施季里茨轻蔑地笑了一下，然后就坐到金属椅子上，它是被固定在牢房的水泥地上的。"我那一次送了他一把英国网球拍的时候，这家伙感动得连眼泪都流下来了。真是一切暴徒和卑劣的家伙都爱流眼泪。这是他们歇斯底里症发作的形式，"施季里茨心下想道，"弱者通常来说也就是大喊大叫或者咒骂两声而已，而狂暴的家伙一般都好哭泣。弱者，这样命名可能是不对的，应该确切一点说，他们是善良的人。但是只有特别坚强的人才善于控制自己的理智与情感。"

施季里茨第一次在网球赛上和西格弗里德·伯克配对双打的时候，对阵的是党卫队的高级总队长波尔（波尔是在战争爆发以前开始打网球的，初衷是为了减肥）。西格弗里德私下和施季里茨商量说：

"我们是干脆零分输给他呢还是装个样子激烈地争夺对峙一番呢？"

"别瞎说啦，"施季里茨回答说，"比赛就好好比赛。"

西格弗里德就特别不上心地打球，故意向波尔让球。他想以此博得高级总队长的好感。然而，波尔并不领情，扯着嗓子训他：

"我不是你的玩偶！请你把我当成一个真正的对手来比赛，别把我当成熊孩子糊弄！"

西格弗里德吓得够呛，赶紧开始猛攻波尔，打得后者应接不暇，以至于恼羞成怒，掷下球拍，退出场地，拂袖而去。西格弗里德被吓得脸色煞白，施季里茨发现他的手指都在微微地颤抖。

"我可从来也没有想到过，这样神经过敏的年轻人会在监狱里工作。"当时施季里茨说："就当什么事也没发生好啦。朋友，没什么可担心的。快去洗个淋浴，清醒一下，然后回家吧。等后天我再告诉你，该怎么办吧。"

于是，西格弗里德就离开了。而施季里茨找到波尔，他们一起愉快地打满了五局。波尔打得大汗淋漓，但是，施季里茨却打得有板有眼，有来有往，既彬彬有礼又分寸感十足地和波尔进行了右手长球练习。波尔十分清楚施季里茨的水准，但是他对施季里茨打球时的球风、他的友善的态度以及他在运动场上的民主风度产生了好感。波尔爽快地邀请施季里茨和他一起练球一两个月。

"这可是过于残酷的惩罚呀，"施季里茨笑着说，弄得波尔也笑了，这是因为施季里茨说话的语气特别的友善，"别生我那大个子搭档的气啦，他就这样，一见到将军们就害怕，他是很崇拜将军您的。为了提高球艺，我们两个人可以轮流和您练球。"

在下一次打球的时候，施季里茨重新把西格弗里德介绍给波尔，这样一来，西格弗里德对自己的搭档充满了无限的敬意，并且从那时起，只要找到机会，他就不遗余力地为施季里茨效劳。有时候，一局刚结束，他就跑出去给施季里茨买啤酒，有时候，还送施季里茨珍贵的自来水笔（可能是从被捕者身上搜刮来的），有时候，他会送一束新鲜的花来。但是，有时候，他也会让施季里茨处境难堪和遭遇尴尬，但这也是出于无奈，谁让他天生愚笨，办事不灵活呢。那次的比赛中，施季里茨对阵一个西班牙的小伙子。其实人还是不错的，不烦人，浑身满是自由主义作风。但是，舒伦堡就是想杀一下他的威风，故意整整他，就通过自己安插在体育委员会的人，让其安排施季里茨和这个西班牙小伙子对阵交锋。自然，施季里茨是作为外交部的工作人员介绍给他的对手的；然而，一局比赛刚刚结束，西格弗里德就兴冲冲地跑过来，轻率地大声喊道："祝贺您取胜啊，旗队长！党卫队永远是战无不胜的！"

施季里茨对这个意外的出现也没表现出特别的恼火，但是，西格弗里德却因此要被关禁闭，而且上级准备把他从党卫队开除出去。施季里茨就又开始为他奔走斡旋，这次是通过波尔的一个亲信放了他一马。事情过后的第二天，西格弗里德的父亲带着礼物来看望施季里茨，这是一位上了年纪的瘦高个儿老人，长着一双儿童一样的蓝眼睛。这老人送给施季里茨的是一幅仿制的丢勒画作，相当不错。

"我们全家永远不会忘记您的大恩大德，"老人说，"施季里茨先生，从今往后，我们都是您的仆人。无论是我的儿子，还是我本人，我们永远也报答不完您的恩情，只要您需要我们的帮助，只要您有所需求，即使是让您心烦的日常琐事，我们都会深感荣幸地去完成的。"

从此以后，这位老人每年春天都会到施季里茨家里来，帮助他料理果园，他尤其爱护园子里那些从日本移植过来的玫瑰花。

"这个倒霉的畜生！"施季里茨想到西格弗里德就骂出了声，"这也怪不了他，他也没什么大错。在上帝面前是人人平等的。我的好朋友神父先生爱说这种话。这是无稽之谈。要想在地球上实现人人平等，首先应该明确地达成共识，即绝不可能人人平等。有的人是人，有的人是畜生而已。也无法怪罪于他们自己本身。指望后天一时的教育不仅仅是愚蠢的，而且是完全不可能行得

316

通的。"

突然间，牢房的门被打开了，西格弗里德就站在门口。

"不许坐下！"他大声呵斥，"原地转圈走！"

就在牢房的门关上之前的一瞬间，他悄悄地将一张小纸条扔在了地上。施季里茨捡起了纸条。展开一看："您要是不说出我爸爸给您家院子里的玫瑰花培土、剪枝这些过去的事，那我就会在拷打您的时候手下留情，以便让您在牢里支撑的时间久一点。看完把纸条吞下去。"

施季里茨一下子感到了轻松：他看惯了别人的愚蠢，因而感到开心。于是，他再一次看了看自己的手表，从缪勒走掉到现在已经有两个多小时了。

"凯特这姑娘肯定啥也没说，"施季里茨意识到了这一点，"也有可能他们把她弄到普莱施列尔教授处对质去了？这倒是没什么可怕的，因为他们互相并不认识，也不知情。但是，他肯定是有什么地方联系不上了，或者是出了什么事也未可知。我现在来个暂停，休息一下。"

他就不紧不慢地在牢房里踱步。像过电影一样开始回忆与手提箱有关的一切过程。是的，他那次在树林里确实提过这只箱子，当时艾尔文没有走稳当，脚下滑了一跤，几乎倒地。就是在大轰炸的前一天夜里。只有那唯一的一次。

"停一下！"施季里茨叫停了自己的思绪，"大轰炸的前一天夜里……而大轰炸的第二天早上，我就站在汽车旁边，那里停放了很多的汽车……消防人员救火的时候，交通被阻塞了呀。为什么我会出现在那里？啊，是因为去往库达姆大街的路上设置了路障，我去找那天早上在那里值班的警察，要求挪开路障。就是说，我之所以到那里去，是因为警察要求我向那里调转行车的方向。那个手提箱出现在案卷的照片里，我和当时的那个警察聊了几句，我记得他长什么样子，而他呢肯定也还记得看过我的证章。我帮他提过手提箱。就让他们找证据来反驳我的证词吧。他们肯定是驳不倒的，我可以要求当面对质。我就这样说，当时我是帮助一个哭哭啼啼的妇女拿过小孩子骑的童车，她也能证实，她会记得这件事的。"

于是，施季里茨就挥起拳头开始猛砸牢房的门，牢房门倒是打开了，但是，门口站了两名警卫。第三个从牢房门口经过的人是西格弗里德，他正押送一个犯人经过施季里茨的牢房门口。虽然那名犯人的脸已经被拷打得面目全非，但是，施季里茨认出了这是鲍曼的司机。这个人不是盖世太保的侦探。施季里茨和鲍曼谈话的那一次，是此人开的车。

"请立即给总队长缪勒打电话！告诉他，我想起来了，我都想起来了！快去请他马上到我这里来！"

"普莱施列尔教授还没有被押送过来！这是其一；审问凯特也没有得到供词。我只要有一个逃脱的机会，就必须争取时间。争取时间和说服鲍曼。如果我迟一步，那老小子就会取胜了。"

"行，"警卫回答施季里茨，"我马上就报告。"

……一个士兵从收留残障儿童的福利院走了出来，行色匆匆地穿过了街道，来到一处被炸毁房屋的地下室，凯特正在那里，坐在一个破旧的箱子上，正在给婴儿喂奶。

"怎么样？"

"不顺当，"赫尔穆特回答说，"得等半个小时以后再说。"

"那我们就等一会儿吧，"凯特安慰他说，"我们就等一会儿……他们怎么能知道我们在哪里？"

"总之会知道的，我们得尽快离开城里，不然他们肯定会找到我们。我知道，他们是很善于搜捕出逃的人的。要不，您先走？如果事情办好的话，我再去追赶您？啊？我们来商量一下，约定好，我在什么地方等您……"

"不用了，没有必要……还是我等您吧，反正我在这个城市里已经无处可去了……"

舒尔茨往那座设有无线电台的秘密住宅打了一个电话。他向缪勒报告说：

"总队长，施季里茨要求转告您，他全都回忆起来了。"

"是吗？"缪勒一下子来了精神，向来探案的密探们发出了一个"嘘"的手势，请他们不要大声说笑，"这是什么时候的事？"

"就刚才。"

"好。告诉他，我这就过去。还有什么新情况吗？"

"没有什么特别重要的。"

"有关那个士兵警卫的线索一点也没有回馈吗？"

"没有。传回来的都是一些无稽之谈……"

"到底是什么样的消息呢？"缪勒下意识地问道，他这是职业习惯，他一边问，一边伸手去拿自己搭在椅子上的大衣外套。

"就是那些关于士兵的老婆、孩子和亲属的一些情况。"

"这是无稽之谈、是不重要的小事吗！"缪勒大光其火，"这不是无稽之谈。在这种案件中，根本没有无关紧要的小事，我的朋友舒尔茨啊。我马上过去，要立即把这些你认为是无稽之谈的小事分析清楚……向他老婆那里增派人手了没有？"

"他老婆两个月以前跟人跑了。当时这个士兵警卫受了内伤正在军医院里疗伤，他老婆就不要他了。跟一个商人跑到慕尼黑去了。"

"那他的孩子呢？"

"我看一下，"舒尔茨翻了一下卷宗，说，"我这就看一下他孩子的下落……嗯哼，找到了，在这里……他有一个三个月大的孩子。他老婆把孩子送到儿童福利院去了。"

"那个俄国女人有一个吃奶的孩子！"缪勒恍然大悟，"一定是他的孩子需要一个奶妈！而罗尔夫可能对孩子做得太过分了！"

"那家儿童福利院的名称是什么？"

"案卷里没有写福利院的名称。它的位置在潘克沃。莫扎特大街 7 号。还有……现在，我再看一下他妈妈的情况……"

缪勒可不想再听他妈妈的什么情况了。他扔掉了话筒，他遇事不急不躁的作风瞬间就消失殆尽了。他立即穿上了大衣外套，并问这些侦探大家们：

"各位弟兄，即将发生大规模的对抗性的激烈枪战，请准备好你们的布尔道克大口径手枪吧。有谁了解潘克沃的那家儿童福利院吗？"

"莫扎特大街 8 号？"满头白发的老侦探问。

"你又弄混了，"缪勒走出了设置有电台的秘密住宅，"你总是单号和双号分不清楚。是 7 号。"

"街道总是街道嘛，"满头白发的老侦探说，"没什么特别的地方。在那里弄个大行动可够过瘾的，因为那里十分安静，没有人来妨碍你大干一场。我是单号和双号分不清楚，从小就这样。在学校教奇数和偶数的时候，我正好生病了嘛。"

说完他自己先笑了起来，于是，大家都跟着笑了起来，现在，他们相当轻松，就像是包围了一只驯鹿的猎人们一样。

不，赫尔穆特·卡利德尔从来没有同施季里茨有过联系。他们的活动轨迹也从没有交集过。从1940年起，赫尔穆特就老老实实地在服役参战。他很清楚，自己在为祖国、为母亲、为三个兄弟和一个妹妹作战。他相信，自己是在为德国的未来作战，是为了反对道德不健全的斯拉夫人，因为他们占据大片的土地，却根本不懂得耕种侍弄；他跟着反对英国人和法国人，是因为这两个欧洲国家的人卖身投靠了大洋彼岸的金融寡头；他跟着反对犹太人，是因为犹太人压榨那些生活不幸的人，并且借此赢得利润。他认为，元首的天才将永世大放光芒。

这是1941年秋天前的事了，当时他们唱着歌走遍世界，沉醉在胜利的空气中不能自拔，赫尔穆特和他那些党卫队坦克部队的战友们每日快活地游荡。但是，莫斯科战役之后，他们开始和游击队作战了，枪毙战争人质的命令一经发布，赫尔穆特就不那么自在了。

当赫尔穆特所在的排第一次接到命令，要去斯摩棱斯克城郊（那里一列军用列车被炸翻）执行枪毙四十个人质的任务的时候，他开始酗酒了：因为枪毙的时候站在他面前的全是妇女、儿童和老人。妇女们都紧紧地把孩子搂在胸前，用手将孩子们的眼睛捂住，苦苦哀求，快一点把他们打死得了。

就是那时候，赫尔穆特开始狂饮烈酒；他的许多战友也默然无声地喝起了伏特加酒。没人再讲那些插科打诨的笑话了,没人再拉那些悠扬的手风琴曲了。后来他们都又投入了战斗中,但是,那些和俄国人激烈战斗的场面给他留下了深深的印象,并且都成了他挥之不去的噩梦。

在一次短期休假的时候,赫尔穆特家的一位女邻居带着女儿来做客。这个女孩子名叫鲁伊萨,长相甜美,受到父母的娇宠,举止娴雅。赫尔穆特从那时起就总是梦见她,几乎是每天夜里都如此。他比这个女孩子大 10 岁。因此,对她充满了一种年长者的柔情。他幻想着鲁伊萨能成为自己的妻子和自己孩子的母亲。赫尔穆特是一个爱幻想的人,因为他特别喜欢小孩子,就总是希望家里的衣柜中有朝一日摆上无数双的童鞋。他怎么能不喜欢孩子呢,他艰辛作战就是为了孩子们啊?!

等到下一次休假的时候,鲁伊萨就成了他的妻子。他回到前线之后,鲁伊萨伤心郁闷了两个月。当她意识到自己已经怀上孩子了的时候,她感到寂寞和无助。她就搬到城里去住了。孩子一出生,鲁伊萨就将婴儿送到了儿童福利院。那个时候,赫尔穆特正因为受了严重的内伤而躺在军医院接受治疗。他一回到家里,就被告知,鲁伊萨已经和别人跑了。他回想起一个俄国妇女的故事:说是一个俄国女教师,才 30 岁,为了五盒罐头与赫尔穆特的战友睡了一夜,因为这个女教师有一个女儿,她没有任何东西来喂养孩子,第二天一早,这个俄国女教师把孩子托付给女邻居,在孩子的襁褓里放了孩子父亲的照片和那五盒罐头,就上吊自杀了。而鲁伊萨可不是什么野蛮的斯拉夫女人,她是希特勒青年队的队员,是真正的雅利安女人,可是,她却像一个下等的荡妇一样,把自己的亲生孩子送进了福利院。

赫尔穆特每周去儿童福利院一次，他和女儿在一起的时间不多。他总是抓紧时间和她一起玩，哼唱歌曲给小女孩听，对女儿倾注自己的爱，就是他生活中的主要乐趣。当他看到俄国女谍报员爱抚地摇晃自己的小男孩的时候，他第一次明确地向自己提问道："我们究竟在干什么呀？他们是和我们一样的人，他们也爱自己的孩子，他们也是时刻准备为了孩子牺牲自己的呀。"

　　所以，当他看到罗尔夫折磨小孩子的时候，不是出于理智，而是情感使然，他就做出了决定。这是因为他从罗尔夫和眼睁睁看着罗尔夫折磨孩子的巴尔巴拉身上，他看到了背叛了自己的鲁伊萨的影子。

　　……半个小时之后，赫尔穆特又回到了儿童福利院，他站在刷了白漆的窗户旁，心中感到十分的沮丧。

　　"您好！"他对一个正在朝窗口张望的女人说，"乌尔苏拉·卡利德尔是我的女儿。我被允许……"

　　"是的，我知道。但是现在孩子该睡觉了。"

　　"我马上要回前线了。我抱她走一会儿就行。让她在我的怀里睡就行。到了该换尿布的时候，我就送她回来……"

　　"我怕医生是不会同意的。"

　　"我就要回前线了。"赫尔穆特重复了一遍。

　　"好吧……我是理解您的。我尽力而为吧……您稍微等一下。"

　　他不得不又等了十分钟，他浑身发抖，上下牙齿一直在打颤。

　　小窗户终于打开了，一个白色的小睡袋被递出来交给了他。女儿的脸上蒙着白色的罩布，她睡得正香呢。

"您想到街上去转一转吗？"

"什么？"赫尔穆特没明白。他觉得问话人的声音仿佛是从远处传过来的一样，就像是从一扇关紧的房门里透出来的一样。由于他受过严重的内伤，只要一过于激动，就会出现这种感觉。

"请您和孩子到我们院的小花园里走走吧，那里安静，要是有空袭了，您可以马上就从那里进入地下防空洞里去。"

赫尔穆特转身来到大路旁，听见了背后传来了吱嘎吱嘎的紧急的刹车声。一名开车的军人在只有两步远的地方停住了卡车，把头伸出车窗，冲他大吼大叫：

"你怎么啦？看不见汽车吗？！"

赫尔穆特把女儿紧紧地抱在怀里，小声地咕哝了一句，然后一路小跑到一个地下室的入口处。凯特正在那里等他，就站在门口。小男孩就躺在一只箱子里。

"等一下，"赫尔穆特说着，把女儿递给凯特，"您先抱一下她，我跑到公共汽车站那里去。公共汽车从前面一转弯就能看得见。我再跑回来接你们也来得及。"

凯特十分小心地从他手里接过女孩，赫尔穆特看到这一幕，眼里又涌出了泪花，为掩饰自己，他快步跑向了一堵残垣的缺口处。

"最好一起走，"凯特说，"我们还是一起走吧！"

"没关系的，我马上就转回来，"他站在那个形似门口的地方回答道，"毕竟他们是有可能有您的照片的，而我受伤之前可不是长这样，是另一个模样。我马上回来，您等着我吧。"

他就一路迈着小碎步向公共汽车站的方向跑去。街道上此时冥无一人。

"儿童福利院是肯定要疏散的,我会失去女儿的,"他心下忖度,"以后我上哪里才能找她呢?要是被炸弹炸死的话,还真不如死在一起呢。而且这个女人能抚养她,就当是抚养两个孪生子呗……即使是为了这一点,以后上帝也会原谅我所做的一切的。虽然,我也在兵临斯摩棱斯克城下的那一天里滥杀过无辜的村民。"

此时天空开始下起小雨了。

"我们应该先坐公共汽车到动物园站,然后再换乘火车。或者跟着难民一起走。那样就很容易逃脱出去。在到达慕尼黑之前,这个女人会喂养我的女儿。而到了那里,有了妈妈就好办了。到了那里还可以找一个奶妈。到了那里他们也会搜捕我的,所以不能到母亲那里去。这个不要紧的。只是一定要先离开这个城市再说。先往北走,去海边,去找汉斯……毕竟,谁能够想得到,我会去投奔曾经的前线的战友呢?"

赫尔穆特把帽子往耳朵旁扯了一下,浑身打冷战的劲儿过去了。

"下点雨不错。"他心里想,周围可算是有了一点动静。你只能干等的时候,四周一点动静也没有,那感觉可真糟糕。但是,要是下雨或者下雪了的话,你就不会感觉到那么孤单了。

淅淅沥沥的小雨没有停下来,但是,乌暗的雨云忽然间散开了,高高的天空出现了一道蓝色的缝隙和闪亮亮的白色的太阳。

"春天到了,"赫尔穆特想道,"用不了多久就能看到青草长出来了……"

他看见转弯处来了一辆公共汽车向汽车站驶来。赫尔穆特立即转身准备回去接凯特他们过来，但是，他随即发现，公共汽车后面有几辆黑色的小轿车疾驰而来，对所有交通规则完全不管不顾，横冲直撞地直扑儿童福利院而来。赫尔穆特又感觉到浑身无力，双腿发软，左手已经冰凉：这是盖世太保机关的汽车。他的头一个念头就是快跑，但是，他明白，只要一跑就会引起他们的怀疑，那俄国女谍报员和他的女儿就会被立即抓住。他们就会被带走到盖世太保那里。他害怕自己这个时刻犯病，在不省人事的时候被抓走。"那样一来，他们就会抓住我的女儿，脱了她的衣服，把她抱到窗口去折磨，可是这会儿刚刚开春呢，暖和的天气还早着呢。这可不行……不能让……她，那个俄国女人听见枪声会明白的……"

赫尔穆特大步走到柏油路面上，举起自己的帕拉贝伦手枪，向黑色汽车车队的第一辆车的挡风玻璃，接连开了几枪。他听见了机枪的排射声音，他在感觉到此生最后的疼痛之前，所想到的最后一件事是："我还没有告诉她，我女儿叫什么名字……"

这个想法又折磨了他一会儿，一瞬间他便死了。

"不，先生，"女护士对缪勒说，是她亲手把小女孩交给赫尔穆特的，"这充其量也就是十分钟之前的事情……"

"小女孩现在在什么地方？"满头白发的老侦探面色严峻地问道，他努力让自己不去看自己同事的尸体，就是那个染了头发的侦探。他就躺在门口的地板上，看得出来，这个人的年纪相当大了；大概他最后一次染发的时间过去很久了，染过的头发变成了两个颜色：发根是红色的，而发梢是浅褐色的。

"我觉得他们是坐一辆汽车走的。当时他旁边就停着一辆汽车。"另一名女护士说。

"什么？小女孩自己能坐上车吗？"

"不能，"护士竟一本正经地回答，"她自己上不了汽车。她还是一个吃奶的婴儿……"

缪勒说：

"把这里认真地搜查一遍吧，我该回办公室去了。第三辆汽车已经被派过来了，马上就到，它已经被派过来了……小女孩是怎么上的汽车？"他在门口右转过身来问道，"是一辆什么样的汽车？"

"是大型汽车。"

"卡车吗？"

"是的。是一辆绿色的……"

"这里有点不大对头哇，"缪勒打开房门，说道，"再把周围的房屋都检查一遍……"

"周围都是一片废墟，残垣断壁而已。"

"正是那里要好好搜查一下，"他说，"总之，发生的一切都太荒唐了，无法进行缜密的分析。我们无法理解外行人的行为逻辑。"

"也许是一个狡猾的专业老手？"满头白发的老侦探抽着烟问。

"一个狡猾的专业老手是不会跑到儿童福利院来的。"缪勒心情不爽地说了这么一句就走了出来：就在刚才，他和舒尔茨通了电话。舒尔茨告诉他，在伯尔尼的秘密联络点，那个送密码的俄国联络员自杀身亡了。

1945 年 3 月 13 日（16 点 11 分）

舒伦堡接到了鲍曼档案工作组给他打来的电话。

"有一些情况，"他们汇报说，"如果您能来一趟的话，旅队长，我们想让您看几份文件。"

"我这就来。"舒伦堡只说了这一句。

他来到了工作组所在的办公室，外套都没有脱，就走到桌前，拿起了桌子上摆放好的几张纸。

他一目十行地浏览过这几张纸，吃惊地扬起了眉毛，随后就若有所思地脱掉了外套大衣，把它搭在椅背上，跷着二郎腿坐了下来。这些文件确实是会令人大感兴趣。第一份文件指出："在将来的某一天，应该对卡尔登勃鲁纳、波尔、舒伦堡和缪勒等人进行隔离。""缪勒"的名字被红色的笔迹勾掉了，舒伦堡在一张光滑的小纸片上标上了一个大问号：他习惯于在自己的衣兜里和办公室的桌子上都放着这种小纸片，以便随时记录各种事情。"应该确定，"文件中还写道，"对上述所提到的盖世太保和保安局首脑人物的隔离，会是一种独特的分散行动。寻找这些负责具体事务的强力单位的首脑人物，将成为那些认为有利可图之人绞尽脑汁也会力图解决的问题。无论从战略方针上还是从战术观点上来说均是如此。"

这份文件中还附有一份总共一百七十六人的名单。"盖世太保和保安局的这些军官不是通过主动行动来阐明帝国外交政策中的那些主要的问题，而是或多或少地通过对次要的细节性问题的表述来确定他们的立场。毫无疑问，他们当中的每一个人，都在不知不觉之中，变身为一块马赛克，从个人价值的观点来看呢，毫无意义，没有什么价值，但是，从拼凑整体图案的目的来看，他们又是至为珍贵的。由此可见，这些人给帝国的敌人提供帮助，而这些敌人一心想的是用国家社会主义工人党的建设实践活动来进一步损坏本党的理想与声望。由此种战术观点出发，上述名单中的每一位军官，一旦纠集起来，就会形成对帝国相当不利的局面。遗憾的是，在目前的情况下，还不可能在党的方针政策和党卫队的实践性工作之间划出一道严格的界限，因为这些军官均是1927 年至 1935 年间加入了德国国家社会主义工人党的久经沙场的老战士。据此，对这些人进行隔离是合理又合法的行动。"

"这就清楚了，"舒伦堡突然明白了，"他，我们党的领袖，正在卖弄词藻，咬文嚼字。我们把这种行为叫做'清洗'。他叫必要的'隔离'。就是说，我应该被隔离，而缪勒应该受到保护。说实在的，这可出乎我之所料。好玩的是，他们竟也把卡尔登勃鲁纳列入了这份名单中。但这也是很好理解的事：缪勒总是在暗处，知道他的人都是圈子里的专家，而卡尔登勃鲁纳可是闻名遐迩的人物。他的虚荣心害了他。而我被坑的原因却只是因为我对帝国有用而已。这是一个悖论：你越是想成为对自己的国家有用的人，你冒的风险也就越大；像我这样的人，是没有权利将已经成为个人秘密的国家机密带进坟墓里去的；像我这样的人，只配被从生活中清除掉而已，突然而迅速地消失……就像清除海德里希一样。我更确信，他是被我们自己人暗杀的了……"

舒伦堡特别仔细地检视了一遍被列为"隔离"的人物名单。他从中发现了不少自己的同僚。其中的第一百四十二号是党卫队的旗队长施季里茨。

缪勒的名字被从名单中勾掉了，而施季里茨的名字却留在了名单里。这说明了帝国党务档案工作的草率和混乱不堪。修订名单的指示是在疏散前两天由鲍曼下达的，然而，在匆忙之中，施季里茨的名字被忘记划掉了。正是这一点挽救了施季里茨，当然不是逃过了鲍曼亲信的"隔离"，而是使其免于缪勒手下人的"清洗"……

1945 年 3 月 13 日（17 点 02 分）

"发生了什么事了吗？"缪勒一回到地下室的牢房中，施季里茨就问他，"我可有点着急了。"

"我们都一样，"缪勒附和道，"我也挺着急的。"

"我想起来了。"施季里茨说。

"想起来什么了呢？"

"就是想起来，为什么俄国女谍报员的箱子上会有我的指纹了……说到这里问一句，她人在哪里？我以为您会安排我们会面。就是所说的，当面对质。"

"她在医院里。很快就会把她带过来的。"

"她怎么啦？"

"她倒是没什么事。就是罗尔夫为了让这女人招供，折磨她的孩子了。"

"他在撒谎，"施季里茨明白了，"如果凯特真的招供了，他就不会在这里浪费时间和口舌了。他离真相很近了，但是，他在撒谎。"

"好吧，暂时还有时间呢。"

"为什么说'暂时'呢？时间可有的是呢。"

"暂时还有时间，"施季里茨还是重复这一句，"如果您真的对因手提箱所引起的这场忙乱有兴致，我就回想一下喽。这得让我多长几根白头发，但最终会真相大白的，这是我的信念。"

"很高兴我们的信念是如此的一致。请把事实一一列举出来吧！"

"要想把这一系列的事实弄清楚，您得传唤在卡佩尼卡大街和百利捷大街被封锁区域内执勤的所有执勤警官，我在那里停留过，因为当时禁止通行，就是出示了保安局证章也不行呢。所以，我绕来绕去，也绕不出去，被行人和车辆堵在那里动弹不得，只好弃车，步行一段路，看看发生了什么事，好打个电话通知一下舒伦堡，但是有两个警察拦住了我，其中一个警察很年轻，但看上去病恹恹的，像是一个肺结核病的患者；和他在一起的另一个警察的长相我没记住。我向他们出示了保安局证章，就过去打电话了。当时那里站着一个女人和她的小孩子。我把孩子的童车从废墟下面拉出来，递给那个女人，然后帮忙把几只手提箱挪到距离火场稍远一点的地方去。您可以回忆一下空袭轰炸之后找到的那几只手提箱。这是其一；请您把发现手提箱的地点和俄国女谍报员的住址进行核实，此其二；请您把封锁区内管片的警察传唤过来，他们看见了我帮助那些空袭的受害者们搬箱子的，此其三；如果我说的这三条中经核实有一条是不实之词，那您就给我一把手枪，一颗子弹就够：只能出此下策，我没有别的方法来证明自己的清白了。"

"嗯哼，"缪勒冷笑一声，"有什么办法呢？我们就试一试吧。先听我们的德国人自己的说法，然后，我们再来和你们那个俄国女人对谈一番吧。"

"同我们的俄国女人谈！"施季里茨也冷笑一声。

"好啦，好啦，"缪勒说，"您就别和我纠缠这些小字眼儿啦……"

缪勒说着走了出去。他去给警察学校校长、党卫队一级突击大队长赫尔维格博士打电话，而这边施季里茨又开始分析自己所面临的局面："他们有可能在凯特身上有所突破，刚才他提到了她的孩子，显然，他们一折磨孩子，凯特就有可能经受不住这种酷刑，但是，缪勒他们很有可能在某个方面失误了，不然的话，他们会把凯特弄到这里来的……"即使是普莱施列尔教授在他们的手上，他们也不会拖延审问的：在有人犯在手的情况下，拖延时间是愚蠢的，因为那样一来就会丧失办案的主动权。

"他们给您送饭了吗？"缪勒一回到牢房就问施季里茨，"我们吃点东西吧。"

"可不是该吃东西了嘛。"这个建议施季里茨同意了。

"我吩咐上面的人给我们送点东西下来。"

"谢谢。您传唤那些人来作证了吗？"

"传唤了。"

"您看上去脸色不好哇。"

"唉，"缪勒挥了挥手，"总之还活着就已经是挺好了。您为什么神秘地说'暂时'这个词？'暂时还有时间'。您就谈谈您的想法吧，您这么说有什么深意？"

"当面对质一结束我就告诉您，"施季里茨这样回答他，"现在说可没什么意思。如果不能证明我的清白，还说它有什么意义呢。"

这时，牢房的门打开了，一个警卫端着托盘走进来了，雪白的上过浆的餐巾盖在上面，里面装的是一盘煎肉、面包、黄油和两个水煮蛋。

"在这样的监狱里，而且还是地下室，我应该好好睡上一两天。这里连空袭的爆炸声都听不见。"

"您现在就睡一会吧。"

"谢谢。"施季里茨自己先笑了起来。

"您笑什么呢？"缪勒不由得笑了起来，"我说的可是真话……我对您的沉着很敬佩。您要喝点吗？"

"不喝了，谢谢。"

"您是不喝酒的吗？"

"恐怕您是知道的，我最喜欢喝的是白兰地。"

"不要把自己当成是丘吉尔一样的大人物。我只知道比起其他的酒来，丘吉尔喜欢喝的是俄国的白兰地。算了，您随便吧，我得喝上一杯。我确实感到自己状态不佳。"

……缪勒、舒尔茨和施季里茨三人坐在侦察员霍尔托夫空荡荡的办公室里，椅子都靠在墙边上。党卫队一级突击大队长艾希曼打开房门，领进来一个穿着制服的警察。

"希特勒万岁！"这名警察一看见身穿将军制服的缪勒，就大声敬礼致意。

缪勒没有理睬他。

"这三个人中您有认识的吗？"

"没有。"这个警察一边回答，一边怯怯地用眼睛的余光看着缪勒所穿的弗伦奇上衣所缀的彩色勋章条带和那枚十字骑士勋章。

"您从来也没有遇见过这其中的任何人吗？"

"我记得很清楚，一次也没有见过。"

"也可能你们只是匆匆见了一面，在空袭轰炸期间，您在封锁地带执勤，当时封锁了被炸毁的房屋周围？"

"穿军装来的人倒是有，"这个警察说，"许多穿军装的人来看轰炸的现场情况。具体的情况我不记得了……"

"好吧，谢谢。请下一位进来吧。"

这个警察刚一出门，施季里茨就说：

"您的军装把他们弄得十分紧张，他们光顾着看您了。"

"没关系的，弄不糊涂的，"缪勒说，"我能怎么办，难不成光着膀子坐在这里？"

"请提醒他们具体的地点，"施季里茨说，"否则，他们很难回忆起来什么，他们每天在大街上一站就是十几个小时，在他们看来所有人都长得很相似。"

"行。"缪勒同意了，"刚才这个警察您没有印象吧？"

"没有，我没有见过他。所有见过的人，我都能回忆起来。"

第二个被领来的警察仍然没有辨认出任何人。一直叫到第七个人，那个病恹恹的警察才出现，一看就是个肺结核病人。

"您见过这几个人中的某个人吗？"

"没有，我觉得我没见过……"

"您在卡佩尼卡大街的封锁区域内执勤过吗？"

"啊，是的，是有过执勤，"这个警察一下子很高兴，"就是这位先生给我看过他的党卫队证章。是我放他进入火灾现场的。"

"是他要求您放他过去的吗？"

"不，他只是给我看过他的党卫队证章，他当时是开车路过，我谁也没有放行，后来他是下车走过来的……有什么问题吗？"这名警察突然间感到害怕了，"如果他是无权通过的……我知道上级的命令，盖世太保的人还可以通行无阻的。"

"他有权通过，"缪勒从椅子上站起来说道，"他不是敌人，您不要有顾虑。我们是一起工作的同事。他去那里做了什么？是去火灾现场找一个产妇吗？他是不是特别想知道那个不幸的女人的命运？"

"没有的事……那个孕妇夜里就被运走了，而他是早上来的。"

"他是去找那个女人的东西了吗？您帮助他找了？"

"没有，"这个警察皱紧了眉头，"我记得，他在那里帮一个女人拿过童车，放小孩的车。不，我可没有帮忙，我当时就站在旁边。"

"她旁边有一堆箱子吗？"

"谁的旁边？小孩车子旁边？"

"不，那个妇女身旁。"

"这我可不记得了。我想，当时那里可能会有一些箱子，但是，我可记不清了。我只记得那辆小孩子的车子，它掉在废墟里，这位先生帮助他们拉出来整理好，把它送到街道对面的人行道上了。"

"为什么要拿到那里去？"缪勒问。

"那里相对安全一些。当时消防员们都站在我们这一侧。他们全都拖着水带和消防龙头，他们要是把车子碰坏了，小孩子就无处可睡了呀。这样那个女人就可以把童车安置在防空洞里，小孩就睡在上面，这我看见了……"

"谢谢，"缪勒说，"您给了我们很大的帮助。您现在可以走了。"

这个警察走出门了以后，缪勒对艾希曼说：

"让其他的警察都走吧，没什么事了。"

"那里当时还有一个上了点岁数的警察，"施季里茨说，"他也能证明我在现场。"

"好了，已经可以啦。"缪勒皱了皱眉头，"已经足够了。"

"为什么不能把在第一道封锁线上执勤的警察传唤过来呢？我是在那个地方拐的弯。"

"这一点我们已经弄清楚了，"缪勒说，"舒尔茨，他们已经准确地证实了一切，是吧？"

"是的，总队长先生，赫尔维格已经向我们证实过，那天是他分派的执勤人员，而且他已经同街上执勤的警察取得过联系。已经证实了。"

"谢谢，你们都可以走了。"

舒尔茨和艾希曼往门口走去，施季里茨也跟着他们往外走。

"施季里茨，我再耽搁您一分钟。"缪勒叫住了他。

他等舒尔茨和艾希曼出去了以后，点了一支烟，走到桌子跟前。直接坐在桌子的边沿上（所有盖世太保的工作人员都学他，养成了这个坐姿），然后他才问施季里茨：

"好啦，细节都对得上，我相信这些细节。现在，请回答我的一个问题：'我亲爱的施季里茨，施拉格神父在什么地方？'"

施季里茨显出了十分吃惊的表情，他转过身来，对着缪勒说道：

"本来就应该从这个问题开始的嘛！"

"施季里茨，最好让我知道，从什么地方开始谈。我理解您目前激动的心情，但是不应该忘记分寸……"

"我想不揣冒昧地、开诚布公地和您谈一谈。"

"您是冒昧？那我呢……"

"总队长先生，我明白，鲍曼的所有谈话记录在经过舒伦堡审阅后，会放在帝国元帅希姆莱的办公桌上。我明白，您不得不执行帝国元帅的命令。尽管这些命令是您的朋友和我的上司发布的。我愿意相信，盖世太保逮捕鲍曼的司机是直接收到了来自上峰的命令。我确信，是有人授意您逮捕这个人。"

缪勒表面上心不在焉地望着施季里茨的眼睛。施季里茨感觉到了，这位盖世太保首脑的紧张的内心活动。他料到了一切，唯独这件隐秘的事，完全出乎他的意料。

"为什么您认为……"缪勒刚要说话，施季里茨再次打断了他的话。

"我很明白，是别人让您来败坏我的名声，这些人为了以后不再让我和党员鲍曼同志有所接触，真是无所不用其极。我看到了您今天安排我们整个活动的过程，我认为，您当然具备通常您这一级别领导所有的才能，但是，您还缺乏灵感。因为您知道，不让我和鲍曼见面，谁会从中受益，谁会利益受损。我现在没有时间了，因为今天还要与鲍曼见面谈话。我不认为，清除了我会对您有什么好处。"

"您和鲍曼在什么地方见面？"

"就在自然博物馆附近。"

"谁为你们开车呢？有了第二个司机？"

"没有。我们知道，他是舒伦堡通过盖世太保招募来的。"

"'我们'是指谁？"

"'我们'就是忠实于德国和元首的爱国者们。"

"您就坐我的汽车去见面吧。"缪勒说，"这是为了您的安全起见。"

"谢谢。"

"您在随身公事包里放一台录音机，把和鲍曼的所有谈话内容都录下来。设法和他探讨一下他的司机的处境。您说的是对的：我确实是被施压才逮捕了他的司机的，对他进行严刑逼供也是不得已的。你们见面之后，您就直接回到我这里来吧，我们一起来听听谈话录音。汽车将在博物馆附近等着您。"

"这样做不合适呀，"施季里茨回答缪勒，因为他迅速在头脑中评估了一下目前局势下可能发生的种种突发情况，"我住在一片森林中，这是我的钥匙。您去那里等我吧。上次是鲍曼让车送我回家的：要是他的司机痛快地承认了这种事，您今天就不会折磨我七个小时啦。"

"假如我真的执行了别人施加于我的命令，"缪勒说，"那么，您的磨难早在七小时之前就结束啦！"

"如果这事真的发生了，总队长先生，您就有可能单枪匹马地对付为数众多的敌人了——他们就在这里，就在这座大楼中。"

已经走到门口的施季里茨又问了一句：

"还有一件事，在我牵涉其中的案件中，我非常需要那个俄国女人作证。您为什么不把她直接押送到这里来呢？为什么非要鼓捣什么伯尔尼传来的密码这一套愚蠢的把戏呢？"

"其实呢，这背后的事并不像您想象的那么愚蠢。就等您和鲍曼会面结束吧，我们好在您的家里交换一下各自的感想哦。"

"希特勒万岁！"施季里茨于是说再见了。

"您可得了吧，"缪勒小声嘀咕了一句，"我的耳朵不听这个也嗡嗡得够难受的啦……"

"这我就不明白了……"施季里茨就像遇见了什么无形的障碍一样，在门口停了下来，手就一直握着黑漆漆的大门上那个巨大的铜质把手。

"算了吧，您心里十分清楚，元首没有能力做出决定，不应该把德国的利益与阿道夫·希特勒个人混为一谈。"

"您认识到……"

"是的！是的！我清楚地意识到了！这里没有窃听设备，您如果外传我说的话，没有人会相信您的，再说您是不敢把这些话告诉任何人的。但是，假如您在进行比强加于我的花招更为微妙的博弈的话，那么，您自己意识到，是希特勒给德国招致了惨败的结局。我在这种凄惨的局面中看不到有什么出路。您明白吗？看不到出路。您坐下吧，请坐吧……难道您认为鲍曼有什么拯救帝国的一套自己的计划吗？有与帝国的元帅们完全不同的计划吗？希姆莱的人在境外都缩手缩脚，他倒是要求间谍们多做工作，他并不珍惜他们的性命。在鲍曼控制的德美关系研究所、德英关系研究所、德巴关系研究所倒是没有一个人被逮捕。希姆莱是不会从这个世界消失的，而鲍曼却是有这种可能性的。这个境况您也要好好考虑一下。您可以向鲍曼做出解释，不过您事先要做好准备，想一想怎么说才比较委婉，告诉他，在一切都行将崩塌的时候，离开老练的情报员是不行的。希姆莱在国外银行的存款有可能是在同盟国的控制之下的。而鲍曼的存款比他的要多一百倍，且无人知晓这个秘密。施季里茨，您现在帮助他，也是在为自己的将来寻求一点保障。希姆莱的黄金嘛，不是什么大事，希特勒很清楚，希姆莱的黄金将会用于近期的战术目的。可是，党的黄金成了鲍曼的黄金，不应该供给那些可恶的情报人员和收买过来的部长们的司机使用，而是为了供给那些经过认真的思考、明白了国家社会主义是通向和平之唯一途径的人们使用的。希姆莱的黄金成了那些惊慌失措的过街老鼠们的酬金，这些人除了用背叛变节、酗酒无度、荒淫无耻来掩饰自己内心的恐惧之外，有什么用呢。党的黄金储备应该是通往未来的一座桥梁，应该用它来关注孩子们的生活，关注那些现在才满月、才一岁、才三岁的孩子们的生活……那些已经满十岁的孩子们不需要我们：他们既不需要我们本身，也不需要我们的思想，他们不会原谅我们这代人给他们带来的饥馑与空袭轰炸。而那些现在还不懂事的孩子们将来会讲述我们的传奇，应该给这样的传奇注入一些思想性，应该有意识培养一些讲故事的人，让这些人以另外的方式来表述我们的思想，使得二十年之后的人易于接受。不管在哪里，只要有人说一声'嗨'，就可以代替'你好'，也就是说，只要有了特定的表述，就会有人等待我们！我们就可以由此开始我们伟大的复兴！到了1970年以后您会是多大岁数？不到七十岁？您是一员福将，活到那个时候没问题。我要是能活到那时候也接近八十岁了……所以，让我最为焦虑的是未来十年，所以，您要是想下一个赌注的话，不要担心我这里有什么阻碍，相反，您是可以信任我的，请您记住：盖世太保的缪勒已经是一个垂垂老矣，身心俱疲之人。他只想在某个有着蓝色游泳池的小农场里度过自己的余生，为此他现在还对博弈有一点积极性……还有，这种事当然不能对鲍曼说，但是您自己要记住：从柏林转迁到那个小农场去，到热带去生活，这事可不能太着急。元首身边的许多杂毛狗们很快就要从这里逃离过去了……这样做会被人抓住把柄的……等到俄国大炮轰击到柏林，士兵们为捍卫每一栋楼房浴血奋战的时候，才需要安静地从这里离开。带走党的黄金储备的秘密，这个秘密只有鲍曼知道，因为到那个时候，元首已经不复存在于世上了……您要十分清楚地意识到这件事，即我已经把您招募过来了，就在谈话的这五分钟之内，没有耍弄任何的诡计。至于舒伦堡，我们今天有空的时候再谈吧。但是，您要对鲍曼说，没有我的直接帮助，瑞士的事情不会办顺利的。"

"这么说来，"施季里茨不紧不慢地说，"他需要的是您呀，我倒成了一个多余的人啦……"

"鲍曼是明白的，没有您，我一个人是什么事情也做不成的。在您的上司的机关里我的人并不多呃……"

几分钟的节奏

    凯特听到外面大街上响起枪声后,立即就明白了:发生了可怕的事。她抬眼望向外面,看见了两辆黑色的汽车和躺在道路中央、正在不停地抽搐着的赫尔穆特。她立即转身跑回来,她的儿子还躺在那个箱子里,小身子不安地动弹着。她手中抱着的小女孩倒是十分的安静,在睡梦中不时地上下吧唧着小嘴唇。凯特把小女孩和儿子并排放在一起。她这会儿手忙脚乱,两只手不停地颤抖着,她小声地吼自己:"哎,动静小点!""为什么动静要小一点?"她朝地下室的深处跑过去,脑子里还在想,"可我并没有弄出动静啊……"

    她在漆黑的地下室里,张着两只手往前走,走两步就会碰到石头和木头。这就像战前在家里她和男孩子们一起玩打仗的游戏。一开始的时候,她来当卫生员,第六分队的艾尔文·别尔齐斯总是当红军的指挥员,后来,他爱上了凯特,就开始提拔她为护士,再后来就命令大家管凯特叫三级军医。他们的司令部就设在斯巴索纳-利夫科夫斯基大街家中的地下室里。有一次,地下室里忽然间灯灭了。这所房子的地下室面积很大,并且像是一座迷宫。那个叫伊戈尔的参谋长害怕得要命,吓哭了,艾尔文之所以吸收伊戈尔参加进来,是看在他是一个优等生的分上。"为了不让人家把我们说成是无政府主义者,"艾尔文在宣布自己的决定时,如此说道,"我们需要吸收一个模范学生加入队伍。哪怕只有一个也是好的。然后还需要一个参谋长，知道参谋长在战争中起什么作用吗？没有什么作用。他就坐在地下室给我写命令。白军的司令部是有作用的，而在红军的司令部里只有一个人起作用，那就是政委。"当伊戈尔开始哭了的时候，地下室里很安静，凯特能感觉得到，艾尔文有点不知所措了。她之所以感觉得到，是因为听到了艾尔文沉重的鼻息，他半天也没有说话。而伊戈尔则是越哭越伤心，司令部里有人禁不住也跟着他抽抽搭搭地哭起来了。"好了，动静小点吧！"艾尔文喊了一声，"我马上就带领大家出去，大家都在自己的位置上，不要分散开！"过了十分钟，来电了，电灯亮了，艾尔文回来了，他浑身满是尘土，鼻子也磕破了。"我们要把灯关掉，"艾尔文说，"应该学会在没有灯光的情况下走出地下室，以便将来真正的战争开始的时候能够适应。""真正的战争开始的时候，"参谋长伊戈尔说，"我们会在地面上作战，而不是在地下室里打仗。""你还是住口吧！你已经被撤职了，"艾尔文说，"在战场上哭哭啼啼，这是叛变！你明白吗？"艾尔文伸手就直接把灯泡拧了下来，带领大家走出了地下室，凯特就是在那时第一次吻了艾尔文。

"他带领我们沿着墙根走，"凯特回想道，"他的两只手一直扶着墙壁。只有他一个人身上有火柴。不对。他也没有。他上哪里弄火柴去呢？他那时才十岁，还没有学会抽烟呢。"

凯特回头向身后望了一下：她已经看不见那只箱子了，两个孩子还在那里酣睡呢。她好怕在这里迷路了，会找不到返回的路，而孩子们就睡在那只箱子里，儿子很快就会哭的，因为他的尿布可能已经都湿透了，他的哭声会吵醒女孩的，这样一来，这两个孩子的哭声一下子就会传出去，外面肯定会听见他们的动静。凯特一想到这里，特别无助地哭了，她转身往回走，身体一直紧贴着墙壁。她慌不择路，脚下绊到了露出的管线，一下子失去了平衡。她两只手张开向前，眼睛几乎闭上了，直接跌到了地上。霎时，眼睛里无数的金星乱迸、绿光莹莹，然后她的脑中出现了剧烈的疼痛，她失去了意识，昏了过去。

……凯特不记得她在地上躺了多长的时间，是一分钟呢还是一个小时。她睁开眼睛的时候，听到了某种不寻常的嘈杂之音，心中十分惊诧。她的左耳贴在冰凉的肋片铁隔栅上，那里传导过来的声音相当奇怪，类似于凯特在狭长的山谷中第一次听到的声音，就是透亮的蓝色小溪潺潺从山上流下来时发出的动静。凯特认为，这是她的头部受到撞击之后，出现了脑震荡而引起的耳鸣。她抬起了脸，奇怪的声音消失了。确切地说，是变成了另外一种声音。凯特极力想站起来，但是，她很快明白了：她摔倒时，头部撞击到了下水道出口的铁盖子上了。她用手摸了一下肋片形的铁板。艾尔文曾经说过，柏林的城市地下管网系统相当的发达。凯特这时用力拽了一下铁板，铁板纹丝未动；她开始用手摸索铁板周围的地面情况，在摸到一块不大的铁块之后，就立即用它来撬了一会铁板，没什么作用，她就把铁块一扔，结果隔着肋片铁隔栅的地下室的深处传来了悠远的回声，像是从特别深的地方发出来的一样。

那时他们一群年轻人沿着蓝色的山间谷地漫游：有格拉·斯缅塔津、米莎尼亚·韦利孔斯基、艾尔文和她，凯特。他们一群人当时还不停地唱着歌："在很远很远的大海的彼岸，有一个金色的国度……"

一开始，山谷里闷热，四处弥漫着松树散发出的松油的幽香味道：周围全是深色、稠密的针叶林。他们都太渴了，一路上攀爬的陡坡很多，这些陡坡上都是棱角突出的大石块，没有见到水，这令他们大家都很奇怪，因为沿着这条山谷他们应该走到克拉斯诺伯良积雪带，所以说，山谷中应该有小溪流过才对。但是，没有发现水，只有风从针叶林的树梢上呼啸着掠过。后来再走上去，脚下的石头就不再是被太阳晒得发干的白色的卵石了，而是黑黝黝的颜色了，又走过了十分钟，他们看见了石头缝隙里的溪流潺潺流出，也听见了远处哗哗的流水声，他们就一直顺着蓝色的溪水走过去，水声已经是浩荡的轰隆声了。他们看见了山顶的积雪，当他们登上积雪带的时候，四周安静下来了，因为融雪形成的溪流离他们越来越远了；他们越爬越高，一直向着寂静的雪山进发……

白头发的老侦探打开手电筒，一道刺眼的光柱照射进了地下室，左右搜索。

"我说，无线电台上说那两个党卫队队员是被同一支枪毙命的吗？"他问自己的随行人员。

有人回答他：

"我打电话给实验室的人了，他们说结果还未出来。"

"据说，盖世太保什么事都能瞬间办好。那群家伙还跟我吹起牛来了。喂，你们谁过来看一下，我眼睛看不清楚：这是不是脚印？"

"尘土不多……要是在夏天就好办了……"

"要是现在正是夏天，要是我们有一只多波曼警犬，要是多波曼警犬嗅到了从党卫队逃跑的臭婆娘的哪怕一只手套，要是这只警犬连脚印都寻到了……呃，有了，快看，这是个丢弃的烟头吧？"

"肯定是陈旧的了。一眼就能看得出，都像石头一样颜色了。"

"你们来摸一摸，摸一摸！看归看，光看还不行：干我们这一行的，必须亲手摸一摸才行……谢天谢地呀！亏得京特老头儿是个单身汉呢，要不然你们怎么通知我的玛丽亚，说我已经躺在殡仪馆里，身体已经冰凉没气了呢？"

第三个侦探走到他的跟前说：他检查了一遍地下室，在找有没有出口。

"怎么样？"白头发的老侦探问他。

"这里应该有两个出口，但是都已经被封死了。"

"用什么材料封的呢？"

"用红砖。"

"尘土很多吗？"

"没有什么尘土。和这里一样，都是一些碎石头，哪有什么尘土？"

"就是说，没有任何的痕迹？"

"碎石头上能有什么痕迹呀。"

"我们再去看一遍，万一呢。"

他们就一起走过去，还不时地小声交谈，并用手电筒来回照射地下室的深处布满灰尘的各个角落。那里堆满了碎砖头和各种的木料。白头发的老侦探停下脚步，在口袋里摸出香烟。

"等一下，我来点根烟。"

此时，他就站在凯特头上的肋片形的铁板盖子上。

凯特已经明白，头顶上站着几名警察，他们在交谈，但听不清他们在说什么。因为在她的脚下是地下管线里传来的哗哗的流水声。她实际上就是站在两个巨大的螺栓上，手上还抱着两个孩子，心中满是惊惶，害怕哪一秒失去平衡，就会和孩子们一起飞跌出去，落入这下面哗哗作响的肮脏臭水之中。她听着头顶上面的人说话，就横下一条心：只要他们撬开盖子，我就跳到臭水坑里去。这样对所有人都一样了。小男孩儿开始哭了。一开始他哭的声音很低，毕竟嗓音还比较尖细，几乎听不到的；但是凯特却觉得，他哭的声音太大了，一会周围的人就能听到他的哭声了。她只好俯身低头对着小男孩儿，还要保持好身体的平衡，以免从螺栓上掉下去。开始特别小声地，用两片嘴唇翕动，给他唱起摇篮曲来，但是，小男孩儿并没有睁开他那有点浮肿的青灰色眼皮，哭声倒是越来越大了。

　　凯特开始感到自己的双腿有点麻木了。现在，小女孩儿也睡醒了。孩子们一起哭了起来，但此时，凯特已经明白了，上面的地下室里是听不到孩子们的哭声的。她已经回忆起来了，她之所以能听到哗哗的水流声音，是因为她是从高处跌落到这里的金属盖板上的。但是，由于过于恐惧，她才没有立即打开这块金属盖板爬出去。这时候，她才开始在头脑中仔细演练，自己应该怎样用头去顶开这块金属盖板，怎样把孩子们放在石头上，怎样舒展一下自己抱孩子太久的胳膊，哪怕只休息一分钟也好，然后就从这里爬出去。她为了一分一秒地挨过去时间，就强迫自己开始无声地在心里数数，从一数到六十。觉得自己有点着急了，就又耐心地重新再来一遍。在大学一年级的时候，班级里有过一次课堂讨论，题目是"勘查事故现场"。凯特清楚地记得，当时指导老师们是怎样教他们注意每一个细节的。所以，她现在才会像一只野兽一般地行动，她把碎石撒在出口的盖子上，右手把孩子紧紧抱在胸前，腾出左手来把盖子重新再盖好，回复至原位。

"过去了多长时间了呢？"凯特心里暗想，"一个小时？不，肯定已经过了。或是还没到一小时？我啥也不想了。我最好是一下子顶开盖子，如果上面还有人守着或者设下了埋伏，我就一下子跳下去，就一了百了了。"

凯特果真用头顶了一下盖子，但是，盖子纹丝未动。她又把双腿踮起来绷直了，又用头顶了一下。

"他们站在盖子上，"凯特明白了，"怪不得我怎么也顶不开它。没有什么可怕的。一块旧铁板而已，已经锈蚀了的，我用头使劲顶它，然后它要是还不动，那我就把左手腾出来，活动一下让这只手有点力气，用右手抱着孩子，用左手移动盖子。当然，我一定要把它打开。"凯特小心翼翼地移动了一下正在哭闹的小女孩，想把左胳膊抬起来，但她立即就明白了，这是完全办不到的：因为胳膊完全麻木了，根本不听她的使唤。

"没什么大不了的，"凯特给自己鼓劲儿，"这种感觉完全不可怕。现在胳膊像是针扎一样的疼，过一会儿就会回血啦，然后就好使了。右手得抱着孩子，他们倒是很轻的。只要小女孩不再扭动就行的。她比我的儿子重一点，她比他大嘛也就沉一些……"

凯特开始有意识地一握一松地活动自己的手指。

她开始回忆一个自己家别墅的邻居，是一位老人。他很高，也很瘦，一双蓝色的眼睛古怪地忽闪着，他经常会走到他们家的露台上，用一种鄙夷的目光看着他们吃面包和黄油。"吃这些是很荒谬的事儿，"他说，"香肠，就是毒药！奶酪也同样是毒药！这都是动物肌体上极为有害的部分！面包？就是油灰而已！应该用金盏花煮肉吃才对！吃辣椒！白菜！萝卜！永恒才会进入你们的体内！我就可以活他个一百万年！是的，是的，我知道，你们认为，我就是个招摇撞骗的家伙！不，我只不过更敢想！我是比那些保守的医生们更大胆而已！并不存在什么疾病！煞有介事地医治溃疡和结核病太可笑了！应该被诊治的是细胞！永远保持青春的秘诀是：按时用餐、呼吸新鲜空气和精神疗法！你们应该合理地供养细胞，它是一切生命的基础之基础，你们要合理地供给它营养、氧气，要用锻炼使其活跃，当你们要跟某个细胞谈话或者是同自身存在的一万个细胞谈话的时候，必须把他们当成是自己的同盟者。必须这样理解，我们中的每一个人，都不是由偶然和环境支配的软弱的人，而是生活在阳光之下的所有国家中最合理地拥有百万细胞的大国领袖一样的人物！你本身就是一个星系大国！银河系中的大国！最后，还要明白的是，你们是什么人！要睁开眼睛看一看自己！要学会尊敬自己，什么也不要怕。如果你明白了人之为人的使命，那么这个世界上的任何的恐惧都是相当虚幻的和十分可笑的！"

凯特想到这里都想和自己的手指好好谈一番话了。但是，孩子们的哭声越来越大了。她知道，自己并没有同自己的细胞大军的劝降谈话的时间了。她抬起那只不听使唤的左手，开始用毫无知觉的手指去抓头顶上的铁盖子。盖子有点松动了。凯特用自己的头来顶它，盖板这次移动了。凯特甚至连是否有人在地下室都没有看上一眼，就把孩子举起来，放在盖板旁的地上，自己也随即爬了出来，和孩子们并排地躺在了地下室的地上，这个时候的凯特已经精疲力竭，神志不清楚了。

"介绍我过来的先生们都非常热情，他们都对我说过，说您有能力通过某种方式，让我与那些能够决定德国几百万人命运的人取得联系。"神父说，"如果我们能够接近这个争取和平的崇高社团，哪怕只有一天的时间，那么我们的许多所作所为在将来都会获得宽恕。"

"我应该先给您提几个问题。"

"请提吧，我准备回答您的所有问题。"

神父的对谈者是一个个子高高，而且精瘦的意大利人。岁数已经不小，但是，看上去，举止却显得相当年轻。

"回答所有的问题倒是不必了。如果您同意回答所有的问题，我就不再相信您了。"

"我不是职业外交官。我到这里来是受人之托……"

"是的，是的，这我明白。您的某些情况已经有人向我转达过了。第一个问题是：您代表谁呢？"

"对不起。对此我应该先听一听您的回答：您是什么人呢？我要谈的是留在希特勒身边的人。他受到死亡的威胁，他和他的亲友。您住在中立国家里，您不会受到任何的威胁。"

"您以为，在中立国家就没有盖世太保的间谍在活动吗？但是，这种个别情况，和我们的谈话没有什么关系。我不是美国人，也不是英国人……"

"我从您说的英语里已经听出来了，大概，您是意大利人吧？"

"是的，我的出生地是意大利。但是，我是美国公民，所以，如果您相信那些帮助安排我们会面的先生们，您就完全可以坦率地和我对话。"

神父想到了布吕宁临别时的叮嘱。因此，他说道：

"我那些留在祖国的朋友们认为，所有德国军队全部投降，肃清党卫队的所有余部，这可以拯救数百万人的生命，我是完全赞同这种观点的。我的朋友们想知道的是：我们应该和代表同盟国的什么人接触？"

"您指的是帝国在东线、西线、南线和北线所有的部队同时投降吗？"

"您还能提出其他的和平途径吗？"

"我们是以一种古怪的方式在进行谈话：谈判对德国人有利可图，而不是对我们有利，所以，我们是要提条件的一方，您说对吧？为了让我们的朋友们和您进行具体的谈判，应该遵循古人的教诲，我们必须先知道，他们都是一些什么人？什么时间？多少人？在什么人的帮助下实施？为了什么目的？"

"我不是政治家。也许，您是对的……但我请求您相信我的真诚。我不知道委托我来这里的那个小组的所有人，但是，我知道，代表这个小组的人，是一位相当有影响力的人物。"

"这是一出猫捉老鼠的游戏。在处理政治问题的时候，一切都应该在一开始达成共识。政治家之所以喜欢讨价还价，是因为对他们来说，一切都并没有什么秘密可言。他们永远在衡量什么东西值多少钱，必须物有所值。如果政治家们不善于讨价还价，如果他是集权主义国家的代表，那他们肯定会被推翻；如果这些政治家们来自议会制的民主国家，那么在下一次的选举中他们就会落败。我建议您转告您的朋友们：在我们没有搞清楚他们代表谁来谈判、他们的谈判计划是什么、首先他们认同的意识形态纲领是什么以及在得到我们的帮助之后，他们在德国准备实施哪些计划之前，我们是不会坐下来同他们进行谈判的。"

"意识形态纲领是清楚的，它以反对纳粹为基础。"

"那么在您的朋友们看来，将来的德国是什么样子的呢？它的发展目标是什么呢？你们会向德国人提出什么样的口号呢？如果您不能替您的朋友们来回答这个问题，那我倒想听一听您个人的观点是什么？"

"不论是我，还是我的朋友们都不愿意看到未来的德国沾染上布尔什维克的红颜色。但是，与此同时，持有（包括变相地持有）必须镇压德国现政权机关的工作人员以及德国人民的想法我认为也是极其荒谬的。"

"那就会遇到一个问题：在希特勒下野的情况下，谁能把德国人民规范在秩序之内呢？宗教界的人士吗？那些目前身处集中营之中的人士吗？还是那些决心与希特勒割袍断义的现任警察部队的指挥官们？"

"德国的警察部队归属帝国党卫队总司令希姆莱领导。"

"这我听说过。"神父的对谈者笑了一下。

"这么说，您指的是要保持党卫队的权利了？您认为，它有可能使德国人民不至于陷入无政府状态，将其规范在秩序之内吗？"

"谁提过类似的建议呢？我认为这个问题还从来没有讨论过。"意大利人回答道，在整个的谈话过程中，这是他第一次板起脸来，认真地盯着神父。

神父心惊肉跳。他明白，自己说漏嘴了：这个滴水不漏的意大利裔人会立即步步紧逼，强迫他说出他所知道的美国人同党卫队谈判的所有情况，布吕宁给神父看过谈判的会议记录。神父也知道，自己不善于撒谎：他总是把内心的一切都付诸自己的脸色。

然而，这个意大利裔的美国人，作为杜勒斯领导的情报处的一名工作人员，回到自己的住处之后，沉思良久，才坐下来撰写此次谈话的报告材料。

"他要么是一个完全无足轻重的人物，"他心里想，"在德国没有什么重要的影响力，要么他就是一个胆大心细的侦察员。他不善于讨价还价，但是，也没说出什么东西。可他的最后几句话证明了他知道一些我们同沃尔夫谈判的情况。"

1945 年 3 月 13 日（20 点 24 分）

凯特身上没有钱来坐地铁。但是，她必须离开这里，去找一个有炉子烤火的地方，好给孩子们换尿布，再重新包一下他们的褓褓。如果她不去找一个舒适的地方，孩子们很快会有生命危险，因为他们已经在寒冷的地方呆得太久了。

"现在死掉还真不如在早上完结呢。"凯特怎么也不能摆脱这种隐约的悲观念头，"要不干脆呆在地下室不上来算了。"

危险的概念在她的心中完全模糊了：她从地下室爬出来，连环视一下都顾不上了，就径直往公共汽车站走了过去。她并不清楚自己该去哪一站，该在哪里买票，该在哪一站下车来安顿孩子们一下。她就直接跟售票员说，她身上没带钱，她的钱都在被空袭轰炸损毁的房子里。售票员咕哝着埋怨了几句，让她去难民收容站。于是，凯特坐到了一个靠窗的位置上。车里到底比外面暖和一些，凯特不由得泛起困意。"我可不能睡着，"她下意识地提醒自己，"我没有权利睡觉呀。"

然而，她一下子就陷入了沉睡之中。

后来凯特感觉到有人使劲推她，抓她的肩膀摇晃，但是，她无论如何也睁不开双眼。她这会儿感到好舒服，好暖和，孩子的哭声不那么尖锐，像是来自特别遥远的地方，只是隐隐约约可以听到。

她沉睡在一个五彩缤纷的梦境中，那些梦中不寻常的、色彩明艳的东西毫无意义却又十分令人伤感，她为此感到十分拘谨；梦境中的她和一个小男孩正踩着一条蔚蓝色的条形地毯走向一栋房子，小男孩已经自己会走路了，抱着一个洋娃娃，艾尔文、妈妈和别墅的邻居，就是那个宣称要活一百万年的老头，正在迎接他们……

"这位太太！"有人正在用力推她，她的脸颊被抵贴在冰凉的车窗玻璃上，"这位太太！"

凯特终于睁开了眼睛。售票员和一名警察就站在她的身边，车厢里一片暗黑。

"有什么事吗？"凯特紧紧地把孩子抱在自己的胸前，小声地问道。

"空袭开始了，"售票员说，"快离开这里……"

"去哪儿？"

"去空袭避弹所，"那个警察说，"我们来帮您抱孩子吧。"

"不用了，"凯特说着，把孩子抱得更紧了，"他离不开我。"

售票员耸了耸肩膀，没有说什么。警察过来扶住凯特的胳膊，把她送进了空袭避弹所。那里光线很暗，比外面暖和。凯特走到一个角落里，有两个男孩子从一条长凳子上站起身来，给她让出了一个位置。

"谢谢！"

她把孩子放在自己的身边，然后向在这个避弹所执勤的、希特勒青年队的一位年轻的姑娘求援，凯特说：

"我住的房子被炸毁了，我连尿布也没有，请帮帮我吧！我不知道该怎么办好：女邻居被炸死了，我只好连她的女儿也抱过来了。可我什么都没有……"

那个姑娘点了点头，很快就找来了尿布。

"给您。"她说，"这是四块尿布，您先给他们换吧，这次肯定够用了。我建议您到了早上去找一下设在附近的那个难民救济处寻求帮助，不过您要带着辖区警察局和行政管理机关的证明手续。"

"好的，当然会去的，谢谢您，"凯特一边回答，一边开始给孩子们换尿布，"请问一下，这里有水吗？有没有水和炉子呀？我想洗一洗这一堆湿了的尿布，这八块要是洗干净了，明天还能用……"

"这里有凉水，需要搞来一块肥皂。过一会您来找我，我给您办这一切。"

孩子们吃过奶之后很快就入睡了。凯特也靠在墙壁上，决定小睡一会，哪怕半个小时也是好的。"现在我可什么也不想了。"她自忖，"我在发烧，可能，在地下室冻坏了……不，孩子们不会感冒的，因为他们一直被包在小毯子里，他们的小脚丫一直都是热乎的。我先睡上一小会儿，然后再好好想想，下一步该怎么办。"

于是，凯特又陷入了梦境之中，但是此时的梦并不是完整的，各种片段涌入她的脑海中：蓝色、红色和黑色的影子在她的眼前交替地闪过，她急于抓住这些在眼前飘来荡去的急剧变化的影像，眼睛不由自主地疲倦地合上了。"大概，这是我的眼球在眼睑下面极速地转动，"凯特心里突然领悟了自己的状态，"在学校受训时，苏兹达利上校讲过这种情形，这确定无疑就是那种情况。"想到这里，她十分惊恐地从长板凳上站了起来。周围所有的人都在打瞌睡：空袭轰炸的声音从远处隐约传来，高射炮的轰鸣声和炸弹的爆炸声音也间或有耳闻。

　　"我应该去找施季里茨，"凯特心里想，她对自己此时此刻还能够平静地思考感到惊奇不已，"能想到施季里茨，说明我的脑袋还思路清楚，没糊涂呢，"但是，"不行，"她转念一想，"你可不能去找他呀。要知道，他们可是在审问中问起过他的呀。你要是过去找他可就是害了自己，也会连累了他。"

　　凯特又沉睡过去了。她睡了有半个小时之久。再睁开眼睛的时候，她感到自己好受多了。虽然她不记得自己曾经在入睡之前想起过施季里茨，但是，一个电话号码突然就出现在脑海之中，十分的清晰，是：42－75－41。

　　"请问一下，"她用胳膊肘碰了碰身边打盹的一个小伙子说，"请问附近什么地方有公共电话呢？"

　　"什么？！"小伙子被碰醒，激灵一下站了起来。

　　"轻声一点，小声，"凯特赶紧安抚他，"我问您：这附近有公共电话吗？"

　　那个希特勒青年队的年轻姑娘大概是听到这边有动静，她就走到凯特跟前并问道：

“你需要什么帮助吗？”

“不用，不用，”凯特回答她，“没有，谢谢您，一切都还好。”

就在这会儿，解除警报的汽笛声响起来了。

“她在打听哪里可以打电话。”那个小伙子说。

“在地铁站那里有，”那个姑娘说，“就在附近不远的拐角后面。您是想打给您的亲戚或者熟人吗？”

“是的。”

“我可以替您照看一会儿孩子，您去打电话吧。”

“可是我身上连投币用的二十芬尼硬币也没有……”

“我给您出吧。请收下吧。”

“谢谢。电话亭不远吧？”

“走过去就两分钟足够。”

“要是孩子们开始哭……”

“我会把他们抱起来的，”那个姑娘笑了，“别担心，请快去吧。”

凯特从躲空袭的避弹所走了出来。地铁站就在附近。自动电话亭就在一小片结了冰的地面那里。一轮圆月照射在结了冰的地面上，散发出蓝色的幽光。

“电话机坏了，”一名警察对凯特说，“被炸弹的气浪震坏了。”

“那哪里还有电话能打呢？”

“下一站的车站上有……怎么，您特别急需打一个电话吗？”

“非常急。”

“那跟我来吧。”

警察带着凯特走下楼梯，进入空荡无人的地铁站，打开了一间警务执勤室的门。他打开了室内的灯，冲着写字台上的电话点了点头。说：

"您打吧，不过要快一点才行。"

凯特绕过桌子，走到写字台旁的高背椅子上坐下，拨通了42－75－41。这是施季里茨的电话号码。凯特只顾听着话筒里嘟嘟的忙音，并没有留心发现写字台的玻璃板下面压着一张她自己的大幅照片，照片旁边还印有电话号码。那个带她来的警察就站在她的背后抽烟呢。

不合逻辑的逻辑

施季里茨此时除了缪勒的脖子，什么也看不见。这家伙的大粗脖子又肥又壮，毛发边缘都修剪得整整齐齐，从脖子根部到后脑勺都齐刷刷，没任何别的异样。施季里茨只看见了头部和身体部分分界的两条横向的皱纹。不过，这也显示出缪勒确实体格结实，相当的健壮，身材匀称，身体比例与这么多年来施季里茨在德国交往过的人的身材十分相似。他在这个德国人的圈子里生活和工作了十二年了，对周围所接触的人抱有深深的仇恨情绪，这种心情有时使他疲惫不堪。一开始呢，这种仇恨是有意识的，即敌人就是敌人。在他逐步深入到保安局机关机械的日常工作中去之后，他也就有越来越多的机会去从内部观察神秘的法西斯专政机关的工作程序。刚开始的时候，施季里茨看在眼里的，是希特勒的威权已经成为德国上下思想一致的一种推动力量，但是，时间一长了呢，这种印象就演变为对很多发生的事情大惑不解：从对待人民的态度上来看，德国领导人的举动是不合逻辑的，是不可容忍的。不仅是舒伦堡和卡纳里斯手下的人会对此议论纷纷，就连盖世太保分子们、戈培尔的助手们以及帝国办公厅的工作人员有时候也不掩饰自己对这些事的不满。值不值得因逮捕教堂的工友而引起全世界的反感呢？有无必要非得在集中营里对共产党人进行嘲弄呢？大规模地屠杀犹太人于情于理是否可行？野蛮地对待战俘，尤其是对待俄国战俘有什么站得住脚的根据呢？不仅做实际管理的工作人员会提出这样的问题，而且连舒伦堡，最近连缪勒这样的职位较高的领导人在相互之间也会提出此类疑问。但是，尽管他们相互之间会提出问题，尽管他们明白希特勒的政策是多么地有害而无益，他们仍然在忠实地执行这些有害而无益的政策，而且还是认认真真、兢兢业业地在执行，有些人的服务水平高超，并且有高度的创造性。他们把元首和他的亲密助手的思想变成了务实的政策，化为具体可操作的行动。全世界都因为这样的行动唾弃和谴责德国。

施季里茨经过观察，确信帝国的政策是由德国内部对这种基本思想持有批评态度的人负责制定的之后，他的心里就滋生出对这个国家新的仇恨：这不是先前有过的仇恨情绪，而是一种极为强烈的、有时候近乎盲目的仇恨。在这种盲目的仇恨背后，是对人民、对德国普通人的爱意。他在这些普通的德国人中间生活了漫长的十二年。"实行票证供应？这要怪罪克里姆林宫、丘吉尔和犹太人。莫斯科城下溃退？这就要怪罪于俄国寒冷的冬季。斯大林格勒城下惨败呢？这就要怪罪干将军们的背叛了。埃森、汉堡和基尔这些城市被攻破呢？这是野蛮人罗斯福的过错，他只听命于美国寡头们的使唤。"人们相信了这些答案，但是给他们准备这些答案的人却根本不相信这些谎言。厚颜无耻被奉为政治准则里的金科玉律，谎言成为日常生活中必不可少的典型特征。于是，就出现了一种前所未闻的真实的谎言的概念。知道真相的人可以互相看着对方的眼睛撒谎，而且他们互相都清楚地知道，对方会坦然接受这种必不可少的谎言，而且还会把他们知道的真相和这种谎言加以对比。施季里茨那时候最痛恨法国那句著名的谚语，即"每个国家的人民都无愧于自己的政府"。他认为，这就是民族主义的翻版。这是在为可能的奴隶制和暴行进行辩白。那些被凡尔赛政府推到饥饿、贫困和绝望边缘的法国人民何罪之有？饥饿会产生自己的"代言人"，那就是希特勒和他的所有的其他暴徒们。

施季里茨有那么一段时间心里也害怕自己这种对于自己的"同事们"的深深的仇恨。这些"同事们"中间可有不少善于观察和感觉敏锐的人，他们很会看着对方的眼睛，揣摩对方沉默的隐含意义。

施季里茨感谢上帝，他及时"医治"了自己的眼疾，所以，在大部分的时间里，他整天都戴着一副墨镜。刚开始戴的时候，他会感到脑袋两侧的鬓角处酸痛不已，头痛欲裂，因为他的视力相当好，戴眼镜实际上是一种妨碍。

"斯大林是对的，"施季里茨心里想道，"希特勒之流的领导人会像走马灯一样换来换去，而德国人民没有变。但是，希特勒下台之后，德国人民会遭受什么情况呢？不能把希望放在坦克身上，我们的坦克和美国的坦克能够阻止纳粹主义在德国的再度复活吗？等我的'同事们'和他们的同龄人都死绝才行吗？他们在死绝之前，已经向年轻一代和自己的孩子们传播了大量的所谓的有根据的谎言和深深植根于孩子们心中和头脑中的恐惧感。彻底根除这一代人吗？流血事件只会制造新的流血事件。有必要让德国人得到保障。他们应该学会享用自由。而看来这一点肯定是最为复杂的：要教会人民，教会全体人民享用予以每个人的最珍贵的东西，即切实能够受到法律保护的自由……"

有一段时间里，施季里茨认为，总部机关的工作人员所怀有的不满情绪有两个来源，一方面是人民处于绝对的受蒙蔽的状态，另一方面是元首肆意地盲目行动，在这种情况下，这种不满就会很快促成纳粹党的领导、盖世太保和军队的官僚阶层有所转变。然而，并没有发生大规模的内乱，原因在于这三个官僚集团都在追求自己的利益，自己个人的名利和私人的目标。元首、希姆莱和鲍曼他们也都是一样的，他们宣誓效忠帝国、效忠德意志民族，但是，他们在意的仅仅是他们自己，仅仅只是个体的"我"；他们脱离普通人们的利益越远，这些利益和需求对他们来说就越是抽象的概念。"人民沉默"的时间愈久，施季里茨从"同事们"的口中听到那句名言的概率就愈高，"每个国家的人民都无愧于自己的政府"这句话说起来既幽默又平静，时不时带有一种嘲讽的意味。

"这些暂时得势的弄臣们，他们只顾自己一时的快活，哪管老百姓的死活。不会的，"施季里茨想道，"不会发生任何的内乱。他们都不是人，而只是一群硕鼠。他们将来也会像老鼠一样死去，每个家伙都死在自己的洞穴里……"

……缪勒就安坐在施季里茨平时最喜欢的扶手椅上，在壁炉旁向施季里茨发问：

"关于司机的谈话记录呢？"

"没有录进去。我无法让鲍曼的讲话停下来，不能说：'等一下，鲍曼同志，我重新换一下磁带！'当时我只是对他说，我已经调查清楚，好像是您，正是您，为挽救司机的生命尽了最大的努力。"

"他是怎么回答的呢？"

"他回答说，在地下室里经受了多次严刑拷打之后，很可能，司机的意志已经垮掉了，他不能够再相信司机了。他对谈论此问题已经不感兴趣了。总队长，这下子，您可以放手大干了。为了防备万一的情况，您可以先把司机在您那里拘押一段时间，先养着他呗。到时候会有用的。"

"您不是认为，他已经不再感兴趣了吗？"

"谁？"

"鲍曼。"

"这是什么意思？那个司机已经是用不上的边角料了。为了防止万一，我可以把他拘押起来。而那个俄国'女钢琴师'在哪里呢？她对我们来说可是大有用处的。她的情况查清楚了吗？已经把她从医院弄出来了吗？"

"她怎样才能为我们所用呢？我们需要她做的就是拍发电报方面的事务，她会去做的，但是……"

"您说的对，"施季里茨附和缪勒，"毫无疑问，这些都是她可以做的。但是，您设想一下，能否采取个妥善的办法啊，让她跟在瑞士的沃尔夫取得联系，不行吗？"

"那是空想。"

"也许是这样。我放任自己幻想一下。"

"以后再说吧。总之……"

"怎么呢？"

"没什么，"缪勒欲言又止，"我只是分析了一下您的建议。我把她转送到另外的地方去了，让罗尔夫来做她的工作。"

"罗尔夫是不是做得有点过了？"

"是的，尺度是有点大了……"

"所以，他因此被打死了？"施季里茨低声问道。

他是在前往会见鲍曼的时候，在盖世太保总部大楼的走廊里，得知了这个消息。

"这是我的事，施季里茨，我们可说好了：您应该知道的东西，您都会从我这里得到消息。我可不喜欢被人从门后偷窥。"

"这从何说起呢？"施季里茨毫不让步地说，"我可不喜欢人们在玩古老的波兰普列费兰斯牌局的时候，把我当成是一个傻瓜，我下场当赌徒，我不是傻瓜看客。"

"从来都是这样吗？"缪勒笑了一下。

"几乎如此。"

"好吧，这事我们也好好讨论讨论。现在，我们再来听一遍这一段录音吧……"

缪勒按下了"暂停键"，中断了鲍曼的说话声，商量说：

"听前二十米那段。"

"好的。我再煮点咖啡吧？"

"您煮吧。"

"来点白兰地吗？"

"老实说，我现在喝不了白兰地啦。我一般都喝伏特加。白兰地里面含有丹宁酸，对血管不好。而伏特加喝上一口浑身暖和，这可是地道的农民喝的酒。"

"您想把谈话内容记录下来吗？"

"不用啦，我都记住了。这里是一些很有趣的转变呐……"

施季里茨打开了录音机。

鲍曼：杜勒斯是否知道沃尔夫将军代表的是希姆莱？

施季里茨：我觉得，他是可以猜得到的。

鲍曼：在这种情形下，"我觉得"可算不上是回答。要是我能够弄到确凿的证据，可以说明他把沃尔夫看成是希姆莱的谈判代表，那我就可以据此认定，内阁很快就会垮台。可能他们更愿意与帝国的希姆莱元帅打交道，那我就必须得到他们谈判的录音。您能否搞到这样一份录音呢？

施季里茨：首先要做的，是应该从沃尔夫将军那里得到他是以希姆莱秘密特使这个身份来谈判的证据。

鲍曼：为什么您会认为，他并没有向杜勒斯做过这种保证呢？

施季里茨：我不知道。我只是说出我的一种假设。敌方的宣传机构从来都瞧不起希姆莱元帅，在他们看来，他是一个恐怖的恶魔。对方更有可能是在极力回避沃尔夫将军代表什么人的问题。他们所关心的核心问题是，沃尔夫将军代表的人在军界中的地位。

鲍曼：我应当让他们知道沃尔夫代表什么人，从沃尔夫本人口中。必须从沃尔夫口中……或者，至少从您的口中……

施季里茨：什么意思？

鲍曼：什么意思？这其中可大有深意。相信我，施季里茨，其中可大有深意。

施季里茨：为了有所行动，我需要理解行动原本的意图。要是有一班完整的人手和我一道工作，每个成员都能向上司提供自己那摊工作的意见和建议，上司只需从大量的材料中整理出准确的情况加以判断，就完全可以避免这么做了。我就无需了解任务的总意图：我就只需要完成自己的那部分任务，把握住自己任务的关键环节就可以了。遗憾的是，我们失去了这样的机会。

鲍曼：您觉得，如果斯大林知悉了西方盟国不是在和别人，而正在和党卫队的领袖希姆莱进行谈判，斯大林会高兴吗？他们不是同那些愿意投降的将军们谈判，不是同精神已经被瓦解了的、腐败透顶的里宾特洛甫谈判，而是同那个恰恰可能把德国变成反对布尔什维克的钢铁堡垒的希姆莱谈判，您的看法如何？

施季里茨：我觉得，斯大林知悉这个消息是不会高兴的。

鲍曼：如果是我把这个消息告诉了他，他是万万不会相信的。如果是一个国家社会主义工人党的敌人告诉他这个消息，会怎么样呢？他会不会相信呢？比如说，由您的神父来透露出去？或者其他别的什么人呢……

施季里茨：也许，关于透露消息的人选还要同缪勒协商一下。他可以挑选出一个有价值的人，并且安排好他的出逃计划。

鲍曼：缪勒倒是时常向我献点小殷勤。

施季里茨：据我所知，他目前的处境极为复杂：他不能像我一样孤注一掷，他毕竟是一个引人注目的人物。再说，他可是直接隶属于希姆莱的领导。如果理解了这层复杂关系，我想，您就会同意我的看法，即要很好地完成此项任务，是非他不可的，而且还必须让他能够感觉得到了您的支持。

鲍曼：是的，是的……关于这一点，我们以后再说。这只是细节问题。现在主要的问题在于：您的任务不是阻挠谈判的进行，而是促使谈判进行下去。您的任务不是为伯尔尼的阴谋家们与希姆莱搭建联系，而是要揭露这种联系。这种揭露要一针见血，让希姆莱在元首心中的威信一落千丈，让杜勒斯在斯大林的心中信誉扫地，让沃尔夫在希姆莱的心中丧失信任。

施季里茨：如果我一旦需要比较具体的帮助，那么我可以接触的人是谁呢？

鲍曼：执行舒伦堡的一切命令，这是成功的保证。不要避开大使馆，不然他们会感到不高兴：因为那里的党务参赞会掌握您的情况。

施季里茨：我明白。但是，我可能还需要反对舒伦堡的人帮助我。只有一个人可以向我提供类似的帮助，那就是缪勒。

鲍曼：我不太相信那些过于忠诚的人。我更喜欢那些不过于表露自己的人……

正在这时，电话铃响了。施季里茨发觉缪勒哆嗦了一下。

"对不起，总队长，"施季里茨说着，拿起了话筒，"我是施季里茨……"

此时，他听见了话筒里是凯特的声音。

"是我，"凯特说，"我……"

"是的！"施季里茨回答道，"知道了，书记同志。在什么地方等您呢？"

"是我。"凯特又重复说。

"怎么过去找您合适呢？"施季里茨又提醒了凯特一遍，同时用手指了一下面前的录音机，意思是说，这电话是鲍曼打过来的。

"我在地铁里……我在警察的值班室里……"

"什么？明白。我知道了。我该开车到什么地方呢？"

"我是在地铁站打的电话……"

"地铁站在什么地方呢？"

施季里茨听清楚了凯特所说的地址，然后又重复了一句："是的，书记同志。"然后就放下了话筒。通话时也没有时间去思考什么了。如果他的电话一直有人监听，那么，明天一大早缪勒就会得到相关情况的报告。虽然缪勒可能早就移除了监视设备，但是，他却多次向施季里茨谈到有关可能被窃听的情况，让他小心提防。所以，毋庸置疑，窃听肯定是一直进行的。关键在于，必须救出凯特。他了解到的情况已经不少，其他的情况需要时再考虑周到一些。当务之急是去救凯特。

凯特蹑手蹑脚地放下电话，拿起自己放在桌子上的帽子。这帽子就放在写字台的玻璃板上，底下压着的恰好是她本人的照片。那个带她过来打电话的警察始终没有注意到她。凯特十分紧张地向门口走去，生怕那个警察在背后喊住她。但是，盖世太保的人通告各个辖区警察局，要抓一个二十五岁左右带着孩子的年轻女人，但是，眼前的这个妇女少说也有四十岁，头发都白了，而且她手里也没有抱着孩子呀，倒是眼睛长得挺像的，世界上眼睛长得一样的人不是多了去了嘛，谁能数得清呢？

"总队长，您能等我一会吗？"

"是不是舒尔茨跑到希姆莱那里打我的小报告了，说我有三个多小时行踪不明？为什么鲍曼会打电话过来？您也没有说过，他会打电话过来呀……"

"您也听见了，他让我赶快过去一趟呢……"

"您去见了他之后，立即到我那里去一趟。"

"您认为，舒尔茨会在暗中搞动作反对您？"

"恐怕他已经开始这样做了。他是个愚蠢的家伙，我一直喜欢勤勉守拙且不那么灵活的秘书。但是，想不到这种人在胜利的日子里还不错，但是，到了濒临失败的关头，就像热锅上的蚂蚁，开始寻找后路了。这个傻瓜，他以为我是只会杀身成仁的……而希姆莱元帅才是好的榜样：因为他在秘密寻求和平的途径，哎，连我的副官舒尔茨都能明白他的意图……对了，舒尔茨不会去那里：今天值班的是一个爱幻想的小伙子，他就会写诗……"

过了半个小时之后，施季里茨已经把凯特安顿在自己的汽车里了。然后，他就这样开着车在城里转悠了半个小时，一边观察是否有人跟踪他们，一边听凯特哭泣着给他讲述她今天遭遇到的一切。他听着她说话，心里一直在思忖，她这次极为罕见的逃脱会不会是缪勒阴险博弈中的一部分，发生的事件是不是每个情报人员都熟知的、在整个情报人员一生的经历中只有可能发生一次的情况。

施季里茨先在城里转圈子，后来就驶上了柏林郊外的绕城公路。汽车里面很暖和，凯特坐在旁边，孩子们在她的双膝上睡着了。施季里茨的头脑中仍然在思考他目前的处境："如果我被发现了，如果缪勒最终得到汇报，获知与我通电话的人不是鲍曼，而是一个女人，那么，我的一切都会暴露的。我也就不会再有可能去揭露希姆莱在伯尔尼的阴谋了。这就太可惜了，因为我马上就要接近目标、完成任务了。"

施季里茨在一个路牌下缓缓停住了汽车。路牌上写着：至鲁宾涅运河街还有 3 公里。从这里经由波茨坦可以到达巴贝尔斯堡。

"不行，"施季里茨拿定主意不回自己家了，"从厨房喝茶的杯子的位置被无端挪动就可以判断出，缪勒手下的人白天就来过我的住所了。谁知道呢，也许，为了我的'安全'，他们会按照缪勒的意图，还会再回到我的住所呢，特别是在接了这个电话之后。"

"小姑娘，"施季里茨猛踩了一下刹车，对凯特说，"你还是坐到后排座位上去吧。"

"发生了什么事？"

"什么事也没有，一切都正常着呢，小姑娘。现在可一切都正常着呢。目前我们两个可是胜利者呃。对吧？拉上蓝色的车窗窗帘就睡吧，我不熄火。我就把你锁在汽车里，没人会动你的。"

"我们现在要去哪里呢？"

"去的地方不远，"施季里茨回答她，"不算太远。安心睡吧，你得好好睡一觉。明天还有许多的事情够我们忙乱一阵子的……"

"是什么紧急之事呢？"凯特问道，她在后排落坐之后感到很舒服。

"当然是令人愉快之事啦。"施季里茨这样回答她，但是，心里想的却是："跟她也很难说得清楚。她得了脑震荡，这也怪不得她。"

施季里茨停住了汽车，这里距瓦尔特·舒伦堡的住宅有一段距离，隔着三栋房子。

"但愿这个时间他在家里。"施季里茨就像念咒语一样在心里重复了好多遍。"但愿他没有去瑙恩见希姆莱，也没有去霍辛利辛见盖勃哈尔特（希姆莱的医生），但愿他就在家里。"

舒伦堡果真就在家里。

"旅队长，"施季里茨没有脱下外套，行色匆匆地进门来，在舒伦堡对面的一把椅子上还没坐稳，就说道，"缪勒对沃尔夫在瑞士的使命已经有所了解了。"而舒伦堡一副居家打扮，穿着厚厚的睡衣，光着的脚上穿着拖鞋。施季里茨下意识地观察到，舒伦堡脚踝上的皮肤竟然不可思议的白白嫩嫩。

"您疯了吗？"舒伦堡说，"这怎么可能呢……"

"缪勒建议我为他工作。"

"缪勒为什么偏偏选中了您？"

"大概，他已经派人去抓神父了；这是我们的求生之路，我必须去伯尔尼。我去指导神父的工作，而您应该拒绝承认沃尔夫的使命。"

"那您去一趟伯尔尼吧，立即就去……"

"证件方面怎么办？或者利用一下'越境窗口'？"

"这样做很愚蠢。您会被瑞士的反间谍人员抓住的；在战事即将接近尾声的时候，他们会尽力讨好美国人和苏联人的。不行，您还是到那里找我们自己的人吧。您为自己挑选一些可靠的证件，我给他们打个电话。"

"不必了。您还是写一封信吧。"

"您带笔了吗？"

"您最好用自己的笔写。"

舒伦堡用两个手掌搓了搓自己的脸，强作笑脸说：

"问题是我还没有睡醒呢。"

1945 年 3 月 14 日（6 点 32 分）

施季里茨驱车向边境方向飞驰，现在他的口袋里已经装好了两份护照：一份是他自己的，一份是他的太太英格丽·冯·吉尔施泰因的。

当他们通过了德国边境的哨卡之后，施季里茨转过身来对着凯特说：

"这下好了，小姑娘。算是一切都结束了。"

在瑞士这里，天高气爽，万里无云。背后的几十米开外，天空也是这样高不可测，一轮淡黄色的月亮高挂云空，它的光环染映着清晨的天边，在黄蓝色相间的天边，云雀恰似寒蝉一般。那里的天空同样是美妙莫测，然而却是德国的天空，在那里，每一分钟都可能出现白得耀眼的同盟国部队的战机，在那里，战机每一秒钟都可能投下炸弹，给大地带来死亡。在投下炸弹的一瞬间里，在太阳的光线里，连炸弹也好像是铝合金一样的耀眼的白色，躲在地面上看着炸弹落下来的人们，就像看到炸弹在他们的鼻尖前落下一样，转眼间就消失不见了，紧接着道路两旁的乌黑的春天的烂泥就被炸得四处喷飞，这些带来重大伤亡的武器的速度之快，是那些暂时还活着的人类的眼界所无法追踪的，人们只是因此而陷入了无助和绝望的境地而已……

施季里茨开着车疾驰进入了伯尔尼。在穿过这座不大的城市时，他在交通信号灯前停下了汽车，有小孩子们一边在吃三明治，一边通过斑马线。凯特见状不禁哭了起来。

"你怎么啦？"施季里茨问她。

"没什么，"她回答说，"我终于见到了和平，可是他再也看不到了……"

"但是对你儿子来说，一切可怕的东西都结束了，"施季里茨说，"对这个小女孩也是一样的……"

施季里茨其实特别想对凯特好言劝慰，但却满腹话语不知从何说起，他曾千百次地在心中默念那些温柔而平和的、如泣如诉的絮语，那些都是说给自己的妻子萨申卡的……那些未曾说出过的，但反复在心中念叨的话语历经多少次的重复，要么一定是变成了诗行，要么就变成了从不曾表露的、一种内心中经常会触动的负疚感。

"应该只想未来才对。"施季里茨说道，但是，随即就明白了，自己说的是一句笨拙的、毫无意义的废话。

"没有过去就没有未来，"凯特拭去了眼泪，回答施季里茨，"请您原谅我吧……我知道，安慰一个痛哭流涕的女人有多么的难……"

"没关系……你哭吧……对我们来说，最主要的是，一切都结束了，一切都已经过去了……"

良好的意图

在伯尔尼与神父施拉格会面之后，施季里茨明白自己想错了。一切都还没有结束。正好相反，一切都是才刚刚开始。他在听了杜勒斯和党卫队的代表葛根劳埃之间的谈话录音之后，他立刻明白，自己错了。这是施拉格神父通过前首相布吕宁搞到的录音带。两个敌对方的代表谈起话来像是关系和睦的朋友，他们的注意力主要集中在探讨"俄国的危险性"上面。

呈送阿列克斯：关于已呈送的杜勒斯和沃尔夫谈判的汇报的补充材料。

呈送杜勒斯和党卫队上校葛根劳埃谈话的录音文件一份。我认为有必要根据此份材料内容提出以下看法：

1. 我认为，杜勒斯不会向自己的政府全面汇报自己同党卫队接触的情况；显而易见，他向政府汇报的内容会是正在与希特勒的"反对者"接触的情况。实际上，无论是沃尔夫将军还是葛根劳埃均不属于此类人。

2. 罗斯福不止一次声明说，美国的目的与所有的反法西斯同盟国一样，都是敦促德国无条件投降。然而，正如录音磁带中所证实的那样，杜勒斯在谈论妥协的折中方案，甚至主张保留希特勒法西斯主义的主要制度。

3. 任何的联盟都是以各结盟国之间的坦诚相待为先决

条件的。有时候我也认为，杜勒斯进行此类会谈的目的在于试探德国人的底线，但是，我又不得不立即反驳自己，因为任何一个情报工作者都能觉察到，这种谈判的获益方是德国，而美国人杜勒斯吃亏。也就是说，德国人对杜勒斯所代表的美国人的立场了解得更多，相比之下，杜勒斯对希特勒的意图知之甚少。

4. 我甚至有这样的想法，即杜勒斯的情报人员已经开始和德国人"沆瀣一气"，准备挑起事端了。但是，瑞士的报界却是公开地称呼杜勒斯为罗斯福总统的私人代表。究竟有无可能是罗斯福总统的私人代表在赤膊上阵，亲自组织"挑起事端"呢？

结论：要么是某些西方集团的国家在大搞两面派手段，要么就是杜勒斯即将背叛反法西斯同盟国之一的美国的核心利益。

建议如下：务必让同盟国知道我国对于正在瑞士进行的媾和谈判的知悉情况。我期望能在近期，通过可靠的联络员提供在此地举行的沃尔夫和杜勒斯会谈的最新的详细情形。但是，我并不认为，这些谈话是外交人员所了解的有计划、有步骤的会谈。我把此类接触情形列为单独谈判种类。目前局势危殆，必须采取紧急措施，以便挽救反希特勒主义的同盟，使反法西斯同盟最终摆脱来自美、德两个方面的"挑拨离间"。

尤斯塔斯

施季里茨把这份紧急情报发往莫斯科的国家情报中心之后，就驱车前往湖畔休息。这是他最喜欢享受孤独的寂静之所。现在他感到了前所未有的难过与悲伤；心中一片空虚茫然，怅然若失。

他当然还记得1941年6月22日这一天，那一天他经历了怎样可怕的感觉啊。伦敦沉默了整整一天的时间。当他终于听到丘吉尔发表广播讲话的那一瞬间，又感觉到无比的放松。尽管在1941年的夏天，自己的祖国经受了严峻的考验，但是，施季里茨坚信——他的信念可不是出于宗教狂热，而是一种合理的推断——通往胜利之路无论多么艰难，祖国都将获得必然的胜利。任何一个大国都经受不住在两条战线上作战。

目标始终如一，是天才之所以成为天才的最为关键的节点，天才的每一个行动都受制于逻辑。元首生活在自己制造出来的幻想世界里不可自拔，他那不受监督的狂想症注定会导致整个德意志民族的悲剧。

施季里茨从克拉科夫回来之后，出席了在罗马尼亚大使馆举行的招待会。这个招待会的气氛倒很隆重；前来参加的客人们都容光焕发，将军们胸前都佩戴着十分硕大的、沉甸甸的勋章，闪烁着并不耀眼的光泽。随着一篇篇热情洋溢的讲话，一种按香槟酒配方仿制的罗马尼亚的甜味葡萄酒，冒出无数的气泡，开战以来所向披靡的德国和罗马尼亚之间的军事合作宣告达成了。此时此刻，施季里茨感到自己仿佛置身于一个草台班子的戏台上，那些窃取了政权的人们正在上演一出活生生的魔幻剧，他们根本感觉不到，自己已经毫无现实感并且是注定要失败的一群人。施季里茨认为，受到苏联和英国钳制（并且在不远的将来，美国也会对其宣战，施季里茨相信这个判断）的德国，已经签署了自己的死亡判决书。

对于施季里茨来说，明斯克①、娘子谷②或者考文垂③这些不同的城市所遭受的是人类共同的痛苦：所有那些为反对希特勒主义而战的人们都是他的战友。在荷兰和比利时期间，在没有接到任何指示，也没有收到任何请求的情况下，施季里茨曾经主动冒着巨大的风险营救英国的情报人员。他营救自己并肩作战的战友，仅仅是履行了自己作为一名士兵的职责。

当艾森豪威尔和蒙哥马利的麾下战友渡过拉芒什海峡，解放了巴黎的时候，施季里茨为他们感到骄傲；当斯大林决定在希特勒分子进攻法国阿登省期间向盟军提供援助的时候，他感到无限的欣慰。施季里茨相信，我们这个被战争、背叛、死亡和敌意拖累的庞大而卑微的世界，最终会获得长久而宁静的和平。孩子们将会忘记灯火管制期间遮光纸窸窸窣窣的声音，而成年人在战后会忘记战争期间的儿童棺材。

施季里茨不愿意相信希特勒分子单独和同盟国进行离间串通的可能性，不论这种勾连的形式如何，他如果不是面对面地接触到这个"棋局"，他是不会相信的。

施季里茨其实能够明白，是什么原因促使舒伦堡和他的追随者们去建立这种勾连串通：是为了苟且保命，不承担任何的罪责，所有这些均出自纯粹的个人的动机和理由，却被一些高尚的词藻伪装起来了，美其名曰挽救西方文明，使其免于布尔什维克

---

① 明斯克：苏德战争期间，明斯克被德军攻陷，沦陷 3 年，被夷为废墟。
② 娘子谷：位于基辅西北郊外的山区，1941 年秋天，纳粹在这里杀害了 10 万名苏联公民，这一事件被认为是现代历史上最为悲惨的事件之一。
③ 考文垂：英国英格兰西米德兰郡城市，1940 年 11 月 14 日，德国"海因克尔"飞机对其进行了长达 10 个小时的轰炸，被称为"恐怖的鬼夜"，全城被夷为平地。

的入侵。施季里茨非常清楚这一切，他认为舒伦堡的举动是明智的，也是对纳粹来说唯一可行的方案。但是，尽管他要不偏不倚地看待这个问题，他仍然不能理解杜勒斯的立场，因为同希特勒分子谈判兹事体大，会直接影响到同盟国之间的团结。

"而如果杜勒斯不是政治家，甚至连政客都算不上呢？"施季里茨还在继续推理。他坐在湖边的长椅上，弓腰低头，特意将鸭舌帽下拉遮住眼睛，此时的他比平时更加感到孤独。"如果他确实是一个喜欢冒险的赌徒呢？当然，他可能不喜欢俄罗斯并且害怕布尔什维克，但是，他是有义务去弄清楚的，推动美国与我国发生冲突，这就意味着要把整个世界推向人类历史上尚未有过的最可怕的战争。难道野兽般的仇恨在这一代人的身上是如此的强烈，以至于他们总是用一些过时的观念来看待世界吗？难道那些老朽的政客们和狡猾的情报人员真的愿意我们和美国正面交手吗？"

施季里茨这时站起身来了，因为湖面上吹过来的寒风刺骨。他感到浑身都被风打透了，就回到了汽车里。

他开车朝着普莱施列尔教授下榻的"弗吉尼亚"旅馆驶去。普莱施列尔教授曾经在寄给他的明信片中写道："弗吉尼亚烟草在此地久负盛名"。"弗吉尼亚"旅馆里空荡荡的：几乎所有的房客都进山了。滑雪的季节马上就结束了。在这几个星期里，人们会尽量把皮肤晒成独特的古铜色，能够保持很长时间不褪色，所以稍稍有点条件的人就都进山去了：山上还有不少没有融化的积雪。

"我可以把几本书交给瑞典来的那位教授吗？我想不起来他叫什么名字了。"施季里茨问旅馆的门童。

"瑞典来的那个教授从窗户掉下去，摔死了。"

"什么时候?"

"好像是前天的早晨。您知道吗,他出去的时候高高兴兴的,但却再也没有回来。"

"真遗憾呐!……他是我的一个朋友,也是一位学者,请我转交给他几本书。希望我再把教授借他的书取回去呢。"

"您打电话给警察局吧。他的所有东西都在那里。他们肯定会把书归还给您的。"

"谢谢。"施季里茨回答,"我就这么办。"

他驾驶汽车穿过了秘密联络点所在的那条街道。那扇窗户的窗台上放着一盆花——这是报警的信号。施季里茨霎时间全明白了。"我还以为他是一个胆小鬼。"他回想起来了。他想象了一下平时少言寡语、个子矮小瘦弱的教授纵身从窗户跳下去的那一幕情景。他心中想道,教授要是为了离开德国,来这里从容自杀的话,那在他生命的最后几秒钟,他的心里该经受了怎样的恐怖呀。当然,那时肯定有盖世太保在追捕他。也许,是盖世太保知道他不会屈打成招,故意制造了自杀的假象?……

1945 年 3 月 15 日 (18 点 19 分)

凯特和孩子们在旅馆的房间里刚刚入睡,施季里茨在这两天里几乎没有睡觉,就在服用了两片咖啡因片之后,开车出门,去和施拉格神父见面。这是他事先打电话约好了的。

神父问:

"早晨的电话里,我没有敢问亲人的情况。现在我不能不问他们的情况了:我妹妹怎么样了?"

"您还认得出她的笔迹吧？"

"当然了。"

施季里茨把一封信递给神父。施拉格神父把这封不长的信读了一遍："亲爱的哥哥！谢谢你对我们施予的厚爱与关心。我们目前住在山里，不再害怕令人恐惧的空袭轰炸。我们在农舍里住着，孩子们还会帮忙照看奶牛；我们吃得饱，感到自己很安全。求上帝保佑，但愿猝然落在你头顶的灾难尽快结束。你的安娜。"

"我遭什么难了？"神父问，"她指的是什么呢？"

"我不得不对她说，您被捕了……我不是以施季里茨的身份出现在她的面前的，而是作为教区的教友去找她的。这里是地址，等一切都结束了，您会找到他们的。这是他们的照片，这些能让您完全相信了吧？"

施季里茨把一张按钮大小的照片递给神父，他在山中拍了几张，但是，光线当时比较暗，所以，照片的效果相当一般。神父仔细看了照片好一会儿，然后说：

"总之，我是相信您的，没有这张照片也会相信的……您怎么变得这么瘦呢？"

"天晓得。有些累了。怎么样？还有什么新闻吗？"

"新闻倒是有，就是我没有能力去评估它们而已。要么不再相信全世界，要么就应该彻底成为一个无耻之徒。美国人在继续和党卫队进行谈判，他们竟然相信希姆莱。"

"您能提供什么样的材料作为依据呢？您是从谁那里得到的这些消息？您掌握了什么样的文件？不然的话，您只凭道听途说的谣传，那我们会变成那些暗中散布此类谣言的人的牺牲品。"

"哎呀，"神父回答道，"我倒是很想相信，美国人没有与希姆莱的手下举行谈判这回事。但是，您是读了我转交给您的那些材料的。现在再读一下这份东西吧……"神父说着，就把写满了密密麻麻工整字体的几页公文信笺递给了施季里茨。

　　沃尔夫：先生们，你们好！

　　众人：您好！日安！

　　杜勒斯：为了主持此次谈判，我的同事们都已经抵达此处。

　　沃尔夫：我非常高兴，我们的谈判能够以如此具有代表性的方式举行。

　　格维尔尼茨："具有代表性的方式"这个词组要翻译成英文可太复杂了……

　　沃尔夫（笑着说）：由此我可以确定，格维尔尼茨先生在此次会见中将担任翻译之职哦……

　　杜勒斯：我认为，暂时还是不要称呼我的同事们的真实姓名为好。但是，我要对你们说的是，党卫队的高级官员开始与对方进行谈判时，没有提出任何个人要求这一点，给我和我的同事们留下了相当良好的印象。

　　沃尔夫：我的个人要求就是为德国人争取和平。

　　无名氏：这才是一个军人的回答！

　　杜勒斯：在这段时间里，你们那里都有些什么新的情况？

　　沃尔夫：凯塞林元帅已经被召至元首大本营。这可能不是什么好消息。

　　杜勒斯：您认为……

沃尔夫：依我看，被紧急召至元首大本营的人都没有什么好果子吃。

杜勒斯：根据我们的情报，凯塞林元帅被召至柏林，是接受新的职务的任命，他会升任西部方面军司令。

沃尔夫：此事我早有耳闻，但是传闻还未获得证实。

杜勒斯：会得到证实的，而且就在近期之内。

沃尔夫：您这么神通，也许您可以再谈一下凯塞林元帅的继任者喽？

杜勒斯：是的。我可以叫出他的继任者的名字，他就是维津霍夫上将。

沃尔夫：我知道这个人。

杜勒斯：您对他有什么看法呢？

沃尔夫：一名忠于职守的军人。

杜勒斯：我认为，这个评价适用于绝大多数法西斯德国军队的高级将领。

沃尔夫：甚至对贝克①和隆美尔也适用？

杜勒斯：他们都是德国真正的爱国者。

沃尔夫：不管怎样，我还没有机会直接与维津霍夫上将有过接触呢。

杜勒斯：凯塞林元帅和他有过接触吗？

沃尔夫：作为戈林元帅在空军的副手，凯塞林元帅几乎与所有维津霍夫上将这一层级的军事长官有过直接的工作

---

① 路德维西·贝克（1880—1944）：德国炮兵上将，因与希特勒不和，被撤职；1944年7·20事件之后，身为组织者的贝克自杀未遂，被捕遭到枪决。

接触。

杜勒斯：您对我们的建议，即由您去面见凯塞林元帅，劝说他在西部战线率军投降，并且事先征得维津霍夫上将的同意，同时率军在意大利投降这件事，有什么看法呢？

沃尔夫：这是极其冒险的一步棋。

杜勒斯：难道我们大家不是一直在冒险吗？

无名氏：至少，您要在西部战线与凯塞林元帅接触的话，会有助于形成一个明确而具体的情形，也就是他是否同意投降。

沃尔夫：他在意大利就已经同意投降了，为什么到了西部战线就会改变自己的决定呢？

杜勒斯：您什么时候能去西部战线拜访元帅呢？

沃尔夫：本来已经召我去柏林，但是我推迟了行程，因为我们已经约定了见面……

杜勒斯：这么说来，您回到意大利之后就可以立即飞往柏林了？

沃尔夫：原则上这是有可能的……但是……

杜勒斯：我明白您的想法。的确，您是冒了很大的风险的；大概比我们所有人所冒的风险都大。然而，箭在弦上，不得不发呀，没有什么其他的出路。

无名氏：其他的出路也有。

格维尔尼茨：您是谈判的首倡者，但是，在柏林，支持您的，会大有人在。这会促使您找到拜访凯塞林元帅的理由的。

杜勒斯：如果您首先担心的是德国的命运，那么，在目前的情况下，德国的命运掌握在我们的手中……

沃尔夫：当然，这个理由让我没办法无动于衷。

杜勒斯：可以认为，您愿意去西部战线拜见凯塞林元帅了？

沃尔夫：是的。

杜勒斯：您觉得，有可能说服凯塞林元帅投降吗？

沃尔夫：这一点我确信。

杜勒斯：相应地，维津霍夫上将会效仿他的做法吗？

沃尔夫：这要等我回到意大利之后再说。

格维尔尼茨：如果出现维津霍夫上将对投降一事产生动摇的情况，您能否对此事的进程予以影响吗？

沃尔夫：是的。这是当然的。在必要的情况下，您应当与维津霍夫上将见面，在这里或者在意大利都行。

杜勒斯：如果您觉得这么做合适的话，我们愿意同维津霍夫上将见面。那么，您预计何时才能从凯塞林元帅那里回来呢？

沃尔夫：我希望诸事顺遂。

杜勒斯：我希望诸事顺遂。

无名氏：我们都希望诸事顺遂。

沃尔夫：如果一切顺利的话，一周之后我便可以回到这里。给您和维津霍夫上将带来德国西部战线军队投降的准确日期。我们德国驻扎在意大利部队的整个集群将在这个计划之前先宣布投降。

格维尔尼茨：请问，你们的集中营里一共关押着多少人？

沃尔夫：设在意大利的德国集中营关押着几万人。

杜勒斯：近期内会对他们有所动作吗？

沃尔夫：消灭他们的命令已经发布。

格维尔尼茨：在您不在的情况下，这道命令会被执行吗？

沃尔夫：是的。

杜勒斯：能否采取什么措施阻止这道命令付诸实施呢？

沃尔夫：道尔曼上校将接替我的工作。我像相信自己一样相信他。我郑重地向诸位保证，这道命令不会被执行。

格维尔尼茨：先生们，我们还是移步到露台那里去吧，我看那里已经准备好了桌子。在那里继续我们的谈话会更愉快，这里可太憋闷了……

1945 年 3 月 16 日 (23 时 28 分)

凯特要带着孩子们乘夜班火车去巴黎。车站里静悄悄的，没有什么人。外面下着大雨。火车头突突地喘着粗气一般驶过来，间或吐出朵朵烟雾。被雨水打湿了的柏油马路上，路灯的倒影游蛇一样若隐若现。凯特一直在哭泣，只因为这些天的极度紧张情绪一旦过去了，她的眼前就浮现出艾尔文的身影，一刻也不曾离开。她仿佛就看见艾尔文一直站在房间角落的收音机旁，还是一副老样子，在没有能同莫斯科取得联系的那些日子里，他总是喜欢修理那些收音机。

施季里茨坐在火车站前一家小咖啡馆里，就紧挨着一扇大玻璃窗。从这个位置他可以看得到整列火车的全部车厢。

"先生，请问您要点什么？"胖乎乎的女服务员笑着问他。

"请给我来一份酸奶和一杯咖啡。"

"加牛奶的咖啡？"

"不是，我想喝一杯不加牛奶的咖啡。"

女服务员给施季里茨端来了一杯咖啡和一份带气泡的酸奶。

"哎，"施季里茨不好意思地说，"我从不喝带有气泡的酸奶。这是我从小就有的习惯。我只想要一份普通的酸奶，一般来说半份即可。"

女服务员回答道：

"对不起，先生……"

她立即翻开了店里的价目表，很快看了一遍。

"我们这里总共有八种酸奶，有带气泡的，有加了果汁的，也有加干酪的，但我们这里没有您所要的普通酸奶。请您原谅我。我去找厨师，请他为您想想办法弄上一份。我们这里不时兴吃普通的酸奶，不过，我一定尽力为您……"

"他们不时兴吃普通酸奶，"施季里茨心里想道，"可是在我们那里，人们都梦想着能吃上点面包皮。这里是中立国家：所以这里有八种酸奶，大家都吃带气泡的酸奶。看来保持中立还是很不错的。无论是对个人还是对国家……只有当许多年过去了，你才会突然醒悟过来：你可以保持中立，吃带气泡的酸奶，但是你忽略了最主要的东西。不，永远保持中立是很可怕的。怎么能永远保持中立？见鬼去吧！如果不是我们在斯大林格勒城下粉碎了希特勒的进攻，他就会去占领瑞士，那时候，这个国家的中立地位就会随着气泡酸奶一起完蛋了，什么也剩不下。"

"先生，这是普通酸奶。它的价格要贵一点，因为价目表上没有这款酸奶。"

施季里茨突然笑了起来。

"好吧，"他说，"没有关系的。谢谢您了。"

列车缓缓开动了。他目送每一节车厢的窗户远去，但是始终没有看见凯特的脸庞出现在某一扇车窗后面。她呀，大概像受惊的老鼠一样，带着孩子躲在包厢里呢。

施季里茨目送列车渐渐远去，然后从餐桌后面站起身来。酸奶他还是没有动，只是把咖啡喝光了。

莫洛托夫[①]将于晚上八点在克里姆林宫会见英国驻苏联大使阿尔奇巴尔德·凯尔爵士。莫洛托夫没有邀请美国大使卡里曼先生，因为他很了解，凯尔是一名富有经验的情报侦察方面的领导人，和他谈话可以很直接，不用那种情感类的渲染，与卡里曼谈话需要那种多余的渲染的东西掺杂在里面。

莫洛托夫用大拇指和食指在"卡兹别克"牌香烟的过滤嘴上掐了三下，然后才抽了起来：他是一名资深的烟鬼，尽管他抽起烟来斯文得要命。他对凯尔的态度相当冷淡，他那双锐利的深色眼睛一直在夹鼻眼镜的镜片后面忽闪着，显得他这个人比看起来更为深沉和机警。莫洛托夫和凯尔的谈话时间很短：凯尔看了一下外交人民委员会委员莫洛托夫的译员巴甫洛夫交给他的照会文本，回答莫洛托夫说，他会立即将此照会的全部内容向国王陛下的政府汇报不遗。

---

① 莫洛托夫（1890—1986）：苏联革命家、政治家、外交家。苏德战争时期任苏联人民委员会第一副主席兼外交人民委员会委员。

贵方致信已收悉……有关德国将军沃尔夫与亚历山大元帅司令部的军官们在伯尔尼举行谈判一事，我应奉告贵大使，苏联政府认为此事不是误会，而是比误会本身更为糟糕之事。

从贵方于 3 月 12 日的来函以及随信附寄的亚历山大元帅 3 月 11 日致联合作战司令部的电报均可看出，德国将军沃尔夫及其随行人员已经到达伯尔尼，正在同英美联军作战指挥部的代表们商讨德国驻意大利北部军队投降事宜。当苏联政府发表声明，指出这种谈判必须有苏联红军指挥部出席方可时，竟遭到对方无理拒绝。

由此可见，在两个星期的时间里，以德军作战指挥部一方为代表，以英美联军作战指挥部一方为另一谈判方，在伯尔尼背着正在承受对德战争主要重负的苏联进行谈判。苏联政府认为，这种行为是完全不可容忍的……

维·莫洛托夫

在施季里茨报告了沃尔夫和杜勒斯举行会谈的详细情形之后，鲍曼的反应完全是出乎意料的，他体验到的是一种近似于带有复仇心理的喜悦之情。他一直是一位善于分析问题的能人，他自己能理解，他目前这种心理和心情就像是一个容颜老去的女人对年轻女孩所特有的那种嫉妒心。

鲍曼对精神疗法情有独钟。他几乎从来不吃药。他生了病的时候，就索性将自己脱光，强迫自己进入一种精神恍惚的状态之中，然后向自己的身体上的某一个生病的部位集中全部的意志力，发功。他可以用此方法在一天之内，治愈自己的滤泡性咽峡炎，就是得了感冒，他也会硬挺着，从不吃药休息；他觉得自己特别善于治疗嫉妒心理，善于克服内心的忧愁。其实谁都不知道，他从青年时代起，就一直患有严重的忧郁症，每次发作起来非常可怕。他认为自己同样善于治愈自己这种内心中突如其来的、并不太体面的窃喜心理。

"我是鲍曼，"这位党务办公厅主任对着电话听筒说道，"您好！卡尔登勃鲁纳。请您到我这里来一趟吧，请立即过来。"

"是的，"鲍曼放下电话听筒，继续打电话的思路，"应当谨慎行动，通过卡尔登勃鲁纳来办比较好。但我自己呢，最好对卡尔登勃鲁纳少说为好。我只要让他把沃尔夫再次召回柏林就行啦。我可以这样对卡尔登勃鲁纳说，就说根据我得到的情报，沃尔夫背叛了帝国元首的事业。我会请求他不要向我的朋友希姆莱透露此事，免得平白无故地刺激到他。我会命令卡尔登勃鲁纳立即将沃尔夫予以逮捕，要逼迫他说出这件事的真相。等到沃尔夫招供了之后，就把他的供述摘录出来，让卡尔登勃鲁纳亲自放到我的办公桌上，我再呈送给元首审阅，到那时候，希姆莱就完蛋了。只有我一个人能够留在元首的身边了。戈培尔是个歇斯底里症患者，他算不上是个人物，往后我知道的情况他是掌握不到的。他想法倒是不少，但是，他没有钱。我要做的是把他们的想法和党的钱财全部掌控在自己的手心里。我可不想重复他们这些人的错误，所以我将是最终的胜利者。"

鲍曼与任何一个在"元首麾下"效劳多年的机关工作人员一样，只犯过一个错误：那就是在自己的思想深处认为自己是无所不能的，什么事情他都处理得游刃有余，什么事情他都理解得十分清楚，远超自己的政治对手们。鲍曼认为自己是国家社会主义运动意识形态的组织者，他十分看不上那些具体而琐碎的工作。一句话，鲍曼对一切抱持"职业化"概念的工作都十分地轻视。

他就是败在这一点上。当然，卡尔登勃鲁纳什么也没有对希姆莱说，因为是帝国党务办公厅主任下的这道命令。他也就再次下达命令，将沃尔夫从意大利召回柏林。在庞大的帝国保安局内部，什么事也别想逃过缪勒和舒伦堡的密切监视。卡尔登勃鲁纳总部的一名无线电报员早就被舒伦堡的手下人收买了，他把发往意大利的绝密电报内容透露给了自己那隐蔽的上司："监督沃尔夫回柏林的飞机行程。"舒伦堡立刻就明白了：出现了紧急的状况！后来的事情就简单了：情报机构要弄清楚沃尔夫的准确的起飞日期并不困难。在沃尔夫乘坐的飞机抵达坦普尔霍夫机场时，两辆汽车已经"恭候"多时：一辆是来自监狱的装甲囚车，盖世太保地下监狱的三名匪徒就坐在车上。而另一辆汽车上坐着党卫队的旅队长兼政治情报处主任瓦尔特·舒伦堡。于是，当飞机的舷梯停靠在"多尔尼耶号"飞机的机舱门口时，舒伦堡就同三个面无表情的黑衣暴徒一起往舷梯门口走去，舒伦堡呢，故意在这种场合下，穿上了一身剪裁合体的将军制服，显得他风度翩翩，英俊潇洒。暴徒们还没有来得及拿出枪来，舒伦堡就用自己强壮有力的手指紧紧攥住了沃尔夫的手腕。

在这种情形之下，来自监狱的牢头们不敢冒险来逮捕沃尔夫，只能是跟着舒伦堡的汽车监视沃尔夫被送去了哪里。舒伦堡把党卫队的高级总队长沃尔夫一直送到菲戈莱因将军的住宅里。菲戈莱因将军是希姆莱派驻在元首大本营的私人代表，此时，希姆莱已经赶到了这里。当然并不是他到得早阻止了鲍曼的进攻，而是另一个原因让鲍曼罢手了：菲戈莱因将军娶了爱娃·布劳恩的妹妹，因此成了元首的直系亲属。元首在茶余饭后经常把"我亲爱的连襟兄弟"挂在嘴边……

希姆莱把收音机的音量放到最大，然后就对着沃尔夫大喊大叫起来：

"您这家伙把整个行动都搞砸啦！现在我很被动，您明不明白？！鲍曼和卡尔登勃鲁纳是怎么获悉你们谈判的消息的？！那个坏蛋缪勒的手下密探又是怎么把情况打探得如此清楚的呢？！"

舒伦堡等到希姆莱喊叫够了之后，才十分平静地低声对他说道：

"总司令，您大概还记得吧，这件事的所有细节都是我一手安排的呀。我把谈判之事的伪装工作安排得十分妥帖。我给沃尔夫编写了一个假履历，说他已经打入阴谋分子的内部，这些阴谋分子正在伯尔尼寻求单独媾和的途径呢。在这里，我们就把全部的细节讨论一下。现在，就由我来口授，由沃尔夫写一份有关我们党卫队侦察情报机关揭露这伙阴谋分子企图同美国人秘密谈判的报告，交给您。"

当希姆莱、舒伦堡和沃尔夫从元首的住所走出来的时候，鲍曼就明白，自己输了。鲍曼紧握着沃尔夫的手，对他的勇敢和忠诚表示最真诚的谢意，同时他在心里还在想着，要不要把施季里茨召回来，让他和这个在伯尔尼背叛了元首的死白脸恶棍沃尔夫来一个当面对质。希姆莱赢了鲍曼一局，心情舒畅地领着两个歹徒走了。只留下鲍曼还在原地胡思乱想。

鲍曼始终无法做出一个明晰的决定来。于是，他想到了缪勒。

"对呀，"他决定这么做，"我应该把这个人召来才对。我是可以和他讨论所有的可能性的，也和他谈一下施季里茨的情况。反正我还有一个有利的条件，那就是施季里茨弄来的情报。在党内对沃尔夫进行审判的时候可以播放这些录音磁带。"

"我是鲍曼，"他声音低沉地对话务员说，"请通知缪勒到我这里来一趟。"

约·维·斯大林主席致富·罗斯福
总统先生的亲笔密信

1.……我从不怀疑您的诚实与可靠，就像我从不怀疑丘吉尔先生的诚实与可靠是一样的。我想说的是，在我们相互致信的过程中，我发现我们是有分歧的，那就是在一个同盟国对待另一个同盟国可以采取什么行动和不可以采取什么行动方面。我们，俄国人，是这样认为的，在目前的战场形势下，敌人都不可避免地要面临着投降，一个同盟国在同德国人就投降问题举行任何会谈时，都应该确保其他同盟国代表参加到会谈中来。至少，在别的同盟国提出要求参加会谈的情况下，必须无条件地满足其正当的要求。美国人和英国人不这样想，某些人认为，俄国人的想法是不正确的。鉴于这一点，他们拒绝了俄国人参加在瑞士伯尔尼举行的同德国人的会谈的正当的权利。我已经给阁下写过信，在这里我要再次重申，如果俄国人处在同样的位置，他们可无论如何都不会拒绝美国人和英国人参加类似的会谈。我继续认为，俄国人的观点是唯一正确的观点，因为这种观点排除了任何相互猜疑的可能性并且没有留给对手任何在我们同盟国中间散布互不信任的可能性。

2. 把西部战线上的德国军队的毫不抵抗仅仅解释为他们已经被打垮，这是难以令人苟同的。德国人在东部战线上一共驻有 147 个师。他们本来可以在不影响战事进行的情况下撤出 15 至 20 个师，以便对西部战线进行增援。然而德国军队在过去和现在都没有采取这样的措施。他们为了守住捷克斯洛伐克一个鲜为人知的杰姆良尼察火车站，还在继续疯狂地和俄国人厮杀作战，其实这个小车站对他们来说是毫无价值的。但是，他们没有做出任何的抵抗，就放弃了德国中部那些重要的城市，比如奥斯纳布吕克、曼海姆和卡塞尔。您应该承认，德国人的这种举动是令人费解的，十分古怪的。

3. 至于我国的情报人员，我可以向您保证，他们都是一些非常诚实的和谦虚的人，他们的所作所为无非是在恪尽职守，完成自己的任务，他们不打算侮辱任何人。这些人都是历经考察、久经考验的……

施季里茨收到了来自舒伦堡的命令，要求他返回德国：急需他个人亲自向元首报告他在阻止叛徒施拉格神父在伯尔尼进行的出卖帝国的谈判工作。

施季里茨暂时无法前往柏林，因为每天都在焦急地等待苏联国家情报中心的联络员：没有可靠的联络渠道，工作就无法进行。联络员的到来也就意味着凯特一切顺利，就能够表明他的情报已经送达国防委员会和苏共中央政治局。施季里茨常常购买苏联报纸，上面的消息总是令他惊讶不已：身在祖国的人都已经意识到，德国所剩的日子屈指可数了，没有人能预料到还有什么意外的可能性。

现在，他比任何人都害怕出现悲剧性的意外结局，因为他对于西方媾和的秘密了如指掌，从内部了解了德国军队和工业的潜在实力，他认为战事拖得时间越久，就越令人忧心忡忡。

施季里茨非常清楚，只要回到柏林，就等于在脖子上又套上了绞索。不等到联络员，一个人只身回到虎穴龙潭，除了牺牲，毫无价值。施季里茨早就学会了站在旁观者的立场上评估自己的生命，就像是在研究某个与己无关的学术范畴以内的问题一样。有了可靠的联络渠道，能够保障自己随时与莫斯科取得联系，这样回到柏林才有其意义。否则的话，他就应该退出历史的博弈：他的任务已经完成了。

1945 年 3 月 17 日 (22 点 57 分)

他们按照事先的约定，在一家夜间营业的酒吧见面。一个轻佻的女士过来挑逗施季里茨，缠住他不放。这女士已经有醉意，长得倒也有几分姿色，身材微胖，她一直在施季里茨耳边絮叨：

"我们这些数学家竟然被人们说成是冷酷无情的人！才不是真的呢！在爱情方面我可是和爱因斯坦在物理学方面是一个量级！我就和您在一起吧，您可是个头发花白的美男呢！"

施季里茨一时间怎么也无法摆脱她；这时候他已经根据烟斗、公文包和钱夹子认出了联络员，他应该走上前去，寒暄一下，接上头，但是，却怎么都无法甩掉这个所谓的女数学家。

"你先到外面去等我，"施季里茨说，"我马上就出去。"

联络员转告他说，苏联国家情报中心不能坚持要求尤斯塔斯返回德国，因为总部机关清楚，在目前已经形成的局势下，一切都十分复杂，贸然返回柏林会使他面临生命威胁。然而，如果尤斯塔斯感觉到自己还有能力应付，那么，苏联国家情报中心会对他折返德国予以关注。有鉴于此，中心将这个问题的最终决定权交由尤斯塔斯本人酌情来处置，并同时通知他，总部指挥机关已经向国防委员会和最高苏维埃主席团上报有关授予他苏联英雄称号的请示文件，以表彰他在破获"纵横字谜"行动中所建立的功勋。如果尤斯塔斯同志认为返回德国是可行的，那么，总部机关会为他安排联络渠道，两名在波茨坦和维丁定居的无线电报话务员将归他调遣。这两个据点都很可靠，这两个人都是在两年前"被冷藏"的。

施季里茨问联络员：

"您可以停留多长的时间？如果十分钟可以的话，那我就写一封短信。"

"十分钟是可以的。我就要去赶那趟开往巴黎的火车。只是……"

"我用法语写，"施季里茨笑了一下，"我用左手写，并且不写地址。总部知道我家的地址，那里的人会转告您的。"

"和您交谈令人害怕，"联络员说，"您可真是明察秋毫呀……"

"我算什么明察秋毫的人呀……"

联络员给自己要了一大杯橙汁，然后就点了烟，抽起来了。他抽烟的姿势还很生疏，施季里茨暗中发现了这一点，看得出来，他刚刚学会抽烟，还不太习惯洋烟：因为他时不时地用手指来挤一挤烟头部分，就好像是在用纸筒卷自制烟卷一样。

"我要是提醒他，他会不会生气？"施季里茨心里想，他从笔记本里撕下了三页纸，"生气就生气吧，得告诉他。"

"朋友，"施季里茨对联络员说，"抽香烟的时候，要记住，它可不同于自己卷的烟。"

"谢谢，"联络员回答，"但是，在我生活的地方，现在大家都这样抽香烟。"

"这其实没关系，"施季里茨说，"这回是您给我补课了。好样的，别生气。"

"我不生气，相反，我倒是十分珍视您对我的关心……"

"关心?！"施季里茨反问了一句，他吃了一惊，因为他没有立即想起这个俄语词汇的意思。

"我亲爱的，"他开始写信了，"我以为，我和您几天以后就会见面了，但是，现在看来，要稍晚一些我们才能相见了……"

他请联络员再稍等一会，他决定马上给妻子萨申卡写一封短信。此时此刻，从前的一幕幕场景浮现在他的眼前：他和她在海参崴的凡尔赛饭店的第一次见面，他们一起在海湾岸边的散步，在闷热的 8 月，他们一起第一次去郊游，当时从早上开始，就山雨欲来，天空阴沉沉地暗淡无光，飘浮的云彩呈现出紫色，天边微微泛红，远方的天际和大海连接成一个色调，白茫茫地犹如无边的海水倾泻殆尽。

他们走到渔民们身旁的时候就停住了脚步，渔民们的帆船涂成了日本帆船的样式，只有蓝红黄三种颜色，只是船头不太一样，代替飞龙图案的，是一些头发褐色，而眼睛是蓝色的美女肖像。

渔民们刚刚出海归来，正在此等待来自市场进货的车辆。他们的渔获是嘴巴宽大、脂肪肥厚的金枪鱼。一个十三四岁的少年在煮鱼汤。由于海边桑拿一般的潮湿、闷热，篝火的火苗黄澄澄的，连同草地、大海、天空甚至在别的时空中原本是深红中带有淡蓝色的篝火，都明显地改变了颜色。

"鱼汤好喝吗？"当时他问了这么一句。

"鱼汤很醇厚，"渔业合作组的组长回答他说，"能促长高变年轻。"

"真的啊？"萨申卡吃惊地问，"会变年轻？"

"您喝了就会变年轻的，"这个老人回答，"对健康有好处的……会返老还童的。不嫌弃的话，请喝一口吧。"

他从自己的人造革靴子里抽出一把小勺子，递给了旁边的萨申卡。当时伊萨耶夫可挺紧张，他担心这位总参谋部上校的女儿，貌美如花的萨申卡，这个女诗人，会拒绝"品尝"鱼汤或者会嫌恶那把没有冲洗过的木勺子，然而，萨申卡只说了一句"谢谢"，就喝了一口汤，眯起自己的眼睛，说道：

"天哪，马克西姆·马克西莫维奇，这鱼汤味道可真香啊！"

她问这位渔业合作组的组长：

"我能再喝点吗？"

"请喝吧，小姐，请喝吧，"这老人回答，"我们都喝习惯这鱼汤了，大海对我们很慷慨。"

"您说得可真好。"萨申卡一边说，还一边用嘴去吹滚烫的鱼汤，"老爷爷，您说得好哇。"

"看您说的，小姐，"老头笑了起来，露出了一排黄色的大板牙，"我只是心里怎么想的，随口就说出来了。"

"所以您说的话可就意味深长喽，"萨申卡一本正经地说，"您的话可毫无陈旧的感觉。"

渔业合作组的组长又笑了起来。

"说的话还哪有新旧之分呢？戈比才会有新旧呢，从这个人手里塞到另一个手里；而说出的话就会像空气一样，随风飞走，从不停留下来……"

……那天晚上，他和萨申卡一起去出席一个画展的开幕式：主要展品都是十七世纪的绘画作品，都是由工厂主布林涅尔和帕夫洛夫斯基在伊尔库斯克和赤塔两个城市的画廊里买来的无价之宝。出席此次开幕式的有总理的弟弟、外交部长尼古拉·迪奥尼西耶维奇·梅尔库诺夫①。他全神贯注地欣赏一幅风景写生画，啧啧称奇，称赞不已，后来就说：

"我们那些蹩脚的文人说，我们是没有文化的！是一群野蛮人！你们快来欣赏一下吧，这些画作二百年前就已经创作出来了！画得栩栩如生，每一个细节都相当地逼真，如果画上的内容是田野，那就能闻到麦香飘浮，而不是画一片方块形的勾叉！"

"是方块 J。"萨申卡不由自主地纠正了一句。她说的虽然声音并不大，其实就是自言自语，但是伊萨耶夫还是听到了，他轻轻地捏了捏她的手。

待这位外交部长离开仪式之后，大家都喧闹着来到了隔壁的大厅里，这里为采访的记者们摆好了饭菜。

"据说，我们的政府里没有一个知识分子！"一个报纸的记者大声嚷嚷，"梅尔库诺夫算是其中文化水平最高的啦！他有教养，学问好，算得上是个知识分子！"

施季里茨想在信中告诉萨申卡，他至今都还记得他们在原始

---

① 此处所指的政府为十月革命后，在远东和西伯利亚贝加尔湖以东地区建立的远东共和国，成立于 1920 年 4 月 6 日，1922 年 11 月 5 日撤销合并至苏俄政府。

森林中度过的那个夜晚。在一座小茅屋中，她倚在一扇云母色的小窗户旁，窗外一轮明月当空照，小窗户上的冰花在月光的掩映下，像是毛茸茸的暖线，屋内安静而舒适。在那个不安而悲痛的夜晚，命运给予了他从来也没有体验过的安宁的心情……

施季里茨想告诉她，他常常想把她的脸庞画下来，有时候用的是铅笔画素描，有时候就用水彩颜料来画油画。有一次他想给她画一幅肖像，但是，转天他就自己把画布撕了。看来，萨申卡本人的气质和油画那种浓艳的色彩完全不搭。油画肖像不仅要求相似性，而且有必不可少的完整性。然而，自从离别之后，萨申卡在施季里茨的心中每天都是不一样的，都有新的变化。许多年之后，施季里茨回忆起她在十七岁时说过的那句话，仍然为之倾倒，他为她说那句话时的深刻思想和委婉表达而吃惊，他为她在对话人（无论是什么人）面前流露出的羞怯和持重的态度而印象鲜明。那时候，她竟然敢对宪兵们说："我真替你们羞愧，先生们，你们的无端怀疑是不道德的。"

施季里茨想在信中告诉她，有一次，他在巴黎的一个旧书摊上，偶然发现了一本被人翻烂了的小册子。书中有这么一段话："我渴望回家，回到那所满是我的愁绪的大房子里去。我进了房间，正要脱掉大衣。忽然间醒悟过来，自己身在何处，面对窗外，街道上已经是万家灯火……"

一字不漏地读完了书上的这几行字，施季里茨平生第二次哭了起来。他第一次痛哭，是在他作为肃反工作人员到捷克出差执行任务回来后，见到了自己父亲的坟茔。他的老父亲和普列汉诺夫一起共过事，在1921年的春天被哥萨克白军绞死。当坟前只剩下了他一个人的时候，他就像一个小孩子一样嚎啕起来，痛苦地

399

抽泣不已，他并不为此感到难为情，而是觉得这种痛苦已经化为纪念铭刻在自己的心里。他觉得，他的父亲的功勋属于人民大众，而对父亲的怀念却只属于他一个人，这是一种特别的怀念，施季里茨不愿意，也不可能让任何人去理解他的这种怀念。而那次在巴黎旧书摊上那场突如其来的恸哭，他哭的是自己，因为他就在这几行字里，读到了他所渴望的那种情感，他一生中都想得到、却从来也不能够体验和经受的那种人生感悟。但是，也就是在这几行字里，他读出了自己清晰想象到的一切，他对那一切真是梦寐以求，却连一分钟都没有放纵地体验过这种感情梦想成真的实际场景。

现在，他要用什么样的语言来向萨申卡写出他的体验：那年秋天，他能准确地记得那个日子和那个时刻，那是 1940 年 10 月 17 日，他在横穿马路、通过弗里德里希大街的时候，他突然间看见了萨申卡，他顿时变得手脚冰凉，他就径直向她走去，忘记了他是不能这么做的，等他听见了那个女人的说话声，才明白，她不是萨申卡，不过他依然跟随这个女人一直走，直到那个女人两度转过身来，先是感到吃惊，然后又生气了，才作罢。

要怎么在信里跟她说，他曾经三次写报告要求总部机关把他调回国内，总部机关已经答应了他的申请，但是没过多久，战争就爆发了……

如何把想起来的这一幕幕往事与随想都写进这短短的字里行间呢？

他试着把帕斯捷尔纳克的诗句翻译成法语，用散文的形式写上去，但是他随即明白过来，他是不能这样写的，因为狡诈的敌人一旦发现，会把这些诗句作为这个小伙子的罪证的，此刻这个小伙子正坐在他的对面喝果汁，抽香烟，他抽烟的做派在他生活的地方相当时髦。施季里茨想到这里，把这张纸装进了自己的衣服口袋里（他不由自主地想到了，在汽车里烧掉它比较好），然后，他接着刚才写的地方补充了一句："我认为，在不远的将来，我的梦想会实现的。"

然而，要怎样才能在信里告诉妻子，他去年夏天曾经在克拉科夫和儿子见过面的事呢？该如何跟她说，儿子目前在布拉格，对妻子和儿子的思念一直在痛苦地撕裂着他的心。他不知道该如何向她倾诉自己的爱和忧伤，因为她不在他的身边，他苦苦地等待着与她重逢的那一天。语言只有在写成圣经箴言或者在普希金的诗句里才是最有力量的……现在，他们是垃圾。仅此而已。施季里茨立即把信写好，只在信的结尾处写上："吻你，爱你。"

"语言怎么能表达我的忧伤和爱情？"他在心里继续自己的情感动荡，"我的语言陈旧不堪，就像破旧的钱币。她爱着我，所以她相信我这堆破旧的钱币……

我不能跟她说，我们聚少离多，所以让她久久地怀念我们曾经在一起的日子。让她深深地爱着远方的我，我怎么能够在信里和她说这些呢？"

"还是算了吧，"施季里茨将这几页纸都装到自己的衣服口袋里了，"您是对的，让您带着这几页纸穿越三个国家的边境不值得的。您是对的，请您原谅我占用了您的时间。"

1945 年 3 月 18 日（16 点 31 分）

致帝国保安局四处处长、党卫队总队长缪勒。

布拉格。绝密。打印两份。

我亲爱的总队长：

在收到元首那具有历史性意义的命令，即关于要把每一座城市和每一栋房屋都变成不可攻克之堡垒的指示之后，我重新研究了布拉格的局势。布拉格应当与维也纳一样，成为阿尔卑斯山下的一座多面堡，成为与布尔什维克决战的中心。

为了把布拉格变成即将开始的大决战的前哨阵地，我已经吸收了陆军侦察局的别尔格上校参加此项工作，据我所知，由于他积极参与了对民族的敌人卡纳利斯案件的审理工作，您早已了解此人。因为他正在做俄国间谍格里沙奇科夫的工作，党卫队总部机关的冯·施季里茨旗队长对此消息渠道予以高度评价。因此，我相信别尔格上校将会给予我实际性的帮助。目前，格里沙奇科夫正在十分积极地对从弗拉索夫将军的军团中投降过来的人进行甄别，并且为我编写了一些重要的案件汇编。

这两个人的工作关系到帝国的最高机密，所以，我请您对陆军的别尔格上校和间谍格里沙奇科夫做进一步的甄别审核。

我还要非常冒昧地请求您抽时间将属于四处工作范畴内的与布拉格枢纽站相关的各种情况通知我，当然，我深知，我的职责是不能与您所承担的准备迎接我们最后胜利的伟大工作相提并论的。

希特勒万岁！

您的克吕格尔

缪勒一头雾水地读完了这封信，怒气冲冲地做了一个批示：

送艾希曼阅。我过去和现在都不认识什么别尔格、更不认识什么俄国间谍格里沙奇科夫。您组织人审核一下，不要用这些细枝末节般的小事来打断我的重要工作。

缪勒

艾希曼在收到这份文件后，马上就读了一遍。他在读到克吕格尔所写的俄国间谍格里沙奇科夫受到施季里茨的高度评价的地方停顿了一下。

艾希曼立即往档案室挂了一个电话：

"请把有关施季里茨的克拉科夫之行以及他与劣等人接触的全部材料给我准备好，是全部材料，不要遗漏任何一点……"

1945 年 3 月 18 日 (16 点 33 分)

施季里茨驾驶的汽车上那台"霍里赫"发动机的突突声均匀而清晰。高速公路旁一块白蓝相间的路牌标示着此地距离柏林还有二百四十七公里。层冰厚雪已经开始消融。地面上满是暗褐色的橡树叶子。森林中的空气十分清新、清冽。

玛丽卡·洛克①的歌声正在收音机里回荡："4 月里的十七个瞬间啊，将永远留在你的心底。我相信，我们的周围将永远萦绕着音乐之声，树木会跳起欢乐的华尔兹，只有那随着激流打转的

---

① 玛丽卡·洛克 (1913—2004)：出生在匈牙利的德裔电影演员、舞蹈家、歌唱家。

海鸥啊，眼见就要葬身海底，你却无法施救……"

施季里茨紧急刹车了。此时的公路并没有什么车辆通过。他没有把自己的车停靠到公路的旁边，而是就那样把它扔在路中央。他自己则随即走进一片针叶林中并坐在了地上。这里的地上已经有第一批嫩绿的小草探出了头来。施季里茨十分小心地用手在地上抚摸了一会儿。他久久地坐在地上，不停地用手摩挲着土地。他知道，同意返回柏林意味着什么。所以，他有权在春天的土地上多坐一会儿，用自己的双手多摩挲一会儿大地……

1968 年

莫斯科——柏林——纽约

图字：09 - 2021 - 605 号

图书在版编目(CIP)数据

　　春天的十七个瞬间/(苏)尤利安·谢苗诺夫著；
冯玉芝译.—上海：上海译文出版社，2023.3 (2025.2 重印)
　　ISBN 978 - 7 - 5327 - 9093 - 7

　　I.①春… Ⅱ.①尤… ②冯… Ⅲ.①长篇小说一苏
联 Ⅳ.① I512.45

中国国家版本馆 CIP 数据核字(2023)第 030597 号

春天的十七个瞬间
［苏联］尤利安·谢苗诺夫　著　冯玉芝　译
责任编辑/刘　晨　装帧设计/周伟伟

上海译文出版社有限公司出版、发行
网址：www.yiwen.com.cn
201101　上海市闵行区号景路 159 弄 B 座
上海盛通时代印刷有限公司印刷

开本 889×1194　1/32　印张 13.25　插页 12　字数 236,000
2023 年 4 月第 1 版　2025 年 2 月第 3 次印刷
印数：8,001—10,000 册

ISBN 978 - 7 - 5327 - 9093 - 7
定价：78.00 元